CALDER & Eden

Titre original : *Becoming Calder*

Photo de couverture : © Shutterstock
Couverture : Jef Cortes

Pour la présente édition,
Collection dirigée par Franck Spengler

34-36 rue La Pérouse
75116 Paris
www.hugoetcie.fr

Collection New Romance® créée par Hugues de Saint Vincent,
dirigée par Arthur de Saint Vincent
Ouvrage dirigé par Sylvie Gand

ISBN : 9782755687965
Dépôt légal : mai 2021
Imprimé en Espagne par Blackprint

MIA
SHERIDAN

CALDER & Eden

Tome 1

Traduit de l'anglais (américain)
par Fabienne Vidallet

Hugo Poche

NEW ROMANCE®

Dédicace

Ce roman est dédié à Maegan,
ma « prima favorita »,
et la mère la plus incroyable du monde.

LA LÉGENDE DU VERSEAU

Une légende grecque raconte l'histoire de Ganymède, un jeune Troyen à la beauté exceptionnelle. Il fut remarqué par Zeus, qui décida immédiatement d'en faire son échanson. Zeus, métamorphosé en aigle, l'enleva et le conduisit sur l'Olympe pour en faire son esclave.

Ganymède finit par se rebeller et déverser tout le vin, l'ambroisie et l'eau des dieux, refusant de servir plus longtemps d'échanson à Zeus. La pluie tomba sur la Terre pendant des jours et des jours, ce qui créa une gigantesque crue qui submergea le monde.

Avec le temps, Ganymède fut vénéré en tant que Verseau, dieu de la Pluie, et trouva sa place parmi les étoiles.

PROLOGUE

> « J'ai ôté la brume qui te voilait les yeux afin que tu distingues les dieux des mortels. »
>
> *HOMÈRE, L'Iliade.*

En descendant du bus, je fus assaillie par l'odeur de la fumée d'échappement et des ordures pourries. Mon estomac ne fit qu'un tour et je m'écartai sur la gauche pour éviter de marcher trop près des poubelles qui débordaient.

Le hamburger à moitié mangé posé au sommet de l'une d'entre elles attira mon attention et mon instinct me poussa presque à m'en emparer pour le porter à ma bouche, mais je serrai les poings et poursuivis mon chemin. J'étais affamée, mais pas au point de faire les poubelles, *du moins pas encore.*

Je poussai la porte de la gare routière et jetai un coup d'œil à l'intérieur à la recherche du guichet. J'avais besoin de renseignements sur ma destination.

Au moins, dans le monde extérieur, tout est étiqueté. Lorsque ces paroles surgirent dans ma mémoire, je ressentis une brusque bouffée de chagrin. Je me redressai et entrai.

Je repérai le guichet et me frayai un chemin au milieu des voyageurs qui attendaient leur bus. Je croisai brièvement le regard d'un jeune homme qui portait un pantalon baggy et un sweat-shirt oversize. Il me lança un regard surpris, trottina dans ma direction et m'emboîta le pas.

– Salut, bébé. T'as l'air perdue. Je peux t'aider ?

Je secouai la tête en inspirant l'étrange parfum qui émanait de lui ; une odeur de plantes amères. Je lui jetai un coup d'œil à la dérobée et remarquai que, vus de près, ses yeux étaient bordés de rouge et qu'il avait les paupières lourdes. Il me considéra de haut en bas.

J'accélérai le pas. Je savais que j'avais l'air désespérée. Je l'étais. Effrayée, perdue, abattue par le chagrin et en proie à une angoisse indicible qui avait élu domicile sous la surface de ma peau. J'avais besoin d'aide. Je ne connaissais rien à ce monde, c'était au moins une chose dont j'étais certaine. Mais je n'étais pas naïve au point de croire que l'homme qui marchait à mes côtés allait pouvoir m'aider.

– Tu n'as pas de bagages, bébé ? Pourquoi ? Tu sais où dormir ?

Il tendit la main vers mon visage pour repousser une mèche de cheveux et je tressaillis. Je poursuivis mon chemin encore plus vite. La peur courait dans mes veines et mon estomac vide se soulevait.

– Punaise, on dirait que tes cheveux sont de l'or tissé. Et tu as le visage d'un ange. Tu ressembles à une princesse. On te l'a déjà dit ?

Un bruit à mi-chemin entre le rire et le sanglot s'étrangla dans ma gorge et je laissai échapper un soupir discordant pour le retenir. Mon cœur s'emballa lorsque l'homme s'approcha de moi, me forçant à me déplacer sur la gauche pour ne pas entrer en collision avec lui. Je jetai un regard sur le côté et compris qu'il essayait de me pousser vers un couloir mal éclairé qui avait l'air de mener vers un débarras. Je regardai autour de moi pour voir si quelqu'un pouvait m'aider ou si je pouvais m'échapper, mais l'homme posa une main brutale sur mon bras. Je levai les yeux vers lui : il serrait les dents. Il se pencha vers moi.

– Écoute, princesse, murmura-t-il. Une fille dans ton genre a beaucoup à offrir. Et je suis un homme d'affaires. Tu veux que je te parle de mes affaires, princesse ?

Je secouai vigoureusement la tête, évaluant les options qui s'offraient à moi. Je pouvais hurler. Il y avait sûrement au moins une personne bien, prête à m'aider dans les environs. Je pouvais essayer de le repousser, mais j'étais affaiblie et épuisée et il me maîtriserait sans effort. C'est alors que je sentis une pointe acérée transpercer le fin tissu de ma veste et de mon tee-shirt. *Oh, Seigneur, il a posé un couteau contre mon ventre.* Je baissai les yeux sur sa main qui tenait la lame argentée contre mon corps puis je plongeai mon regard dans le sien, qui brillait à présent sous l'effet de la détermination et de l'excitation.

– Si tu me suis, princesse, je n'aurai pas besoin de me servir de mon arme. Ma proposition te plaira, je te le promets. Il y a un bon paquet à gagner pour toi. Tu aimes l'argent, princesse ? Qui n'aime pas ça, hein ?

– Lâche-la, Eli, ordonna une voix grave derrière nous.

Je tournai brusquement la tête en même temps que le dénommé Eli et aperçut une armoire à glace qui se tenait derrière nous, les bras le long du corps, l'air ennuyé. Je contemplai, surprise, les dessins colorés qui tourbillonnaient sur le côté gauche de son cou – s'arrêtant juste sous sa mâchoire – et ses bras musclés recouverts par le même genre de dessins compliqués.

– C'est pas tes affaires, Paul, cracha Eli.

– Bien sûr que si. Quand je vois un cafard, je l'écrase sous la semelle de ma botte. Les cafards m'offensent. Et tu en es un, Eli. Lâche-la ou je te pulvériserai devant tous les autres cafards qui grouillent dans cette gare routière.

Paul garda les yeux rivés sur nous mais Eli tourna la tête à droite vers un groupe d'hommes vêtus comme lui, qui attendaient en ricanant, assis sur un banc à l'entrée de la gare.

Eli pivota vers Paul et je sentis son étreinte se relâcher légèrement. Il laissa échapper un bruit dégoûté et me poussa brutalement vers Paul.

– J’ai déjà trop de salopes à payer. Prends-la.

Puis il tourna les talons et s’éloigna. Paul m’empoigna par le poignet et m’entraîna vers l’entrée de la gare. Je poussai un petit cri de surprise et tentai de me dégager, mais il était bâti comme un ours et je ne parvins même pas à le ralentir.

– S’il vous plaît, lâchez-moi. Je vous en prie, suppliai-je sur un ton hystérique.

Nous sortîmes et le monde extérieur me fit de nouveau plisser les yeux. Paul me lâcha et se tourna vers moi.

– Tu as fugué ?

Je reculai jusqu’à ce que mes pieds heurtent le mur de la gare.

– Fugué ? répétai-je.

Paul me dévisagea un instant.

– Oui. Fugué. Quelqu’un te cherche ?

Je secouai lentement la tête. Sa question faisait suinter mon angoisse par tous les pores de ma peau.

– Non. Personne ne me cherche. Je veux juste sortir d’ici. S’il vous plaît.

– Comment tu t’appelles ? demanda-t-il sur un ton adouci.

Je cillai.

– Eden, murmurai-je.

Paul plissa les yeux.

– Et où vas-tu, Eden ?

Je le regardai : malgré son apparence bourrue, je lus de l’inquiétude dans ses yeux. Je poussai un soupir.

– La Compagnie Grant et Rothford.

– La Compagnie Grant et Rothford ? La bijouterie ?

J'acquiesçai.

– Oui. Est-ce que vous pouvez m'indiquer comment m'y rendre ?

– Ce n'est qu'à huit cents mètres. Je vais t'expliquer comment y aller, mais tu ne remettras jamais les pieds ici, tu m'entends ? Ce n'est pas un endroit pour une jeune fille seule. Je pense que tu l'as compris, n'est-ce pas ?

Je me mordis la lèvre et opinai.

– Je ne reviendrai pas.

Si tout se passait comme prévu, ce soir je dormirais dans une chambre d'hôtel. Je pourrais manger et me mettre enfin à pleurer.

Paul tendit le doigt vers le bas de la rue.

– Tout droit jusqu'à ce que tu atteignes Main Street, puis tu prends à droite sur environ cinq cents mètres. Tu verras la boutique sur ta droite.

Je poussai un petit soupir.

– Merci, Paul. Merci infiniment. Et merci de m'avoir sauvée du cafard.

Je parvins à esquisser un minuscule sourire et pivotai dans la direction qu'il m'avait indiquée.

Alors que je parvenais au coin de la rue, Paul me rappela. Je m'immobilisai et me tournai vers lui, surprise.

– Il y a plus de porteurs de bottes que de cafards dans ce monde.

Je le dévisageai en silence pendant un instant, la tête inclinée.

– Le problème, Paul, finis-je par répondre à mi-voix, c'est que les cafards survivent à l'apocalypse.

Paul m'adressa un petit sourire perplexe. Je tournai les talons et m'éloignai.

***

Quand j'aperçus l'enseigne que je cherchais, je plongeai sans réfléchir ma main froide dans la poche de mon jean pour tâter le lourd médaillon en or qui s'y trouvait, celui au dos duquel était gravé le nom de la Compagnie Grant et Rothford, la seule chose de valeur en ma possession. Je finis le trajet d'un pas lent, submergée par la faim, le froid et la fatigue.

Je poussai la porte et fus accueillie par la tiédeur de la boutique. Pendant un instant, je me contentai d'inspirer, soulagée d'être parvenue à destination et de sentir la chaleur s'infiltrer dans ma peau. Je me dirigeai vers le comptoir des ventes. Mais en passant près d'une vitrine, à ma gauche, j'aperçus une boîte à bijoux en verre qui contenait des fleurs séchées ; elles donnaient l'impression de flotter entre deux panneaux transparents. Je m'arrêtai pour l'observer et sentis immédiatement les larmes me monter aux yeux, obscurcissant ma vision. C'était des belles-de-jour. Je le savais parce que j'en transportais cinquante-deux, soigneusement séchées, dans un sachet en plastique dans une poche intérieure de ma veste. Le médaillon, les fleurs et un petit caillou rond étaient les seules choses que j'avais emportées dans ma fuite. Et les seuls souvenirs que j'avais de lui. J'avais abandonné tout le reste derrière moi. Une boule se forma dans ma gorge et le chagrin me submergea avec une telle intensité que je pensai qu'il allait me renverser. Je tendis la main vers le verre pour dessiner du bout du doigt les contours de la fleur que je connaissais si bien. Mais mon corps était épuisé, affamé et ma main heurta le vase en cristal posé juste à côté du coffret à bijoux. Comme au ralenti, le vase vacilla et tomba malgré ma tentative infructueuse pour le rattraper. Il heurta le sol et se brisa à mes pieds. Je poussai un cri et levai la tête en entendant une femme se précipiter vers moi en criant :

– Oh non ! Pas le Waterford !

Elle porta les mains à ses joues et pinça les lèvres en considérant les éclats de cristal éparpillés par terre.

– Je suis terriblement désolée, articulai-je avec difficulté. C'était un accident.

La femme exhala. Elle était belle et sophistiquée dans son élégant tailleur anthracite, avec ses cheveux gracieusement relevés et son visage parfaitement maquillé. Je me recroquevillai. Je savais à quoi je ressemblais. Je portais des vêtements volés sur la corde à linge de quelqu'un de manifestement beaucoup plus corpulent que moi. Je ne m'étais pas douchée depuis trois jours et mes cheveux ternes retombaient jusqu'à mes reins, beaucoup trop longs pour être élégants. La femme me jaugea des pieds à la tête.

– Accident ou pas, il faut payer.

Je voûtai les épaules.

– Je n'ai pas d'argent, murmurai-je, les joues brûlantes, en jetant un regard autour de moi : les quelques clients présents détournèrent le regard, gênés.

Je fus presque surprise de découvrir qu'il me restait un peu de fierté. Je sortis le médaillon de ma poche.

– J'espérais vendre ça, et peut-être apprendre quelque chose grâce à lui, dis-je, implorant la femme de m'aider.

Aidez-moi, je vous prie. Je souffre tellement. J'ai été brisée de tant de manières.

Elle posa les mains sur les hanches et son regard se porta tour à tour sur le médaillon et sur moi. Elle me le prit des mains et le tendit à la lumière avant dc reporter son attention sur moi.

– Vous avez de la chance, c'est de l'or. Il couvrira probablement le prix du vase. (Elle continua à l'examiner, le tournant et le retournant entre ses mains manucurées.) Mais je ne peux en tirer aucune information : il n'y a ni gravure ni dédicace.

Elle regarda par-dessus son épaule en direction d'un homme qui venait d'en finir avec un client et qui contournait le comptoir. Elle tendit le doigt vers ce qui restait du vase.

– Philip, tu veux bien nettoyer pendant que je m'occupe de cette… jeune fille ?

– Bien sûr, répondit-il en m'adressant un regard curieux.

Je suivis la femme jusqu'au comptoir.

– Attendez ici tandis que je le pèse. Vous n'avez pas la chaîne qui va avec ?

Je secouai la tête.

– Non, je ne possède que le médaillon.

Je restai devant le comptoir, les mains posées sur la vitre. Lorsque je me rendis compte qu'elles tremblaient, je les frottai l'une contre l'autre pour essayer de prendre le contrôle de mon corps, l'esprit contre la matière. Mon cœur battait sans conviction dans ma poitrine. La peur et le désespoir me saisirent à la gorge, m'empêchant de déglutir.

Je regardai derrière moi, en direction de la porte derrière laquelle la femme avait disparu, et par la paroi vitrée, je la vis discuter avec un homme plus âgé. Il tourna la tête vers moi, fronça les sourcils et hocha la tête. Ses yeux s'attardèrent un instant sur moi avant de se poser sur ce qu'il tenait en main. La femme s'éloigna de lui, franchit de nouveau la porte et s'arrêta derrière le comptoir.

– On peut vous en donner mille deux cents dollars. C'est un peu moins que le prix du vase mais on est prêts à vous faire une ristourne pour régler ça.

J'avais envie de vomir.

– J'ai besoin de cet argent, suppliai-je, d'une voix plus forte. S'il vous plaît. C'est tout ce que je possède.

– Je suis désolée mais je ne peux rien pour vous. Il faut payer le vase. Nous ne pouvons pas éponger la perte comme ça. Nous ne sommes pas des philanthropes.

– S'il vous plaît ! répétai-je, plus fort cette fois, en faisant claquer mes mains sur le comptoir vitré.

L'employée sursauta et se pencha vers moi, lèvres pincées. Je reculai.

– Dois-je appeler la police, mademoiselle ? murmura-t-elle sèchement presque sans bouger les lèvres.

La peur m'inonda et je vacillai un peu avant de me redresser. Je secouai vigoureusement la tête.

– Non, répondis-je d'une voix aiguë, avant de prendre une profonde inspiration. S'il vous plaît, c'est juste que… je n'ai pas d'argent du tout et ce médaillon…

J'inspirai de nouveau. Il n'était pas question de me mettre à pleurer devant cette femme et tous les clients qui faisaient semblant de s'affairer tout en tendant l'oreille.

– Ce pendentif est tout ce que je possède. J'ai besoin de cet argent pour trouver un endroit où passer la nuit. S'il vous plaît, conclus-je sur un ton pathétique.

Quelque chose qui ressemblait à de la compassion traversa brièvement son regard, mais elle recula, les bras croisés.

– Je suis désolée mais je ne peux rien pour vous. Il y a un refuge pour sans-abri sur Elm Street. Au numéro 1400. Je suis passée devant plusieurs fois. Et maintenant je vais vous demander de bien vouloir quitter la boutique.

Je baissai la tête, trop écœurée, fatiguée et désespérée pour protester. Comment avais-je pu réduire à néant ma seule chance de trouver de l'argent et un abri ? Je ne possédais littéralement plus rien. Plus rien du tout à l'exception des vêtements volés que je portais, des fleurs séchées et du petit caillou dans ma poche. Je tournai les talons et quittai le magasin, hébétée et dépouillée de tout espoir.

J'errai dans les rues de la ville pendant un moment, peut-être des heures, je l'ignore. Je me fatiguai encore davantage et ralentis le pas. J'aperçus un banc et me laissai tomber dessus. Je me recroquevillai sur moi-même. La nuit tombait à présent et l'air s'était encore refroidi : ma veste trop légère ne me tenait pas chaud.

D'où tires-tu ta force, Belle de Jour ? m'avait-il demandé.

De toi, avais-je répondu en souriant et en l'attirant à moi.

Mais il n'était plus là. Où allais-je puiser ma force, à présent ?

Je levai les yeux vers la plaque indiquant le nom de la rue sur ma droite. *Elm Street.* Je poussai un profond soupir. Avais-je l'énergie de faire encore quelques pas ? Oui, certainement, pour un lit et un repas chaud, même si c'était dans un refuge pour SDF. Je pourrais penser à un plan demain. Peut-être que quelqu'un là-bas pourrait me dire où trouver un job… *quelque chose.*

Je me levai pour gagner Elm Street, et après avoir compris que le 1400 se trouvait sur la droite, je me mis en route. Je claquais des dents et j'entourai mes épaules de mes bras, tête baissée pour affronter le vent.

Des gens faisaient la queue devant moi : je me mis sur la pointe des pieds et tendis le cou pour vérifier si c'était pour le refuge.

– Tu cherches un endroit où pioncer ?

La question venait d'un homme âgé, aux cheveux blancs ébouriffés et au blouson sale, qui se tenait en bout de file. Je hochai la tête en claquant des dents.

– Cet endroit n'accepte que les hommes, expliqua-t-il. Mais une jolie fille comme toi doit probablement pouvoir se faire pas mal de fric dans la ruelle derrière.

Il inclina la tête en arrière avec un regard lubrique puis se mit à glousser.

Voilà qu'il repointait le bout de son nez. Le sexe. Je possédais encore quelque chose. J'aimerais prétendre ne pas avoir envisagé la chose pendant quelques secondes. J'avais tellement, tellement faim et si froid. La liste des choses que je n'étais pas prête à faire pour stopper la douleur de mon estomac vide et arrêter le froid qui s'était insinué jusque dans mes os était de plus en plus courte.

Je rassemblai mes derniers lambeaux de fierté et m'éloignai.

Il m'attend près de la source ensoleillée. *Je t'attendrai. Mais j'espère que je t'attendrai longtemps.*

Je fis une centaine de mètres avant que mes larmes se mettent à couler. La panique m'envahit. *Oh non, oh non. Tu ne peux pas pleurer. Si tu pleures, tu vas t'effondrer.* Cette idée fit surgir la terreur engendrée par ma situation. J'avais besoin de quelqu'un. *N'importe qui.* Il y avait de nombreux passants, mais ils n'étaient rien pour moi et je n'étais rien pour eux. Ils ne me voyaient pas. Je ne les intéressais pas. Avec le besoin vint la douleur, une douleur accablante. Je m'assis sur un escalier, posai la tête sur mes genoux et me mis à pleurer.

– Mademoiselle ?

Je levai brusquement le visage et distinguai entre mes larmes un homme âgé en costume. Je ravalai mes larmes autant que possible, m'essuyai les yeux et essayai d'inspirer pour me calmer.

– Je suis le propriétaire de la Compagnie Grant et Rothford, dit-il à mi-voix, l'air gêné.

C'est alors que je le reconnus. C'était l'homme derrière la paroi vitrée à qui la vendeuse avait parlé. *Le propriétaire.* Oh, non. Avait-il décidé que je lui devais davantage d'argent pour le vase ? Voulait-il appeler la police ? Je ne pouvais pas affronter les flics. Impossible.

Je me levai trop vite. Je parvins à faire deux pas avant que le monde vacille puis disparaisse.

LIVRE UN
Acadie

« Tout est plus beau parce que nous sommes condamnés.

Tu ne seras plus jamais aussi belle qu'en cet instant.

Nous ne serons plus jamais tous les dcux ici. »

Homère, L'Iliade.

CHAPITRE 1

CALDER – DIX ANS

Elle était arrivée un mardi. Je m'en souviens parce qu'on était en train d'arroser les champs de haricots et on ne le faisait que le troisième jour de la semaine. J'entendis la Jeep blanche avant de la voir et quand je levai la tête, je la vis surgir au coin de la route et se diriger vers nous en soulevant des nuages de poussière. Je plissai les yeux et reconnus Hector Bias derrière le volant et une tête blonde sur le siège du passager. Je mis la main en visière au-dessus de mes yeux pour me protéger du soleil aveuglant du désert et tenter de mieux apercevoir l'intérieur du véhicule, mais le reflet de la vitre m'en empêcha. De toute façon, la voiture était trop loin pour permettre de distinguer quoi que ce soit.

– Hector est rentré ! criai-je.

– Chut, Calder, me réprimanda ma mère. Hector sera content de voir que tu travailles dur.

Mais un sourire éclaira son visage lorsqu'elle regarda la Jeep approcher avant de se remettre au travail. Je levai les yeux au ciel et lui tirai la langue dans son dos mais je me penchai de nouveau pour arroser les haricots afin de leur permettre de devenir grands et forts pour nourrir les cent vingt d'entre nous.

Je ne la vis plus ensuite. Elle habitait dans le chalet principal avec Hector. Elle était son élue, la fiancée qui se tiendrait à ses côtés lorsque nous, son peuple, serions accueillis par les dieux à Élysée, le plus glorieux des paradis sous les cieux.

Nous voulions tous la voir, cependant. Nous éprouvions tous de la curiosité envers la femme, qui, selon les prédictions, nous mènerait avec Hector dans l'au-delà lorsque le déluge s'abattrait sur nous, suivi par la fin du monde. Je supposais qu'elle était notre ticket d'entrée au paradis.

Sa première maîtresse, Mère Miriam, nous apprit qu'il l'avait trouvée durant un pèlerinage. Mais Hector lui-même vivait loin de nous depuis longtemps, presque deux ans : il ne nous rendait visite qu'une ou deux fois par mois, s'occupant surtout de l'éducation de sa fiancée. Il fallait qu'elle soit prête à assumer sa tâche dans notre famille. Elle avait un rôle énorme à accomplir.

Le jour de sa présentation était donc très important. Nous nous débarrassâmes rapidement de nos vêtements de travail en lin sale, des pantalons fermés par un lien pour les garçons et les hommes et de longues jupes pour les femmes, avec des chemises amples pour tous. Bien sûr, il faisait si chaud l'été en Arizona que j'avais l'habitude d'ôter ma chemise et d'accrocher un morceau de n'importe quel tissu autour de mon cou pour essuyer la transpiration qui me coulait sur le visage lors de mon travail. Le tissu était rêche, mais c'était toujours mieux que d'avoir de la sueur salée dans les yeux. D'autres garçons m'imitaient à présent et faisaient comme si c'était leur idée, ce qui m'était complètement égal. Ce n'était pas comme s'il s'agissait d'une invention extraordinaire, après tout.

J'enfilai un pantalon et une chemise propre et quittai en courant notre petit chalet composé de deux pièces.

– Sois à l'heure, Calder ! cria ma mère derrière moi.

– Promis ! m'égosillai-je.

Je m'éclaircis la voix en me dirigeant vers les autres chalets. Je savais que ma voix était rauque et éraillée et parfois, quand je criais, j'avais mal à la gorge. Ma mère m'avait raconté que, quand j'avais environ trois ans, j'avais pleuré et hurlé pendant de longs jours et que ça avait abîmé ma gorge. Elle prétendait avoir oublié ce qui avait déclenché ce marathon de pleurs, mais un jour je m'étais arrêté net, comme si j'avais décidé de ne plus être malheureux. Elle disait que la tristesse n'était pas dans ma nature. Je suppose qu'elle avait raison : je ne me sentais jamais triste.

Je frappai à la porte arrière de la maison de Xander et sa sœur aînée, Sasha, qui avait seize ans, ouvrit, ses longs cheveux bruns tombant en cascade dans son dos. Je laissai mon regard errer sur sa silhouette avant de planter mes yeux dans les siens.

– Salut, Sash, dis-je en haussant les sourcils et en me redressant le plus possible afin d'être à sa hauteur.

Elle leva les yeux au ciel et se retourna.

– Xander, appela-t-elle. Ton petit pote est ici.

– Petit ? répétai-je, offensé. Je te ferai remarquer que j'ai grandi de huit centimètres cet été. Mon père l'a marqué sur le mur.

Sasha se mordit la lèvre comme si elle essayait de réprimer un rire. C'est alors que Xander la dépassa à toute allure, m'attrapa par le bras et m'entraîna derrière lui.

– Qu'est-ce que… ? protestai-je en courant derrière lui sur le sentier poussiéreux.

On évita de justesse la vieille Mère Willa qui tirait une brouette remplie de plantes médicinales.

Elle nous cria quelque chose mais elle était difficile à comprendre : il lui manquait trop de dents. Il faut croire qu'aucune plante ne soignait ça.

Xander s'arrêta, et quand je parvins à sa hauteur, je lui donnai une bourrade dans l'épaule. Il éclata de rire et évita mon deuxième coup.

– Tu vas te montrer très gentil, dit-il en jetant un coup d'œil autour de lui avant de se pencher vers moi pour murmurer : Regarde ce que j'ai chopé.

Il ouvrit la main : quatre morceaux de sucre absolument parfaits reposaient dans sa paume.

– Tu les as trouvés chez les gardes forestiers ? demandai-je en jetant un regard alentour avant de tendre la main pour en récupérer deux.

Je les enfournai et les croquai, les yeux fermés. Lorsque le sucre emplit ma bouche et explosa sur ma langue, je poussai un gémissement.

Xander m'attira hors du sentier et me lança un regard sévère. Je le regardai, perplexe, la bouche trop pleine pour parler.

– Quoi ? parvins-je à marmonner en haussant les épaules.

– Bon sang, Calder. C'est quoi ton problème ? Tu ne sais pas *savourer* quelque chose ? Tu n'es pas près de manger du sucre de nouveau et toi tu bâfres ? Espèce de débile.

Puis il me bouscula et je fis un pas en arrière en essayant de ne pas rire pour ne pas laisser tomber le sucre que j'avais dans la bouche.

Xander saisit un morceau entre le pouce et l'index et le lécha délicatement avant de l'éloigner afin de pouvoir parler.

– Tu vois, Calder, quand tu as un truc bon, il faut le faire durer, expliqua-t-il en étirant le dernier mot.

Mais avant qu'il ait eu le temps de porter le morceau de sucre à sa bouche, deux des chiens sauvages qui erraient sur notre terrain le percutèrent en courant : il trébucha et laissa tomber le sucre dans la poussière. Les chiens passèrent dessus et l'enterrèrent avec leurs pattes.

Pendant un instant, je considérai le sucre écrasé à nos pieds, puis je reportai mon attention sur Xander, qui restait bouche bée, stupéfait.

Je fus pris d'un tel fou rire que je dus me plier en deux pour ne pas tomber à la renverse.

Je levai les yeux vers Xander dont l'expression abasourdie fut remplacée par un minuscule sourire, puis il éclata de rire à son tour et nous laissâmes libre court à notre hilarité sous le soleil écrasant de la fin d'après-midi.

C'était une chose que j'appréciais chez mon ami Xander : il savait rire de lui-même, ce qui était une qualité que la plupart des adultes de ma connaissance ne possédaient pas.

– Ah, allez, viens, mon petit morceau de sucre, fit Xander en prenant la direction du chalet principal où nous avions prévu d'aller nous installer pour observer de près la nouvelle mariée que tout le monde voulait voir à tout prix.

– J'ai entendu dire qu'elle avait le visage d'un ange et le corps d'une déesse, affirma Xander avec déférence.

J'acquiesçai.

– C'est ce que dit la prophétie.

– Je parie qu'elle ressemble à une des femmes des Oscars, suggéra Xander en plissant les yeux comme pour admirer le *People Magazine* qu'il avait volé deux mois plus tôt et qu'on avait feuilleté ensemble, cachés derrière son chalet, et dans lequel on avait vu des femmes peintes dans de longues robes colorées tenant des statuettes dorées en forme de personne.

Je haussai les épaules.

– Non, Hector n'épouserait pas une femme comme ça, protestai-je. Elles sont trop (je m'interrompis pour réfléchir à ce que ces femmes avaient en trop pour notre famille) colorées.

Même si elles devaient être très intelligentes pour avoir gagné un prix aussi prestigieux.

Xander leva les yeux au ciel.

– Oui, je sais bien. Je voulais dire par là qu'on pourrait en prendre une jolie et l'habiller comme Mère Miriam.

Nous gardâmes le silence pendant un instant. Je pensais à la vieille et terne Mère Miriam qui avait l'air sévère dans son ample robe grise. Quand je posai les yeux sur Xander, je devinai à son air songeur qu'il imaginait la même chose que moi et que Mère Miriam ne soutenait pas la comparaison.

– Bref, fit-il en se déridant. On sera fixé dans une minute.

Le soleil tapant sur nos têtes, nous nous accroupîmes dans la poussière le long du mur latéral du chalet dans lequel vivait le conseil. Nous nous étions dit que c'était de là que nous aurions la meilleure vue quand la procession quitterait la maison pour se rendre au Temple, où l'élue d'Hector devait être présentée.

Xander ramassa un bâton et se mit à creuser la terre à côté de nos sandales.

– Je parie que je pourrais me faufiler à l'intérieur pour voler des caramels, finit-il par murmurer. J'ai regardé par la fenêtre. Y en a des tas, comme si c'était rien.

Je lui adressai mon regard le plus désapprobateur possible.

– Ce serait un péché de voler quelque chose au conseil… à Hector. Il pourvoit à nos besoins.

Xander baissa les yeux vers la poussière dans laquelle il dessinait avec son bâton.

– Je me demande… pourquoi est-ce qu'ils mangent du sucre quand ils veulent, alors que nous on doit… l'emprunter aux gardes forestiers ?

Je ramassai un bâton et commençai à dessiner à mon tour. Je n'avais pas de réponse à cette question, je décidai donc de garder le silence. Je décidai aussi de ne pas lui rappeler que, quand on prenait quelque chose sans intention de le rendre, ça ne s'appelait pas « emprunter ».

Xander appartenait au groupe de travailleurs chargés de notre sécurité et chaque fois qu'il le pouvait, il se faufilait dans le chalet du garde forestier qui menait dans le parc national, quelques kilomètres plus bas. Il y trouvait tout un tas de bonnes choses comme des morceaux de sucre, des magazines, et même une fois du Coca-Cola. J'y pensais encore et j'aurais bien aimé boire une autre canette de la boisson sucrée et pétillante que nous avions partagée derrière les arbres qui bordaient les champs. J'avais de la chance qu'il partage tout ce qu'il trouvait avec moi. Je savais que ce n'était pas bien. Mais je ne pensais pas que c'était un péché suffisamment grave pour qu'on nous laisse derrière quand les dieux escorteraient le peuple d'Hector vers Élysée. Je prenais bien soin de travailler un peu plus pour compenser les menus larcins que nous commettions souvent, Xander et moi.

– Quand je serai choisi pour faire partie du conseil et travailler dans la grande communauté, je garderai toujours un plein tonneau de caramels dans mon bureau, dis-je en riant. Et je t'en apporterai.

Xander se mit à rire à son tour.

– Comme si ça risquait d'arriver. Si quelqu'un est assez malin pour être choisi pour faire partie du conseil, c'est moi.

Je ricanai.

– Si c'est ça ton plan, on ferait mieux de prier pour se retrouver rapidement à Élysée. J'espère que les dieux ont des caramels.

L'expression de Xander devint rêveuse et il s'adossa à la paroi en bois derrière nous.

– Je parie qu'Élysée est fait de caramel.

J'y réfléchis un instant. Ça ne me paraissait pas une idée si brillante que ça. C'est peut-être bon au début, mais au bout d'un moment on en aurait certainement assez du caramel par-ci et du caramel par-là… tout serait collant et on serait coincés pour l'éternité dans un endroit en caramel et…

La voix de Xander, qui monologuait toujours, s'immisça dans mes pensées. Je continuai à dessiner dans la poussière.

– … des nuages en caramel, des fleurs en caramel, des maisons en caramel, des meubles en caramel…

Ce qui ressemblait fort à un rire enfantin nous parvint soudain. Nous basculâmes la tête en arrière et aperçûmes une tête blonde s'éloigner de la fenêtre, certainement la fille d'un des membres du conseil. Je jetai un regard à Xander, qui avait l'air intrigué, puis nous entendîmes une voix féminine s'écrier : « Qui est là ? », avant que la fenêtre soit brusquement refermée.

Xander et moi échangeâmes un regard effrayé puis nous sautâmes sur nos pieds et nous nous éloignâmes en courant.

***

Le vaste Temple en bois était déjà bondé, exactement comme nous l'avions prédit. En tant que travailleurs, Xander et moi étions obligés de nous asseoir au fond. Nous étions furieux d'avoir été surpris au chalet. Nous ne pourrions pas voir la princesse de près avant son arrivée dans le bâtiment plein à craquer. Pour apercevoir l'estrade sur laquelle s'asseyait le conseil et d'où Hector prêchait, il fallait tendre le cou.

En général, les travailleurs restaient groupés au Temple : les gardiens des champs et de l'eau, les éleveurs et les gardiens (ceux qui veillaient à notre sécurité) se tenaient sur la gauche et les enseignants, les tisserands, les couturiers et les maçons de l'autre côté. Grâce à nous, tous les membres de notre communauté de cent soixante-deux hectares étaient nourris, vêtus, en sécurité, allaient à l'école et avaient un toit.

Hector l'avait baptisée Acadie, ce qui signifie « Terre fertile ». Et c'était vrai, parce que nous avions tout ce dont nous avions besoin, enfin, sauf du Coca-Cola. Mais je suppose que, techniquement, ce n'était pas vraiment un *besoin*, et puis de toute façon, ce n'était pas comme si je pouvais en parler.

Ma mère me sourit en me voyant entrer dans le Temple et elle me fit un signe de la main. Je fis un geste du menton à Xander, qui rejoignit sa famille, laquelle se tenait un peu à droite de la mienne. Mon père m'attira devant lui et posa les mains sur ma poitrine afin que nous prenions le moins de place possible. Je respirai l'odeur de savon qu'exhalait sa peau et me blottis contre lui, en sécurité. Je jetai un coup d'œil à ma mère, qui avait adopté la même position avec ma sœur, Maya. Elle était née avec une jambe qui ne fonctionnait pas bien, et même si elle faisait partie de notre famille et qu'elle aurait dû aider aux travaux d'irrigation des champs et au maintien de la réserve d'eau potable, à cause de cette malformation de naissance, elle était incapable de faire des travaux lourds. Au lieu de ça, elle aidait les femmes qui cousaient les vêtements et les draps et… Eh bien, je ne savais pas vraiment ce qu'elles cousaient d'autre. Je suppose qu'en observant bien, j'aurais trouvé plein d'autres choses, mais je n'y avais jamais prêté attention. Maya avait un an de plus que moi mais elle était beaucoup plus petite physiquement et mentalement, à cause de quelque chose qui s'appelait la trisomie 21. Mes parents m'avaient expliqué que ça voulait dire qu'elle était née avec un chromosome supplémentaire. Je baissai les yeux vers elle et elle me fit un grand sourire en fronçant le nez. Je lui rendis son sourire et m'emparai de sa main, que je pressai trois fois. Son sourire s'élargit et elle pressa trois fois la mienne à son tour.

Deux mois plus tôt, alors que je quittais la maison, elle m'avait crié « Je t'aime, Calder ! » devant mes amis, qui s'étaient moqués de moi. J'étais revenu sur mes pas pour lui dire que j'étais trop vieux pour qu'elle me dise des choses pareilles, et elle aussi, d'ailleurs. Je lui avais ordonné d'arrêter. Elle avait eu l'air dévastée et je m'étais tout de suite senti coupable. Plus tard, je lui avais expliqué qu'on pouvait toujours se le dire, mais en silence. À partir de maintenant, on se pressait la main trois fois pour se dire « Je t'aime ». C'était notre code secret.

J'avais l'impression que le chromosome que Maya avait en plus était rempli d'un amour débordant. Tellement débordant qu'il coulait en permanence et s'exprimait bruyamment. Elle ne pouvait pas le garder en elle. Il devait absolument sortir, d'une manière ou d'une autre. Mais je suppose que, quand on aime quelqu'un, on supporte tous ses défauts, même les plus bruyants.

Le silence s'installa sur l'assemblée lorsque les portes s'ouvrirent dans notre dos et qu'Hector Bias remonta l'allée avec détermination, suivi par les membres du conseil. C'était un homme grand et fort dont la posture soulignait son rôle de chef. Il lui arrivait d'attacher ses longs cheveux blonds en queue-de-cheval. Ses yeux bleu vif semblaient avoir le pouvoir de vous transpercer. Les rares fois où il s'était adressé directement à moi, j'avais dû me faire violence pour ne pas baisser les yeux. Il y avait quelque chose dans son regard qui vous dévalorisait ; comme si vous ne méritiez pas de contempler trop longuement quelqu'un de si beau.

Les portes se refermèrent derrière lui et je fronçai les sourcils, déçu. Est-ce que finalement nous ne rencontrerions pas sa nouvelle femme aujourd'hui ?

Hector s'installa derrière le pupitre et les quatre membres du conseil s'assirent derrière lui. Il balaya l'assistance du regard et je me redressai avec fierté. Je sentis mon père faire la même chose dans mon dos. Un jour, je m'assiérais sur cette estrade derrière Hector à la place d'un des membres du conseil. Je sentis la détermination m'envahir.

Hector leva les bras comme au ralenti et sa voix retentit :

– Contemplez l'élue ! Ma femme et votre mère. Eden !

Deux des membres du conseil se levèrent, remontèrent l'allée centrale, ouvrirent les grandes portes en bois et s'effacèrent. Le silence devint encore plus profond et nous pivotâmes tous en chœur. Un sentiment inexplicable m'envahit ; un mélange de crainte et de joie.

Tout sembla se figer.

Soudain, une brise s'engouffra dans le Temple, apportant avec elle des feuilles mortes qui tourbillonnèrent avant de se poser sur le sol. Au même moment, les carillons suspendus devant la porte se mirent à tintinnabuler comme si le monde avait retenu son souffle jusqu'à cet instant. Je me tordis le cou pour voir ce que tout le monde regardait et c'est alors que je l'aperçus : c'était une fille encore plus petite que Maya, elle remontait lentement l'allée, l'air terrifié. Je la contemplais, les yeux écarquillés. Elle portait une robe en dentelle blanche, comme une mariée miniature, et ses cheveux blonds dégringolaient sur ses épaules et dans son dos. Quant à son visage… je sentis mon cœur faire une embardée dans ma poitrine en découvrant sa beauté. Ses lèvres pleines et roses tremblaient légèrement et elle jetait des regards apeurés autour d'elle. Ses yeux se posèrent soudain sur moi et je retins ma respiration. Nos regards se croisèrent ; elle battit des cils et je la dévisageai, figé. J'étais trop loin pour voir la couleur de ses yeux, mais quelque chose en eux me retenait prisonnier. Puis elle tourna la tête, rompant le charme. Je poussai un profond soupir tandis qu'elle poursuivait son chemin, me présentant son dos.

Un étrange instinct m'ordonnait de lui courir après pour l'attraper par la main. Je me rendis soudain compte que je tenais toujours celle de Maya dans la mienne. Je la serrais si fort qu'elle me jeta un regard noir. Je relâchai un peu la pression et lui adressai un sourire contrit avant de reporter mon attention sur la fillette qui se tenait à présent debout à côté d'Hector, sur l'estrade.

– Mes bien-aimés, dit Hector en levant de nouveau les bras, rayonnant. Aujourd'hui est un jour formidable. Aujourd'hui est un jour empli de la gloire des dieux. (Il nous regarda de nouveau tour à tour.) Aujourd'hui est le jour où vous allez faire la connaissance d'Eden.

Il posa les mains sur les épaules de la fillette et se plaça derrière elle. Je fronçai les sourcils, perplexe, et posai les yeux sur mes parents, qui avaient l'air complètement sous le charme. J'imitai leur petit sourire bienveillant et pivotai de nouveau vers Hector et la petite fille, *Eden*. J'étais apparemment le seul de la famille à trouver que les événements avaient pris une tournure intéressante.

– Je sais que vous êtes probablement surpris de voir que votre mère est si petite, poursuivit Hector. Comme moi, la première fois que j'ai posé les yeux sur elle et que j'ai découvert qu'elle portait la marque.

Il se tourna vers Eden, qui regardait autour d'elle avec de grands yeux, et la conduisit vers une chaise au milieu des membres du conseil. Elle s'assit avec raideur, les mains jointes sur ses genoux ; elles tremblaient peut-être un peu, mais j'étais trop loin pour pouvoir l'affirmer avec certitude. Sa robe en dentelle forma une corolle autour d'elle.

Lorsque Hector nous fit de nouveau face et reprit la parole, je détachai les yeux d'Eden avec difficulté. Hector reprit sa place derrière son pupitre, l'air songeur.

– Les dieux ne sont pas toujours clairs avec nous, pas toujours prévisibles, ni toujours faciles à comprendre. Et pourtant, les dieux savent toujours tout mieux que nous, n'est-ce pas ?

– Oui, Père, nous répondîmes en chœur.

Hector hocha la tête et se pencha en avant d'une manière décontractée, les coudes sur le lutrin et les doigts noués.

– Oui, les dieux savent tout et les dieux décident pour nous. Et le jour où j'ai vu Eden et où j'ai reconnu la marque sur son épaule qui annonçait qu'elle était l'élue, mon équilibre et mon harmonie, je suis rentré chez moi et j'ai prié. *Comment était-ce possible ?* Comment l'élue, ma fiancée, ma femme, celle qui nous conduirait vers Élysée, comment pouvait-elle être une *enfant* ? Mes bien-aimés, je me suis posé les mêmes questions que celles qui vous assaillent certainement en ce moment.

Hector leva légèrement les bras puis les abattit sur le pupitre. Nous sursautâmes. Il poursuivit plus fort :

– Cette nuit-là, j'ai prié les dieux. Guidez-moi, je vous en prie ! Ne me permettez pas de décevoir mon peuple ! Mes bien-aimés sont la raison même de mon existence !

Il inclina un peu la tête, apparemment submergé par l'émotion. Quand il la releva, ses yeux brillaient.

– J'ai pleuré et prié toute la nuit. Et enfin… enfin, aux petites heures de l'aube, les dieux se sont adressés à moi dans un murmure.

Hector contempla de nouveau l'assemblée et je retins mon souffle en attendant de savoir ce que les dieux lui avaient dit. Ça devait être important.

– « C'est elle », m'ont-ils révélé. Elle s'appelle Eden et elle est l'élue.

Il marqua un silence et regarda de nouveau autour de lui avant de se tourner vers Eden. Il tendit le bras vers elle comme pour la présenter une nouvelle fois, avant de se tourner vers nous.

– Je l'ai donc amenée ici pour qu'elle vive avec nous, enfant jadis orpheline et seule au monde. Quand elle atteindra son dix-huitième anniversaire, elle deviendra ma seule et unique femme bien-aimée. Et comme l'a révélé la prophétie, nous vivrons ensemble comme mari et femme pendant deux mois et six jours avant que le déluge ne s'abatte sur nous et ne détruise la Terre et tous les hommes et les animaux qui y vivent et que nous, le peuple élu des dieux, ne soyons escortés vers Élysée, où il n'y a ni souffrance, ni luttes, ni larmes.

Je sentis un frisson me parcourir, comme toujours quand Hector parlait du déluge et de notre voyage vers Élysée. Sauf que maintenant nous avions une échéance et que le déluge n'aurait pas lieu avant des années et des années ; Eden ne devait pas avoir plus de huit ans… probablement sept. Elle était si petite. Le soulagement m'envahit.

– Eden siégera à la place d'honneur durant toutes les assemblées du Temple et elle sera traitée avec respect et amour. Merci de l'accueillir avec l'adoration qu'elle mérite.

Toute la congrégation s'agenouilla, tête baissée. Ma mère prit Maya sur ses genoux parce que cette dernière ne pouvait pas plier la jambe. Nous restâmes ainsi pendant plusieurs minutes, jusqu'à ce qu'Hector nous ordonne de nous relever. Je jetai un coup d'œil à Eden à la dérobée : elle nous contemplait avec curiosité.

Je me demandai à quoi ressemblait l'endroit d'où elle venait. Vivait-elle dans une maison ou un appartement ? Est-ce qu'elle avait déjà mangé des morceaux de sucre et bu du Coca-Cola ? J'aurais aimé pouvoir lui parler et lui poser plein de questions. Mais c'était impossible, bien sûr.

Je me rendis soudain compte qu'Hector avait continué à parler tandis que mon esprit dérivait vers le sucre et le Coca-Cola.

– Comme si la présence d'Eden n'était pas une surprise suffisante, j'en ai encore une pour vous en ce jour glorieux. (Il marqua une pause.) Pendant mes voyages, je suis tombé sur Teresa. Teresa, ma bien-aimée, veux-tu bien t'avancer s'il te plaît ?

Une brunette maigre et aux joues creuses se leva et se dirigea vers Hector, plus impressionnant que jamais. Elle s'immobilisa à ses côtés, jeta un regard gêné sur la foule et baissa les yeux.

– Avant de venir ici, Teresa menait une vie de débauche, expliqua Hector en secouant la tête avec ce qui ressemblait à une profonde tristesse. Je l'ai trouvée dans une ruelle où elle se livrait à des actes sexuels dépravés contre de l'argent. (Teresa sembla se recroqueviller encore davantage sous nos yeux tandis que plusieurs membres de l'assemblée grommelaient leur désapprobation alors que d'autres poussaient de petits cris en secouant la tête.) Elle se prostituait pour se payer de la drogue depuis l'âge de seize ans. Elle en a trente-six à présent.

Hector se plaça derrière elle et posa une main paternelle sur son épaule squelettique. Puis il la lâcha et se dirigea vers le côté de l'estrade où étaient disposés plusieurs bouquets de fleurs sur des piédestaux. Il s'empara avec soin d'un magnifique lys blanc et rejoignit Teresa.

Je posai les yeux sur Eden : elle suivait des yeux le moindre geste d'Hector. Ses mains reposaient toujours dans son giron et elle avait cessé de trembler.

Hector s'immobilisa devant nous, les yeux rivés sur le lys parfait, qu'il porta à son nez. Il inspira profondément puis ferma les yeux, la tête rejetée en arrière.

Il demeura ainsi pendant quelques secondes puis il rouvrit les yeux et se dirigea vers Jeffrey Parker, qui se tenait au premier rang, et lui tendit la fleur en hochant la tête. Jeffrey acquiesça à son tour et passa le lys à l'homme qui se tenait à sa droite.

Nous regardâmes en silence la fleur circuler dans le Temple d'un homme à l'autre avant de regagner le premier rang, où Hector la récupéra dans les mains de Boris Friedman.

Hector contempla le lys avec tristesse. Il était brisé et abîmé, un de ses pétales pendait, prêt à tomber d'un instant à l'autre, ce qui était vraiment dommage. Il porta de nouveau la fleur à son nez et inspira, sourcils froncés, comme si son odeur agréable avait disparu.

Il considéra Teresa avec insistance avant de reporter son attention sur le lys.

– Qui voudrait de ce lys à présent ? demanda-t-il à voix basse. *Qui* pourrait aimer une fleur abîmée que tout le monde a touchée ?

Il tint le lys devant lui et nous lança un regard interrogateur. Une larme coula sur la joue de Teresa et elle se mordit la lèvre, les yeux baissés.

Maintenant que j'avais dix ans, je savais ce qu'était une métaphore. Je comprenais que Teresa était ce lys abîmé et je voyais bien qu'elle le savait aussi.

Et personne sur la Terre verte des dieux ne voulait être cette fleur abîmée, même si parfois le comportement de certains semblait prouver le contraire, ou du moins c'était ce que ma mère m'avait expliqué quand je lui avais posé des questions sur tout ça.

– QUI POURRAIT VOULOIR UNE FLEUR COMME CELLE-LÀ ? QUI POURRAIT TROUVER DE LA BEAUTÉ DANS UNE CHOSE AUSSI SALE ET SOUILLÉE ? cria Hector en postillonnant.

L'assemblée le contemplait, subjuguée. Teresa poussa un petit cri. Mais j'avais déjà entendu ce discours avant et même si j'étais captivé, comme d'habitude, j'attendais, comme les autres.

– Qui ? demanda Hector sur un ton plus bas. *Qui ?*

C'était notre signal.

– Vous, Père ! Et nous, Père !

Nous avions crié avec force.

Teresa leva brusquement la tête et regarda autour d'elle, stupéfaite. Elle ouvrit la bouche en voyant Hector se diriger vers elle.

– C'est exact, ma bien-aimée. Je le peux. Nous le pouvons. Nous pouvons tous t'aimer, notre fleur, qui est née de nouveau grâce à l'amour, la famille, parce qu'elle a un objectif et qu'elle devient membre d'une communauté.

Il fit surgir le lys qu'il tenait dans son dos : il était de nouveau parfait, comme lorsqu'il l'avait pris dans le vase. Neuf, frais et magnifique.

J'adorais cette partie, qui faisait toujours courir un frisson dans mon dos. C'était comme un rebondissement dans une histoire, ça faisait jaillir le cœur et on avait envie de le partager tout de suite avec un ami. Le retournement de situation n'était inattendu que pour ceux qui se tenaient sur l'estrade pour la première fois et ils adoraient ça : ils pleuraient et en parlaient pendant des mois.

Naturellement.

Teresa poussa un petit cri et je devinai qu'elle ressentait exactement ça. Ses larmes redoublèrent et elle se mit à sangloter. Hector l'enlaça en répétant :

– Je peux, nous pouvons, je peux, mon amour.

Hector regarda dans ma direction et je sus qu'il était temps pour moi d'apporter l'eau.

Mon père me lâcha et je me dirigeai vers les fonts baptismaux au fond du Temple. Je remplis la petite tasse prévue à cet effet et rejoignis Hector.

– Mon porteur d'eau, dit Hector en me souriant.

Je lui rendis son sourire avec fierté et lui tendis la tasse avant de faire un pas de côté, tête baissée et mains jointes.

Pendant qu'Hector faisait boire à Teresa l'eau sanctifiée, je jetai un coup d'œil en catimini à Eden sans relever la tête. Je voulais la voir mieux. Nos regards se croisèrent et elle me dévisagea sans ciller. Je détournai les yeux sans pouvoir m'empêcher de sourire un peu. Quand j'osai poser de nouveau les yeux sur elle, je vis qu'elle aussi souriait, un sourire timide et minuscule.

Je m'obligeai à baisser la tête tandis qu'Hector enlaçait de nouveau Teresa avant de me rendre la tasse. Puis il nous la présenta avec un simple geste de la main et elle essuya ses larmes, rayonnante.

Et ainsi Teresa fut lavée de ses péchés et devint un membre de notre famille, comme de nombreux autres avant elle. Et même si Maya et moi étions nés dans la communauté, ma mère disait que ceux qui choisissaient de la rejoindre librement étaient spéciaux.

Elle affirmait que les dieux conduisaient Hector vers eux mais qu'ils le suivaient librement.

Je rejoignis ma famille et nous quittâmes tous tranquillement le Temple pour aller préparer le dîner. Je jetai un coup d'œil en arrière alors que je marchais avec mes parents, et même si la foule qui se pressait derrière moi me bloquait la vue, je croisai plusieurs fois le regard d'Eden. Était-il possible qu'elle m'ait regardé m'éloigner ?

CHAPITRE 2

CALDER – DOUZE ANS

Le sentier poussiéreux du canyon était escarpé et étroit, mais à présent que j'étais presque arrivé dans la vallée protégée des ardents rayons du soleil, je soupirai de soulagement en sentant l'air plus frais. Nous étions en janvier et dans la journée la température n'excédait pas 21 °C, mais l'ombre était agréable quand on marchait aussi vite.

Même si c'était une randonnée difficile, j'adorais le rituel bi-hebdomadaire qui consistait à aller puiser l'eau purifiée que je rapportais et servais au Temple. Je descendais le sentier le plus vite possible, courant parfois à certains endroits afin de pouvoir passer plus de temps à la source. De temps à autre, Hector m'accompagnait pour bénir la source, même si c'était les dieux qui nous fournissaient l'eau guérisseuse pour que nous soyons purs et purifiés quand viendrait le grand déluge. C'était cette purification qui équilibrerait notre organisme et nous aiderait à ne pas succomber au mal et à la tentation.

Chaque fois que quelqu'un était blessé ou malade, j'allais chercher de l'eau pour lui. La maladie était toujours un déséquilibre, du moins c'était ce qu'affirmait Hector. Il disait aussi que même si les dieux nous donnaient l'eau, qui permettait d'améliorer les choses de toute façon, c'était eux qui décidaient ou non de la guérison. Parfois ils jugeaient bon de guérir, et parfois, constatait Hector, ce n'était pas leur volonté et il fallait l'accepter sans remettre leurs raisons en question. Nous n'avions pas à savoir, du moins pour l'instant.

C'était le cas avec Maya. Mes parents m'avaient raconté qu'en voyant sa jambe difforme et ses traits différents, ils avaient versé l'eau curative dans sa petite bouche de bébé, mais les dieux avaient apparemment des raisons de la laisser comme elle était parce que cette fois-ci, l'eau n'avait pas été opérante.

Pourtant, l'été dernier, quand j'avais apporté de l'eau à Franklin Massey, qui était plié en deux par d'insoutenables douleurs d'estomac, il s'était soudain redressé un peu plus tard dans la journée, guéri.

Je suppose que les voies des dieux sont impénétrables, parce que d'après moi, Franklin Massey était un vieux grincheux méchant avec une grimace mécontente permanente. Alors que Maya était un véritable rayon de soleil. Ce n'était pas comme ça que *je* gérerais les choses quand j'aurais du pouvoir à Élysée, ça c'est sûr. Même si c'était un argument stérile, parce qu'il n'y avait pas de maladie là-bas. Maya courrait dans les champs sur ses deux jambes valides et son cerveau serait le même que celui de tout le monde. Cette idée me fit sourire.

J'étais cependant certain que l'eau était magique, parce que chaque fois que j'en buvais, je sentais un sentiment de paix et de joie m'envahir et je me sentais purifié et fortifié.

Je tournai brusquement et j'aperçus la source. L'eau était d'un bleu cristallin et étincelant et des plantes vertes l'entouraient. J'avais toujours l'impression de voir un petit paradis et je me contentai de l'admirer pendant quelques minutes.

Je posai le sac en toile contenant les récipients et me laissai tomber sur l'herbe où je m'allongeai, les doigts noués derrière la tête, pour pouvoir contempler le ciel bleu et sans nuages, délimité par les hautes parois du canyon. Autour de moi, tout était gigantesque, magnifique, coloré et lumineux. Je me demandais comment Élysée pouvait être plus beau que ce que les dieux avaient créé, ici, sur Terre.

Tandis que j'étais étendu, mes yeux se posèrent sur des broussailles qui semblaient avoir été repoussées d'une manière bizarre. Je fronçai les sourcils, curieux, me relevai et gagnai l'étrange ouverture ainsi découverte. J'aperçus une anfractuosité entre les rochers, fissure que je n'avais jamais vue à cause de la végétation qui la dissimulait.

Je jetai un coup d'œil à l'intérieur, un peu nerveux : comme je ne distinguais pas grand-chose, je décidai de me glisser à l'intérieur. De l'autre côté, l'espace était beaucoup plus vaste que ce que j'imaginais et je pus me redresser et faire quelques pas dans l'espèce de grotte constituée de terre, de rocs et de quelques buissons épars d'herbe du désert. Mais en avançant, j'entendis de l'eau couler et remarquai que la végétation était plus abondante. Je franchis une autre ouverture et découvris une deuxième source ! J'éclatai de rire et regardai autour de moi, émerveillé par le lac caché. Comment se faisait-il que je n'aie jamais connu l'existence de cette source ? J'étais celui qui passait le plus de temps dans cet endroit. Elle était plus vaste que l'autre mais aussi claire et bleue, et des plantes poussaient tout autour. Il y avait même une petite cascade, plutôt un filet, à vrai dire, qui coulait entre deux larges rochers.

Quelque chose attira mon attention sur ma droite, entre deux rocs. En me rapprochant, je découvris quelque chose écrit dans la poussière et des jouets sagement alignés sur une petite couverture, à la jonction entre les deux rochers qui formaient une étroite alcôve.

Je penchai la tête pour mieux voir. Deux poupées, une dînette en plastique et un petit cheval rose. *Bizarre.*

Je baissai les yeux : *Eden* était écrit à l'aide de petits bâtonnets.

Je fronçai les sourcils, intrigué. Est-ce que c'était là qu'elle jouait ? Les objets avaient l'air plus vieux. Est-ce qu'elle venait ici depuis son arrivée ? Je contemplai les jouets en silence pendant un instant ; j'avais envie de les toucher mais je n'osais pas. Les enfants des membres du conseil avaient le droit d'avoir des jouets, mais pas ceux des travailleurs. Pourtant, je ne touchai rien. Quelque chose dans ces jouets me paraissait vraiment très triste et affaiblissait mon désir de les ramasser pour les examiner de plus près. Je songeai à mes nombreux amis et à nos jeux de l'après-midi, une fois le travail terminé : des variantes des activités que nos parents nous avaient apprises, comme cache-cache ou chat perché… D'après mon expérience, on trouvait toujours quelqu'un avec qui jouer en Acadie. Il fallait même faire un effort si on voulait s'éloigner un peu du bavardage incessant.

Mais Eden… ne jouait-elle pas avec les autres enfants qui habitaient le même chalet qu'elle ? Pour une raison que j'ignorais, cela lui était-il interdit ? Je voyais bien de quelle manière mes amis la regardaient quand elle se dirigeait vers le Temple mois après mois, avec intérêt, certes, mais comme si elle était différente de nous. Différente… et considérée avec une certaine suspicion, probablement même de la jalousie.

Je suppose que c'était la même chose avec les enfants des membres du conseil. Elle était différente aussi ; ce n'était pas une petite fille ordinaire et pas encore une épouse, mais un étrange mélange des deux et elle n'appartenait pas vraiment à la communauté.

Je me redressai lentement et me mordis la lèvre pendant un moment en pensant à Eden que j'imaginais en train de jouer dans cet endroit. Toute seule.

Je fus tiré de mes pensées par le cri strident d'un faucon et je regagnai la source extérieure pour remplir mes bidons. Si je ne me dépêchais pas de rentrer, ma mère ne tarderait pas à s'inquiéter.

Je franchis l'entrée de la grotte en sens inverse et je remis le buisson en place afin que l'entrée ne soit plus visible. J'espérais qu'Eden penserait à faire de même. Pour une raison inexplicable, je ne voulais pas que quelqu'un d'autre découvre la source cachée derrière le passage secret.

***

Je surveillai Eden avec plus d'attention après ça ; j'éprouvais une plus grande curiosité à son égard et à l'égard de ses actions et de sa façon de vivre. Elle était si proche et en même temps tellement éloignée de nous.

J'admirais le chalet principal, illuminé par l'électricité au milieu de l'obscurité de nos habitations, que nous éclairions à la bougie.

Je l'apercevais de temps en temps, le nez à sa fenêtre, quand nous jouions dans le champ poussiéreux non loin de la grande maison, juste après les premières habitations des travailleurs.

Un jour particulièrement chaud de la fin du mois de mai, nous décidâmes de jouer à Frappe la Canette. Mais dans notre cas, la « canette » en question était un petit morceau de bois flottant que j'avais trouvé dans la rivière qui coulait derrière notre terrain, notre source d'eau pure et potable. J'essayais dans ma tête d'appeler le jeu « Frappe le morceau de bois » parce que penser à une canette m'évoquait le Coca-Cola, et bon sang que j'aurais aimé en boire en ce moment, tout transpirant et assoiffé que j'étais sous le soleil de midi.

Tout d'un coup, je remarquai une tête blonde surgir de derrière un arbre non loin de nous. Je fis semblant de ne rien voir et je continuai à jouer en jetant des coups d'œil à Eden de temps en temps, debout au milieu du bosquet d'acacias, presque à découvert.

Pendant le quart d'heure qui suivit, elle se rapprocha lentement de notre terrain de jeux jusqu'à ce qu'elle finisse par se retrouver sur le côté, non loin des joueurs déjà éliminés.

Lorsqu'elle l'aperçut, une petite brune du nom de Hannah la dévisagea, stupéfaite.

– Tu as le droit d'être ici ? demanda-t-elle, nerveuse.

Eden redressa les épaules et jeta un regard autour d'elle. Ses yeux s'attardèrent sur moi quand elle murmura :

– Je me demandais si je pouvais jouer avec vous.

Tout le monde s'éloigna un peu d'elle et nous échangeâmes un regard incrédule. Aucun enfant des membres du conseil n'avait jamais formulé une requête pareille, jamais.

Aaron Swift finit par répondre :

– Non. Rentre dans ton palais, princesse. Tu n'es pas comme nous. (Puis il adoucit sa réponse en ajoutant :) Tu es une fleur, et nous, nous sommes des mauvaises herbes. On ne peut pas être les deux à la fois. Tu dois jouer avec les autres fleurs.

Et il conclut son discours par un sourire un peu nerveux. Les autres gamins remarquèrent qu'Eden rougissait. Elle baissa les yeux et soupira, résignée. Je compris soudain qu'elle avait peut-être mis des semaines, voire des mois, à rassembler le courage nécessaire pour nous demander si elle pouvait jouer avec nous.

Je songeai à ces jouets cachés dans le canyon à côté de la source et je me rendis soudain compte que les enfants du conseil ne jouaient pas avec elle non plus. Elle n'appartenait à aucun des groupes. Je ne savais pas pourquoi, vu que j'ignorais comment les choses se passaient dans le grand chalet, mais j'en étais certain. Au moment où elle tournait les talons et avant de me donner le temps de me raviser, je lançai :

– Ce n'est pas vrai.

Eden s'immobilisa et pivota vers moi. Les enfants qui étaient restés sur le terrain nous rejoignirent pour voir ce qui retardait le jeu.

Je rejoignis Eden et la contournai. Elle tourna la tête pour me suivre des yeux.

– Connais-tu les belles-de-jour ? demandai-je en souriant, en plongeant le regard dans ses yeux d'un bleu profond.

Elle avait beau n'être qu'une enfant, elle était très jolie. Elle fronça les sourcils, se mordit la lèvre et secoua la tête en signe de dénégation.

Je m'immobilisai devant elle, les bras croisés.

– Une belle-de-jour est une fleur magnifique et délicate. Elle est bleue comme tes yeux. (Je m'interrompis, un sourire aux lèvres.) Mais sais-tu quelle est la particularité de la belle-de-jour ? (Je me penchai vers elle et elle m'imita, le regard plein de curiosité.) Si tu ne la contrôles pas, elle envahit tout parce que ce n'est pas seulement une fleur. C'est aussi une mauvaise herbe très envahissante. Et plus résistante qu'elle n'en a l'air.

Je reportai mon attention sur mes amis.

– Ce que je veux dire par là, c'est qu'on n'est pas obligé d'être une fleur ou une mauvaise herbe. On peut être les deux. (Je haussai les épaules.) Et je pense que certaines personnes sont les deux à la fois, conclus-je avec un grand sourire.

– Oh, bon sang, Calder, je suis certain que tu inventes la plupart des trucs que tu racontes, se moqua Xander. D'accord, fleur, mauvaise herbe, on s'en fiche, jouons. Tu n'as qu'à prendre Eden dans *ton* équipe.

Tout le monde reprit sa place en courant. Je jetai un coup d'œil à Eden : un grand sourire étira lentement ses lèvres puis elle éclata de rire.

Il était contagieux apparemment, parce que je me mis à sourire à mon tour en courant reprendre ma place.

Mais je n'avais rien inventé. Les belles-de-jour étaient à la fois des fleurs et des mauvaises herbes, du moins ici, en Arizona. J'en savais quelque chose. J'en arrachais des brassées entières dans les champs où elles essayaient de s'approprier toute l'eau.

Nous jouâmes sous le soleil torride pendant au moins une heure avant que Mère Miriam ne surgisse du chalet principal, l'air irrité.

– Eden ! cria-t-elle.

Cette dernière me dépassa en courant, ses longs cheveux blonds et sa lourde jupe flottant derrière elle. Elle avait joué avec plus d'enthousiasme que tous les autres et tout le monde l'avait traitée comme une « mauvaise herbe ». Elle n'avait pas cessé de sourire de toute la partie.

Eden était définitivement une belle-de-jour : aussi jolie qu'une fleur et aussi résistante qu'une mauvaise herbe.

Une fois parvenue à la hauteur de Miriam, elle se retourna, et même si j'étais certain que Miriam était en train de l'enguirlander, Eden m'adressa un sourire comme pour dire que ça valait complètement le coup. Je lui rendis son sourire.

Eden se dégagea soudain de l'étreinte de Mère Miriam et courut vers moi tandis que celle-ci hurlait son nom. Elle s'arrêta devant moi, le souffle court, et plongea la main dans la poche de sa jupe. Elle s'empara de ma main et posa la sienne en coupe sur ma paume ouverte avant de refermer mes doigts sur un petit objet dur. Nous levâmes les yeux en même temps et nos regards se croisèrent. Elle m'adressa un sourire étincelant puis s'éloigna en courant vers Miriam, qui l'attrapa par le bras et prit la direction du chalet d'un pas furieux en traînant Eden derrière elle.

Je baissai les yeux et ouvris lentement les doigts. Eden m'avait donné un caramel.

J'éclatai de rire et levai la tête pour la regarder. C'était bien elle, ce jour-là, qui avait surpris ma conversation avec Xander quand on parlait de caramels sous une fenêtre ouverte. Eden et Mère Miriam atteignirent le chalet et disparurent à l'intérieur. Je déballai le caramel et le glissai dans ma bouche en essayant de ne pas sourire. Il était délicieusement sucré.

CHAPITRE 3

Cinq ans plus tard

EDEN

Au fil des ans, c'était devenu notre jeu, à Calder et moi. Il se débrouillait pour déposer des belles-de-jour là où il était certain que je les trouverais. La plupart du temps, il en laissait dans le Temple, près de mon siège, afin que tout le monde croie qu'elles étaient arrivées là par hasard. Il m'arrivait d'en trouver plusieurs le même mois, puis plus aucune pendant plusieurs autres.

Au bout de deux ans, cependant, les fleurs firent leur apparition dans ma chambre. Chaque fois, je poussais un petit cri de stupeur et posais la main sur ma bouche pour réprimer un éclat de rire. Comment faisait-il pour les introduire dans ma chambre ? C'était un mystère que je brûlais d'élucider, mais depuis que Mère Miriam m'avait surprise en train de jouer avec les enfants des travailleurs, sa surveillance s'était resserrée. Je n'avais pas réussi à retourner près de la source secrète dont j'avais découvert l'existence à mon arrivée. On m'obligeait à jouer du piano toute la journée sans possibilité de m'échapper. Le silence aurait donné l'alerte. J'adorais jouer du piano, cela dit. C'était une façon pour mon esprit de s'évader. Je pensais à Calder pendant que la musique flottait autour de moi.

Je l'épiais depuis ma fenêtre au premier étage. J'avais une bonne vue du chemin qu'il empruntait pour transporter l'eau de la rivière jusqu'aux chalets des travailleurs. Je le voyais sourire et rire en permanence et je constatais qu'en sa présence les autres souriaient aussi. Il respirait la joie de vivre et la *bonté*. J'avais pu constater de moi-même qu'il était gentil mais je le vis aussi se précipiter pour aider une femme dont la brouette de légumes s'était renversée alors qu'il aurait pu tourner la tête, et il transportait sa sœur sur son dos partout, la tête tournée vers elle quand elle disait quelque chose qui le faisait rire.

Il travaillait sur quelque chose, aussi, mais j'ignorais quoi. Il y consacrait de nombreuses heures après son travail normal, il évidait des troncs près de la rivière et les attachait ensemble. Je plissais les yeux pour tenter de mieux distinguer ce qu'il faisait, mais en vain. Je devinais juste qu'il était intelligent et travailleur.

Peut-être que mon esprit enamouré accordait à Calder Raynes des qualités qu'il ne possédait pas. Je n'en étais pas certaine. Je ne lui avais pas adressé la parole depuis des années. Mais les regards que nous échangions au Temple quand je me redressais après avoir ramassé les fleurs qu'il me laissait me nouaient le ventre et faisaient battre mon cœur plus vite. Et quand je trouvais une belle-de-jour, j'étais sur un nuage pendant des jours.

Et il était beau. Ça comptait aussi.

Il était devenu grand et musclé et sa peau était lisse et bronzée. En été, il se promenait toujours torse nu, un morceau de tissu autour du cou pour essuyer la sueur qui coulait sur son front quand il travaillait. Je contemplais sans vergogne ses bras puissants et son ventre plat et rigide. Il ressemblait à un dieu tout droit sorti d'Élysée.

C'était un péché d'admirer sa nudité mais quelque chose de pervers en moi m'y poussait.

Ses yeux légèrement en amande lui donnaient un air exotique et ses cheveux bruns étaient épais et brillants. Quant à son sourire… son sourire illuminait mon monde, même de loin.

Il était parfait. Et j'étais amoureuse de lui. J'étais désespérément amoureuse de lui.

Mais j'étais destinée à Hector. Du moins, c'était ce qu'on m'avait dit. Pourtant le destin n'avait pas jugé bon de m'en informer en premier. S'il l'avait fait, je lui aurais répondu que j'étais sûre que c'était

Calder Raynes mon destin, ou en tout cas, je l'aurais supplié de faire en sorte qu'il le devienne.

Au lieu de ça, je lui laissais des caramels.

Au début, c'était compliqué. D'une, je n'avais pas le droit de quitter le chalet, de deux, je ne me fondais pas vraiment dans le paysage.

Mais heureusement, les travailleurs d'Acadie avaient un emploi du temps régulier et je savais toujours où ils se trouvaient et à quelle heure. Je faisais donc semblant d'avoir besoin d'aller aux toilettes quand je savais que Calder et sa famille travaillaient, puis je me faufilais par la porte arrière et je courais le plus vite possible jusqu'à sa maison, où je dissimulais un caramel dans son lit ou dans ses affaires. Il se peut que j'aie reniflé son oreiller une ou deux fois, ou… bon, d'accord, j'avoue, chaque fois. Je fermais les yeux, j'inspirais son odeur propre et masculine et je l'imaginais à plat ventre, sa peau formant un contraste doré avec les draps blancs, ses bras musclés enserrant l'oreiller, sa joue pressée dessus dans son sommeil. Et une nuée de papillons prenaient leur envol dans mon ventre.

C'était comme ça que je parvenais à lui laisser des bonbons. Je regagnais les « toilettes » un peu en nage et étourdie, et je suis certaine que Mère Miriam, qui était à la fois la maîtresse d'Hector et mon professeur de piano, se demandait ce que je pouvais bien fabriquer là-dedans.

Tout changea le jour où Hector me convoqua dans son bureau du rez-de-chaussée, en fin d'après-midi.

– Eden, mon amour.

Il me sourit et je m'assis sur le petit canapé placé à côté de la cheminée.

– Père, répondis-je en baissant les yeux.

Je me mordis la lèvre, nerveuse, tout en lui lançant des regards à la dérobée.

Hector s'assit près de moi et je sentis le poids de son regard sur mes mains, que j'avais posées sur mes genoux. Je l'admirais mais j'avais un peu peur de lui. Pas uniquement parce qu'un jour je serais sa femme, ce qui me perturbait et n'était pas vraiment en adéquation avec mes souhaits, mais aussi parce que c'était un homme très costaud et très charismatique. J'avais toujours l'impression qu'il me dominait, pas seulement physiquement mais aussi psychologiquement. J'imaginais son ombre gigantesque me suivre partout pour s'assurer que je me comportais de la manière qu'il convenait à la fois à sa femme et à son élue. Je comprenais pourquoi les habitants d'Acadie le considéraient comme un dieu.

Il soupira et repoussa une mèche de mes cheveux derrière mon épaule. Je jetai un coup d'œil nerveux sur ses doigts, si près de ma joue.

– Eden, tu es de plus en plus ravissante. Les dieux, dans leur infinie sagesse, ont choisi un ange pour nous guider vers les anges.

Il me sourit et retira sa main. J'exhalai le souffle que j'avais retenu, mais Hector ne sembla rien remarquer.

Il se leva, franchit la courte distance qui le séparait de la cheminée et tendit les mains vers le feu, même s'il ne faisait pas froid dans son bureau. Il arrangea le tisonnier en fronçant les sourcils, comme si ce dernier lui avait déplu d'une manière ou d'une autre. Je gardai le silence, me contentant de le regarder.

– Je dois m'absenter pendant quelque temps, mon amour. (Il pivota pour me faire face.) Mère Miriam m'accompagnera dans ma quête, cette fois-ci. Les dieux m'ont parlé et m'ont dit où je devais me rendre. Ma petite princesse me manquera. Mais tu seras entre de bonnes mains. Mère Hailey sera chargée de s'occuper de toi et elle s'assurera que tu fais bien tes gammes et que tu apprends bien tes leçons.

Je hochai la tête avec enthousiasme. Je préférais nettement Mère Hailey à la sévère Mère Miriam mais j'avais très peu d'interaction avec elle et ses quatre garçons. Ils habitaient dans l'aile opposée du chalet avec les autres membres du conseil et nous nous croisions rarement en dehors des repas.

Lorsque je me rendis compte que ma joie était trop évidente, je baissai de nouveau la tête et pris une expression triste.

– Combien de temps serez-vous absent, Père ?

– Je ne le sais pas encore. Les dieux me préviendront lorsque j'aurai achevé ma mission.

J'acquiesçai. Hector était parti plusieurs fois en mission depuis que je vivais ici. En général, il ramenait un nouveau membre avec lui, deux fois un membre du conseil, mais plus souvent une famille ou une personne qui rejoignait les travailleurs.

Il eut l'air un instant dérouté puis son expression s'apaisa.

– Notre famille est déséquilibrée. Je le sens. Je dois rétablir l'harmonie. Je sais avec qui, un membre du conseil, je pense.

Son regard devint vague et fixe pendant un instant puis il sortit de son espèce de transe et poursuivit sa phrase comme s'il ne s'était pas interrompu.

– Et quand j'aurai trouvé cette personne, exactement comme je t'ai trouvée un jour, ma princesse, la fille qui m'a apporté paix et équilibre, qui nous a apporté *à tous* paix et équilibre, je la ramènerai ici.

Il se tut de nouveau.

– Le monde entier est déséquilibré, Eden. Et le déséquilibre n'apporte rien d'autre que le péché, la cupidité et… la souffrance. Je dois protéger Acadie de tout ça.

Je baissai les yeux sur mes pieds. Je n'étais pas certaine d'avoir vraiment compris ce qu'il voulait dire.

– Vous me manquerez, bien sûr, Père.

J'étais sincère. Il me manquerait un peu. Après tout, c'était le seul père que je connaissais.

Hector garda le silence un instant. Puis il se plaça derrière moi et posa les deux mains sur mes épaules. Il repoussa mes cheveux pour dégager ma nuque et je me figeai en sentant son souffle tiède sur ma peau juste avant que ses lèvres se pressent sur mon cou. Je frissonnai et m'ordonnai de ne pas bouger.

Je sentis Hector se redresser et il posa de nouveau les mains sur mes épaules. Mon cœur tambourinait dans ma poitrine et un besoin impérieux de fuir s'empara de moi. Mais je me retins.

– Nous serons bientôt mariés et je ferai de toi ma femme. Et la prédiction s'accomplira.

La terreur coula dans mes veines. Un an et quelques semaines me paraissaient soudain très proches. La prédiction disait que je serais sa seule femme et qu'il ne pouvait pas m'épouser avant ma majorité. Mes dix-huit ans avaient le goût d'une condamnation à mort, littéralement et métaphoriquement.

Le visage de Calder me traversa l'esprit et je me demandai soudain si je devrais assister à son mariage. Certainement. Le désespoir me transperça le cœur. Je devrais gérer ma souffrance toute seule, de la même manière que je gérais ma tristesse.

– Oui, Père, murmurai-je.

***

Hector et Mère Miriam partirent la semaine suivante et Mère Hailey et ses quatre fils s'installèrent dans notre aile.

Mère Miriam n'avait jamais eu d'enfants et les bavardages et les rires d'enfants ne m'avaient jamais apporté de bonheur avant ce jour.

Mère Hailey était une femme paisible et bienveillante, j'adorais sa présence. Je n'avais pas le droit de cuisiner ni de faire le ménage comme les maîtresses d'Hector, mais Mère Hailey n'avait pas l'air de m'en vouloir quand je m'asseyais dans la cuisine avec elle pendant qu'elle préparait les repas et faisait la lessive.

La première semaine, je la vis jouer aux quilles sur le plancher tandis que son plus jeune fils riait en essayant de rattraper la petite balle en caoutchouc.

Je les espionnai, cachée derrière une colonne, envahie par la tristesse, et un souvenir que je ne voulais pas examiner effleura ma mémoire.

Jadis, jadis j'ai été aimée.

Des larmes se mirent à rouler sur mes joues. Je ramassai ma longue jupe et montai en silence l'escalier jusqu'à ma chambre, où je restai longtemps assise sur mon lit à contempler les lumières de la ville loin, très loin. Je venais de lumières identiques, d'un autre monde presque aussi lointain que les étoiles au-dessus de nos têtes.

Ma porte s'ouvrit brusquement en grinçant et Mère Hailey entra dans ma chambre, un sourire gentil aux lèvres. Elle repoussa ses cheveux châtains derrière son épaule.

J'essuyai mes larmes ; elle s'assit à côté de moi et prit mes mains dans les siennes.

– Tu es tout le temps triste. Pourquoi, Eden ? demanda-t-elle en plongeant son regard bleu et bienveillant dans le mien.

Je reniflai et une larme roula de nouveau sur ma joue.

– Je vous ai vue jouer avec vos garçons et je… (Je levai les yeux vers son joli visage chaleureux.) Je me demandais si, avec tant de garçons, si peut-être ça… vous dirait d'avoir une fille ?

Je prononçai le dernier mot d'une voix aiguë, le rouge aux joues. Je savais que j'étais bien trop vieille pour être l'enfant de quiconque. Je ne savais même pas pourquoi je lui demandais ça. La solitude dans laquelle je vivais depuis si longtemps était en train de me consumer.

Mais elle pressa mes mains entre les miennes et parut comprendre ce que je voulais, même si j'en étais incapable.

– J'ai toujours voulu une fille. J'adore mes fils mais une fille, ce serait formidable. (Elle se leva et frappa des mains.) Voilà une raison de faire la fête.

Je lui adressai un sourire éclatant, envahie par le soulagement et la joie.

Elle me prit par la main, nous descendîmes et je la regardai préparer le dîner. Pour la première fois depuis que j'étais une petite fille, je sentis l'amour de la famille autour de moi. Je l'absorbai comme une éponge racornie soudain plongée dans un lavabo plein d'eau. Les quatre fils d'Hector se mirent à courir et à jouer dans la cuisine en riant. Hailey fredonnait en cuisinant et me souriait régulièrement.

Tandis qu'elle épluchait les pommes de terre, je lui demandai :

– Mère Hailey, est-ce que vous aimez être avec Hector ?

Elle leva les yeux vers moi.

– Oui, Eden. C'est un homme bon si on lui obéit.

– Et si ce n'est pas le cas ? demandai-je, les joues brûlantes.

Je n'avais pas prévu de lui désobéir, mais je possédais tellement d'espoirs et de rêves que je ne savais pas ce que je ferais d'eux une fois que je serais certaine qu'ils ne se réaliseraient jamais. Pouvais-je les enfermer dans mon esprit comme de vieux vêtements que l'on donne à quelqu'un d'autre ? Est-ce qu'Hailey avait des rêves et des espoirs quand elle était arrivée là, elle aussi ?

Hailey s'interrompit dans sa tâche et me regarda. Son expression douce était devenue inquiète.

– Eden, tu dois toujours te montrer obéissante. Toi, entre toutes. Toute notre famille dépend de toi. La prédiction est la clef de notre salut et tu en es le centre. Je sais que tu le comprends.

Je hochai la tête. Oui, je le comprenais. C'était la seule chose qu'on m'avait apprise depuis que j'avais quitté ma maison pour suivre Hector. Ça et le piano. Mais quand j'étais seule dans ma chambre, je rêvais. Je permettais à mes pensées de suivre un cours tout sauf obéissant.

Les jours qui suivirent furent emplis d'un vrai bonheur, le premier depuis mon arrivée. Je passais les matinées à jouer avec Jason, Phineus, Simon et le tout petit Myles et les après-midi à lire le Livre Saint : une compilation des enseignements et des prédictions des dieux tels qu'ils les avaient dictés à Hector. Puis je travaillais mon piano en début de soirée tout en poursuivant mon seul vrai travail à plein temps, c'est-à-dire rêvasser à Calder Raynes.

C'était beaucoup plus facile de me faufiler dehors pour lui laisser des caramels et je redoublai d'efforts. Ces premières semaines, il eut le ventre plein de sucre.

Mais sur le chemin qui me ramenait au chalet, à côté du champ dans lequel Calder m'avait appelée « Belle de Jour », je l'aperçus penché sur une fille qu'il aidait à attraper quelque chose sur la table en bois où elle était assise.

Elle dit quelque chose sans le quitter des yeux et il renversa la tête et éclata de rire comme si c'était la chose la plus drôle que personne ait jamais prononcée depuis la naissance de la Terre.

Une jalousie violente me parcourut l'échine. Je me figeai pour les observer, le cœur serré de douleur.

L'envie me transperça avec tant de force que je sursautai. Mes joues étaient brûlantes et j'étais prise d'un léger vertige, mais j'étais incapable de détourner le regard.

La fille se mit à rire à son tour. Elle lui lança un regard innocent et haussa les épaules.

Calder se redressa et la fille se retourna, et c'est alors qu'ils m'aperçurent, figée et bouche bée comme un poisson idiot, écarlate et en train de les espionner.

La gêne me submergea. Je tournai les talons et courus le plus vite possible vers le chalet.

Je claquai la porte derrière moi et m'y adossai en essayant de reprendre mon souffle et de calmer mon cœur battant à tout rompre. Je ne l'aurais jamais. Il ne serait *jamais* à moi ; *rien de lui ne m'appartiendrait, pas même son rire.*

Mère Hailey entra dans la pièce.

– Eden, je te cherchais. Tu as quitté le chalet ?

Je me contentais de la dévisager, incapable de prononcer un mot.

– Euh…

Elle pinça les lèvres avant de soupirer.

– Eden, tu ne dois pas quitter le chalet principal. Hector te l'a interdit. Je dois te surveiller et vérifier dans la journée que tu es bien là. (Elle s'interrompit.) Bien sûr, je dois m'occuper des leçons des garçons tous les jours entre midi et quatorze heures et je suis facilement distraite avec ces quatre-là.

Elle me fit un clin d'œil et quitta la pièce.

Je restai immobile un instant pour digérer ce qu'elle venait de dire et même si la douleur me mordait toujours le cœur, je poussai un soupir surpris. C'était la première fois qu'on m'accordait un peu de liberté depuis mon arrivée.

CHAPITRE 4

CALDER

Le fond d'eau présent dans les pichets que je portais sur les épaules clapotait tandis que je descendais la pente escarpée. En règle générale, je transportais des récipients plus petits dans un sac à dos, mais aujourd'hui j'avais besoin de davantage de bidons. Helen Whitney était en train d'accoucher et les sages-femmes m'avaient demandé d'apporter le plus possible d'eau sacrée dans la tente de naissance, afin que tout se passe bien.

Je marchais aussi vite que possible, perdu dans mes pensées. J'avais besoin de cette paix, de me retrouver seul pendant un moment. Ces derniers jours, j'éprouvais le besoin insistant de m'éloigner du bruit incessant d'Acadie et d'échapper aux discussions de mes parents, qui débattaient des sermons d'Hector jusque tard dans la nuit. Et, plus que tout, j'éprouvais le désir impérieux de fuir notre minuscule maison dans laquelle j'étouffais, au propre comme au figuré, depuis des années.

J'avais dix-sept ans. Je ne tarderais pas à fêter mon dix-huitième anniversaire et j'aurais droit à la cérémonie de la purification par l'eau par la même occasion. J'ignorais si elle aurait lieu le jour de mon anniversaire, vu qu'Hector était parti en pèlerinage. S'il n'était pas de retour à ce moment-là, je devrais attendre.

Être purifié signifiait que je serais lavé de mes péchés d'enfant et que je ferais officiellement partie du Temple. Je serais responsable de mes choix et de leurs conséquences si je péchais.

Tout en marchant, je songeais à ce que ça signifiait. Primo, plus question de profiter des avantages des raids de Xander chez le garde forestier. Ce qui voulait dire que je devais faire une croix sur le Coca-Cola dans le cas où il en rapporterait ; pour le salut de son âme, j'espérais qu'il ne le ferait plus. Il allait avoir dix-huit ans dans quelques mois lui aussi.

Je gémis, désespéré. Le Coca-Cola serait le pire de tout.

On pouvait arguer du fait que j'utilisais une faille pour faire comme si pécher n'avait pas d'importance, « enfant » ou pas. Mais je ne pouvais pas nier que cette histoire *d'effacer les péchés antérieurs* me donnait envie de profiter à fond. Je savais bien que ce n'était pas censé fonctionner comme ça mais j'étais juste humain, après tout.

Ma mère prétendait que j'avais une façon tordue de toujours tout retourner en ma faveur et je devais bien admettre qu'elle avait probablement raison. Mais la vie offrait tant de plaisirs ! Pourquoi étaient-ils tous des péchés ? Je ne pouvais m'empêcher d'imaginer les dieux d'Élysée avec des expressions sévères, constamment pincées, ce qui ne les rendait pas vraiment sympathiques, à dire vrai. Mais je suppose que je n'avais pas le droit d'être déçu par Élysée. Après tout, c'était le paradis.

Mon père disait que nous devions nous montrer vertueux ici-bas et résister à toutes les tentations qui s'offraient à nous et que nos sacrifices seraient récompensés au centuple dans l'au-delà. Mais j'étais certain qu'il n'y avait pas de Coca-Cola en Élysée, et cette idée me déprimait profondément.

Il fallait donc que j'arrête de penser au Coca-Cola. Et encore plus au sexe. Rien que de prononcer le mot dans ma tête, mon corps se tendait. Cela prouvait bien que j'avais besoin d'être purifié. J'ignorais si la cérémonie suffirait à orienter mes pensées dans une direction plus convenable et plus digne d'un membre du conseil, mais je l'espérais.

Je travaillais sur mon système d'irrigation depuis deux ans à présent et j'étais certain qu'il fonctionnerait comme prévu, même si je n'avais pu utiliser que des matériaux présents sur notre terre. J'espérais aussi de tout mon cœur que ça me permettrait de convaincre Hector que je méritais une place au conseil et que j'étais capable d'aller travailler dans le monde comme certains membres de notre communauté.

Hector disait que nous devions utiliser uniquement les outils et les matériaux que les dieux nous avaient donnés et pas les instruments pervers de la société, où les lois et les règles étaient fondées sur la cupidité, le péché et l'égoïsme. Les dieux aimaient que l'on se contente de ce qu'ils nous offraient. Ça faisait de nous un peuple saint.

Je ne pouvais cependant pas m'empêcher de me demander pourquoi il y avait tant d'outils et d'instruments dans le chalet principal. Je voyais ma mère frotter nos vêtements à la rivière sur un caillou alors que, d'après Maya, il y avait une grosse machine à laver dans le grand chalet. Elle disait qu'on y balançait le linge, qu'on appuyait sur un bouton et que tout sortait propre. J'avais beau penser que Maya exagérait, je trouvais quand même que la vie était beaucoup plus facile pour les membres du conseil.

J'essayais de ne pas penser à ça trop souvent parce que sinon je sentais bouillonner en moi un sentiment de colère, ce qui était un péché, et des tas de questions surgissaient dans mon esprit. Tout cela était mal.

Je parvins à la source et posai les récipients sur l'herbe. Je remarquai tout de suite que les plantes et les broussailles avaient été déplacées et que la fissure entre les rochers qui menaient à la grande source était visible.

J'y étais entré quelques fois au fil des ans mais je savais qu'Eden n'y avait pas remis les pieds. Ses jouets étaient toujours à la même place et je n'avais jamais décelé de signes de présence humaine.

Je me faufilai dans l'anfractuosité et traversai la grotte jusqu'à la source. C'est là que je la vis. Elle me tournait le dos et faisait face à un gros rocher au fond de la source. Ses poings serrés reposaient le long de son corps et ses magnifiques cheveux blonds tombaient dans son dos, la dissimulant presque entièrement. Mais ses jambes étaient nues, de même que ses épaules, et sa nudité me fit cligner des yeux. Comme elle me tournait le dos, je m'autorisai à l'observer, de ses épaules délicates à sa taille fine, ses hanches légèrement arrondies, ses jambes déliées, puis mon regard parcourut le chemin en sens inverse. Mon corps se tendit et se raidit, puis le sang se mit à battre dans mes oreilles. Je déglutis, incapable de bouger, figé sur place.

Elle, *Eden*, posa les mains sur ses hanches et poussa un cri de colère étranglé. Je me penchai pour discerner ce qui provoquait cette réaction et aperçus un petit serpent en train de se faire dorer sur le rocher, comme s'il était chez lui. Apparemment, Eden voulait qu'il disparaisse et elle espérait que ses cris de colère suffiraient à le faire bouger. Je faillis éclater de rire mais je me retins avant de faire un bruit qui aurait dénoncé ma présence.

Eden serra de nouveau les poings et resta immobile un instant, comme si elle réfléchissait à la décision à prendre. J'attendis, sous le charme. Je ne voyais pas quel autre mot utiliser. Je sursautai un peu quand elle se précipita soudain dans l'onde et traversa le lac en pataugeant, de l'eau jusqu'aux épaules. C'était la seule façon de se rendre de l'autre côté, vu que la source était entourée de rochers. Le seul roc accessible était celui sur lequel le serpent avait élu domicile. Eden émergea de l'eau et gravit le minuscule rivage d'un pas furieux. Elle escalada le rocher et je la vis, fasciné, attraper le serpent et le balancer d'un geste vif dans le feuillage. Puis elle se frotta les mains et se laissa tomber sur le caillou d'où elle avait évincé l'animal avec une rapidité surprenante.

Je ne pus m'en empêcher à cet instant. J'éclatai de rire. Je n'avais jamais vu pareil spectacle de ma vie.

Quand je finis par me calmer, je levai les yeux. Eden, qui ne portait rien d'autre que ses sous-vêtements mouillés, me dévisageait, les yeux écarquillés, la bouche ouverte en un O parfait, exactement comme lorsqu'elle m'avait surpris en train de parler à Hannah Jacobson.

Je repris mon sérieux ; le désir initial que j'avais éprouvé pour elle était à présent sous contrôle. Tandis que je la regardais, un sentiment étrange s'empara de moi, presque comme du déjà-vu, comme si cet instant était un souvenir ; non pas un souvenir rangé dans mon esprit, mais dans mon *sang*, dans toutes les fibres de mon être. C'était comme une réminiscence ou une vision. Ou comme un rêve flou et à moitié oublié qui devenait réalité.

– Bonjour, Belle de Jour, finis-je par articuler.

Elle garda le silence un instant avant de se redresser.

– Bonjour, Caramel.

Je m'éclaircis la voix. Eden sembla soudain se rappeler qu'elle était quasi nue et elle se couvrit de ses bras.

– Tu veux bien… tu veux bien me les apporter ? demanda-t-elle en désignant ses vêtements éparpillés sur l'herbe près de la source.

Je m'approchai d'eux, les ramassai, traversai la source, qui, moi, ne m'arrivait qu'à la poitrine, et je lui tendis ses vêtements avant de me hisser sur le rocher. Elle se rhabilla rapidement tandis que je regardais ailleurs. Lorsque je posai de nouveau les yeux sur elle, elle était en train de finir de boutonner son chemisier et je remarquai que ses mains tremblaient.

– Tu vas bien ?

Elle leva les yeux vers moi et ses joues prirent une splendide teinte rosée.

– Je… je déteste les serpents, répondit-elle, les lèvres tremblantes. Mais genre, vraiment, vraiment.

Je la dévisageai en silence.

– Ce n'est pas l'impression que tu m'as donnée. Et je pense que le serpent serait d'accord avec moi, répliquai-je en souriant.

Elle poussa un profond soupir et m'adressa un sourire timide.

Je n'avais qu'en partie raison. Ses yeux avaient la couleur d'une belle-de-jour d'un bleu profond. Mais maintenant que je la voyais de près, je remarquai des paillettes dorées sur le pourtour de son iris. Ses yeux avaient la couleur d'une belle-de-jour bleue baignée par le soleil matinal.

Elle baissa les yeux vers ses genoux et reprit d'une voix plus basse :

– C'est juste que je n'étais pas venue depuis longtemps, et je m'en faisais une joie. C'était tout ce que je voulais. Traverser le lac à la nage pour m'asseoir sur ce rocher, qui est le seul à être au soleil. Et puis j'ai vu le serpent et je… je n'obtiens jamais ce que je veux. (Elle plongea de nouveau son regard dans le mien.) Et je sais que c'est égoïste. Je ne devrais pas penser à moi. Mais… ça m'a mise en colère…

Elle n'acheva pas sa phrase.

– Je comprends, fis-je en prenant sa main dans la mienne.

Quelque chose s'emballa sous ma peau quand nos mains s'effleurèrent et je retirai tout de suite la mienne.

Nos regards se croisèrent de nouveau et Eden dit tout à trac :

– J'ai gardé toutes les belles-de-jour. Les quarante-six.

Je souris.

– J'ai mangé tous les caramels. Les… j'ai perdu le compte mais je les ai tous mangés.

Mon sourire s'élargit et le sien aussi.

Elle pivota davantage vers moi.

– Comment parviens-tu à les déposer dans ma chambre ?

Je m'allongeai sur le rocher, les doigts entrelacés sous la tête. J'étais trempé mais le soleil brillait et je ne tarderais pas à sécher.

Je plissai les yeux vers Eden, qui me surplombait, et fermai un œil pour me protéger du soleil. Elle attendait ma réponse, penchée vers moi.

– Ma sœur livre des trucs. C'est elle qui les dépose quand elle a une livraison à faire pour le chalet principal.

Eden hocha la tête avec ardeur.

– Oui, la petite fille qui… (Elle s'interrompit et je me raidis, m'attendant à ce qu'elle fasse une remarque sur l'état mental de Maya.)… coud merveilleusement, acheva-t-elle.

Je me détendis et souris.

– Oui. C'est elle.

Eden sourit et inclina la tête.

– Je vais devoir te donner deux caramels chaque fois, dorénavant. J'ignorais que tu avais une employée, constata-t-elle en souriant.

Je ris. Elle était tellement belle. Elle m'éblouissait avec ses cheveux blonds et ses grands yeux bleus qui semblaient dissimuler un monde ; un monde que je voulais soudain découvrir et explorer.

– Quel âge as-tu, Eden ? Hector ne l'a jamais dit…

– Seize ans.

J'étais surpris. Elle avait l'air plus jeune et j'avais toujours pensé qu'elle l'était. Pour moi, son âge était intrinsèquement lié à la prédiction du déluge. Je hochai la tête, me livrai à un rapide calcul et sentis poindre plus d'anxiété que jamais. Je la balayai.

– Est-ce que je peux la voir ? finis-je par demander.

– Quoi donc ? répondit-elle, perplexe.

– La marque.

– Ah, oui, la marque.

Elle hésita un bref instant avant de pivoter, de repousser ses cheveux et de rabattre sa blouse pour dévoiler son épaule gauche.

Je me rapprochai pour examiner la minuscule tache de naissance censée représenter une éclipse sur sa clavicule.

– « Et la Lune se placera devant le Soleil tandis que les eaux monteront et recouvriront la Terre », murmurai-je, citant le Livre Saint d'Hector.

Je sentis Eden frissonner légèrement quand je dessinai le contour de la marque du bout des doigts. Je suppose que ça ressemblait vaguement à une éclipse.

Eden remonta son chemisier et se tourna vers moi.

Elle avait soudain l'air timide et je me demandai à quoi elle pensait. J'attendis de voir si elle me le dirait.

Un demi-sourire étira ses lèvres.

– Dans l'église que je fréquentais avant de venir ici, je crois me souvenir qu'on nous avait raconté une histoire sur le premier homme et la première femme dans un endroit qui doit ressembler à celui-ci.

Elle agita le bras en direction des rochers et de la source qui luisait au soleil. Son sourire s'élargit.

– Il y avait même un serpent !

Elle éclata de rire et je souris à mon tour.

– Je m'en souviens parce que mon prénom était dedans…

Son regard devint vague, comme si elle essayait de se le rappeler.

Je penchai la tête et plissai de nouveau les yeux.

– Raconte-moi davantage.

Son sourire disparut.

– J'aimerais bien. Je pense que l'histoire ne se terminait pas bien pour eux. (Elle leva les yeux en réfléchissant.) Ou alors c'était les autres personnages qui ne s'en sortaient pas très bien.

– Non, je veux dire, parle-moi de l'endroit où tu vivais avant. Ta maison, ta voiture, et la ville dans laquelle tu habitais.

La tristesse obscurcit son visage.

– Je ne me souviens pas de grand-chose, surtout des sentiments. Les images que j'ai en mémoire sont très floues. Et quand j'essaie de me souvenir, j'ai mal à la tête.

Elle se frotta le front de la paume de la main comme si elle souffrait, les yeux perdus dans le vide derrière moi.

Je l'observai. J'aurais voulu lui poser davantage de questions mais je voulais aussi faire disparaître sa tristesse.

Elle reposa soudain les yeux sur moi.

– Tu veux bien m'expliquer ce que tu construis pendant ton temps libre ? Près de la rivière ?

Je haussai un sourcil.

– Tu m'as espionné, Belle de Jour ? demandai-je en souriant. (Elle écarquilla les yeux puis baissa les paupières, comme si je l'avais prise sur le fait. J'éclatai de rire.) Eden, je plaisante. Tu veux bien que je t'appelle Eden ?

Elle leva de nouveau les yeux et rit doucement avant de reprendre son sérieux.

– Oui, bien sûr. (Son regard se posa tour à tour sur ses mains puis sur mon visage.) Il m'arrive de t'espionner, oui, murmura-t-elle avant de détourner les yeux. Je suis désolée. C'est très mal élevé… de t'espionner… à ce point.

Mon cœur fit un drôle de bond dans ma poitrine et je me contentai de la regarder sans parler. Cette fille magnifique et réservée, l'élue, m'avait espionné ? Je ne savais pas quoi lui dire et je décidai donc de lui expliquer simplement mon projet. Je m'éclaircis la voix.

– Euh… je construis un système d'irrigation. Transporter de l'eau dans des pichets et des récipients c'est… très chronophage, alors qu'il y a un moyen beaucoup plus simple. (Je m'assis.) J'ai lu ça dans un roman dont j'ai oublié le nom. Avant qu'Hector ne nous interdise de lire de la fiction. Mais il n'y avait pas d'explications, évidemment, alors j'essaie de l'inventer. Je pense que j'y suis parvenu. Et s'il fonctionne, on mettra deux fois moins de temps pour arroser les champs. J'espère que ça me permettra de rentrer au conseil.

Eden eut l'air surprise.

– Tu veux siéger au conseil ?

– Oui. Je voudrais travailler en dehors de la communauté.

Elle acquiesça.

– Quel genre de travail ?

– Je n'en sais rien. D'après ce que j'ai entendu, les membres du conseil travaillent un peu partout. Je suis sûr qu'Hector ou un autre pourrait me trouver un emploi si je prouve mon talent.

– Et tu vivrais dans le chalet principal, alors ?

– C'est l'idée.

Elle écarquilla les yeux et les baissa sur mes lèvres comme si elle envisageait l'idée de m'embrasser. Je détournai le regard. Même moi, j'étais plus futé que ça.

Je me levai et Eden tressaillit.

– Je dois y aller. On attend que je rapporte de l'eau bénite.

– Oh, d'accord, répondit-elle en se levant à son tour. Je suis là tous les jours entre midi et deux. (Elle haussa les épaules, embarrassée.) Si tu as envie de venir déjeuner ici au lieu de manger avec tes amis… ou, non pas que tu le fasses, mais… si jamais… ou… (Elle secoua la tête avec un petit rire.) Pourquoi accepterais-tu une chose pareille ?

Le sentiment étrange se lova de nouveau dans ma poitrine.

– Je serais honoré de déjeuner avec la princesse d'Hector.

Elle sembla se décomposer un peu, mais elle se ressaisit et sourit.

– D'accord, murmura-t-elle.

Je l'observai un instant.

– En parlant d'Hector, je ne pense pas qu'il apprécierait, fis-je remarquer.

– Je sais, répondit-elle avec une expression indéchiffrable.

Je savais que j'aurais dû lui dire que je ne reviendrais pas mais j'en étais incapable. C'était bon de me retrouver près d'elle après toutes ces années, et l'idée de passer du temps avec elle me rendait joyeux.

– Au revoir, alors. Pour l'instant.

Je souris et regagnai la source, où je puisai toute l'eau nécessaire pour l'accouchement.

J'arrivai trop tard. Quand je revins, Helen Whitney tenait dans les bras un petit garçon en parfaite santé.

CHAPITRE 5

EDEN

Le jour suivant, je m'installai près du lac, le cœur battant à tout rompre, emplie de l'espoir que Calder me rejoindrait. Il ne le fit pas et je regagnai le chalet, mélancolique, solitaire et déçue.

Je l'aimais depuis très longtemps. Mais lui parler et découvrir un peu qui il était rendait cet amour idiot et enfantin ; fabriqué de toutes pièces. Il faisait toujours battre mon cœur plus vite et sa beauté me fascinait, mais à présent, le désir de mieux le connaître remplissait toutes mes pensées.

J'avais envie de lui parler toute la journée et d'entendre ce rire grave qui effleurait ma peau et me faisait frissonner. Sa voix ressemblait à une tiède pluie d'été sur une route couverte de graviers.

Il ne vint pas le lendemain non plus, et donc le troisième jour, lorsque je m'installai sur mon rocher, dénué de serpent, dieux merci, je ne m'attendais pas à le voir. Lorsqu'il surgit soudain à l'entrée, je réprimai un petit cri.

Calder sourit et un autre garçon aux cheveux sombres apparut derrière lui et le bouscula. Calder trébucha en riant.

Le garçon se pencha et posa les mains sur ses genoux pour reprendre son souffle.

Calder lui donna un coup de coude.

– Mauviette, dit-il avant de traverser le lac et de s'installer sur le rocher.

Je m'écartai un peu pour lui faire de la place.

– Qu'est-ce qu'on mange ? demanda-t-il en haussant un sourcil.

– Comment ça ? (Je posai la main sur ma bouche avant de l'ôter.) Oh, non ! Je t'ai dit de me rejoindre pour déjeuner et je n'ai rien apporté. (Je gémis, le rouge aux joues.) Je suis vraiment désolée. C'est très mal élevé.

Calder éclata de rire.

– Je te taquine, Belle de Jour. On a déjà mangé.

Il fit un signe de tête en direction du garçon qui traversait la source à son tour. Il n'était pas aussi grand que Calder mais l'eau ne lui arrivait pas aux épaules, contrairement à moi.

Il gagna le rocher et se hissa dessus avec difficulté. Calder et moi nous écartâmes pour le laisser s'étendre, à bout de souffle. Il se frottait le flanc comme s'il avait un point de côté.

Calder gloussa.

– Eden, cet être misérable et pas en forme est Xander Garen.

– Pas en forme ? Qui n'est pas en forme ? Je marche des kilomètres tous les jours. C'est juste que je ne cours pas le long d'une pente avec des bidons pleins d'eau sur les épaules. Ridicule. (Xander se tourna vers moi.) Je suis enchanté de faire ta connaissance, Eden. J'ai joué à « Frapper la Canette » avec toi il y a des années de ça. Tu te souviens certainement de moi. J'étais la star du jeu. Je ne me rappelle pas vraiment cette partie, je dois dire, mais je suis toujours la star, donc on peut raisonnablement en déduire que ce jour-là n'a pas fait exception.

J'éclatai de rire.

– Je me souviens très bien de ce jeu, Xander, parce que c'est la seule fois que j'ai joué et oui, tu as été très bon, et Calder aussi.

Je rougis en regardant ce dernier. Il était tellement beau et j'avais envie de l'admirer mais sa façon de me dévisager me donnait l'impression qu'il pouvait lire dans mes pensées. Xander plissa les yeux et nous regarda tour à tour avant de détourner le regard.

– C'est ça. Merci de nous permettre de partager ton oasis. Je ne savais absolument pas qu'elle existait. Quand Calder m'a parlé de la source, j'ai imaginé un petit trou d'eau avec quelques cailloux autour. Tu m'as caché des choses, Calder.

Il me fit un clin d'œil et je lui souris. Je levai les yeux vers Calder et vis qu'il me dévisageait d'un air bizarre. Il sortit de son espèce de transe et sourit à son tour, tout en donnant un petit coup de coude à Xander.

– Non, je ne t'ai rien caché. On dirait juste que rien ne t'intéresse.

Xander émit un petit bruit en signe de protestation.

– Tu sais bien que faire le tour d'Acadie mille fois par jour n'est pas très excitant.

– C'est une tâche importante, comme toutes les autres, répondit Calder d'une voix étonnamment dénuée d'émotion. (Un silence s'installa, que Calder rompit après s'être éclairci la voix.) Quoi qu'il en soit, je dors mieux en sachant qu'un grand costaud dans ton genre est chargé de ma sécurité, conclut-il en adressant un sourire éclatant à Xander, qui rigola en retour.

– Comme tout le monde, non, Beau Gosse ?

Je pouffai, ravie d'assister à leurs plaisanteries. Il y avait très longtemps que je n'avais pas ri comme ça ni ressenti la légèreté de l'amitié. Je me demandai si ça m'était arrivé… *avant.*

– Dis-moi, Eden, à quoi tu occupes tes journées ?

Je rougis et baissai les yeux.

– Je n'ai pas le droit de faire grand-chose. Je répète mon piano et j'étudie le Livre Saint, fis-je en haussant les épaules. Ça ne va pas plus loin. (Un petit rire gêné s'échappa de mes lèvres.) Du coup, tu te dis que faire le tour d'Acadie mille fois par jour n'est pas si mal, pas vrai ? Tu dois me prendre pour la personne la plus pathétique du monde.

Un silence plana et quand je levai les yeux, je découvris que Xander et Calder avaient l'air surpris tous les deux.

– Impossible, finit par dire Calder. Ce titre revient à Xander depuis toujours.

– Très drôle, répondit ce dernier en lui donnant un coup de coude, et je gloussai de nouveau. On ne pensera jamais ça de toi, Eden. Tu es l'élue.

Je sentis le rouge me monter un peu aux joues quand il me rappela que j'étais différente d'eux et je toussotai. Je ne savais pas quoi répondre.

– Tu ne vas pas à l'école ? s'étonna Xander après un moment d'embarras.

Je secouai la tête.

– Non. Hector dit que comme je suis l'élue, il faut juste que je connaisse le Livre Saint par cœur.

– Je suppose qu'il a raison, répondit lentement Xander, en espaçant chaque mot comme si on pouvait en insérer d'autres entre.

Les yeux baissés, Calder commença à tracer quelque chose sur le rocher, comme s'il dessinait sans s'en rendre compte.

– Oh, il y a une question que j'ai envie de te poser depuis toujours, dis-je. Le jour où Xander et toi parliez de caramels sous ma fenêtre, qu'est-ce que tu dessinais dans la poussière ? C'était inachevé. Je l'ai contemplé pendant des jours pour essayer de deviner si c'était une fille ou un cheval ou… J'ai cru pendant quelques jours que c'était une rivière mais après je me suis dit que c'était un…

Je cessai de parler lorsque Calder éclata de rire.

– Quoi ? demandai-je en jetant un coup d'œil à Xander qui souriait aussi.

– Rien. Toi, répondit Calder avec un sourire qui me réchauffa. Tu as beaucoup réfléchi à ce dessin.

J'émis un petit rire.

– Je t'avais bien dit que je m'ennuyais.

– Oh, non, Eden, c'était pour te taquiner. Euh, voyons… Je suis désolé, je ne me souviens pas de ce que j'ai dessiné ce jour-là.

– Calder passe son temps à dessiner, expliqua Xander. Il est le fléau de nos profs. Dès qu'il a un crayon en main, il devient comme possédé.

Je penchai la tête.

– Il n'en a pas le droit ?

Ils secouèrent la tête à l'unisson.

– Les travailleurs n'ont pas le droit de participer aux arts. C'est réservé aux membres du conseil et à leurs familles.

– Pourquoi ?

Je songeai à tous les instruments, peintures, fusains et papiers présents dans le chalet principal. Hector adorait l'art. Il insistait pour qu'on répète, répète, répète et il disait que les arts plaisaient aux dieux. Je ne connaissais pas les règles qui régissaient la vie des travailleurs, puisqu'on ne se mélangeait pas. J'avais constaté par moi-même qu'ils n'avaient pas d'électricité, contrairement à nous, mais je croyais que mis à part nos conditions de vie et le fait qu'ils s'occupaient de tout dans la communauté, nous participions aux mêmes choses. Bien sûr, en dehors du Livre Saint, on ne m'enseignait rien d'autre que l'art, mais j'étais la seule dans ce cas. Les enfants des membres du conseil suivaient des tas de cours, comme les travailleurs. Tout d'un coup, je trouvai tout ça très perturbant.

Calder haussa les épaules.

– Nous avons tous nos tâches à accomplir. Mon père dit qu'elles sont toutes importantes. (Il s'interrompit un instant.) Elles équilibrent la communauté.

J'acquiesçai et Xander détourna les yeux avant de jeter un coup d'œil sérieux à Calder.

– On devrait y aller, dit-il.

Calder opina mais son regard s'attarda sur moi. Il avait des cils ridiculement épais et ses yeux étaient d'un brun profond. Il pencha la tête comme s'il réfléchissait.

– J'ai une idée.

– Oh, non, répliqua Xander. Rien de bon ne peut en sortir.

Calder jeta un coup d'œil à Xander.

– Tu ne sais même pas de quoi il s'agit.

– Même.

Calder leva les yeux au ciel et reporta son attention sur moi.

– Et si je t'apprenais ce qu'on t'a interdit d'apprendre en échange de papier et de peinture ?

– Oh, ouah, ouah, ouah, s'exclama Xander, en levant les mains comme pour montrer à Calder que c'était une très *très* mauvaise idée. C'est encore pire que ce à quoi je m'attendais. Tu cherches les ennuis, Calder.

– C'est toi qui dis ça ? lui rétorqua Calder sans me quitter des yeux.

– Oui, lâchai-je.

Je voulais apprendre. De toutes mes forces. Mais la vérité, c'était que je voulais passer du temps avec Calder et j'étais prête à tout pour ça. Mais ma réponse spontanée m'avait prise par surprise. Je ne fréquentais personne en dehors d'Hailey et de ses fils, et parfois Hector : comment se faisait-il que je parvenais à dire à Calder ce que je pensais ? Peut-être parce que j'avais passé beaucoup de temps avec lui dans mon imagination.

Calder me sourit.

– D'accord, dit-il à voix basse, les yeux toujours rivés sur moi.

Xander se leva.

– Très bien, je vous souhaite de bien vous amuser quand vous serez tous les deux enfermés dans le sous-sol.

Calder finit par le regarder enfin.

– Ça en vaudra la peine si je peux enfin dessiner sur un papier blanc et propre.

Il prononçait le mot « papier » comme si c'était un mets délicieux qu'il lui tardait de dévorer.

Je me mordis la lèvre, soudain hésitante. Le sous-sol était une gigantesque pièce, sous le chalet principal, dans laquelle Hector nous réunissait tous, les deux cents membres de la communauté, une fois par an pour faire un exercice nous préparant au déluge. Je frissonnai au souvenir de mon corps pressé contre celui des autres. Je me sentais toujours mal, effrayée et claustrophobe.

Il y avait aussi une petite pièce fermée par une lourde porte en fer qu'Hector utilisait rarement pour punir ceux qui commettaient un crime contre lui ou contre les dieux. Ils étaient emprisonnés durant le laps de temps nécessaire pour qu'ils se repentent avant d'être libérés et obligés de s'asseoir sur le côté de l'estrade pendant qu'Hector délivrait ses sermons. Ils s'agenouillaient sur une plaque de métal cabossée pendant toute la durée de l'office. Ça ne leur perçait pas la peau mais leur expression au bout de deux heures de ce traitement donnait l'impression que c'était tout comme.

J'ignorais quelles étaient les transgressions mais j'avais observé ces gens, trois depuis mon arrivée en Acadie, et je leur avais envoyé silencieusement de la force depuis mon siège, derrière Hector. J'aurais pu jurer que mes propres genoux me faisaient souffrir tandis que je remontais l'allée, m'éloignant d'eux.

Je revins à l'instant présent : Calder me fixait toujours, attendant une réponse de ma part.

– Je… peut-être que Xander a raison. Le sous-sol me paraît… (Je m'interrompis quand je vis Calder se décomposer.) D'accord, ajoutai-je rapidement en hochant la tête, peu disposée à le décevoir. Je suis d'accord. Quand ? (Je pris une profonde inspiration.) Je veux dire, quand est-ce qu'on se voit ?

Il me sourit, dévoilant ses dents parfaitement alignées. Son sourire transformait son visage, le rendant encore plus beau, si cela était possible. Les papillons prirent leur envol dans mon ventre. Je l'avais vu utiliser son sourire sur les autres, mais en être la destinataire était électrisant.

– Demain ? proposa-t-il.

Je hochai la tête en souriant à mon tour, l'air certainement un peu étourdie.

– D'accord pour demain.

Je voulais le voir demain et après-demain et tous les jours d'après.

– D'accord. (Il me dévisagea un instant et je me demandai à quoi il songeait.) À demain, alors.

– Au revoir, Eden, dit Xander en sautant dans le lac.

Calder le suivit. Ils traversèrent la source et sortirent sur l'autre rive. Mes yeux s'attardèrent sur les fesses musclées de Calder, que l'on devinait parfaitement sous la toile mouillée du pantalon. Je me ressaisis et détournai le regard, mais avant que la honte ne s'abatte sur moi, je le posai de nouveau sur lui. Juste avant de se faufiler dans l'anfractuosité entre les deux rochers, Calder pivota vers moi et me sourit. J'étais ravie qu'il soit trop loin pour voir la rougeur qui s'était répandue sur mes joues.

***

Le lendemain, lorsque j'arrivai à la source, Calder était déjà étendu dans l'herbe, les mains derrière la tête. En le voyant m'attendre ainsi, je ne pus m'empêcher de ressentir un certain vertige.

– Bonjour, dis-je en m'approchant de lui.

Il s'assit. Je fis glisser à terre le grand sac en toile que je transportais avec moi et le posai devant lui. Il en sortit tout de suite un grand bloc-notes de papier avant de lever vers moi un regard heureux. Mon cœur se mit à battre trois fois plus vite dans ma poitrine en voyant l'expression de pur délice peinte sur son beau visage. Il continua à fourrager dans le sac, qu'il vida de tout son contenu, puis qu'il aligna soigneusement devant lui. Plusieurs tubes de peinture, quatre pinceaux et plusieurs fusains.

– Je n'ai pas pu emporter plus de choses sous peine qu'on s'en aperçoive, expliquai-je tandis qu'il contemplait son butin.

Il me regarda.

– C'est plus qu'assez. Vraiment. Merci, Eden. (J'eus l'impression qu'il aurait voulu ajouter quelque chose sans trouver ses mots. Il frotta les mains sur ses cuisses.) On commence par quelle leçon ?

– Et si tu commençais par dessiner quelque chose ?

Il ouvrit la bouche pour répondre avant de la refermer.

– Tu en es sûre ? finit-il par dire.

– Oui, répondis-je en riant.

Calder gloussa.

– D'accord. J'ai une idée. Si on faisait les deux à la fois ? Je vais dessiner et t'apprendre quelque chose en même temps. Je suis multitâche. N'hésite pas à me poser toutes les questions qui te passent par la tête.

Je penchai la tête sur le côté.

– D'accord, si tu es certain que ça ne te distraira pas.

– Non, fit-il en secouant la tête. Souviens-toi que je suis habitué à dessiner sous mon bureau pendant les cours.

J'éclatai de rire.

– D'accord, alors.

Il se poussa jusqu'à ce qu'il finisse par se retrouver adossé au rocher. Il était presque entièrement dans l'ombre. Il se pencha pour attraper les fusains et le bloc-notes. Il ramena ses jambes vers sa poitrine et y posa le papier.

– Commence par me dire ce que tu sais.

Je sais que je t'aime et que tu es le garçon le plus beau que j'aie jamais vu.

Je baissai les yeux, honteuse de l'étendue de mon ignorance. Je m'éclaircis la voix.

– Je sais lire. Et c'est tout.

Quand je levai les yeux vers lui, je m'aperçus qu'il s'était interrompu, le fusain en l'air, et qu'il me dévisageait.

– Pas de maths ? Ni de science ?

Je secouai de nouveau la tête et m'adossai au rocher à mon tour.

Calder reprit son dessin.

– D'accord. On va commencer par le commencement, alors.

Et tandis qu'il dessinait, il m'apprit la base des mathématiques : l'addition et la soustraction. Je compris tout de suite. Quelque part au fond de ma mémoire, je savais que j'avais commencé à étudier ça. C'était brumeux et flou, comme tous les souvenirs qui précédaient Acadie. Si je fermais les yeux, je me souvenais d'une odeur : un mélange de produits ménagers et de craie ; je me rappelais avoir été heureuse dans cet endroit, probablement une école. Mais rien d'autre ne me revenait.

Au bout d'une heure environ, Calder reposa son calepin.

– Tu vas tout rattraper rapidement, affirma-t-il.

– Pourquoi fais-tu ça, exactement ? (Je fis un geste en direction du bloc-notes.) En plus de l'échange ? Hector n'approuverait pas s'il savait et nous pourrions être punis tous les deux. Pourquoi prendre ce risque ?

Calder m'examina un instant avant de détourner les yeux vers la source. Il mordit sa pulpeuse lèvre inférieure et fronça les sourcils. Il finit par reporter son attention sur moi.

– Xander discute avec les travailleurs du poste de garde forestier à l'entrée du parc, à quelques kilomètres d'ici.

J'étais surprise. On nous encourageait vivement à ne pas nous mêler aux membres de la « grande société », où prévalaient la perversion, le mal et le déséquilibre. À l'exception des membres du conseil qui travaillaient à l'extérieur et d'Hector qui accomplissait des pèlerinages chaque fois que les dieux l'exigeaient, personne n'avait ni raison ni envie de s'aventurer hors d'Acadie. En dehors du chalet principal, nous étions totalement auto-suffisants et nous n'avions besoin de personne d'autre que nous.

– Ah bon ?

– Il a noué des amitiés avec certains d'entre eux, acquiesça Calder. Quand nous étions gamins, on volait des choses dans le poste. Enfin, c'était Xander qui volait ; je me contentais de partager son butin. Il y a deux ans, il a été pris la main dans le sac. Mais au lieu de le livrer à la police, la femme qui l'a surpris lui a demandé ce qu'il préférait dans ce qu'il dérobait. Il lui a répondu et maintenant elle lui donne des bonbons et d'autres choses, par gentillesse. (Il tourna de nouveau la tête, pensif.) Je ne pense pas que tous les gens de la grande société soient pervertis et corrompus, Eden. Certains peut-être, voire la plupart. Je n'en sais rien. Mais je crois qu'Hector se trompe. (Il haussa les épaules.)

Et s'il se trompe pour ça, il se trompe peut-être pour d'autres choses aussi ; comme le fait que tu n'aies pas besoin d'aller à l'école. Je sais bien que les dieux lui parlent, mais ce n'est qu'un humain après tout.

Nous nous regardâmes en silence. La petite cascade produisait des bruits d'éclaboussure et un chien aboya au loin.

– C'est pour ça que je veux absolument faire partie du conseil, poursuivit-il à voix basse. Je veux voir ce qu'il y a dehors, Eden. Quel que soit le temps qu'il reste avant le déluge, je veux savoir.

Mon cœur battait à tout rompre et pas seulement à cause de la proximité de Calder. Ce genre de conversation n'avait jamais lieu, autant que je sache. Quelque chose s'éveilla au plus profond de moi et sembla prendre vie.

– Tu me fais confiance, constatai-je.

Si ce n'avait pas été le cas, il ne m'aurait jamais avoué ce genre de chose.

Il opina.

– Je te fais confiance depuis très longtemps.

De la chaleur et un féroce sentiment d'orgueil emplirent ma poitrine. Savoir que Calder Raynes me faisait confiance me donnait l'impression d'être spéciale. Je n'avais jamais ressenti ça.

– Mes parents étaient gentils, dis-je. Je ne me rappelle presque rien d'eux, sauf ça. Leur bonté.

– Tu veux bien me parler d'eux ? demanda Calder avec douceur.

Je soupirai et tentai de rassembler mes souvenirs.

– Ils étaient blonds tous les deux. (J'attrapai une mèche de mes propres cheveux avant de la laisser retomber.) Surprenant, n'est-ce pas ? dis-je en souriant, et Calder m'imita. Et, ma mère, euh, elle avait un parfum de fleurs.

Je fermai les yeux et inspirai tandis que mon esprit faisait naître son odeur sucrée et délicate. Lorsque je rouvris les yeux, Calder m'observait, la tête penchée vers moi, et son regard était plus sombre. Je déglutis.

– Quoi d'autre ? murmura-t-il.

– Je pense que le travail de mon père avait un rapport avec l'argent des autres. Ma mère ne travaillait pas, du moins pas que je m'en souvienne. On vivait à Cincinnati, ça j'en suis certaine. (Je haussai les épaules.) Ils étaient très amis avec Hector. Je me souviens qu'il venait nous voir et que ma mère avait dit qu'on allait partir vivre avec lui. Ici, je suppose. Mais ensuite… ils sont morts et j'ai vécu avec Hector dans une autre maison pendant longtemps, des années peut-être. C'est tout. J'ai essayé de toutes mes forces de me rappeler plus de choses pendant toutes ces années, mais ça n'a servi à rien. J'étais très jeune, je suppose.

– Comment sont morts tes parents ?

– Un accident de voiture. Je n'en sais pas davantage.

Calder se mordit de nouveau la lèvre inférieure : j'avais remarqué qu'il faisait toujours ça quand il réfléchissait.

– Quoi ? demandai-je.

Il ôta ses dents et fit courir sa langue sur sa lèvre avant de répondre.

– Rien. Je suis désolé que tu aies perdu tes parents, c'est tout.

J'avais l'impression qu'il aurait voulu dire autre chose mais qu'il s'était retenu. Je hochai la tête.

– Merci.

– Bon, dit-il en se levant. Demain ? Même heure, même endroit ?

Je me levai à mon tour et opinai avec enthousiasme.

– Oui. Euh, poursuivis-je avec un geste en direction du bloc-notes qu'il tenait toujours à la main, je peux voir ton dessin ?

Il baissa les yeux vers lui.

– Oh. Oui, bien sûr.

Il le fit pivoter dans ma direction et j'en eus le souffle coupé.

Il avait dessiné notre source ; oui, soudain, c'était la nôtre. Il n'avait utilisé que des fusains mais elle était pourtant luxuriante et magnifique, les ombres et les zébrures suggéraient la profondeur de la couleur de l'eau, les rochers, l'herbe et le ciel. C'était… fabuleux.

– Calder. Tu es… je n'ai jamais rien vu d'aussi bon. Tu n'as jamais pris de leçons ?

Il secoua la tête tout en m'observant comme si mon opinion comptait beaucoup pour lui.

– Tu as un don, alors. Un don incroyable.

J'étais impressionnée par son talent, et j'étais certaine que ça se voyait.

Il me le tendit.

– C'est pour toi.

Je l'acceptai avec un grand sourire.

– Merci. Les moments que nous avons passés ensemble aujourd'hui sont un merveilleux cadeau d'anniversaire.

Je me mis à rouler soigneusement le dessin afin de pouvoir l'emmener.

– C'est ton anniversaire ? demanda-t-il, surpris.

– Demain. Je vais avoir dix-sept ans. Mais ça, affirmai-je en pressant délicatement le dessin contre ma poitrine, c'est le plus beau cadeau du monde.

– Non. Impossible. Si j'avais su que c'était ton anniversaire, j'aurais fait un dessin de toi. Un portrait. (Il sourit.) Demain. Pour le jour J.

Je lui rendis son sourire.

– D'accord. (Je soulevai le sac en tissu contenant toutes les fournitures.) On le cache ici ?

Calder regarda autour de lui avant de me prendre le sac des mains pour aller le cacher entre deux rochers qui formaient une petite anfractuosité sur sa droite. Il s'empara ensuite d'un gros caillou qu'il posa devant l'entrée afin que personne ne la voie.

Nous remontâmes le sentier ensemble. Une fois parvenus en haut, nous nous arrêtâmes et il me fit signe de passer devant afin que personne ne nous voie ensemble.

Quand je revins au chalet principal, je montai l'escalier sans faire de bruit et déroulai le dessin de notre lac pour le contempler longuement avant de le rouler de nouveau. Je le cachai dans le coin le plus reculé sous mon lit et je rangeai les heures que j'avais passées avec Calder dans un recoin silencieux et privé de mon cœur.

Je n'étais pas complètement certaine que Calder me rejoindrait ce jour-là : peut-être penserait-il que c'était trop risqué ou que je n'étais pas assez intéressante. Mais il était venu. Et il avait fait preuve d'une patience infinie pour m'enseigner les maths. Je ne m'étais sentie ni idiote ni honteuse en commençant à comprendre ce qui devait lui sembler très élémentaire. C'était bon d'apprendre et de sentir mon esprit se déployer au-delà de ses limites habituelles. Lorsque je me couchai ce soir-là, j'avais le cœur plein.

CHAPITRE 6

CALDER

Tandis que j'attendais la fille dont on célébrait l'anniversaire aujourd'hui, je cherchai des yeux l'endroit idéal pour la faire poser. Je finis par me décider pour le large rocher à gauche de la source. Il était tacheté de lumière et obscurci par des rochers plus volumineux. Elle pourrait s'y allonger pendant que je la dessinais.

J'imaginai Eden étendue là, sa robe soulignant sa silhouette fine, son corsage moulant ses petits seins ronds, et mon sang se mit à bouillonner.

Arrête, Calder. N'y pense même pas.

C'était une très mauvaise idée de songer à elle comme ça. Elle m'était totalement interdite et je ne devais pas l'oublier. J'aurais mieux fait de mettre un terme à notre marché et de ne plus jamais poser les yeux sur elle, mais le désir d'être près d'elle était trop impérieux pour que je lui résiste. Je serais sans doute sévèrement puni mais ça en valait peut-être la peine. Je luttais pour garder mes pensées pures quand j'étais avec elle, mais sa beauté... *Arrête, Calder. Ne pense pas au sexe alors qu'elle ne va pas tarder à arriver.*

Je ramassai le petit bouquet de fleurs que j'avais apporté pour elle et le posai sur le rocher ; ce jour, il y avait si longtemps de ça, où elle s'était dirigée fièrement vers nous pour nous demander de participer à notre jeu, le regard plein d'espoir, me revint en mémoire.

Belle de Jour. Aussi jolie qu'une fleur, aussi résistante qu'une mauvaise herbe.

J'avais adoré notre jeu pendant toutes ces années. Pour moi, c'était une aventure, un secret. J'avais même replanté des graines de belles-de-jour à l'extrémité du champ dont je m'occupais. Ce que j'avais dit sur la résistance de ces fleurs était vrai. Elles cherchaient sans cesse à gagner du terrain mais je les maintenais sous contrôle et les taillais régulièrement, les gardant à la bonne taille pour obtenir assez de fleurs bleues à laisser à Eden.

– Salut, entendis-je derrière moi, et je souris avant même de me retourner.

– Joyeux anniversaire, dis-je en me dirigeant vers elle.

Je lui pris la main pour la guider.

— Mon portrait ? Je suis un peu nerveuse. L'un des fils de Mère Hailey a voulu me dessiner la semaine dernière et je ressemblais à une courge avec des yeux, dit-elle en riant.

– Je me plais à croire que je suis plus doué que lui, répondis-je avec un clin d'œil.

– Oh, certainement. Mais j'ai peur de ressembler vraiment à une courge et que ton talent le confirme.

J'éclatai de rire. Je plaçai les mains sur ses épaules et la fis pivoter afin de l'adosser au rocher.

– Toi ? Une courge ?

Elle était étendue à présent et je la dominais. Je m'inclinai davantage pour disposer ses cheveux comme je le voulais. Nos regards se croisèrent et nous devînmes soudain sérieux tous les deux.

– Même pas en rêve, murmurai-je.

Elle demeura immobile et entrouvrit les lèvres tandis que ses yeux se posaient sur ma bouche, exactement comme l'autre jour.

Oh, Eden, ne fais pas ça. Ne me montre pas que tu as envie d'être embrassée.

Je me redressai d'un coup et me tournai vers mon matériel.

– Tu es bien installée ? demandai-je, le dos tourné, après m'être éclairci la voix.

Je pris une profonde inspiration et ordonnai à mon corps de se calmer.

– Oui, très bien.

Je m'assis sur un rocher non loin, le calepin sur mes genoux, et esquissai les grands traits. Des pensées primaires et des désirs impérieux me traversaient tandis que mes yeux allaient et venaient entre son corps et mon crayon. Je m'interrompis et exhalai. *Ressaisis-toi.*

– Quelle est notre leçon aujourd'hui ? demanda-t-elle à mi-voix.

– Notre leçon ? Oh, la leçon, c'est ça. Euh… encore des maths ?

– Non, je réviserai les additions et les soustractions toute seule le soir. Si on faisait des sciences ?

Je ne cessais pas de dessiner. Une fois que j'avais commencé, c'était comme si ma main prenait le contrôle. Je n'avais quasiment pas besoin de penser.

J'essayai de me remémorer ce que j'avais appris quand j'avais huit ans, à l'âge où Eden était arrivée ici.

– Connais-tu les états de la matière ?

– Non.

– OK, parlons de ça aujourd'hui et de tout ce dont je me souviens de ma première année de science. Je suppose… eh bien, je suppose que si j'ai oublié des choses, c'est qu'elles n'avaient aucune importance. Ou que, du moins, elles n'ont aucune utilité dans la vie.

Je ris doucement. Elle me sourit en retour avant de redevenir sérieuse.

– Qu'est-ce qui a de l'utilité dans la vie, Calder ? Peut-être qu'Hector a raison. Si nous nous retrouvons tous à Élysée bientôt, pourquoi apprendre comment fonctionne le monde ?

Mon crayon poursuivit sa tâche tandis que je réfléchissais à ce qu'elle venait de dire.

– Tu te rappelles ce que je t'ai dit sur les belles-de-jour, ce jour-là ? (Je levai les yeux vers elle et elle acquiesça.) J'ai appris ça dans un cours d'agriculture que les travailleurs des champs doivent suivre.

Je posai les yeux sur elle pour observer la forme de ses lèvres entrouvertes afin de les dessiner. Mon cœur se mit à battre plus vite. J'imaginai que c'était mon doigt et non le crayon qui traçait le contour de sa bouche pulpeuse. C'était intime et personnel. Je toussotai.

– Bref. Et si je n'avais pas connu ce détail ? Cette information m'a permis de manger des caramels pendant des années, constatai-je avec un clin d'œil.

Elle rit et ses joues rosirent. Je baissai de nouveau les yeux sur ma feuille et dessinai sans parler pendant un moment.

– Ce que je veux dire par là, c'est qu'on ne sait jamais quand une minuscule information sera utile ou peut-être même… changera ta vie. Je pense qu'on devrait essayer d'apprendre le plus de choses possible. Personne n'a le droit de nous empêcher d'acquérir du savoir si on en a envie.

Elle garda le silence un instant.

– Merci, Calder.

– De quoi ? Ce n'est même pas un échange. Moi aussi, j'en tire profit.

– Tu prends un risque.

Je posai les yeux sur ses pommettes délicates avant de reporter mon attention sur mon dessin.

– D’une certaine manière… c’est un risque qui en vaut la peine.

Je me levai pour arranger ses cheveux afin que le soleil en illumine une partie. Ils brillaient comme de l’or. Elle avait quelque chose de scintillant, une incandescence lumineuse. *Pas étonnant que ce soit l’élue chargée de nous conduire dans les ténèbres. Elle rayonne.*

Tandis que ma main s’affairait dans sa chevelure soyeuse, nos regards se croisèrent.

– Calder…

– Oui ?

Ma voix était encore plus rauque que d’habitude. Le temps suspendit son vol et le monde autour de nous cessa de bouger ; nous étions seuls en mouvement. Ses lèvres charnues et roses s’entrouvrirent et je retins un gémissement.

– Je…

Elle baissa les yeux et une subtile rougeur se répandit dans son cou. Puis ses yeux plongèrent courageusement dans les miens. Elle se pencha en avant et posa sa bouche sur la mienne. Je tressaillis légèrement, les yeux toujours ouverts, tandis que, les paupières closes, elle pressait ses lèvres fermes mais douces sur les miennes. Je savais que j’aurais dû bouger, évidemment… mais j’étais paralysé, immobile, incapable de formuler la moindre pensée rationnelle. C’est alors qu’elle mit sa langue en action, hésitante, et avant que je comprenne ce que je faisais, je l’imitai. Son goût sucré et délicieux nous submergea. Nos langues se cherchaient avec douceur, pour voir. Eden soupira, agrippa mes épaules et m'attira à elle. Elle inclina la tête et introduisit sa langue plus profondément dans ma bouche.

La puissance de l'instinct d'accouplement me secoua avec une vigueur incroyable. J'avais envie d'elle. Je n'avais jamais ressenti ça auparavant, mais je sus immédiatement de quoi il s'agissait. Je la désirais désespérément mais je rompis le baiser et me détournai pour essayer de faire taire le feu qui rugissait en moi.

Lorsque je lui fis de nouveau face, son visage était écarlate et elle cligna des yeux.

– Je suis vraiment désolée, dit-elle à voix basse. Je voulais juste… t'embrasser. Une seule fois. Même si tu n'en as pas très envie.

Elle secoua un peu la tête. L'expression de son visage était à la fois déterminée et vulnérable, pleine d'une force méfiante qui suscita en moi la plus grande admiration. Depuis la première fois que nous nous étions parlé, quand elle nous avait demandé si elle pouvait jouer avec nous, elle faisait preuve d'une résolution totale. Elle donnait l'impression d'être docile, douce et soumise. Mais en réalité, une force invisible évidente l'animait, et je n'avais jamais vu ça chez personne d'autre.

– Je me disais que, si je dois passer l'éternité auprès de quelqu'un que je n'aime pas, un baiser de toi, un seul, me la rendrait supportable, dit-elle en levant les yeux vers moi.

Ses paroles m'ébranlèrent au plus profond de moi. J'avais grandi dans l'idée qu'un déluge balaierait la Terre et que notre communauté, le peuple d'Hector, atteindrait la terre promise. J'avais rêvé d'Élysée, je l'avais imaginé, senti, *ressenti*. Je l'avais secrètement craint, aussi, en me demandant si l'endroit ressemblerait vraiment à ce qu'Hector affirmait. Après tout, il n'y était jamais allé. Mais je n'avais jamais envisagé qu'Eden puisse appréhender de s'y rendre ou qu'elle ait des rêves qui ne se réaliseraient jamais à cause de la prophétie. Je pensais même qu'elle acceptait son rôle comme un cadeau, comme on nous l'avait appris. Mais ce n'était clairement pas le cas.

Et pourtant… les dieux savaient ce qu'ils faisaient. *N'est-ce pas ?*

– Il ne faut pas que ça se reproduise, Eden.

Je reculai un peu. Eden se décomposa et rougit de plus belle. Elle passa la langue sur ses lèvres, ces lèvres que je venais juste de goûter. Je faillis pousser un gémissement mais je réussis à me contenir.

– Je suis désolée, dit-elle en secouant la tête. C'était vraiment très déplacé de ma part. Je suis désolée de t'avoir imposé ça.

Je posai la main sur son bras ; sa peau était tiède et douce. Je retirai immédiatement mes doigts.

– Non. J'ai très envie de t'embrasser encore, et de le faire mieux. J'en ai plus envie que de réfléchir aux conséquences de mes actes.

Eden écarquilla les yeux.

– Mais alors… *pourquoi* ? Pourquoi ne le fais-tu pas ?

Je lus de la douleur dans son regard.

– Parce que tu vas devenir la *femme* d'Hector, Eden, et que tous nos destins sont liés à ça. Je ne sais pas à quoi ressemble Élysée. J'ignore beaucoup de choses. (Je me passai les mains dans les cheveux.) Mais ce que je sais, c'est que dans moins d'un an, tu seras son épouse. Tu lui *appartiendras*. Il n'en sera jamais autrement.

Tu ne seras jamais à moi.

Elle fit la moue et se redressa. Je vacillai légèrement.

– Oui, je sais. Je compte les jours. Je compte les jours de liberté qu'il me reste, même si le terme de liberté n'est pas vraiment approprié. Mais ça vaut mieux que ce que je vais devoir endurer contre ma volonté… *pour l'éternité* ! (Elle carra les épaules, le dos droit.) Peut-être que pour vous, ce sera le paradis, mais pour moi, ce sera *un enfer*.

– Eden…

Je m'interrompis, à court de mots. Je passai de nouveau la main dans mes cheveux et fis un pas en arrière tandis qu'elle lissait sa robe et rassemblait ses affaires.

– Ne t'en va pas, s'il te plaît.

Elle baissa les yeux.

– Si. Je suis désolée. Je me suis humiliée et j'ai dit des choses que j'aurais mieux fait de garder pour moi et…

– Tu peux être sincère avec moi. Toujours.

Elle finit par relever la tête et par me regarder.

– Je ne veux pas cesser de te voir. Ni mettre un terme à nos… séances. Mais aujourd'hui, je dois y aller. (Elle m'adressa un minuscule sourire tremblant.) À demain ?

J'opinai.

– Oui, à demain.

Je savais que nous jouions avec le feu avant ça, mais à présent… il était évident qu'il aurait mieux valu pour tout le monde arrêter nos *séances* tout de suite.

Mais j'avais beau essayer, je ne pus me résoudre à le dire. En réalité, mon désir de la voir et d'être près d'elle était soudain devenu étourdissant. Son courage me sidérait et m'éblouissait. Elle avait osé rêver au-delà du destin imposé par quelqu'un d'autre, au-delà même de ce que les *dieux* avaient décidé. Et au lieu de paraître blasphématoire ou juste complètement stupide, sa volonté était puissante, magnifique et brave.

Exactement comme son courage sur le terrain de jeux.

Aussi belle qu'une fleur. Aussi résistante qu'une mauvaise herbe.

Et je sentis quelque chose évoluer en moi, parce que moi aussi j'avais des rêves. En cet instant, près de la source, j'admis que j'attendais plus de ma vie et que mes rêves étaient peut-être beaux eux aussi. Courageux. J'avais toujours repoussé ce désir, honteux, parce que je pensais qu'il était inavouable et égoïste.

Mais peut-être que mes propres rêves n'étaient pas aussi coupables que je l'avais cru… *d'une manière ou d'une autre.*

Je la regardai s'éloigner en silence. Et quelque part au plus profond de moi, dans un endroit où il n'y avait ni lois ni limites et où on n'entendait que le battement de mon cœur, l'amour s'enracina.

– Belle de Jour, dis-je alors qu'elle se penchait pour se glisser entre les deux rochers.

Elle se retourna. Je la rejoignis et lui tendis le portrait roulé. Il n'était pas tout à fait terminé, mais presque.

– Joyeux anniversaire, dis-je en souriant.

Puis, contre tout bon sens, je l'enlaçai et posai un baiser sur son front. Une odeur sucrée de pommes envahit mon cerveau et je reculai, un peu étourdi. Eden cilla, poussa un petit soupir et me sourit. Puis elle disparut et je me retrouvai les bras ballants.

***

Plus tard ce soir-là, alors que je venais de distribuer les dernières rations d'eau dans les chalets, j'aperçus Xander en train de faire sa ronde. Je le rejoignis en courant. Quand je ralentis, une fois parvenu à sa hauteur, il sursauta un peu.

– Salut.

– Tu serais vachement utile en cas d'attaque, dis donc.

Il ricana.

– J'étais perdu dans mes pensées. Tu as raison. On pourrait vous tirer comme des lapins, avec moi.

Je lui lançai un regard à la dérobée.

– C'est quoi ton problème ?

Il soupira et s'arrêta.

– Tu veux vraiment le savoir ?

Je m'immobilisai à mon tour, sourcils froncés.

Xander baissa les yeux.

– J'ai beaucoup de temps pour penser quand je fais mes rondes. (Un silence.) Probablement trop de temps.

– Crache le morceau, Xander.

Je jetai un coup d'œil autour de nous pour vérifier que nous étions seuls, sans savoir exactement pourquoi je faisais ça.

Il ne répondit pas tout de suite.

– Ce marché avec Eden…

– N'essaie pas de me faire changer d'avis, Xander, répondis-je, contrarié. Je sais très bien ce que tu vas dire et…

– Tu te trompes, m'interrompit-il. Tu ne sais pas ce que je vais dire. Ça a un rapport avec Eden, mais de manière indirecte. (Il passa la main dans ses cheveux bruns et raides.) Ça fait longtemps que je réfléchis à ça et je n'ai jamais rien dit parce que ce sont des pensées impures… et que j'essaie de m'en débarrasser. Je ne sais plus où j'en suis. (Il jeta un coup d'œil alentour.) Mais, dit-il en reportant son regard sur moi, je remets les choses en question, Calder. Je doute d'Hector.

Il avait l'air de souffrir. Je m'étais raidi. Je me détendis lentement.

– Je tourne et je retourne les choses dans ma tête, poursuivit Xander. J'essaie de mettre les pièces du puzzle en place, mais ça ne colle pas. Il y a tant de choses…

Je détournai les yeux en direction de notre source, à Eden et moi, et répondis doucement :

– Moi aussi, je doute.

Xander poussa un soupir si profond que j'eus l'impression qu'il stockait de l'air dans ses poumons depuis des heures, des années, une vie entière.

– L'ironie de la chose, c'est qu'alors que je patrouille *en dehors* du périmètre d'Acadie cent fois par jour, je me sens comme un lion en cage.

– Pourquoi tu ne m'en as jamais parlé ? On se dit tout.

Il jeta un coup d'œil par-dessus mon épaule.

– Je sais. J'essayais de comprendre… de dépasser le truc… ou quelque chose. Je te jure que je ne sais même pas, Calder.

Je restai un moment silencieux. Il se passa les deux mains dans les cheveux : il était échevelé comme s'il avait traversé une tempête.

– Je suppose que quand je t'ai vu avec Eden, quand je me suis rendu compte du risque que tu étais prêt à prendre pour devenir son ami, je me suis dit que toi aussi tu devais avoir des questions ou des doutes.

– Est-ce que tu en as parlé à Sasha ? finis-je par demander.

Sasha avait quelques années de plus que nous, et elle était déjà mariée à un autre travailleur. Mais comme nous, elle faisait partie de ceux qui étaient nés en Acadie ou y étaient arrivés bébés. Nous n'avions pas choisi cette vie. C'était *elle* qui nous avait choisis.

Xander secoua la tête.

– Non. Sash est heureuse. Elle aime sa vie. Je pense qu'elle aime sincèrement Aaron. Elle n'a pas l'air de douter.

J'acquiesçai.

– Écoute, Xander, le mieux que nous puissions faire est de parvenir à obtenir une place au conseil. Nous pourrons ainsi sortir dans la grande communauté. Nous ne sommes pas idiots. Nous pouvons apprendre des choses. Et nous aurons plus de choix là-bas… plus de possibilités de trouver des réponses.

– Mais nous ne posséderons toujours rien. (Xander grimaça et regarda au loin.) Dire ça me paraît mal, marmonna-t-il.

Je fronçai les sourcils. On nous avait seriné que désirer quelque chose pour soi plutôt que pour le groupe était égoïste et coupable. C'était aussi difficile pour moi que pour lui. Et peut-être était-ce pour le mieux. Tout cela était très perturbant.

– Nous n'avons pas beaucoup de temps devant nous, Xander. On doit obtenir une place au conseil… au moins un de nous… avant le déluge.

Xander contempla ses pieds et finit par dire à voix basse.

– Et si Hector se trompe sur ça aussi ?

Un mélange de crainte et d'espoir naquit en moi. *Et si* ?

Xander plongea son regard dans le mien et j'y lus le même sentiment que celui qui m'animait.

– Kristi, la garde forestière, m'a dit qu'un tas de *soi-disant* prophètes avaient prédit la fin du monde et qu'ils s'étaient tous trompés… à l'évidence.

– Hector dirait que Kristi est une menteuse impie qui fait l'œuvre du diable.

Xander soupira.

– Ouais. Je sais.

– Je ne savais pas que tu discutais avec Kristi.

Il hocha la tête.

– Oui… elle est… (Il s'interrompit comme s'il cherchait le mot juste pour qualifier la mystérieuse Kristi.) Elle est gentille.

– Quel âge a-t-elle ? demandai-je par pure curiosité.

– Elle est un peu plus vieille que nous. Elle a fait deux ans d'étude dans une université publique et elle va partir à la fac.

Quelqu'un claqua la porte d'un chalet, et même si c'était assez loin de l'endroit où nous nous tenions, nous sursautâmes. Je baissai davantage la voix.

– Ne parlons plus de ça, sauf si on est sûrs d'être seuls.

Xander opina.

– Est-ce qu'on peut discuter de tout ça devant Eden ?

Je réfléchis un instant et la certitude emplit mon cœur.

– Oui. Je pense que oui.

– Tu as déjà des sentiments pour elle, pas vrai ? demanda-t-il après un instant de silence.

Je réfléchis un instant et me décidai.

– Je ne suis pas idiot à ce point.

– On ne choisit pas pour qui on éprouve des sentiments, Calder. Tu joues avec le feu. N'importe quel crétin voit bien comment vous vous regardez. Et plus vous passerez de temps ensemble…

– Nous avons un passé commun, Xander. On s'apprécie beaucoup.

– Vous vous appréciez ? ricana-t-il. J'apprécie ta mère et les couchers de soleil. Tu n'apprécies pas Eden, crois-moi.

Je souris.

– D'accord, c'est un peu plus que ça. Mais je gère, promis. Inutile de t'inquiéter pour moi.

Xander me dévisagea avant de hocher la tête.

– D'accord, mon frère. (Il recula un peu.) Bonne nuit.

Puis il tourna les talons et s'éloigna. Il ne me restait plus qu'à rentrer chez moi et à penser encore et encore à notre discussion. Et si Xander avait raison et qu'Hector se trompait ? S'il n'y avait pas de déluge ? *Et si j'avais le choix de quitter Acadie* ?

CHAPITRE 7

EDEN

Le lendemain, Calder ne vint pas, et sur le trajet de retour je me sentis envahie par la tristesse et l'humiliation. J'avais tout gâché. Je m'étais comportée comme une idiote, une idiote sincère, certes, mais idiote quand même. Il fallait que je me retire pour panser mes blessures. Voilà que j'avais perdu mon seul… ami. Du moins, je le prenais pour tel. Je poussai un gémissement désespéré, les mains sur le visage, adossée à la porte de ma chambre. *Bien joué, Eden*, songeai-je, amère.

Je passai la plus grande partie de la journée perdue dans ma musique, mon unique refuge, mon seul réconfort.

Un peu plus tard ce soir-là, après avoir aidé Hailey à donner le bain aux garçons et à les mettre en pyjama, je traversai la salle commune pour gagner l'escalier. Je vis Maya, la sœur de Calder, une pile de vêtements dans les bras, ouvrir la porte d'entrée pour sortir et je me m'arrêtai net. Je lui souris mais elle rougit, baissa les yeux et sortit avant que j'aie eu le temps de dire quoi que ce soit. *Dieux tout-puissants !* Calder ne lui avait quand même pas raconté ce qui s'était passé entre nous, n'est-ce pas ?

Je gravis lentement l'escalier, le cœur lourd.

Lorsque je pénétrai dans ma chambre, j'aperçus tout de suite le vêtement sombre posé au pied de mon lit. Je m'arrêtai, perplexe. Je m'en emparai, jetai un coup d'œil nerveux par-dessus mon épaule puis revins sur mes pas pour fermer la porte. J'examinai le manteau à capuche en me mordant la lèvre. J'avais vu les travailleurs en porter de semblables.

Étais-je supposée le mettre ? La capuche dissimulerait mes traits, surtout s'il faisait sombre. Pouvais-je le mettre et oser me fondre aux travailleurs ? Je me sentais euphorique. Maya l'avait déposé pour moi. Était-ce Calder qui le lui avait demandé ? J'inspirai. Peut-être qu'il ne m'en voulait pas. Mon cœur s'emballa et je maintins fermement le manteau contre ma poitrine. Un sourire gagna lentement mes lèvres et je poussai un petit couinement.

Le reste de la soirée se déroula à une allure d'escargot tandis que j'attendais que la nuit tombe et qu'Hailey aille se coucher.

Une fois que la maison fut silencieuse et le ciel d'un noir profond, seulement éclairé par l'éclat argenté de la nouvelle lune, je descendis prudemment l'escalier et sortis par la porte principale que je refermai derrière moi sans faire de bruit.

Une fois derrière le chalet, j'enfilai le manteau, cachai ma chevelure sous la capuche que je rabattis le plus possible sur mon visage. Puis je me dirigeai d'un pas vif vers les chalets des travailleurs, devant lesquels des feux de camp illuminaient la nuit.

Je passai inaperçue pour la première fois depuis mon arrivée ici. J'enregistrai tout ce que je voyais et j'entendais. Les gens étaient installés autour de trois gros feux qui brûlaient au centre d'une zone dégagée entre les chalets. Des rires et des bribes de conversations me parvenaient. J'aurais aimé avoir le cran de m'asseoir pour écouter les histoires qu'ils se racontaient mais je ne voulais pas courir le risque d'être reconnue. Marcher comme ça, *libre* et anonyme, était déjà palpitant. J'inspirai profondément l'air frais et légèrement enfumé.

Près de l'un des feux, un homme chantait doucement d'une voix chaude et mélodieuse et ceux autour l'écoutaient en silence. Je m'arrêtai juste un instant, bercée par le son apaisant de sa voix grave : j'aurais aimé l'accompagner au piano. Je sentais les touches sous mes doigts, je trouvais les notes qui auraient ponctué sa chanson.

Une main se saisit soudain de moi et je faillis laisser échapper un cri lorsque la personne s'éloigna, me forçant à la suivre en trébuchant un peu.

– Chut, c'est moi, fit la voix de Calder.

Mon cœur s'envola. J'aurais reconnu sa voix n'importe où, au milieu de mille carillons ou dans la noirceur d'une grotte sans fin. Elle *bougeait* en moi.

Je poussai un soupir et alignai mon pas sur le sien.

– Où va-t-on ?

– Tu verras.

Je distinguai son sourire doux mais espiègle dans la lueur tamisée du feu et sa beauté me renversa. Mon cœur bondit dans ma poitrine. J'avais envie de gémir en levant le visage vers les dieux pour leur crier : « *Pourquoi ? Pourquoi l'avoir rendu si beau à mes yeux si je ne peux jamais l'avoir ? Pourquoi ? Pourquoi ? Pourquoi ?* »

Calder accéléra le pas et nous nous mîmes rapidement à courir. Le vent heurtait mon visage et j'éclatai de rire, envahie par une joie intense. J'avais posé les lèvres sur les siennes. Ça ne se reproduirait certainement jamais, *mais j'avais vécu ça*, et même si ce n'était qu'une fois, je chérirais ce souvenir à jamais, profondément enfoui en moi, là où personne ne me le volerait jamais.

Nous nous arrêtâmes, à bout de souffle, dans l'obscurité. Je regardai autour de moi : nous étions à l'extrémité du verger.

– Qu'est-ce qu'on fait là ?

– C'est notre leçon du jour. Viens.

Il me prit de nouveau par la main et nous traversâmes les arbres odorants éclairés par la lune. Les odeurs de la terre, l'herbe, l'air sucré nous entouraient. La main de Calder tenait la mienne fermement, répandant sa chaleur dans tout mon corps.

Ici et maintenant. C'est ça, Élysée, pas un endroit lointain et incompréhensible, mais ça.

Quand nous parvînmes à une petite clairière au milieu des arbres, Calder s'assit sur l'herbe et je l'imitai. Il s'allongea sur le dos et tendit le bras vers le ciel.

– Regarde.

Je m'étendis à mon tour et retins mon souffle en voyant les étoiles, claires et brillantes dans le ciel enténébré, luire au-dessus de moi.

– Elles sont tellement claires, murmurai-je.

Je sentis Calder acquiescer.

– On est assez loin des lumières électriques du chalet principal et des feux de camp. Et en plus, c'est la pleine lune…

Nous restâmes silencieux pendant de longues minutes à contempler le ciel étoilé. Je m'éclaircis la voix.

– Tu vas m'apprendre les constellations ?

– Oui. Du moins ce que je sais.

Je lui jetai un coup d'œil. La lune fournissait juste assez de lumière pour que je puisse voir Calder, et même si son visage était en partie dans l'ombre, je devinais son expression.

– Tu… ne te sens pas bizarre à cause d'hier ? demandai-je à voix basse.

Il ne répondit pas tout de suite et je retins mon souffle.

– À cause du baiser, tu veux dire ? répondit-il avec un sourire dans la voix. J'y ai à peine pensé.

Je ricanai.

– Je me sens sacrément mieux, du coup.

Calder éclata de rire et tourna le visage vers moi. Je fis de même et nous nous regardâmes. Son expression amusée fit place à un air sérieux.

– Je peux être honnête avec toi, Eden ?

Je gémis en reportant mon attention vers le ciel.

– Ça va être pire, c'est ça ?

Calder gloussa.

– Non. (Il soupira et resta silencieux un instant.) En quelques jours, ma vie est devenue compliquée. Il y a pourtant une chose simple. (Je tournai les yeux vers lui et je le vis poser le regard sur mes lèvres avant de se ressaisir et de le plonger dans le mien. Il s'éclaircit la voix.) Si j'étais juste un garçon et toi juste une fille, je ne t'aurais pas embrassée une fois comme tu me l'as demandé.

Il s'interrompit et mon cœur se figea. *Oh.*

– Eden, poursuivit-il, je t'aurais embrassée longtemps et souvent.

Oh. *Oh.* Je cillai et me rassis.

– C'est censé me remonter le moral ?

Calder rit et se redressa à son tour.

– Non. Mais je veux que les choses soient bien claires entre nous. Nous sommes attirés l'un par l'autre. Je t'admire et j'aime passer du temps avec toi. Je veux être ton ami. Mais, Eden, il ne peut rien se passer entre nous. C'est comme ça, c'est tout.

Je me sentais blessée, en colère et amère : la joie que j'avais ressentie un instant plus tôt s'était évanouie.

– C'est mon destin, lâchai-je, mordante.

Calder garda le silence un instant, les sourcils froncés, en passant un doigt machinal sur sa lèvre inférieure.

– Je n'en sais rien. Tout ce que je sais, c'est que la vie que nous connaissons ne serait plus jamais la même si nous cédions à la tentation.

– C'est ça. Merci d'être honnête avec moi. Je t'admire, Calder. Tu es très… obéissant.

J'étais furieuse. Contre Calder ? Contre les dieux qui m'avaient amenée ici, à un mètre de ce garçon incroyable ? Mais *pourquoi* ?

Calder fronça les sourcils, toussota et détourna le regard. Je me sentis soudain coupable. J'avais eu l'intention de l'insulter et il l'avait bien compris. Mais en réalité, j'étais juste blessée et pleine d'amertume face à l'injustice de ma situation. Alors que Calder, un garçon, presque un homme, faisait de son mieux pour faire preuve de loyauté et être mon ami, mon seul ami.

– Je suis désolée, dis-je. C'était injuste.

– Ce n'est pas grave. Je suis obéissant, c'est vrai. J'aime croire que j'obéis aux dieux, même si Hector est enclin aux mêmes erreurs ou aux mêmes contresens que n'importe quel autre être humain. J'aime penser que je suis obéissant à cette communauté, aux besoins et au bonheur de chacun. Qu'arriverait-il, pas seulement à moi, mais à tout le monde, si on savait que je batifole avec la future épouse d'Hector ?

– Batifole ? Le terme est sordide.

Hector l'utilisait souvent. Il disait que lorsqu'on commettait un péché, on batifolait avec le diable.

– Ce serait mal. Déjà, se voir comme ça… je ne ferai rien de plus.

Je restai silencieuse une bonne minute en tournant et retournant ce qu'il venait de dire dans ma tête. Comme la veille, après l'avoir embrassé, je n'avais qu'une envie : fuir. *Il sait ce que je ressens pour lui. Est-ce qu'il est gentil juste pour éviter de me blesser ?*

– Je suppose que tu as raison, répondis-je, abattue.

Calder se tourna vers moi.

– J'ai été honnête en t'avouant l'attirance que je ressens pour toi parce que je pense qu'il vaut mieux que les choses soient claires. Nous devons nous montrer prudents. Je veux être ton ami. Mais pas au détriment de notre communauté tout entière ni au détriment de nos cœurs… et de nos rêves.

En réalité, mon cœur était déjà entre ses mains pour qu'il le brise, ce qu'il était en train de faire, mais je hochai quand même la tête. Je savais qu'il avait ses propres rêves. Et il les risquait en acceptant de me fréquenter, encore plus en m'enseignant des choses. Ça ne faisait que renforcer l'admiration que je ressentais pour lui. Comment exiger davantage ?

Nous gardâmes le silence. Calder me regardait dans l'obscurité.

– Le portrait était magnifique, finis-je par dire. Je ne ressemble pas du tout à une courge.

Je l'avais déroulé la veille et j'avais eu le souffle coupé par la beauté absolue du dessin. Ressemblais-je vraiment à ça ? Hector me répétait depuis l'enfance que j'étais belle comme un ange. Mais quelque chose dans la façon dont Calder m'avait représentée me donnait un sentiment de force et de puissance ; j'avais une expression assurée et confiante, presque sereine.

Calder éclata de rire.

– Si tu ressemblais plus à une courge, la situation serait plus facile pour moi.

Je me retins de grimacer. Si on voulait que la situation perdure, il ne fallait pas qu'il flirte avec moi.

Il redevint sérieux, comme s'il avait lu dans mes pensées. Il s'éclaircit la voix et se rallongea.

– En parlant de courge, notre leçon concerne les étoiles.

Je haussai un sourcil.

– Quel rapport ?

– Oh, tu n'as jamais entendu parler des constellations, Courgeau ?

J'éclatai de rire et ça me fit du bien.

– Je te jure, Calder Raynes, que si tu comptes m'apprendre des choses que je serai obligée de désapprendre plus tard, je ne serai pas contente du tout.

Il rit à son tour.

– D'accord, la constellation du Courgeau n'existe peut-être pas. (Un silence.) Tu savais que, lorsque tu regardes les étoiles, tu regardes en arrière dans le temps ?

– Comment ça ? chuchotai-je.

– Parce que la lumière d'une étoile met des millions d'années à atteindre la Terre. Donc, par exemple, dit-il en désignant une minuscule étoile scintillante, c'est ce à quoi elle ressemblait il y a des milliers d'années.

Ça me paraissait magique et je décidai de ne pas chercher à comprendre.

– C'est comme si je pouvais imaginer les dieux là-haut, quelque part derrière les étoiles, en train de nous regarder. (Je m'interrompis.) Je peux te dire un secret ? demandai-je dans un murmure.

– Tu peux tout me dire.

– Je n'en prie qu'un.

Je rougis, même s'il ne pouvait distinguer mon visage. L'avouer à haute voix alors que je passais des heures et des heures à lire les vies des douze dieux dans le Livre Saint me paraissait sacrilège.

Calder se tourna vers moi.

– Lequel ? demanda-t-il, surpris.

– Le Dieu de la Miséricorde.

– Pourquoi lui ?

Son ton était doux.

Je réfléchis avant de répondre.

– Parce que… je suppose que la grâce et la miséricorde peuvent tout arranger. Et je suppose que j'imagine qu'il… s'intéresse à ce qui nous arrive. Ou peut-être qu'il est capable de nous aimer même si nous faisons tout de travers, que nous sommes imparfaits et que nous voulons à toute force ce que nous ne pouvons pas avoir.

Le silence s'installa entre nous.

– Alors, c'est lui qui a la tâche la plus lourde.

Je ris un peu.

– Oui. J'imagine toujours qu'en arrivant à Élysée c'est lui que je verrai en premier.

– Quels seraient tes rêves, Eden, finit par demander Calder, si ton destin n'était pas d'épouser Hector ?

Toi. Tu es mon rêve.

– Je n'en sais rien. De découvrir le monde, comme toi, je suppose. De savoir ce qui pourrait m'attendre ailleurs. Si quelque chose m'attend.

– Es-tu fière d'être l'élue ? demanda-t-il à voix basse.

Je pris le temps d'y songer avant de répondre.

– Il n'y a aucune satisfaction à retirer de quelque chose que tu n'as rien fait pour mériter.

Calder se tourna vers moi.

– Mais les dieux voient quelque chose en toi que toi-même tu ne vois pas. Ils t'ont choisie parce que tu as un cœur courageux et beau.

Je ris doucement.

– Non, c'est impossible.

– Pourquoi ?

– Parce que c'est mon cœur qui me pousse à *refuser* mon prétendu destin.

C'est mon cœur qui voudrait que tu sois ma destinée.

Calder ne répondit pas, pensif.

– C'est laquelle, celle-là ? demandai-je en désignant une étoile solitaire à l'extrémité du ciel.

Calder regarda dans la direction que je lui indiquais.

– Aucune idée.

– Tu pourrais peut-être demander à quelqu'un demain.

– On ne la verra pas en plein jour, constata-t-il en souriant.

– Mmm, je suppose que les étoiles nous apprennent des choses, même à des milliers d'années de distance.

– Et qu'est-ce qu'elles nous apprennent ?

– Que certaines choses sont plus visibles dans la lumière, finis-je par répondre… et d'autres dans l'obscurité.

Calder m'observa dans la faible luminosité. Il avait l'air songeur. Il ne dit rien mais sa main s'empara de la mienne et nous reportâmes notre attention vers le ciel.

Nous parlâmes des étoiles et sa voix magnifique et légèrement rauque emplit la nuit.

Je l'écoutais parler, étendue à ses côtés, la chaleur de son corps près du mien. Je me sentais satisfaite, un sentiment que je n'avais jamais éprouvé. Je fermai les yeux une seconde.

Quelqu'un me secoua quelques instants plus tard.

– Hé, fit la voix de Calder.

Je regardai autour de moi, désorientée. L'odeur sucrée des pommiers éveilla mes sens.

– Je dois te ramener. On s'est endormis.

– Personne ne sait que j'ai quitté le chalet, répondis-je, ensommeillée.

– Mais moi on va me chercher.

Il se leva et me tendit la main pour m'aider à me relever. Je me mis sur pied et époussetai ma robe. Sa famille saurait évidemment qu'il n'était pas couché vu que leur maison n'avait que deux pièces.

Nous nous mîmes en route et Calder me prit par la main. Nous suivîmes le chemin qui contournait les chalets en marchant le plus silencieusement possible, sans échanger un mot.

Les feux n'étaient plus que braises en train de mourir et la plupart des gens étaient rentrés chez eux.

J'avançai aussi lentement que possible : j'aurais aimé rester dehors toute la nuit, et pouvoir traîner à ma guise. Avec Calder. Je soupirai.

Calder me regarda.

– On se voit à la source, demain ?

J'acquiesçai. On y voyait mieux à présent que la lumière électrique en provenance du chalet principal éclairait le sentier.

– Merci pour ça, dis-je en lui jetant un regard timide. Je ne peux pas expliquer ce que ça signifie pour moi, mais merci.

Calder me sourit.

– On recommencera peut-être.

L'espoir m'emplit et je hochai la tête en souriant. J'ôtai le manteau qui m'avait procuré l'anonymat et le lui rendis.

Il me laissa à l'endroit où s'arrêtaient les chalets et où commençait le vaste jardin entre les maisons des travailleurs et le chalet principal. Je jetai plusieurs fois un coup d'œil en arrière : il me regardait m'éloigner, immobile. Il avait les mains dans les poches et au fur et à mesure que mes pas nous séparaient, il devenait une ombre de plus. La solitude grandissait dans mon cœur au rythme de la distance entre nous. Il me manquait déjà.

***

Quand je pénétrai dans la maison, quelqu'un m'attrapa par le poignet et je poussai un cri, surprise.

Je levai les yeux : c'était Clive Richter, le membre du conseil que j'aimais le moins, un homme au regard fuyant qui consommait beaucoup trop de gel pour les cheveux. Ça lui allait parfaitement bien : il avait une personnalité huileuse. Pourquoi Hector le considérait-il suffisamment saint pour faire partie des leaders de son peuple, je n'en avais aucune idée.

– Tu n'es pas censée quitter la maison, pas vrai ? Surtout la nuit.

Mon cœur s'emballa et je déglutis. Si Clive savait que je quittais la maison pour faire quelque chose qu'Hector désapprouvait, c'en serait fini. Plus de leçons. Plus de Calder. Je baissai les yeux et pris une expression aussi soumise que possible.

– Je voulais juste voir ce que font les travailleurs le soir, mentis-je. J'ai traversé leur camp et c'est la première fois. C'est tout. Comment suis-je censée les guider si je ne les connais pas ?

Je gardai les yeux baissés en attendant sa réponse.

– C'est un ramassis de dégénérés, tu sais. Tu as de la chance de ne pas avoir été violée.

– Des dégénérés ? répétai-je en levant les yeux vers lui.

– Parfaitement, des dégénérés. Tu as entendu leurs histoires, assena-t-il en faisant allusion aux vies qu'Hector racontait au Temple quand ils rejoignaient notre famille.

– Oui, mais ils sont là parce qu'ils veulent repartir de zéro.

Clive ricana.

– Ne va plus te promener dans leur camp, Eden. Je vérifierai toutes les nuits que tu es bien ici. Ne le refais plus ou je serai obligé d'en référer à Hector.

J'acquiesçai, tête baissée. Quand je finis par lui jeter un coup d'œil à la dérobée, je me rendis compte qu'il était en train de me détailler des pieds à la tête, une lueur sombre dans le regard. Il fixa mes seins pendant si longtemps que je faillis les couvrir de mes bras mais je m'obligeai à ne pas bouger. *Une parfaite princesse.*

– Mmm, mmm, finit-il par dire en levant enfin les yeux vers mon visage.

Il repoussa une mèche de cheveux derrière mon oreille et je dus me retenir pour ne pas lui cracher à la figure.

– Quelle beauté, fredonna-t-il. Tu as presque dix-huit ans, n'est-ce pas, Eden ?

– Non. Je viens juste d'en avoir dix-sept.

– Mmm. J'imagine qu'Hector est très impatient de te faire sienne. (Il se pencha vers moi et son haleine aigre me sauta au visage.) Tu seras une bonne épouse, pas vrai, Eden ? Tellement adorable. Tellement obéissante.

– J'en aurai à peine le temps, n'est-ce pas ? Le déluge s'abattra sur nous et tout sera terminé.

Clive recula, un sourire aux lèvres.

– Non, ce sera au contraire un commencement, ma jolie. Juste un commencement.

Il rit et me caressa de nouveau la joue avant de tourner les talons. Je frissonnai en le regardant s'éloigner. Qu'avait-il bien pu vouloir dire ? Je gagnai rapidement ma chambre, me déshabillai et me couchai.

Je rêvai de Calder baigné par la lueur de la lune.

CHAPITRE 8

CALDER

Il plut les deux jours qui suivirent et je ne pus donc pas retrouver Eden à la source. Je ne pus pas sortir du tout, en vérité. Je suppose que les dieux avaient décidé que j'avais besoin de vacances et que c'est pour ça qu'ils faisaient mon travail à ma place.

Deux longues journées après avoir contemplé les étoiles avec Eden, je me tenais dans l'encadrement de la porte de notre petit chalet, les yeux rivés sur la fenêtre de la chambre d'Eden, au premier étage. Elle était illuminée : que pouvait-elle bien faire là-haut ? Se sentait-elle seule ? S'ennuyait-elle ? Je l'imaginais volontiers. Je me voyais appuyer une échelle contre le mur et l'escalader pour la rejoindre. Puis je la prendrais par la main tandis que nous courrions sous la pluie tiède, cernés par le parfum des pommes, et sa robe mouillée la moulerait, dévoilant sa peau rosée. Je gémis. Ce genre d'idée était contre-productif. Je lui avais affirmé qu'on ne pouvait pas s'embrasser, juste être amis. Mais la moitié de mon cerveau et mon corps, tout mon corps, assurément, n'avaient pas l'air d'accord avec ce plan. Ils paraissaient même s'être mutinés et mes pensées se tournaient sans cesse vers Eden, me faisant bouillir le sang. J'avais succombé à la tentation plusieurs fois et j'étais allé me masturber contre un rocher dans les collines jusqu'à ce que l'orgasme s'empare de moi, puissant et intense. Je savais que c'était impie mais ça me semblait au contraire nécessaire et indispensable à ma survie. La cérémonie de purification par l'eau ne serait pas de trop dans mon cas.

– Arrête de faire les cent pas. On dirait un lion en cage, me reprocha ma mère.

Je ricanai et me souvins que c'était exactement l'expression que Xander avait utilisée quelques jours plus tôt.

– Cette maudite pluie, marmonnai-je en sortant la tête sous le petit auvent qui protégeait la porte d'entrée.

– Si tu cherches de quoi t'occuper, j'ai cent bocaux de tomates à remplir, fit ma mère depuis la table sur laquelle elle avait aligné des bocaux et une immense marmite de tomates pelées en train de refroidir. Elle aidait à faire des provisions pour l'hiver. Il ne faisait jamais très froid dans le désert, même en hiver, mais tout avait une saison et les tomates ne poussaient que jusqu'en novembre.

Je poussai un soupir et allai l'aider en traînant les pieds.

– Les bocaux ne viennent pas de la nature, fis-je remarquer au bout de quelques minutes.

– Quoi ? répondit ma mère en levant les yeux vers moi.

– Hector dit toujours qu'il faut utiliser les instruments et les matériaux que les dieux nous fournissent et que se servir des outils de la grande société corrompt notre pureté.

Ma mère ne répondit pas tout de suite et continua à remplir les bocaux en silence.

– Nous utilisons aussi *peu* que possible de choses de la grande société, finit-elle par dire. On ne peut pas tout fabriquer avec des cailloux, de la terre et des branches.

– Je vois. Quand c'est *commode*, nous nous servons de ce que les dieux nous donnent. Je n'ai pas eu cette version améliorée du Livre Saint. Ça doit être la nouvelle édition, répliquai-je, sarcastique.

Ma mère me lança un regard noir.

– Calder ! Tu blasphèmes, murmura-t-elle comme si quelqu'un nous écoutait, les dieux eux-mêmes, peut-être, même si on ne pouvait pas leur échapper. Nous faisons de très nombreux sacrifices en tant que peuple d'Hector, constata-t-elle avec un geste englobant le chalet. Pas d'eau courante ni d'électricité.

– Oui, mais Hector ne fait clairement pas les mêmes concessions. Pourquoi ? Est-ce que quelqu'un lui a déjà posé la question ? Les dieux l'ont ordonné ? C'est ça ?

– Calder, siffla ma mère.

C'était la première fois que je lui parlais ainsi de toute ma vie et je me sentis soudain honteux.

– Je suis désolé, maman. Je n'aurais pas dû dire tout ça.

Elle agita la main devant son visage.

– C'est la faute de la pluie. Elle nous tape sur les nerfs. Cette maison est trop petite pour quatre personnes. Il fera beau demain et ta bonne humeur reviendra. Tu verras.

Elle me sourit en me tapotant la joue. Je fis de mon mieux pour lui rendre son sourire.

Nous travaillâmes en silence pendant un moment.

– Tu pourras te marier dans peu de temps si tu le souhaites. Dès que la cérémonie de purification aura eu lieu. Il y a des filles qui te plaisent ?

Eh bien, oui. C'est marrant, cela dit...

– Non.

Ma mère poussa un soupir.

– Oh, Calder, il y en a forcément une. (Elle suspendit sa louche et leva les yeux comme si elle réfléchissait.) Voyons, quatre filles ont ton âge. Lucie Jennings, Hannah Jacobson, Leah Perez, Sadie Campbell...

– Quelle importance, de toute façon ? Le déluge est de plus en plus près de nous, l'interrompis-je.

Ma mère cessa de remplir ses bocaux pour me jeter un coup d'œil.

– C'est bien pour ça qu'il faut que tu te maries. Pour l'amener à Élysée avec toi.

J'éclatai d'un rire sans joie.

– Je devrais attendre d'y être. J'aurais peut-être plus de choix là-bas.

Elle plissa les yeux et posa la louche.

– Qu'est-ce qui te prend ?

Je poussai un soupir.

– Je… Tu ne doutes jamais de rien, maman ? Tu n'aimerais pas que quelqu'un d'autre qu'Hector réponde aux questions que tu te poses ?

Elle posa les yeux sur la petite fenêtre pendant un moment avant de reporter son attention sur moi.

– Nous n'aurons jamais toutes les réponses aux questions qu'on se pose, Calder. Mais Hector est bon et il agit dans l'intérêt de tous. Je ne veux rien savoir d'autre, et toi non plus. Le diable met ta foi à l'épreuve et tu dois remporter le combat contre lui. (Elle s'empara de nouveau de sa louche.) Si Hector n'avait pas été là, tu ne serais même pas né. Il m'a sauvé la vie, Calder, et celle de ton père par la même occasion. Il nous a donné une famille et un but.

– Je sais, maman.

Elle m'avait raconté à de nombreuses reprises que mon père et elle avaient grandi dans des foyers sans amour où ils étaient battus quotidiennement. Ils avaient rencontré Hector quand ils avaient dix-huit ans pendant une de ses missions. Ma mère était enceinte de Maya et ils n'avaient nulle part où aller. Hector était la première personne à se montrer bienveillante avec eux et ils avaient été ravis d'apprendre qu'ils allaient faire partie de son peuple et qu'ils seraient les premiers à vivre à Acadie. Pour la première fois de leur vie, leur existence avait un sens.

Ma mère désigna la pièce dans laquelle on se trouvait.

– Ce n'est peut-être pas grand-chose, mais c'est paisible, ici. Et ordonné. On a la foi et un but. Nous sommes tous très chanceux. Et bénis. Je sais que parfois la simplicité de la vie que nous menons peut paraître difficile. Mais il y a de la paix dans cette simplicité. La grande société est pleine de chaos, d'incertitude et de souffrance. Crois-moi, j'en sais quelque chose. (Elle me jeta un coup d'œil à la dérobée.) As-tu eu une bonne vie, Calder ?

– Oui, maman, répondis-je en la regardant droit dans les yeux.

Mais je veux davantage.

Elle hocha la tête comme si ma réponse ne la surprenait pas.

– C'est Hector qu'il faut remercier pour ça.

– C'est plutôt à toi que je le dois.

Ma mère eut l'air sur le point de rétorquer mais mon père et Maya pénétrèrent dans la pièce en riant. Ils venaient de la chambre dans laquelle ils avaient lu le Livre Saint. Leurs cheveux roux brillaient à la lueur du soleil qui transperçait la fenêtre de la cuisine. Ma mère aussi était rousse. Elle disait que ma chevelure brune était un héritage des « Irlandais noirs » dont le sang coulait dans nos veines.

Mon père installa Maya sur la chaise à côté de moi et j'enlaçai ses petites épaules rondes tout en lui chatouillant les côtes de l'autre main. Maya avait dix-neuf ans à présent, mais elle avait toujours l'esprit d'une enfant tendre et angélique.

Elle éclata de rire mais il se transforma en toux. Cela faisait des jours et des jours qu'elle toussait comme ça et je me faisais du souci. Quand elle reprit son souffle, elle dit :

– Calder ! Je veux monter sur ton dos et aller sous la pluie ! Je veux me mouiller !

Je ris tout en pensant que la seule chose dont elle avait besoin, c'était de rester au chaud à la maison.

– Impossible. Tu sais pourquoi ?

Elle me regarda en secouant la tête, curieuse.

Je me penchai pour lui murmurer à l'oreille :

– Tu vois les morceaux de sucre que je te rapporte parfois ?

Je reculai en posant un doigt sur mes lèvres pour lui montrer que c'était notre secret. Je jetai un coup d'œil en direction de mes parents, qui discutaient à voix basse de ce qu'il fallait encore mettre en bocal. Ce n'était pas notre tâche mais on devait bien s'occuper avec cette pluie, donc on mettait tous la main à la pâte.

– Vois-tu, tu es aussi sucrée que ces morceaux de sucre. Tu deviens de plus en plus sucrée. Et si je te sors sous la pluie, tu fondras, exactement comme le sucre.

Elle écarquilla les yeux puis explosa de rire.

– C'est faux !

Je lui fis un clin d'œil.

– Que tu es sucrée ? Si. Mais si tu te couvres bien, on peut aller s'asseoir sur le porche et je te ferai un dessin sur la terre.

– Je pourrai deviner ce que c'est ? demanda-t-elle en battant des mains.

– Oui. Je ne te dirai rien.

Je l'aidai à enfiler un pull et des chaussettes chaudes puis on s'installa sous l'auvent et je dessinai des choses sur le sol pour elle.

Lorsque je levai les yeux vers la chambre d'Eden, je distinguai sa silhouette derrière la fenêtre. Et j'aurais pu jurer que, malgré la distance et la pluie, nos regards se croisèrent un instant.

***

La pluie cessa le lendemain. Je dévalai le sentier encore plus vite que d'habitude, les mollets tétanisés par l'effort. Un étrange sentiment m'avait envahi parce que je n'avais pas pu voir Eden ces deux derniers jours. Était-ce un instinct de protection ? Peut-être. Je voulais m'assurer qu'elle allait bien. Je voulais être certain qu'on s'occupait d'elle et qu'elle était heureuse. C'était des sentiments amicaux, n'est-ce pas ? Le problème, c'est que je n'avais jamais ressenti ça pour Xander. Je balayai cette idée.

Lorsque je me faufilai entre les rochers, je crus d'abord qu'elle n'était pas là. Une intense déception me submergea. C'est alors que sa tête creva la surface de l'eau et qu'elle prit une profonde inspiration.

Elle m'aperçut et m'adressa un sourire éblouissant.

– Qu'est-ce que tu fais ?

– Je nage, répondit-elle, heureuse.

Je gagnai le bord du lac.

– Je vois bien. Mais pourquoi ?

Elle me dévisagea en plissant les yeux ; le soleil éclairait son visage et faisait étinceler et danser les gouttelettes qui parsemaient sa peau. Ses cheveux, bien que mouillés, étaient toujours dorés et entouraient d'un halo son magnifique visage délicat. Elle ressemblait à un ange ou une sirène, une créature magique et mythique. Je pris une photo mentale d'elle pour pouvoir la dessiner plus tard.

– J'ai décidé qu'ici, c'était mon école, fit-elle en désignant notre source et les rochers. Et je veux apprendre le plus de choses possible. Absorber tout ce que je peux. Et je ne savais pas nager. Maintenant, je sais. Presque.

Je haussai un sourcil.

– Tu as appris à nager toute seule en… (Je levai les yeux pour voir où était le soleil dans le ciel puis je déduisis son heure d'arrivée)… un quart d'heure ?

Elle acquiesça, se pencha pour avaler de l'eau qu'elle recracha aussitôt. Son geste provoqua une réaction chez moi qui était tout sauf amicale.

– Tu sais nager ?

J'opinai en ordonnant à mon corps de se calmer.

– Oui. Je nage dans la rivière. Les enfants des travailleurs apprennent tout petits.

Elle me dévisagea un instant avant de hocher la tête.

– Viens, alors. L'eau est bonne.

On était presque en hiver mais il faisait un peu plus de 20 °C. L'eau devait être bonne, sans aucun doute.

J'hésitai. Si cette proposition était dangereuse, le péril n'avait rien avoir avec une éventuelle noyade ni avec la possibilité de m'écorcher un orteil sur un caillou. J'ôtai quand même ma chemise et pénétrai dans l'eau sans enlever mon pantalon. Je me dirigeai vers l'autre côté de la source sans quitter Eden des yeux. Elle était entièrement dans l'eau mais n'avait pas ôté sa robe qui la couvrait pudiquement. Sauf que lorsqu'elle sortirait de l'eau, ce serait moins pudique. Le désir courut dans mes veines, laissant un sillage d'envie sauvage derrière lui.

Je m'éloignai encore un peu et Eden leva les yeux au ciel.

– Inutile d'avoir peur de moi, Calder. On est amis, je te rappelle. D'ailleurs, j'y ai beaucoup réfléchi ces derniers jours, enfermée dans ma chambre à cause de la pluie et tu as raison. C'est mieux comme ça. Pas uniquement pour la communauté mais pour moi aussi. J'ai été trop obsédée par toi ces dernières années. C'est totalement idiot. Pense à tout ce que j'aurais pu apprendre toute seule si j'avais été plus motivée. Le savoir est partout ! Au lieu de ça, j'ai perdu mon temps à admirer tes muscles.

Elle éclata de rire et je fronçai les sourcils.

– Ce n'est pas une complète perte de temps, marmonnai-je.

Eden rit de plus belle avant de retrouver son sérieux. Je devinais ses seins sous la surface.

– Non, mais en fait…

Elle fit glisser son bras sur l'eau, qui ondula. J'observai les rides former des cercles concentriques qui se dirigeaient vers moi comme si elle cherchait à anéantir la distance entre nous en utilisant l'eau comme une extension d'elle. Quand la première vague minuscule atteignit mon ventre nu, je retins un gémissement comme si c'était sa main qui caressait ma peau. *Pour l'amour des dieux, qu'est-ce qui cloche chez moi ?*

– Quand la pluie est tombée sur ma fenêtre, elle s'est embuée, poursuivit-elle. Ta leçon sur les états de la matière m'est revenue en mémoire et j'ai compris que la buée était créée par la différence de température du verre entre l'intérieur et l'extérieur.

Ses yeux se mirent à briller comme si elle venait de résoudre le mystère de l'univers. Je ne pus m'empêcher de sourire.

– Et la musique. Ce sont des chiffres. Je ne sais pas pourquoi Hector ne m'a pas appris les maths. Ça aurait fait de moi une pianiste encore meilleure. (Elle écarquilla les yeux.) Hier, je me suis faufilée dans la cuisine pour lire les recettes. Elles sont pleines de maths, elles aussi… mais j'ai encore des choses à apprendre. (Elle rit doucement et fit la moue avant de reprendre une gorgée d'eau qu'elle recracha. Je gémis doucement mais elle ne sembla pas l'entendre.) Bref, ce que je veux dire, c'est que tu m'as appris des trucs que j'ai réussi à appliquer à d'autres choses. Et maintenant je veux en savoir davantage. Je veux que tu m'apprennes tout ce que tu sais. Et je veux apprendre toute seule tout ce que je peux aussi. (Elle demeura pensive un instant.) C'est une sorte de liberté pour moi, Calder. C'est peut-être difficile à comprendre. Mais… pendant toute ma vie, je me suis posé des tas de questions auxquelles personne n'a répondu. Et maintenant… je n'aurai peut-être pas toutes les réponses, mais au moins quelques-unes et ma vie me semble plus pleine. Et je pourrai transporter tout ce savoir en moi : personne ne pourra jamais me le voler. Il est à moi. Il m'appartient. (Elle baissa brièvement les yeux avant de les relever vers moi.) Merci.

Je la contemplai. Elle était fascinante et incroyable. Et, les dieux me viennent en aide, la graine de l'amour s'était enracinée, cette graine que j'avais juré de ne pas arroser avait déjà commencé à grandir. J'étais certain de sentir ses vrilles veloutées bouger en moi et s'enrouler autour des parties vitales de mon être. Je ne pouvais pas l'arrêter. Elle m'avait envahi. J'étais le champ et elle la Belle de Jour. J'avais été submergé. En une fraction de seconde. Ou peut-être pas. Peut-être que ça poussait depuis des années. Mais en cet instant, je sus nommer ce sentiment.

Elle ne t'appartient pas, murmurai-je violemment en moi-même. Mais quelque chose en moi se rebellait contre ces mots, comme si cette pensée était un virus.

Je n'étais cependant pas obligé de montrer mes sentiments ni mon attirance. Je m'étais déjà sacrifié. Je pouvais continuer.

– Calder ? Tu vas bien ? (Je reportai mon attention sur Eden, qui me regardait étrangement.) Tu te sens bien ?

– Euh… (Je m'éclaircis la voix. Je me sentais en état de choc, déséquilibré.) En parlant de tout ce savoir que tu veux absorber comme une éponge, on commence par quoi, aujourd'hui ?

– Oh. D'accord. Mais avant, demande-moi de te réciter les tables de multiplication.

– Oh, euh, sept fois se…

– Quarante-neuf.

Je ris doucement.

– Neuf fois hu…

– Soixante-douze.

Je ris plus fort, incapable de réprimer ma joie.

– Tu es reçue à l'examen.

– Je te jure que je les connais toutes.

– Je te crois.

– Je ne veux pas que tu aies l'impression de perdre ton temps avec moi.

– Je ne pense pas ça, Eden. Pas du tout.

On se dévisagea pendant un instant. Elle finit par détourner les yeux.

– D'accord. Je maîtrise les bases des maths. Si on se contentait de nager, aujourd'hui ?

C'était une bonne idée, vu que je n'étais pas en état de sortir de l'eau.

Eden baissa les yeux, songeuse.

– Qu'est-ce qu'il y a ? demandai-je.

Elle leva les yeux et se mit à mordiller sa lèvre inférieure.

– Est-ce que tu crois… est-ce que tu penses que quand le déluge sera là, il y a une chance qu'on survive ?

Je secouai lentement la tête.

– Ce n'est pas ce que dit la prophétie.

Elle baissa les yeux.

– Je sais. C'est juste que… comme tu l'as dit, Hector n'est qu'un humain, après tout, et peut-être qu'il a mal interprété quelque chose. C'est possible, non ?

Je ne répondis pas tout de suite.

– Je suppose que oui, Eden.

Elle hocha rapidement la tête et poussa un petit soupir.

– Alors j'aimerais apprendre à faire la planche. Je voudrais savoir comment ne pas me noyer.

Je la regardai, sidéré. Cette fille voulait essayer de survivre à la fin du monde ?

– Où puises-tu ta force, Belle de Jour ? demandai-je à voix basse.

Elle rit en secouant la tête comme si j'étais fou, avant de l'incliner.

– Tu peux t'approcher, si tu veux. Tu n'as aucun souci à te faire me concernant.

– Je ne me fais pas de souci pour toi, mais pour moi, lâchai-je.

Elle me lança un regard surpris et nous nous dévisageâmes par-dessus la surface lisse de l'eau. Le seul bruit était celui de la petite cascade.

– Tu sais, si tu es avec Hector, tu n'auras pas à te préoccuper de ta survie. On nous mènera vers Élysée.

Elle baissa un instant les yeux et regarda sa propre main aller et venir dans l'eau.

– Je vais peut-être tenter ma chance toute seule. Je n'ai peut-être pas envie de me retrouver à Élysée avec Hector.

– Eden…

Elle n'attendit pas la suite de ma réponse, ce qui, en toute honnêteté, m'arrangeait : je ne savais pas quoi dire. Elle se renversa en arrière, tenta de faire la planche et coula. Elle sortit de l'eau en postillonnant. Je la rejoignis tout de suite.

– Ouh la, ça va ? Je vais te tenir jusqu'à ce que tu sois bien placée, puis je te lâcherai.

Je glissai les mains sous son dos, la touchant du bout des doigts. Elle se raidit, renversa la tête en arrière et ferma les yeux, un petit sourire paisible aux lèvres. Je la contemplai, admirant ses traits et ses cheveux blonds qui flottaient autour de son visage. Mais mes yeux insolents errèrent plus bas, sur sa robe qui moulait ses courbes délicates. Je déglutis et fixai ses tétons dressés. Puis je baissai lentement le regard sur son ventre plat jusqu'au petit mont féminin et mystérieux. Mon sang bouillonnait. Je n'avais jamais rien ressenti de semblable, même lorsque je me masturbais par nécessité. J'étais à deux doigts de tomber dans les pommes à cause d'une intoxication de testostérone. Et dire que la seule partie de mon corps en contact avec elle était mes doigts ! Oh, non, c'était affreux. C'était un pur désastre. Et même si je parvenais à me contrôler en sa présence, ce serait une catastrophe pour *moi.*

Et pourtant. Et pourtant, je ne pouvais pas m'en empêcher. Je sentais une vague de chaleur me submerger, mais assortie d'une bouffée de tendresse.

– Je flotte, constata-t-elle sans ouvrir les yeux, une expression sereine sur le visage.

– Pas encore, murmurai-je en ôtant délicatement mes doigts avant de faire un pas en arrière. Maintenant, oui.

Elle ne fit pas un geste et un lent sourire étira lentement ses lèvres roses.

– Est-ce que je peux t'apprendre une façon encore plus efficace de ménager ton énergie dans l'eau ?

Elle acquiesça de manière presque imperceptible. Je fis un pas vers elle et posai les mains sur ses bras.

– Je vais te retourner. Prends une profonde inspiration et laisse-toi flotter, la nuque juste au-dessus de l'eau. Laisse l'eau te porter. Puis, quand je toucherai tes bras, laisse-les remonter vers la surface, les coudes pliés. Tu suis ?

Un nouveau hochement de tête.

– Bien. Quand tu seras prête, appuie sur l'eau avec les deux mains jusqu'à ce que ta bouche retrouve la surface. Inspire rapidement et expire. Et immerge-toi de nouveau. Tu peux passer la journée dans l'eau comme ça. Même si le monde entier est inondé.

Eden prit une profonde inspiration et je la fis pivoter lentement jusqu'à ce qu'elle ait le visage submergé. J'ôtai mes mains et la laissai flotter quelques instants. Puis je touchai ses bras. Elle les laissa remonter à la surface jusqu'à ce que ses coudes soient pliés et que ses mains soient plus hautes que ses épaules. Elle poussa tranquillement sur ses paumes, sortit la bouche de l'eau, expira et inspira avant de replonger le visage dans l'eau.

Je souris de toutes mes dents. Elle releva la tête et posa les pieds sur le fond de la source afin de se redresser. Elle éclata d'un rire triomphant et passa les bras autour de mon cou. Je me figeai.

Son corps était tout entier pressé contre le mien. Je me mis immédiatement à bander, envahi par un désir dévorant. J'espérai qu'elle ne s'en rendrait pas compte. Elle rejeta la tête en arrière et m'adressa un sourire aussi triomphant que son rire.

– Tu peux ajouter ce talent à ta liste, dis-je, ravi. Tu sais flotter.

Elle rit.

– Absolument.

Elle me lâcha et je ressentis son éloignement comme une perte. Elle se dirigea vers le large rocher plat sur lequel elle se hissa et s'étendit.

– On n'a pas beaucoup de temps pour se sécher, constata-t-elle. Autant se mettre au soleil.

J'attendis une minute, le temps de me calmer, puis je pataugeai vers elle et m'installai à ses côtés. Je m'allongeai auprès d'elle et la regardai. Nos regards se croisèrent.

– Merci de m'apprendre tout ça, Calder.

– Toi aussi, tu m'apprends des choses, Eden.

Elle me dévisagea avec intensité avant de se contenter de me sourire.

Puis nous tournâmes tous les deux le visage vers le soleil.

CHAPITRE 9

EDEN

Durant les mois qui suivirent, Calder me donna des leçons presque tous les jours. Il nous arriva de ne pas pouvoir nous voir. Parfois ses tâches l'accaparaient trop ; ou alors le chalet principal grouillait de membres du conseil m'empêchant de sortir. Ces jours-là étaient les pires. Les jours où nous nous voyions, Calder s'adossait paresseusement à un rocher pour dessiner tout en me donnant des leçons de maths, de science et de grammaire anglaise. Il lui arrivait souvent de s'interrompre pour vérifier quelque chose dans le carnet que je remplissais de toutes les notions qu'il m'enseignait. Mais la plupart du temps, je me contentais de prendre des notes et il m'interrogeait le lendemain pour vérifier que j'avais bien compris. J'étais une excellente élève. Je connaissais la valeur du savoir, vu que j'en avais été longtemps privée.

Je n'apprenais pas seulement les notions théoriques qu'il énonçait mais son point de vue. Pas uniquement l'information dont il se souvenait mais sa façon d'appréhender le monde. Alors que nous étions étendus dans l'herbe en contemplant le ciel et qu'il m'expliquait le spectre des couleurs, il me parla d'un arc-en-ciel qu'il avait vu alors qu'il arrosait les plants de tomates après une averse trop courte pour avoir fait du bien aux cultures. Chaque fois qu'un arc-en-ciel apparaissait, la riche odeur de la terre lui revenait en mémoire et Élysée et la Terre étaient réunis un instant dans son esprit. Nous étions à moitié endormis, étendus côte à côte, quand il avait fait cette remarque rêveuse, et il avait eu l'air presque embarrassé en se rendant compte qu'il l'avait formulée à haute voix. Mais j'adorais ces moments-là, lorsque, pendant une fraction de seconde, j'avais accès à ses pensées les plus intimes. Je me sentais à la fois humble et réchauffée, comme si j'avais brièvement pénétré dans un rayon de soleil.

Il était plein de bonté ; une bonté brute et spontanée. *Elle brillait en lui*. Impossible de ne pas avoir une irrépressible envie de s'y noyer… j'aurais pu m'enrouler autour de ses os et m'étouffer dans sa peau.

Ça m'inquiétait et me réconfortait.

Tandis que nous étions allongés près de la source jour après jour, Calder ne se contentait pas de m'apprendre ce qu'il avait retenu de ses années d'école, il m'enseignait aussi ce qu'il avait découvert des autres membres de notre communauté qui avaient vécu dans la grande société. Un homme qui était arrivé cinq ans plus tôt lui avait expliqué ce qu'était le jeu. Il lui avait raconté, alors qu'ils travaillaient aux champs ensemble, qu'il avait un problème avec les casinos, qui étaient des endroits où les adultes jouaient pour de l'argent. Si on gagnait, on repartait avec beaucoup de sous, si on perdait, on rentrait bredouilles. Il avait perdu beaucoup plus que ce qu'il avait gagné et il avait fini par tout laisser filer : sa femme, ses enfants, son job et ses amis. Plus personne ne voulait de lui. C'est alors qu'Hector était arrivé et lui avait donné une place.

Calder connaissait des tas d'histoires de ce genre et je l'écoutais avec attention.

Physiquement, il gardait ses distances, tressaillait quand je m'approchais trop près de lui et me surveillait comme un oiseau de proie. Je n'étais pas naïve au point de ne pas comprendre qu'il avait du mal à gérer notre proximité. J'étais sincère en disant que je comptais me concentrer sur mon apprentissage, mais j'étais quand même blessée. Et l'injustice de la situation me mettait en colère.

Mon coup de cœur enfantin avait disparu mais je le connaissais à présent. Je savais qu'il était bon et protecteur, patient et drôle. Pour dire les choses simplement, j'étais amoureuse de lui. Même si mon amour pour lui n'avait rien de simple.

Nos rencontres quotidiennes pendant une heure et demie ne me suffisaient pas. Mais je m'en contentais.

On ne s'était plus jamais vus le soir. Clive Richter était là tous les soirs et il me surveillait. Il était préférable de nous en tenir aux leçons en plein jour. Je n'étais pas prête à les mettre en danger.

Un jour, nous discutâmes du nom donné aux groupes d'animaux.

– Les gorilles forment des groupes, les sauterelles des nuages, les cochons des familles, énuméra-t-il tandis que je prenais des notes.

Il en ajouta quelques-uns avant de s'arrêter, à court d'exemples. Je soupirai.

– Désolé, fit-il en riant. Je t'ai bien dit que je t'apprendrais ce dont je me souvenais.

– Le problème, répondis-je en me tapotant le menton du bout de mon crayon, c'est que si on te rafraîchissait la mémoire ou qu'on te proposait un choix de termes, d'autres te reviendraient certainement en tête. Les réponses sont *quelque part* là-dedans.

Je lui donnai un petit coup de stylo sur le crâne.

– Aïe.

Je levai les yeux au ciel.

– Mais moi, je n'ai que ce que tu me donnes. Rien de plus.

– Une chance pour toi, je suis plus intelligent que la moyenne, répliqua-t-il en me faisant un clin d'œil. Même si tu ne sais qu'un quart de ce que je sais, tu en sauras toujours plus que le crétin moyen.

– Ha, ha. Ça me rassure vachement.

Calder sourit.

– Les pingouins forment des colonies.

Je le notai.

Il demeura songeur comme lorsqu'il essayait de se souvenir d'une information spécifique.

– Les pingouins passent soixante-quinze pour cent de leur vie dans l'eau. Je me demande s'ils survivront au déluge. Pourquoi mourraient-ils ?

Nous réfléchîmes en silence.

– L'année dernière, on a eu des cafards chez nous. Ma mère a dit que dans la grande société, une plaisanterie prétend que les cafards survivent à tout.

– Même à la fin du monde ? demandai-je à voix basse.

Calder me jeta un coup d'œil et haussa les épaules.

– Peut-être. Mais ça vaut probablement mieux, ajouta-t-il après un instant de pause. Qui a envie de voir des cafards à Élysée ? Qu'ils restent ici.

Je ris en imaginant l'eau refluer et les cafards sortir de leurs trous.

Calder se tourna vers moi et posa la tête sur sa main.

– Pour en revenir aux pingouins, une race demande sa partenaire en mariage en lui faisant un cadeau.

Je le regardai, intriguée.

– Ah bon ? Quel genre de cadeau ?

– J’ai oublié. Peut-être une plume ou un bâton.

– Tu as oublié ? Mais pourquoi ? C’est tellement romantique. Tu te souviens du temps qu’un pingouin passe dans l’eau, fis-je en levant les mains, agacée, et tu sais que les cafards sont increvables, mais tu as oublié quel cadeau un pingouin fait à sa partenaire ? C’est absurde.

Je secouai la tête, exaspérée.

Calder éclata de rire.

– En quoi ça me concerne ? Je ne suis pas un pingouin. Ce genre d’information ne me servira à rien quand je voudrai me fiancer.

Je me décomposai. Je ne pus m’en empêcher. Je détournai les yeux vers la source qui brillait au soleil.

– Tu envisages de te fiancer ?

Je ne le lui avais jamais demandé mais je m’étais posé la question. Pourquoi ne le ferait-il pas ? Il ne pouvait pas me choisir, même s’il l’avait voulu. Mais il avait certainement envie de se marier. C’était un homme avec un corps d’homme. Il avait certainement des… besoins. J’avais remarqué que les filles de notre âge s’intéressaient à lui. Avec elles, il n’aurait pas besoin de se cacher. Je lui jetai un regard à la dérobée, le cœur lourd.

Il m’observait, songeur. *À quoi il pense quand il me regarde comme ça ?*

– Non. Je ne peux même pas y penser. La seule chose qui m’intéresse, c’est faire partie du conseil et sortir dans la grande société.

Je hochai la tête en contemplant son beau visage. Sa beauté virile me coupa le souffle. Calder avait eu dix-huit ans en janvier, et en une année, il semblait avoir encore grandi et s'être considérablement étoffé. Il était mince mais musclé et je ne pouvais m'empêcher de l'admirer quand il dessinait. Parfois, une ombre de barbe lui mangeait les joues. C'était comme ça que je le préférais : c'était ce à quoi il ressemblerait si j'avais la chance de pouvoir me réveiller auprès de lui. Il avait toujours l'air très fatigué ces jours-là, mais quand je lui demandais ce qui n'allait pas, il me répondait invariablement qu'il avait mal dormi.

Un jour, alors que je l'attendais, le visage tourné vers le ciel, je fus surprise, en me tournant vers le bruit de pas en provenance de l'entrée de la grotte, de découvrir Xander.

– Bonjour, fis-je en me redressant.

– Salut, Eden. Calder ne peut pas venir aujourd'hui. Je suis venu te prévenir pour que tu ne t'inquiètes pas.

Il se dirigea vers moi en passant la main dans ses cheveux. Je ne l'avais pas vu depuis des mois et il me parut plus massif, lui aussi. Les deux garçons avaient pris une dizaine de centimètres en six mois.

– Oh. Il va bien ?

– Oui. Mais pas sa sœur. Elle a une sale toux depuis des mois et parfois ça s'améliore, parfois ça empire. Là, ça a empiré.

Je me rendis soudain compte que je n'avais pas vu Maya depuis des semaines. J'avais supposé qu'il n'y avait pas de raccommodage à faire. Pourquoi Calder ne m'avait-il rien dit ? Était-ce pour cette raison qu'il avait l'air exténué, ces derniers temps ? Nous menions des vies parallèles et cette révélation me fit mal. Je balayai cette pensée et reportai mon attention sur Xander.

– Pourquoi ne me l'a-t-il pas dit ?

Xander ne répondit pas tout de suite.

– Le connaissant, il a dû estimer que tu n'avais pas besoin de te stresser pour ça. Et il était optimiste. Il est toujours tellement confiant, merde. (Il détourna un instant le regard avant de plonger ses yeux dans les miens.) Tu sais qu'il a des sentiments pour toi, n'est-ce pas ?

Je le fixai. J'ouvris la bouche pour répondre, décidai que je ne savais pas quoi dire et la refermai. Savais-je que Calder avait des sentiments pour moi ? Oui. En revanche, je ne connaissais pas leur nature, en dehors de l'amitié, mais découvrir que Xander voyait que Calder s'intéressait à moi faisait battre mon cœur plus vite. Ça empirait tout. Et ça améliorait tout.

– Quoi qu'il éprouve, il ne fera rien, Xander.

J'ignorais s'il cherchait à être rassuré, mais j'imaginais que oui. Son destin serait affecté par nos décisions, après tout.

– Non, je ne pense pas qu'il agisse. (Cette idée n'avait pas l'air de le rendre particulièrement heureux. Il se frotta les yeux en soupirant.) Tu ne veux pas t'asseoir un instant ? finit-il par proposer en désignant le petit coin d'herbe sur lequel Calder s'installait d'habitude pour dessiner.

J'acquiesçai et allai m'y agenouiller. J'étais mal à l'aise et ce sentiment me fit comprendre à quel point j'étais bien avec Calder. Et à quel point il me *manquait*, même si je l'avais vu la veille.

Xander s'assit à côté de moi et ramena ses genoux contre sa poitrine.

– Est-ce que tu sais quand rentre Hector ?

Je secouai la tête.

– Non. Il écrit régulièrement à Mère Hailey mais jamais à moi. Elle m'a dit qu'il vivait chez des gens qui, d'après les dieux, devraient faire partie de notre famille.

Il garda le silence un instant avant de hocher la tête.

– Est-ce que Calder t'a expliqué qu'il voulait faire partie du conseil ?

Je soupirai.

– Oui. Je ne suis pas certaine qu'il y parvienne, finis-je par ajouter.

Xander recula un peu pour s'adosser au rocher, exactement comme le faisait Calder.

– Moi non plus. Pourquoi tu penses ça ?

– C'est juste que… les autres membres du conseil… sont différents de lui. Je ne le vois pas là-dedans. Il est trop…

– Gentil, acheva Xander à ma place.

J'opinai, les yeux baissés.

– Oui.

Nous restâmes silencieux.

– Il a décidé d'essayer dès le retour d'Hector. Mais je pense que ça ne va pas marcher.

– Que fait-on ? murmurai-je.

– Je ne crois pas qu'on puisse faire grand-chose. Calder fera ce qu'il pense qu'il doit faire. (Il se mit à arracher machinalement des brins d'herbe.) Calder transgresse les règles de temps en temps mais il ne ferait jamais de mal à personne. Il a trop d'honneur pour ça.

– J'en sais quelque chose, répliquai-je.

Xander pouffa.

– Je dois y aller. Je vais rapporter de l'eau bénite à Maya.

Il se releva et je l'imitai.

– Que puis-je faire ?

– Pas grand-chose, Eden. À part prier pour elle.

J'acquiesçai.

– Xander, si je laisse des bonbons pour elle sous le buisson, à droite de la véranda du chalet principal, est-ce que tu viendras les récupérer pour les lui donner ?

– Bien sûr, répondit-il en souriant.

– Merci. Et merci d'être venu me prévenir que Maya était malade.

– De rien.

Je pensais qu'il allait tourner les talons et s'éloigner, mais il contempla le ciel bleu pendant quelques secondes avant de plonger son regard dans le mien.

– Il va y avoir une tempête, Eden, constata-t-il.

J'opinai sans lever les yeux vers le ciel.

– Oui, me contentai-je de répondre.

Il fronça les sourcils, hocha la tête et tourna les talons, me laissant seule.

***

Calder ne vint pas durant les jours qui suivirent. Je laissai plusieurs fois des bonbons sous le buisson et vérifiai qu'ils disparaissaient. C'était le cas. Xander faisait ce que je lui avais demandé.

J'aperçus Calder au Temple, mais Maya n'était pas là et il avait l'air épuisé et inquiet. Je lui adressai un sourire discret qu'il me rendit, un peu forcé. Tout en accomplissant mes devoirs religieux, je hurlais silencieusement.

J'avais désespérément envie de demander des nouvelles de Maya à quelqu'un, mais à qui ? Hector n'était pas là. Et si j'allais frapper à la porte de la maison de Calder ?

Je me laissai tomber sur mon lit en gémissant. Quelqu'un, probablement un membre du conseil, me mettrait la main au collet en moins de sept secondes. Et ensuite on me surveillerait comme le lait sur le feu et je ne pourrais plus aller retrouver Calder à la source. Je ne pouvais pas prendre ce risque, ni pour moi ni pour lui.

Je restai étendue à réfléchir à ce que je pouvais faire lorsque j'entendis soudain un bruit de moteur sur la route au loin. Ce n'était pas très inhabituel. Tous les membres du conseil possédaient des véhicules pour se déplacer et aller travailler dans la grande société. Mais pour une raison inexplicable, je me levai pour aller voir par la fenêtre de quoi il s'agissait. Je plissai des yeux pour mieux distinguer la voiture, une Jeep noire. Je la considérai, incrédule, mais plus elle approchait, moins l'erreur était possible. Hector était rentré. Il avait été absent presque six mois et voilà qu'il était de retour. La tristesse et l'angoisse me submergèrent. Mon accès à la source, *à Calder*, devenait presque impossible. Cette crainte, qui ne m'avait pas quittée pendant des mois, devenait réalité. Mère Hailey fit irruption dans ma chambre.

– Dépêche-toi, Eden, mets tes plus beaux vêtements. Hector est là. Il voudra te voir tout de suite.

Je ne répondis pas mais enfilai ma robe en dentelle, celle qu'il préférait. Elle était un peu serrée : on ne l'avait pas reprise pendant les six mois de son absence, parce que c'était inutile. Je méprisais cette robe. Elle symbolisait tout ce que je détestais dans ma vie.

Je la mis quand même et laissai Mère Hailey me brosser les cheveux avant de les attacher avec un ruban. Je ressemblais à une enfant, ainsi attifée.

– Mère Hailey, chuchotai-je tandis qu'elle s'occupait de ma chevelure. Je peux toujours t'appeler « Mère » ?

Elle ne répondit pas tout de suite.

– Non, Eden, finit-elle par dire gentiment. C'est toi qui seras *ma* mère dans quelques mois. Tu dois m'appeler Hailey.

Les larmes me montèrent aux yeux. Hailey me fit pivoter vers elle et me conduisit jusqu'au lit, où nous nous assîmes toutes les deux. Elle prit mes mains entre les siennes.

– Tu ne dois pas avoir peur, Eden. Hector est un très bon mari. Et avec un peu de chance, tu tomberas enceinte avant le déluge. Imagine-toi en train de nous conduire à Élysée avec lui, un enfant béni dans ton ventre, conclut-elle en me souriant avec chaleur et en pressant mes mains.

– La prophétie ne mentionne pas d'enfant, murmurai-je.

– Non, mais les dieux ne peuvent pas préciser tous les détails, je suppose. C'est probablement impossible.

Je n'essayai pas d'imaginer comment ça pouvait fonctionner mais l'idée de faire un enfant avec Hector m'emplissait de terreur. Et ça rendait ce que j'étais supposée faire avec lui beaucoup trop tangible. Je n'étais pas certaine de savoir de quoi il s'agissait exactement mais je savais que ça impliquait des choses que je n'avais aucunement envie de faire avec Hector. Il m'avait élevée ! Je le considérais comme un père. Je tentai de ravaler la bile qui me brûlait la gorge.

– Hailey, finis-je par réussir à dire sans lever les yeux vers elle, est-ce que tu es heureuse ? Tu n'as pas envie d'avoir un homme rien que pour toi ? achevai-je en posant les yeux sur elle.

Elle garda le silence un instant mais j'aurais juré lire du chagrin dans son regard.

– Ce sont nos sacrifices qui font de nous le peuple élu, répondit-elle. La nature humaine est égoïste et nous devons combattre ce péché. C'est ce qui nous différencie du peuple de la grande société.

Je poussai un soupir. Elle paraphrasait le Livre Saint d'Hector.

– Et quels sacrifices fait Hector ? demandai-je avec audace.

Elle pencha la tête et prit une profonde inspiration tout en repoussant une mèche de mes cheveux derrière mon épaule.

– Il en fait beaucoup. Il vit sa vie sans cesser de penser à nous. Tout ce qu'il fait est pour nous. Il n'agit jamais pour lui. Il a mis vingt ans à bâtir Acadie, à fonder cette famille et à nous garder forts et équilibrés.

– Et si… et si j'aimais quelqu'un d'autre qu'Hector ? Si je voulais épouser quelqu'un d'autre ? demandai-je à voix basse.

Hailey me lâcha les mains, posa un doigt sous mon menton et releva ma tête pour plonger son regard dans le mien.

– Ce n'est pas ce que dit la prophétie, Eden. Tu dois lui obéir. Je détournai les yeux.

– Les dieux ne peuvent pas donner tous les détails, je suppose, répétai-je en imaginant Calder faire irruption dans le Temple pendant mon mariage pour m'enlever.

Mais pour aller où ? C'était le problème.

– Eden… commença Hailey, comme une mise en garde.

– Ne t'inquiète pas, Hailey, l'interrompis-je. Je suis toujours très sage.

Elle plissa les yeux. Elle n'était pas dupe.

– Où vas-tu pendant que je fais la classe aux garçons ? Je sais que tu quittes le chalet.

Je me levai pour aller étudier ma coiffure dans le miroir. Je fis semblant de me recoiffer. La vérité, c'était que je me fichais de mes cheveux comme d'une guigne.

– Je vais sur la colline profiter du soleil. (Je pivotai vers elle.) Toute ma vie, j'ai été une poupée de porcelaine oubliée sur une étagère poussiéreuse. Le soleil me donne l'impression d'être à moitié vivante.

Hailey me considéra un instant.

– Eden, j'ai emménagé dans cette maison quand j'avais dix-neuf ans. Je n'ai pas connu d'autre homme qu'Hector. Il m'a donné quatre enfants et une vie paisible. J'ai un rôle ici, moi aussi. Si le bonheur se mesure au sens d'une vie, alors, oui, je suis heureuse, conclut-elle, répondant ainsi à la question que je lui avais posée un peu plus tôt.

– Mais qui juge du sens de ta vie ? demandai-je avec insolence. Toi ou Hector ?

Je n'avais jamais demandé à Hailey de me parler de sa vie avant Acadie et elle ne m'avait jamais rien raconté.

Une porte claqua au rez-de-chaussée. Hailey se leva, un sourire aux lèvres.

– Il est là. Souris et descends l'accueillir. Tous tes doutes disparaîtront quand tu verras l'adoration sur son visage.

Elle m'adressa un sourire rassurant et me prit par la main. Nous descendîmes l'escalier ensemble. Si Hailey ressentait autre chose que de l'adoration, elle ne le montrait pas.

Nous pénétrâmes dans le vestibule au plafond très haut. Il était là. Il se tourna vers nous, et même si c'était toujours le même homme grand et large d'épaules, il avait l'air plus vieux qu'avant de partir, voire défait. Je remarquai qu'il avait pris du ventre et que sa chemise le boudinait. Mais quand il nous aperçut, il nous adressa un sourire radieux.

– Eden, Hailey, mes amours, dit-il en ouvrant grand les bras et en se dirigeant vers nous.

– Hector, fit Hailey.

– Père, dis-je en même temps.

Nous échangeâmes un regard en souriant.

Nous rejoignîmes Hector, qui déposa un baiser sur nos fronts.

– Mes femmes, dit-il. Je me sens enfin chez moi. Eden, s'il te plaît, joue pour moi. Cela apaisera mon cœur.

J'acquiesçai et me hâtai vers le piano. Tout en jouant, je m'imaginai à la source, étendue dans l'herbe avec Calder, ma main dans la sienne, le soleil au zénith au-dessus de nous, réchauffant nos corps. Je laissai la mélodie accompagner l'image de nous, les notes dansant sur nos peaux.

Lorsque la dernière note retentit et que je revins à ce qui m'entourait, le silence s'installa. Je levai les yeux : Hector et Hailey me fixaient.

– Eden, ton jeu est encore plus beau qu'avant. Tu as dû beaucoup répéter.

– Oui, Père.

Hector se leva pour venir me rejoindre sur le banc face au piano. Je m'écartai pour lui faire de la place.

– Eden, tu dois m'appeler Hector à présent. (Il me caressa la joue du bout du doigt. Je gardai les yeux rivés devant moi.) Nous ne tarderons pas à être mariés. Je ne serai plus ton père.

Je ne répondis pas, incapable d'articuler le moindre mot. Hector continuait à fixer mon profil. Après ce qui me sembla une éternité, il finit par pousser un petit soupir troublé et par dire à voix basse :

– Si douce. Exactement ce dont j'ai besoin.

Puis il se leva. Je tournai la tête : Hailey était toujours assise, les yeux baissés.

– Où sont les garçons ? demanda Hector.

– Avec Monica, répondit-elle.

C'était l'une des femmes des membres du conseil qui aidait Hailey de temps en temps.

– Bien. Viens dans ma chambre. J'ai envie de passer du temps avec toi. Mère Miriam arrivera plus tard et elle m'aidera à défaire mes valises.

– Oui, Hector, répondit Hailey.

Ils tournèrent tous deux les talons, me laissant seule. Tant mieux. Je regagnai ma chambre, sortis mon carnet de sous mon lit et m'emplis la tête de toute l'algèbre que m'avait apprise Calder.

CHAPITRE 10

CALDER

– Ça va mieux ? demandai-je à Maya en éloignant le verre d'eau de sa bouche avant de le poser sur la table à côté d'elle. (Elle acquiesça, les yeux embués de sommeil.) Tant mieux.

Je lui lissai les cheveux et elle me sourit.

– Il reste des caramels ?

– Non, tu as tout mangé, répondis-je en souriant.

Elle fronça un peu les sourcils.

– Peut-être qu'Eden m'en laissera encore aujourd'hui.

– Peut-être. Tu te souviens que c'est notre secret, pas vrai ? Eden aurait des ennuis si quelqu'un apprenait qu'elle te donne des bonbons.

– Je sais, fit-elle en hochant la tête. Je peux garder un secret.

– Je sais.

Maya ferma les yeux pendant un instant puis les rouvrit.

– Quand je serai à Élysée, Calder…

– Maya, tu ne vas pas te retrouver à Élysée tout de suite.

– Je sais, mais quand j'y serai… est-ce que je serai aussi belle qu'Eden ?

Elle posa sur moi son regard sincère et franc.

Mon cœur se serra.

– Tu es déjà belle, Maya.

Elle secoua la tête et fit la moue comme si je faisais exprès de la contrarier.

– Est-ce que je serai belle *comme* Eden ?

Je savais très bien ce que sa question signifiait et ça me brisait le cœur.

Je ne répondis pas tout de suite.

– Je pense qu'à Élysée, nous pourrons être ce que nous voulons, tout ce que notre cœur souhaite.

Maya sourit doucement.

– Alors, nous nous ressemblerons comme deux gouttes d'eau, et je pourrai courir aussi vite qu'un guépard.

Je ne pus m'empêcher de sourire. Le cœur de Maya était l'une des choses les plus tendres et les plus merveilleuses de ma vie. Qui d'autre souhaitait ce genre de choses ? Je pouvais entrer dans son jeu.

– D'accord. Alors, moi, je serai fort comme cent bœufs et je serai capable de *voler*.

Maya se mit à rire mais son rire se transforma en toux. J'avais parfois l'impression qu'elle s'étouffait. Je lui donnai une autre gorgée d'eau et elle se renversa sur son oreiller en souriant.

– Je pense qu'Élysée sera merveilleux.

J'opinai.

– Tant qu'on y est ensemble, oui.

Maya sourit de nouveau avant de fermer les yeux.

– Dors, ordonnai-je à mi-voix. Je reviens dans deux heures.

Elle hocha la tête sans ouvrir les yeux. Ses ronflements assourdis me parvinrent quand je quittai la tente de guérison, une grande « pièce » sous chapiteau près du Temple. La toux de Maya s'était sensiblement améliorée cette fois-ci, après l'eau bénite, et j'adressai une prière silencieuse aux dieux, plus précisément au Dieu de Miséricorde. Je souris intérieurement.

Mes parents et moi nous relayions nuit après nuit au chevet de Maya afin qu'elle ne reste pas seule, mais ils étaient plus vieux que moi et les nuits blanches les épuisaient. Je me portais donc volontaire la plupart du temps. Résultat des courses, j'avais l'impression d'être un mort-vivant. Je détestais ne pas voir Eden, mais si je voulais être d'une quelconque utilité à Maya, il fallait que je fasse la sieste entre midi et deux. Maya avait peur du noir et je ne la laissais jamais seule dans ce petit endroit obscur le soir et la nuit. Quand j'étais là, elle dormait bien. Mais elle sommeillait aussi dans la journée, à présent ; elle devait avoir besoin de repos.

Je marchai rapidement jusqu'à la rivière, me débarrassai de ma chemise et me servis de mes mains en coupe pour faire couler de l'eau sur ma tête et ma poitrine avant de me frotter le visage. J'utilisai ma chemise pour me sécher du mieux possible avant de l'enrouler autour de mon cou. Un peu revigoré, je me dirigeai vers la maison pour prendre mon petit déjeuner.

Je jetai un coup d'œil au chalet principal et une douleur sourde me transperça la poitrine. J'aurais donné n'importe quoi pour y entrer et monter dans la chambre d'Eden. J'avais envie de la tenir dans mes bras. Je voulais que son parfum et sa voix m'apaisent. J'avais envie *d'elle*.

Mais Hector était revenu et je ne pouvais pas prendre ce risque. Je m'étais présenté chez lui la veille et j'avais pris un rendez-vous avec lui pour un peu plus tard dans la matinée. Je voulais lui montrer mon système d'irrigation. Heureusement, Hector était toujours disposé à recevoir et entendre les travailleurs. Il fallait que je joue bien mon coup, parce qu'une place au conseil était en jeu. Le reste de ma vie était dans la balance.

Xander trottina à mes côtés et je lui lançai un regard surpris.

– Désolé. Je ne voulais pas te surprendre.

Je secouai la tête.

– Pas de problème.

– Comment va Maya ?

– Mieux, ce matin.

Xander hocha la tête.

– Je suis allé à la source et j'ai passé un peu de temps avec Eden, hier. C'était sympa de l'avoir pour moi tout seul. J'espère vraiment que notre devise, « la moitié de ce qui est à moi est à toi » s'applique aussi à elle.

Je me figeai. Une rage brûlante et féroce m'envahit et le monde devint rouge. Une seconde plus tard, je plaquais Xander contre le mur latéral d'un des chalets des travailleurs.

– Tu étais tout seul avec Eden ? demandai-je sans desserrer les dents.

Xander leva les mains, un immense sourire aux lèvres.

– Ouh la, c'est pire que ce que je croyais, constata-t-il, et son sourire devint encore plus grand.

– De quoi tu parles ?

Je plissai les yeux et le poussai encore plus fort contre le mur.

– De toi. T'es amoureux, mon grand. *À fond.*

Je le lâchai et reculai à toute allure, le souffle court. Je ne pouvais pas le nier. J'avais pourtant essayé. Je *voulais* nier. Mais au lieu de ça, je nouai les doigts sur ma nuque et levai les yeux vers le ciel. Je me mis à marcher lentement en cercle en inspirant profondément pour me calmer. Je finis par m'arrêter et regarder Xander.

– Qu'est-ce que je vais faire ? Qu'est-ce que je vais faire, bon sang ?

Xander pinça les lèvres et toute trace d'amusement disparut de son visage.

– Je ne sais pas, Calder. J'aimerais avoir la réponse.

– Pourquoi tu as fait ça ? demandai-je.

Ma respiration était en train de revenir à la normale. J'avais été prêt à le pulvériser.

– Parce qu'il est temps que tu sois honnête avec toi-même.

Je le dévisageai. Je tentai de rester fâché, ou juste agacé, mais je finis par baisser les épaules, vaincu.

– C'est déjà fait. Je ne voulais juste pas le verbaliser. Tout sauf ça.

Il fit un pas en avant et posa une main sur mon épaule.

– Oh, Calder, mince, je ne voulais pas te rendre les choses encore plus difficiles. Juré. (Il me fixa un instant.) Mais les choses sont comme elles sont. Et… quoi qu'il arrive… on est frères, fit-il en me tendant le poing fermé.

Je poussai un soupir et frappai son poing du mien.

– Frères.

***

Une fois rentré chez moi, je gagnai directement ma chambre et sortis mon autre chemise du placard. Je me forçai à oublier ce que Xander avait dit.

Mes parents étaient déjà aux champs mais ils ne m'attendaient pas. Ils savaient que j'avais rendez-vous avez Hector. Ils n'approuvaient pas forcément mes ambitions mais ils ne pouvaient pas s'y opposer. Mon père n'était pas un grand bavard et il paraissait très satisfait de la vie qu'il menait. Sa foi en Hector était inébranlable. Je ne lui avais jamais révélé que ma volonté d'intégrer le conseil était née du désir d'une vie moins étriquée, que je ne pouvais pas me satisfaire de notre petite communauté. Il ne comprendrait pas. Pour être tout à fait sincère, je ne me comprenais pas moi-même. Qu'est-ce qui me poussait à en vouloir davantage ? Qu'est-ce qui me poussait à contempler les lumières de la ville au loin, avec un peu d'appréhension, certes, mais aussi un étrange désir, nuit après nuit ? Ça ressemblait à mes sentiments pour Eden : quand je la regardais, je me sentais à la fois terrifié et électrisé. Cette place au conseil était bien plus qu'un moyen de sortir d'Acadie…

Tu es amoureux, mon grand. À fond.

J'aperçus ce qui ressemblait au coin d'une feuille dépasser de sous mon oreiller et fronçai les sourcils. Je le soulevai et découvris un petit mot et deux caramels. Je souris. J'en déballai tout de suite un et l'enfournai : le goût familier de sucre et de beurre explosa sur ma langue.

Je dépliai la feuille pour déchiffrer la petite écriture précise d'Eden :

Calder,

J'espère que Maya va mieux aujourd'hui. Je pense sans arrêt à elle et j'aimerais trouver un moyen de lui rendre visite. J'espère que les bonbons lui feront plaisir et qu'elle sourira, ne serait-ce que pour un instant.

J'aurais pu donner cette lettre à Xander avec les caramels mais j'avais envie de la déposer moi-même ; en souvenir du bon vieux temps.

Le printemps a été calme sans toi, même si chaque jour m'a apporté son petit lot d'excitation. J'ai découvert hier que le petit serpent que j'ai chassé de notre rocher il y a des mois est la progéniture d'un serpent de six mètres soixante-dix de long (ce qui fait six cent soixante-dix centimètres une fois convertis ; j'écoute attentivement les leçons de mon prof de maths) à deux têtes qui marine dans une fureur venimeuse (littéralement) depuis que son fils ou sa fille a été maltraité. (Comment reconnaît-on un serpent mâle d'un serpent femelle ? Il faudra se pencher sur la question.) Il m'a accusée et j'ai donc été obligée d'affronter cette bête visqueuse. Il s'avère que le reptile (un vertébré à sang froid) est affaibli par des problèmes algébriques. Malgré les équations hurlées à pleins poumons (de ma part) et l'affaiblissement en résultant (de sa part), il y eut un échange de coups et de sifflements assez important (de toutes parts), mais c'est moi qui ai gagné. Le rocher demeure notre domaine (ou écrit-on domain ?). Tout ça en une seule journée.

Tu avais raison à propos du savoir. On ne sait jamais quand on peut en avoir besoin. Il peut vous sauver la vie (et votre domain(e), comme dans ce cas précis).

Tu me manques. Je ne devrais peut-être pas le dire mais c'est la vérité. En réalité, mes journées se traînent et je pense mille fois par heure à quelque chose que je veux te dire ou te demander. Je note tout parce que je ne veux rien oublier et parce que de cette façon, tu es près de moi.

Aujourd'hui, Hector a une réunion avec le conseil à midi. Je peux te retrouver à la source si tu peux te libérer ? À partir de maintenant, ce sera difficile de se voir ; j'espère que tu pourras venir. Je ne veux pas penser que les moments qu'on passera ensemble sont terminés, mais ils ne pourront de toute façon plus être réguliers. Cette idée m'emplit d'une tristesse tellement immense que je ne peux même pas t'en parler. Je considérerai toujours la source comme l'endroit où ma vie a commencé.

J'attendrai.

Ton Eden.

Ton. Mienne. Je voudrais aller la trouver, la serrer contre moi, lui dire que j'ai adoré tous ces moments passés ensemble moi aussi et qu'elle me manque. Mais quel intérêt ? *Ton.* Mienne. Je balayai ces pensées. Mais je restai immobile, un sourire béat aux lèvres, à regarder sa lettre comme un idiot, plus longtemps que je ne pouvais me le permettre. J'avais des choses à faire et je devais rester concentré.

Tu es amoureux, mon grand. À fond.

Je pliai la feuille et la glissai sous mon oreiller pour pouvoir la relire.

Une heure plus tard, je me dirigeai vers le chalet principal, rasé de frais et propre comme un sou neuf.

L'énergie courait dans mes veines. *Il fallait que ça marche.*

Lorsque je mis le pied sur la grande véranda, j'entendis le piano et j'hésitai à frapper. Était-ce Eden ? Elle parlait souvent de musique mais jouait-elle aussi bien que ça ? La musique qui flottait par la fenêtre ouverte près de la porte était si belle et maîtrisée que je sentais mon cœur se serrer en l'écoutant. Je remontai la véranda et parvins devant une porte-fenêtre. C'était bien elle, assise devant un immense piano noir, les yeux fermés, les doigts volant sur le clavier. J'en eus le souffle coupé. Elle était fascinante. Gracieusement sublime. Éthérée. *Elle est à moi. C'est la fille que j'ai choisie. Elle est à moi*, insistait mon cerveau. Mais cette fois-ci, je ne me corrigeai pas. Je m'appuyai au chambranle de la porte, enfonçai les mains dans mes poches et l'écoutai. J'étais absent à tout sauf à ma merveilleuse Eden et à la mélodie qui coulait de ses doigts. Rien d'autre n'existait. Et au fond de mon cœur, je ressentais… de l'orgueil. J'étais terriblement fier d'elle. Je la contemplai jusqu'à ce que résonne la dernière note et qu'elle ouvre les yeux. Son regard croisa le mien. Elle ouvrit la bouche comme pour dire quelque chose mais nous savions tous les deux quelle était notre place. L'électricité chantait dans l'air qui nous séparait. Un petit sourire étira ses lèvres et ses yeux s'emplirent de chaleur. *Pour moi.*

Mes cheveux se dressèrent soudain sur ma nuque et une étrange froideur parcourut ma colonne vertébrale. Je pivotai comme si quelqu'un m'avait frappé par-derrière : Hector se tenait derrière moi et ne perdait pas une miette de notre échange silencieux. Je fermai les yeux une fraction de seconde et pris une profonde inspiration.

– Père, dis-je en essayant de faire preuve d'une assurance que j'étais loin de ressentir. Votre… Eden est une incroyable pianiste. J'ignorais qu'elle était aussi douée.

Les yeux d'Hector, rivés sur moi, s'éclaircirent un peu. Il se secoua légèrement comme pour se débarrasser d'une idée perturbante.

– Porteur d'eau.

J'ai un nom. Je m'appelle Calder.

Il s'approcha de moi et me donna une légère tape dans le dos.

– Oui, Eden est très douée. Les dieux l'ont gratifiée de nombreux talents. Avoir été choisi pour être l'homme qui… savourera ces dons me remplit d'humilité.

Il me lança un regard de côté mais je repoussai ma réaction à cette affirmation. *Concentre-toi.*

– Tu as quelque chose à me dire, je suppose, constata Hector.

– Oui, Père. J'aimerais vous montrer quelque chose, si vous le permettez.

Hector me lança un nouveau regard à la dérobée et opina.

– J'ai toujours du temps à consacrer à mon porteur d'eau, répondit-il d'un ton plus chaleureux.

Je poussai un petit soupir.

– Merci.

Nous franchîmes la distance entre le chalet et la rivière en silence. Lorsque nous parvînmes sur la rive, Hector me suivit sur la grève caillouteuse jusqu'à ce que nous soyons arrivés là où commençait mon système d'irrigation.

C'était une série d'épaisses branches évidées, liées ensemble et surélevées quand nécessaire pour que l'eau coule du haut de la colline jusqu'aux champs, qui étaient à environ une centaine de mètres de l'endroit où nous nous tenions. Nous utilisions mon invention depuis trois mois et cela nous facilitait la vie en rendant notre travail plus rapide. Nous n'avions plus besoin de faire d'incessants allers et retours quotidiens entre la rivière et les champs. On se contentait d'un voyage pour ouvrir le système, puis nous ne consacrions plus qu'un quart du temps habituel à remplir les récipients à l'extrémité du champ.

– Qu'est-ce que c'est ? demanda Hector.

– C'est un système d'irrigation, Père, répondis-je avant de lui expliquer la simplicité du système. Avec votre approbation, j'aimerais en construire d'autres. Je pense qu'on peut encore gagner du temps d'arrosage… voire planter davantage.

Hector examina le système puis reporta son attention sur moi. Ses yeux se posèrent sur mes bras.

– Tu as évidé ces branches tout seul ?

Je fronçai les sourcils.

– Oui, Père. Je l'ai fait sur mon temps libre, après le travail.

Hector garda le silence un instant.

– Quel était ton but ultime ?

– Mon but ultime ? répétai-je. (Je m'éclaircis la voix.) Eh bien, Père, j'espérais venir en aide à la communauté dans son ensemble, bien sûr, mais aussi que vous examiniez ma candidature pour siéger au conseil. Il y a un poste vacant depuis la mort de Père Nagle et je travaillerais dur pour vous. Je serais appliqué et…

– Oh, Porteur d'eau, m'interrompit Hector en pinçant les lèvres. Fils, ne crois-tu pas que tu as fait ça parce que tu as envie de vivre dans le chalet principal ? (Il haussa les sourcils dans ma direction.) Il faut toujours être sincère dans ses motivations si on veut plaire aux dieux.

Je le considérai un instant. J'avais le sentiment que, quoi que je dise, je m'apprêtais à foncer tête baissée dans un piège.

– En toute honnêteté, Père, ma motivation est d'offrir mes services à notre famille d'une manière plus importante. Je me sens appelé à un rôle plus grand que celui de porteur d'eau, pas uniquement pour moi mais aussi pour la communauté dans son ensemble. Je sais que ce n'est pas à moi de décider quelle est ma place, mais tout ce que je peux vous dire, c'est que…

– Dans le grand projet des choses, toutes les tâches sont importantes. Tu joues un rôle parce que tu pourvois aux besoins de notre famille. Crois-tu que le Dieu de la Guerre se sente plus noble que celui du Grain ? Il a beau être un guerrier puissant, sans le Dieu du Grain, il mourrait de faim, et ses hommes avec lui. Aucune tâche n'est triviale. Je suis le prophète et tu es un travailleur. Les dieux en ont décidé ainsi et tu dois accepter ton rôle et l'endosser au mieux. Si ça te pose un problème, je peux te donner des livres à lire et je suggère que tu commences par te rendre au Temple tous les jours.

Je pris une profonde inspiration pour tenter de maîtriser ma colère et ma frustration. Tous mes espoirs partaient en fumée.

– Et si je ne suis pas capable d'accepter ce que les dieux ont ordonné, Père ?

Hector me dévisagea avec intensité pendant un long moment.

– Essaie plus fort. Il y a des chemins beaucoup moins faciles que celui que je te propose. Ça me ferait de la peine de te voir choisir la mauvaise voie.

Il reporta son attention sur mon système d'irrigation avant de me regarder une nouvelle fois, avec tant de dérision que j'eus envie de détourner les yeux, mais je tins bon et soutins son regard. Ce que je faisais était insolent mais je laissais parler mon instinct, d'homme à homme. Ce fut Hector qui finit par détourner les yeux et par les poser sur mes branches.

– Il faut beaucoup de force pour construire une chose pareille, constata-t-il, presque pour lui-même. Mais la force pure ne mène à rien. Dans toute grande entreprise, l'outil le plus puissant est l'esprit. Programmer, mettre en place une stratégie. Par exemple, tu es manifestement capable de soulever des cailloux et d'évider des troncs, mais le problème, c'est que ta construction n'est pas entièrement solide, parce que tu n'as pas réfléchi en amont.

Je fronçai les sourcils, envahi par la colère.

– Avec tout le respect que je vous dois, Père, elle est très solide. J'ai dessiné les plans dans ma tête bien avant de commencer à construire quoi que ce soit. On l'utilise depuis des mois et elle a survécu à plusieurs orages. Ce système est d'une grande aide pour les cultivateurs, pas uniquement pour les champs mais aussi pour les autres besoins en eau.

Je parlais mais j'avais l'impression que ma mâchoire ne fonctionnait pas et que je mangeais mes mots.

Il secoua la tête comme si je mentais puis il leva le pied et frappa violemment la branche devant lui.

Je sursautai, incapable de comprendre ce qu'il était en train de faire.

– Non, fit-il en secouant de nouveau la tête. Ce n'est pas solide du tout. N'importe quoi pourrait le détruire.

Il frappa encore et encore, et plusieurs sections supplémentaires s'effondrèrent sur le sol. J'étais paralysé, incrédule. Il était en train de détruire le projet sur lequel j'avais travaillé tellement dur. Et il le faisait *exprès*.

– Père, dis-je en faisant un pas en avant.

– Tu vois, fils ? Quand tu construis quelque chose, il faut s'y prendre de telle manière qu'aucun homme ne puisse le détruire. Ça ne peut pas être fragile et facile à mettre en pièces. Parce que si c'était le cas, n'importe qui pourrait le renverser et te le voler. Alors qu'en réalité on devrait savoir que c'est une idée désastreuse dès le départ. Me suis-je bien fait comprendre ?

Il plongea son regard dans le mien pour appuyer son propos. J'étais furieux. J'avais chaud, ma peau me picotait et je serrai machinalement les poings.

– Je suis désolé mais je dois interrompre cette conversation. Je suis attendu par le conseil. Souviens-toi de ce que j'ai dit, Porteur d'eau, dit-il en commençant à s'éloigner sans cesser de donner des coups de pied dans d'autres parties du système. N'essaie jamais d'être autre chose que ce que les dieux t'ont ordonné.

Je le regardai s'éloigner, figé, le monde vacillant autour de moi comme si une vague de chaleur s'était abattue sur moi. Qu'est-ce qui s'était passé ?

Mes pieds se mirent en mouvement avant que mon cerveau puisse les en empêcher. J'étais incapable de penser, l'esprit envahi par un sifflement sonore. Je ne me souviens même pas avoir parcouru la distance séparant la rivière du sentier qui menait à la source, mais je me retrouvai soudain dessus. Je descendis la colline escarpée en courant, les mollets tétanisés, en soulevant des nuages de poussière.

La colère coulait en moi, mais elle dissimulait de la souffrance. J'avais *fait confiance* à Hector. Je *croyais* qu'il me respectait, qu'il respectait son peuple. Je lui avais fait confiance *toute ma vie*. Et il avait suffi d'un instant pour que tout soit détruit.

Je repoussai brusquement le buisson et je pénétrai dans notre grotte sans ménagement. Elle était déjà là, sur l'herbe, devant un rocher, et elle se tourna vers moi.

– Calder, souffla-t-elle, un sourire aux lèvres. (Ses cheveux blonds brillaient au soleil et elle cligna des yeux, surprise, en me voyant. Elle était belle à mourir.) Je me demandais si tu pourrais venir.

Je la rejoignis à grandes enjambées et en voyant mon expression, son sourire se figea.

– Calder, qu'est-ce que…

Elle n'acheva pas sa phrase. J'étais toujours essoufflé par ma descente sportive. Je pris son visage entre mes mains et regardai tour à tour ses lèvres puis ses yeux. Elle les écarquilla et chuchota : « Ooooooh » lorsqu'elle comprit ce que je m'apprêtais à faire. Je posai mes lèvres sur les siennes et plongeai ma langue dans le fruit défendu. *Avec brutalité.* Exigence. Malgré ma rudesse, elle ouvrit la bouche, laissa échapper un soupir et passa les bras autour de mon cou. J'enfonçai ma langue plus profondément sans aucune délicatesse. Allait-elle reculer ? Elle n'en fit rien. Sa langue se mit à danser à l'unisson et à sucer la mienne. Un grondement jaillit de ma gorge comme si j'étais un sauvage. J'étais en proie à un brasier intense, qui n'avait plus rien à voir avec la colère mais avec *elle*, son goût, sa façon tendre et audacieuse de répondre à mon baiser. Elle recevait tout ce que je lui donnais avec résolution et me le rendait au centuple.

Et le monde devint un endroit que je ne reconnaissais plus.

Je repris mes esprits et ralentis le baiser. Je ne me concentrai plus que sur une chose : Eden. Ses mains cramponnées à ma nuque, le parfum de pomme de sa peau, le goût de premier printemps de sa bouche. C'était son premier *vrai* baiser et je l'agressais presque. La honte me submergea. Mais j'étais incapable de m'arrêter. C'était mon premier vrai baiser à moi aussi.

J'y mis tout mon être, tout ce que j'étais et tout ce que je valais, ce qui n'était pas grand-chose.

Nous nous embrassâmes, nous savourâmes, laissant nos bouches s'aimer, nos langues se trouver, jusqu'à ce que nous soyons tellement essoufflés que nous dûmes nous séparer. Elle gémit et renversa la tête en arrière lorsque je fis courir ma langue sur sa gorge satinée. Elle enroula une jambe autour de ma taille. Je glissai les mains sous ses fesses pour la soulever afin que nos visages soient à la même hauteur. J'avançai un peu pour la coincer contre le rocher. Mon érection, brûlante et palpitante, se pressait contre son sexe à présent et je me mis à gémir à mon tour. C'était si bon, si *normal*.

Tandis que je mordillais son cou, les mots jaillirent spontanément de ma bouche. Je ne savais pas ce que je disais. C'était comme si un barrage d'émotions s'était rompu et que j'étais incapable de le contrôler.

– Je te désire depuis si longtemps. Si longtemps. Tout le temps, même dans mon sommeil. Je veux m'enfouir en toi, me noyer en toi et ne jamais remonter à la surface. Je veux que tu sois à moi et à moi *seulement*. Je suis désolé, Eden, tellement désolé…

– Ne le sois pas, souffla-t-elle. Tout sauf ça. Ne sois pas désolé. Je ne le serai jamais. Si c'est le dernier morceau de paradis auquel j'ai droit avant d'être traînée en enfer, alors je le prends avec joie.

Je gémis, oscillant entre tristesse et excitation.

– Ne dis pas ça, Eden.

Je posai les lèvres sur sa carotide et je sentis son pouls battre, fort et régulier, à la base de son cou ; je dessinai les contours de sa veine avec ma langue. Eden se pressa contre moi en gémissant à son tour. J'étais mauvais, répugnant. C'était mal. Mais si c'était vraiment le cas, pourquoi avais-je l'impression que je mourrais si je ne le faisais pas ? Pourquoi caresser Eden me paraissait soudain vital ?

Je continuai donc à l'embrasser, même si je savais que c'était mal et que j'avais toutes les raisons d'arrêter, toutes, sauf celle qui s'exprimait dans tous les battements de mon cœur.

– On devrait arrêter, dis-je sur un ton tout sauf convaincant, étant donné que nous ne cessions pas nos baisers.

Sa langue rejoignit la mienne dans son ballet et nous nous embrassâmes pendant de longues et somptueuses minutes, complètement perdus l'un dans l'autre. *C'est ça. C'est ça, Élysée.* Cette fille belle à mourir dans mes bras. J'avais envie de l'enlacer depuis si longtemps. Elle était si tendre et si belle.

Elle rompit le baiser pour respirer et plongea son regard dans le mien. Ses lèvres étaient rouges et gonflées, son visage écarlate et ses yeux voilés par le désir. Je sus en cet instant que rien au monde n'était plus beau que le visage d'Eden après que je l'ai embrassée.

– Fais-moi l'amour, chuchota-t-elle. J'ai tellement envie de toi que ça me fait mal.

Tout mon corps se figea à l'exception de mon entrejambe. Ce dernier pointait vers l'avant pour réclamer de l'attention : il avait apparemment l'impression que ses services étaient requis. Tout de suite.

J'utilisai tout le sang-froid qui me restait pour refroidir mes ardeurs. Je me penchai vers elle, posai mon front contre le sien et la reposai doucement sur le sol. Pendant quelques instants, nous nous contentâmes de respirer et de laisser nos cœurs se calmer.

– Je ne peux pas. Pas ici. Pas comme ça.

Elle baissa les yeux, blessée.

– J'en ai envie, crois-moi, j'en ai vraiment envie… plus que tout. (Je m'emparai de ses mains et les ramenai contre mon cœur. Elle leva les yeux vers moi.) Mais je dois d'abord savoir que tu es à moi…

– Je suis à toi. Je l'ai toujours été. Je t'appartiens sur la Terre comme à Élysée. Je me battrai contre les dieux si je le dois. Je me dresserai devant eux pour l'affirmer haut et fort.

Je ris, puis lui souris.

– Où puises-tu ta force, Belle de Jour ?

Elle m'adressa un petit sourire en retour.

– En toi, chuchota-t-elle en plongeant son regard franc et confiant dans le mien. Qu'allons-nous faire ?

Je poussai un soupir.

– Je n'en sais rien. Mais quelque chose. Il faut qu'on fasse quelque chose.

Elle acquiesça.

– Pourquoi m'as-tu embrassée ? Qu'est-ce qui s'est passé ?

J'hésitai.

– Hector a rejeté mon plan et a détruit mon système d'irrigation. (Je secouai la tête, humilié. Je croisai de nouveau le regard d'Eden et pris une profonde inspiration.) C'est ce qui a tout déclenché.

Mais je te jure, Eden, sur tout mon être, que j'avais envie de t'embrasser depuis si longtemps que c'était devenu une tempête incontrôlable. Je suis désolé d'avoir commencé à t'embrasser en colère. Tu méritais mieux que ça.

Eden me considéra un instant avant de me sourire.

– Je ne suis pas désolée, moi. Je me fiche des raisons qui t'ont poussé, je suis juste contente que tu l'aies fait. (Elle s'interrompit.) À condition que tu recommences.

Je me penchai vers elle et l'embrassai tendrement tout en mordillant sa lèvre inférieure jusqu'à ce que je la sente sourire.

Je reculai. Elle posa une main sur ma joue et je lus de la gentillesse et de l'affection sur son visage.

– Je suis désolée qu'Hector ait fait ça. Je l'ai entendu discuter avec Clive Richter. Quelque chose s'est mal passé pendant son pèlerinage. Je ne sais pas quoi, mais il est… il est différent. Et il te perçoit comme une menace, ce en quoi il a raison. Il a vu le regard qu'on a échangé tout à l'heure.

Je reculai, la pris par la main et la conduisis vers le rocher, sur lequel nous nous assîmes.

– Je sais. C'est une des raisons et je vois bien qu'il est différent, mais… je vois les choses clairement à présent. Je n'aurais jamais eu une place au conseil. C'était une chimère.

– Je suis désolée, murmura-t-elle.

Je contemplai la source. En réalité, je n'étais pas surpris. Je me tournai vers elle et coinçai une mèche de cheveux derrière son oreille en admirant son beau visage. Elle ressemblait à une déesse, avec sa longue chevelure cascadant dans son dos et sa peau pâle brillant au soleil. Je fus soudain pris du désir de m'agenouiller pour la vénérer.

– Ça change tout, tu sais. On ne peut pas revenir en arrière. On ne peut pas faire comme s'il ne s'était rien passé. En tout cas, moi je ne le peux pas.

Elle opina en soupirant.

– Oui, je sais.

– Je ne sais pas exactement ce que je vais faire, mais je trouverai. Tu me fais confiance, pas vrai ?

– Sur ma vie.

Mon cœur se serra et je me penchai pour l'embrasser de nouveau.

– Bien. Il faut rentrer. La réunion d'Hector va prendre fin. Ne viens plus chez moi, d'accord ? Si tu as besoin de me contacter, laisse un mot pour Xander sous le buisson. Je vais lui demander de vérifier tous les jours.

Elle hocha la tête en se mordant la lèvre. J'avais envie de l'embrasser encore mais le temps pressait. Je voulais l'embrasser encore et encore pour le reste de l'éternité, sans jamais m'arrêter.

– Est-ce qu'on va quitter Acadie ? demanda-t-elle, et je lus dans ses yeux qu'elle attendait une confirmation.

Je la regardai un instant puis l'attirai étroitement contre moi. Elle posa son oreille contre mon cœur

et nous restâmes ainsi pendant de longues minutes.
Le pouvions-nous ? Pouvions-nous quitter Acadie ? Ma famille ? Mes amis ? Nos vies ? Nos destins ?

– Juste si on y est obligés, finis-je par répondre.

CHAPITRE 11

EDEN

Je marchais sur l'air. Je suppose que la vie suivait son cours autour de moi, mais je la percevais de loin, floue. J'étais perdue dans mes souvenirs, près de notre source, les lèvres de Calder sur les miennes, sa langue envahissant ma bouche, son corps musclé pressé contre le mien. Rien qu'au souvenir de lui, irrésistible, délicieux, beau, je frissonnai. Il était tout ce dont j'avais toujours rêvé et plus encore.

Quelques jours après ce baiser, je dissimulai une poignée de caramels dans le buisson afin que Xander les porte à Maya. Ce faisant, ma main rencontra un morceau de papier plié. Je m'en emparai, le glissai dans la poche de ma jupe, jetai un regard autour de moi et regagnai rapidement ma chambre.

Je m'assis sur mon lit et le dépliai, les doigts tremblants. Je reconnaissais ce papier épais. Il provenait du calepin que nous avions laissé à la source, et Calder l'avait déchiré en deux pour qu'il soit plus petit.

Eden,

Un caillou. C'est la réponse à la question que tu as posée il y a longtemps et c'est ce que les pingouins mâles offrent aux femelles. Ils passent en revue tout un tas de cailloux et jettent leur dévolu sur le plus lisse qu'ils offrent à celle dont ils veulent faire leur partenaire, en gage de leur amour. Si elle le prend et le pose sur son nid, ça veut dire qu'elle accepte la proposition.

J'ai posé la question à une fille qui avait suivi le même cours que moi et tu avais raison, bien sûr : elle n'avait pas oublié cette partie de l'histoire.

Je sens tes lèvres sur moi, Eden. Quand je ferme les yeux et quand je suis éveillé. J'ai le goût de toi. Tu es mon premier et mon dernier souffle. Je te sens et j'espère que toi aussi. J'ai besoin de te voir. Peux-tu venir à la source ? Laisse un mot pour Xander, il fera le messager. J'ai l'impression qu'un millier d'années va s'écouler avant que je te voie.

Ton Calder.

Ton. Je pressai sa lettre contre mon sein, un sourire étourdi aux lèvres. J'appartenais à quelqu'un. À *Calder*. J'étais sienne et il était mien. Ça avait l'air banal, mais pour nous, c'était tout.

Je retournai le papier et éclatai de rire en découvrant le dessin d'un pingouin qui faisait rouler un petit caillou brillant avec son bec sur le sol couvert de neige en direction d'un autre juché sur un nid, la tête tournée de l'autre côté. Il était parvenu à donner une expression pleine d'espoir au pingouin mâle et un air d'indifférence hautaine à celui du pingouin femelle, comme si elle attendait qu'on l'impressionne. Je ris en silence.

Je cherchai des yeux une feuille de papier mais je me rendis compte que je n'en avais pas sous la main. Je savais qu'il y en avait en bas. Mon regard s'arrêta sur le Livre Saint d'Hector posé sur ma table de nuit et je me mordis la lèvre. Je m'en saisis et l'ouvris lentement, hésitante. Je le retournai brusquement et arrachai la dernière page. J'étais la première sidérée par mon petit acte de rébellion. Je me rassis et utilisai la couverture rigide comme support.

Je rédigeai ma réponse dans les marges, ce qui m'obligea à être brève.

Calder,

Qui aurait cru que les pingouins étaient aussi romantiques ? Le monde est plein d'amour, y compris aux endroits où on s'y attend le moins, n'est-ce pas ?

Je sens tes lèvres sur les miennes, moi aussi. Je te goûte. Je te respire. Je désire te voir ardemment ; je n'ai jamais rien désiré comme ça de toute ma vie.

On se retrouve à la source dimanche après le Temple ? Hector a une réunion avec le conseil et je dirai à Mère Miriam que je suis malade afin d'échapper au déjeuner dominical.

À toi pour toujours,

Eden.

***

Je descendis le sentier aussi vite que mes sandales et ma jupe me le permettaient. Mon cœur battait à tout rompre dans ma poitrine, pas seulement à cause de l'effort physique, mais aussi à cause de l'excitation que je ressentais à l'idée de voir Calder dans quelques minutes.

Je me penchai pour me faufiler entre les deux rochers. Il m'attendait déjà, étendu sur notre rocher, les mains derrière la tête, les vêtements mouillés. Je l'admirai en silence. Il se redressa et sa chemise humide mit en valeur ses abdominaux musclés. Il me fit un grand sourire et je me dépêchai de gagner le lac.

Je traversai en pataugeant et Calder me tendit la main pour m'aider à me hisser sur le rocher. Je m'allongeai à côté de lui. Nous restâmes étendus pendant quelques instants, le silence seulement dérangé par le bruit de nos respirations et de la cascade. Puis nous nous tournâmes l'un vers l'autre au même moment. Calder encadra mon visage de ses mains et me caressa les cheveux. Il s'interrompit une fraction de seconde, plongea son regard sombre et affamé dans le mien. Un fourmillement prit naissance entre mes jambes et je les pressai l'une contre l'autre pour savourer la sensation. Soudain, sa bouche se posa sur la mienne et son goût fut la seule chose importante. Je gémis, confessant ainsi mon désir et mon abandon total.

Il pencha la tête, notre baiser devint plus profond. Nos langues s'affrontèrent tendrement. Sa joue mal rasée et virile écorchait la mienne. Ça m'enflammait et je gémis de plus belle en me pressant contre lui.

Lorsque Calder rompit lentement le baiser pour faire courir ses lèvres sur mon cou, je soupirai et renversai la tête pour m'offrir encore plus. Mon regard se posa sur le ciel bleu dans lequel quelques nuages flottaient paresseusement.

– Les dieux ont créé cet endroit rien que pour nous, murmurai-je, rêveuse.

Calder s'interrompit, puis effleura de nouveau ma gorge de ses lèvres avant de répondre :

– Oui. (Je sentis son sourire contre ma peau.) D'après toi, pourquoi ont-ils fait ça ?

– Pour qu'on ait un endroit où tomber amoureux.

Calder releva la tête et me lança un regard intense.

– Tu m'appartiens, Eden. Depuis toujours. Depuis la première fois que je t'ai vue.

J'acquiesçai. C'était la vérité la plus simple au monde.

Nos lèvres se rencontrèrent de nouveau. Calder m'embrassait d'une manière qui me poussait à croire que non seulement j'avais toujours été sienne, mais que je le serais pour l'éternité. Dans cette vie et n'importe quelle autre. Son baiser contenait la promesse que, où que nous existions, nous serions faits l'un pour l'autre.

Après plusieurs minutes, Calder recula un peu, haletant, le regard lourd.

Il avait l'air tendu et en proie à un conflit intérieur.

– Ne t'arrête pas, suppliai-je en me penchant pour l'embrasser.

– Si je ne le fais pas maintenant, je ne pourrai plus, répliqua-t-il sur un ton plus rauque que d'habitude.

J'avais envie de lui répondre de ne pas s'arrêter, ni maintenant ni plus tard, mais le verbaliser me paraissait effronté, même dans mon esprit. Il fallait que mes actes parlent pour moi.

Je posai les doigts sur le col de mon chemisier et commençai à défaire lentement les boutons un par un. Le regard de Calder allait alternativement de mes mains à mon visage, s'assombrissant à chaque bouton. Il déglutit péniblement.

Je dévoilai mon soutien-gorge en coton et me débarrassai du vêtement mouillé. Je passai les bras dans mon dos pour dégrafer mon soutien-gorge, que je fis glisser avant de le laisser tomber sur mes genoux. Calder gémit, la bouche entrouverte, les yeux rivés sur mes seins. Mes tétons durcirent sous son regard et je baissai les yeux. C'était la première fois que quelqu'un me voyait nue.

– Eden, chuchota Calder. Tu es magnifique.

D'un geste vif, il enleva sa chemise et se tint torse nu devant moi. Je contemplai sa peau cuivrée et ses muscles secs : sa peau se hérissait de chair de poule là où se posait mon regard. Je tendis la main pour le caresser et tout sembla ralentir. Nous bougeâmes l'un vers l'autre, à l'unisson, et mes doigts touchèrent sa peau tiède et lisse. Il poussa un petit soupir et je levai les yeux vers lui. Je l'avais déjà vu torse nu, mais je n'aurais jamais imaginé, même dans mes rêves les plus fous, que je pourrais le caresser et sentir ses muscles masculins que j'admirais depuis si longtemps. Il était ferme et viril et sa peau était douce et chaude. J'avais du mal à croire que tout cela était réel.

– Ne t'arrête pas, s'il te plaît, dit-il, répétant ce que j'avais demandé un peu plus tôt.

J'exhalai et mes doigts poursuivirent leur trajet, sur son pectoral puis sur son téton, dont je dessinai lentement le contour du bout du doigt.

– Eden, s'étouffa-t-il. Tu me tues. Je suis en train de mourir.

Je souris, les yeux rivés sur ma main qui descendait à présent sur son ventre.

– Non. Tu es bien vivant. Nous le sommes tous les deux. Ici. Ensemble. On nous a dit que si on mourait, on serait séparés à jamais et je refuse que ça arrive.

Mon regard croisa le sien et quelque chose sembla étinceler entre nous juste avant qu'il se penche vers moi pour m'embrasser encore. Sa langue envahit ma bouche avec une lenteur paresseuse. Je me rapprochai pour sentir sa peau nue contre la mienne. *Béatitude.*

Je me montrais audacieuse, à présent, mais ce moment était à nous et rien qu'à nous. On ne m'avait jamais donné ce que je voulais, on ne me l'avait même jamais demandé, et j'allais donc le prendre. Ici même sous le regard des dieux, près de notre source, j'allais prendre ce que je voulais pour moi. Et ce que je voulais, c'était Calder. Et lui aussi me voulait. Ça ne pouvait pas être mal, pas vrai ?

Je frottai mes tétons douloureux contre son torse ferme et je gémis, tant la sensation était délicieuse. Rien n'avait jamais été si bon. J'en voulais plus. Je glissai les mains dans ses cheveux courts et soyeux sur sa nuque et emmêlai ma langue à la sienne, exaltée par son goût et son odeur d'eau pure et de peau virile.

Nous nous allongeâmes sans que jamais nos bouches se séparent. Mon cœur battait follement et un picotement intense s'était installé entre mes cuisses. Je ne savais pas ce qu'il me fallait mais je le voulais désespérément. Je rompis le baiser.

– Tu es… ? Tu veux… ? demandai-je, à bout de souffle, incapable de verbaliser ce que mon corps réclamait.

– Oui, répondit-il comme s'il comprenait. Oui.

Je laissai mon regard errer, insolent, sur la bosse qui tendait son pantalon en toile ample.

– Je suis en train d'apprendre des choses, fis-je sans lever les yeux. C'est l'heure de la leçon, Calder.

J'attendis qu'il réponde, les joues brûlantes. Il garda le silence et je levai les yeux vers son visage. Il me contemplait avec un mélange de surprise et de désir.

Calder gémit, se renversa contre le rocher et enfouit son visage entre ses mains.

– Comment vais-je te survivre ? demanda-t-il.

Je souris et m'étendis sur lui pour embrasser son cou.

– Je suis le dernier de tes soucis.

Il éclata d'un rire sans joie.

– Au contraire, tu es le premier, répliqua-t-il en me lançant un regard rempli de tant de tendresse que mon cœur se serra.

Je posai la tête contre sa poitrine en souriant, puis je fis courir ma paume sur son ventre musclé dont je dessinai les creux et les bosses. Il ravala un soupir et je cessai de respirer, mais il ne protesta pas, et je poursuivis mon exploration. Je parvins à la ceinture de son pantalon en lin sous laquelle disparaissait une fine ligne de poils. Il se figea et la bosse sous son pantalon tressaillit sous ma main.

Je glissai les doigts sous le tissu et rencontrai des poils rêches sur le chemin de cette partie de lui qui était un mystère pour moi. La poitrine de Calder se soulevait et s'abaissait de façon de plus en plus saccadée. Un sentiment de pouvoir enivrant m'envahit, me poussant à me montrer encore plus audacieuse.

Ma main atteignit ce que je cherchais. J'enroulai mes doigts autour de son membre raide et soyeux. Il gémit et appuya sur ma main pour m'encourager à continuer. Je le lâchai une seconde. Il poussa un grognement mais je voulais baisser un peu son pantalon afin de voir ce que je faisais. Il souleva les reins pour m'aider dans ma tâche. Je m'emparai de nouveau de lui et j'écarquillai les yeux en voyant son organe gonflé au sommet empourpré, sur lequel perlait une goutte brillante. Je savais à quoi ressemblaient les garçons : j'aidais Hailey à donner le bain à ses fils. Mais je n'avais jamais vu *un homme*. Son sexe était tellement… *gros* et il saillait, très raide. Je me contentai de l'observer.

Puis je m'assis et posai l'autre main sur le rocher. Je reportai mon attention sur Calder, mais il avait posé un bras en travers de ses yeux, m'empêchant de déchiffrer son expression. Je voyais juste ses lèvres entrouvertes et sa mâchoire serrée.

– Eden, Eden… souffla-t-il, aux abois.

Je baissai les yeux sur ma main qui tenait son membre et j'essuyai la goutte de fluide du bout du pouce, fascinée par son corps si différent du mien. Il gémit comme si j'étais en train de le torturer.

– Montre-moi, murmurai-je.

Il hésita un bref instant, puis il posa sa main sur la mienne et la fit coulisser de haut en bas.

Au bout d'un instant, il retira ses doigts et me laissa poursuivre toute seule. Je continuai comme il m'avait montré. Ses gémissements et sa respiration semblaient indiquer que je m'y prenais comme il fallait et je ne m'arrêtai donc pas, hypnotisée par la façon dont sa peau bougeait sous mes doigts et dont son sexe grossissait encore.

Au bout de quelques minutes, son souffle se fit encore plus haletant et il se mit à donner des coups de reins. Ses gémissements aggravèrent la pression que je sentais entre mes jambes et je sentis de l'humidité couler entre mes cuisses.

Son corps se raidit puis se figea tandis qu'un liquide jaillissait de son sexe. Je retins une exclamation, les yeux écarquillés. Il gémit, poussa un cri, puis se détendit et son membre s'amollit dans ma main.

Je levai les yeux vers lui. Il avait baissé son bras et me contemplait, le regard lourd, l'air assouvi. Sa beauté était excitante. Je me penchai pour l'embrasser : il encadra mon visage de ses mains et me rendis mon baiser avec passion. Nous nous embrassâmes longuement et lentement ; nous étions de véritables experts à présent. Calder me fit rouler sur le dos sans quitter ma bouche.

– C'était… Je n'ai pas les mots, fit Calder en me contemplant.

J'ignorais si ce que nous faisions était bien ou mal. On m'avait seriné toute ma vie que l'impureté sexuelle était un péché. Mais ça me semblait très éloigné du péché. Comment cela pouvait-il être un péché quand mon cœur explosait d'amour pour ce garçon fort, gentil et merveilleux, celui qui m'avait appris tant de choses belles et courageuses ? Comment cela pouvait-il être un péché quand c'était le moment le plus heureux de ma vie ?

Est-ce que c'est mal d'être aussi heureuse ? Je ne pouvais pas le croire.

Je gémis dans sa bouche lorsque son torse nu effleura mes tétons durcis. Mon corps tout entier s'embrasa soudain et j'enfonçai les doigts dans ses biceps, que je me mis à caresser. J'adorais sentir son corps dur pressé contre le mien, son odeur masculine, et savoir qu'il ne pouvait pas me résister ; pas plus que moi.

Il cessa de m'embrasser, baissa la tête, et soudain sa bouche se posa sur mon téton. Je clignai des yeux et poussai un petit cri de surprise. *Oh, c'était tellement bon.* Il enfouit le visage contre mes seins et les lécha jusqu'à ce que je halète, étourdie de désir.

Je pressai la douloureuse partie de moi contre sa virilité et il gémit en relevant la tête. Nos regards se croisèrent. Il me dévisagea de nouveau avec tendresse avant de déposer un sillage de baisers sur mon cou. Avant que je comprenne ce qu'il faisait, il glissa la main sous ma jupe et me caressa l'intérieur de la cuisse. Je me figeai, tout entière concentrée sur cette main calleuse qui se dirigeait vers la partie la plus secrète de mon anatomie. Je déglutis et renversai la tête, les yeux ouverts pour contempler sans honte les dieux et les cieux. *Vous vous êtes trompés,* dis-je en silence. *C'est ça, mon destin.*

Les doigts de Calder effleurèrent ma peau et atteignirent l'élastique de ma culotte. Comme il l'avait fait pour moi, je basculai les hanches pour lui faciliter la tâche. Sa main caressa avec hésitation les boucles soyeuses qui recouvraient mon sexe puis il toucha du bout du doigt un endroit qui me fit crier de plaisir. Sa main s'immobilisa avant de reprendre son exploration. Je gémis et pressai mon sexe dans sa main, submergée par le plaisir qu'il me donnait.

– Calder, soufflai-je. Ne t'arrête pas, s'il te plaît.

Il continua à me caresser et le plaisir augmenta de minute en minute. Il s'interrompit soudain. Je gémis, désespérée, et me pressai de nouveau contre lui sans vergogne. Il baissa la main et glissa un doigt dans ma fente : c'était si bon que je criai de nouveau, le suppliant de m'en donner davantage. Il gémit à son tour et enfonça plus son doigt, me comblant complètement.

Calder me mordit le cou et la chair de poule parcourut ma poitrine. *C'était trop bon.*

– J'ai tellement envie de toi, dit-il d'une voix rauque.

– Oui, oui.

– Ma Belle de Jour.

Puis son doigt humide retrouva l'endroit magique et toutes mes pensées disparurent, balayées par le plaisir.

– Est-ce que… Montre-moi si ce n'est pas… fit Calder, incertain.

– Non, c'est parfait. C'est… ooooh, Calder, gémis-je.

Il fit aller et venir son doigt de plus en plus vite. Je haletais en agitant la tête de droite à gauche. J'ignorais si je pourrais supporter ce que je sentais monter en moi, prêt à me submerger.

Puis, aussi soudainement que cette pensée m'était venue, un plaisir d'une intensité inouïe me transperça et je poussai un cri tandis que tous mes muscles se contractaient d'une manière si délicieuse que je crus en mourir.

Le plaisir s'estompa lentement et je soupirai, détendue. J'ouvris les yeux : Calder me regardait avec une expression qui ressemblait à s'y méprendre à de l'amour.

Il se pencha pour m'embrasser.

– C'était magnifique, dit-il en se redressant.

Je hochai la tête, abasourdie par tout ce qui venait de se produire, incapable de dire quoi que ce soit. Calder me sourit. Je l'imitai et nous ôtâmes nos vêtements pour nous laver dans la source.

Nous traversâmes ensuite, nos vêtements à la main, et nous enfilâmes nos sous-vêtements sur l'autre rive.

Puis nous nous étendîmes sur l'herbe après avoir mis nos habits à sécher sur un rocher.

– Je ne veux pas rentrer, dis-je, les yeux soudain pleins de larmes.

Il ne répondit pas tout de suite, les lèvres pincées.

– Je sais. Je ne veux pas que tu rentres. S'il y avait une solution…

– Trouve quelque chose, le suppliai-je.

Il repoussa une mèche de cheveux derrière mon oreille et essuya la larme qui avait coulé sur ma joue.

– Il faut qu'on quitte Acadie. Il n'y a pas d'autre solution. Tu es prête à faire ça ?

– Oui. Je veux partir.

Calder avait l'air inquiet.

– Il faut préparer notre départ. On va avoir besoin d'argent… et d'un endroit où vivre. Il faut que je comprenne un peu comment se passent les choses dans la grande société pour être certain de pouvoir te protéger et te donner ce dont tu as besoin.

– Je n'ai pas besoin de grand-chose, chuchotai-je. Juste toi.

Calder sourit et se rallongea.

– Ça a l'air facile quand tu dis ça, Belle de Jour, mais ce n'est pas le cas. Hector ne nous a préparés à rien. J'ignore s'il l'a fait exprès ou… (Il me jeta un coup d'œil.) Quoi qu'il en soit, on ne peut pas partir comme ça.

– J'ai confiance en toi.

Calder m'observa un instant puis m'adressa un sourire qui ne gagna pas ses yeux.

– Je sais, répondit-il sur un ton sérieux.

Il m'attira à lui et me tint pressée contre lui tandis que les nuages se déplaçaient lentement et que le soleil séchait nos vêtements.

Lorsque nous fûmes tous les deux secs et habillés, Calder se pencha pour m'embrasser tendrement. Je fus soudain envahie par la timidité, d'être debout près de lui, après ce qu'on avait fait.

– Laisse-moi un mot pour me dire quand on pourra se voir, dit-il.

J'acquiesçai. Nous gagnâmes le sentier main dans la main puis il m'embrassa une dernière fois et je le laissai s'éloigner seul. Je me sentais vivante. Revigorée. Optimiste. Je ne voulais plus jamais ressentir autre chose. Pouvions-nous réaliser nos rêves ? Et *partir* ?

CHAPITRE 12

CALDER

Calder,

Je ne pense qu'à toi. Il y a six cent soixante-dix pas entre ma porte d'entrée et la tienne. J'en suis certaine. Je les ai comptés. Je fais le trajet dans ma tête. J'imagine que je sors la nuit pour venir te rejoindre. Je me glisse dans ton lit et ta chaleur me brûle quand on se caresse en silence. Ta bouche trouve la mienne dans l'obscurité et le goût de toi m'emplit tout entière de désir, mon corps, ma peau, mon cœur. Je te reconnais dans le noir comme je te reconnais à la lumière du soleil. Je te reconnaîtrai à Élysée et n'importe où, là où les dieux jugeront bon de m'exiler pour avoir eu l'audace de t'aimer. Je n'ai pas peur. Mais tu me manques et je ne veux pas que des pas nous séparent. Je veux que mon lit soit le tien et que tu me réchauffes la nuit. Tous les soirs avant de m'endormir, je prie pour que ce jour arrive vite.

À toi toujours et pour toujours,
Eden

P.-S. : Je suppose que mes cours théoriques sont terminés pour le moment. Je dois dire que le nouveau programme me plaît beaucoup. E.

Je souris de toutes mes dents en lisant cette lettre, que je dissimulai sous le matelas avec l'autre lettre d'Eden. Je me laissai tomber sur mon lit, qui n'était rien d'autre qu'une couche emplie de paille recouverte d'une couverture en laine, et attendis que le feu qui s'était emparé de mon corps s'apaise. J'aurais probablement intérêt à faire un saut dans la rivière avant d'aller aux champs. La lettre d'Eden avait enflammé mes sens et des images d'elle et moi au lit avaient envahi mon imagination. Je gémis, un bras sur les yeux, pour tenter en vain de me vider l'esprit.

Au bout d'une minute, je me rassis et dépliai la feuille vierge qu'Eden avait jointe à sa propre lettre.

Eden,

Je ne pense qu'à toi. Quand je me baigne le matin, j'imagine que l'eau qui ruisselle sur mon corps, ce sont tes doigts qui me caressent partout. Quand je travaille aux champs, la douceur veloutée des plantes me rappelle celle de ta peau. Lorsque je suis sur le seuil de ma maison et que je regarde la tienne, le crépuscule bleu nuit me rappelle tes yeux. Je brûle pour toi avec une intensité telle que je pourrais illuminer les cinquante chalets des travailleurs et que nous pourrions nous passer de bougies. Je vais t'emmener loin d'ici, dans un endroit où mon lit sera le tien et mon foyer le nôtre. Et dans cet endroit, je serai toujours à portée de main, ma belle et courageuse Belle de Jour.

Le programme du festival du printemps est en cours de discussion pour les travailleurs et je donne un coup de main quand c'est nécessaire. Je ne pourrai pas m'approcher de toi pendant le festival mais je te verrai et je sais que tu me verras aussi.

À toi toujours et pour toujours,

Calder.

Je retournai la feuille et esquissai rapidement un dessin de moi-même, debout dans l'embrasure de ma porte d'entrée, le regard tourné vers son chalet. Je rajoutai de la lumière émanant de ma peau et illuminant les maisons voisines, puis je pliai le papier en souriant.

Je sortis de chez moi et parcourus les six cents mètres qui me séparaient de l'extrémité du champ, où Xander se tenait, adossé à une espèce de boîte vert pâle fixée sur le sentier poussiéreux.

Il pivota vers moi en entendant le bruit de mes pas et haussa un sourcil.

– Tu as décidé de venir là où il y a de l'action ? demanda-t-il en riant.

Je lui souris.

– C’est à ça que tu passes tes journées ? Pas étonnant que tu sois à moitié fou.

Il ricana.

– J’aimerais bien protester, mais…

Je m’adossai à la boîte verte et la tapotai du plat de la main.

– C’est quoi ce truc ?

Il baissa les yeux vers elle puis reporta son attention sur le chemin.

– Un tableau électrique. Il contient des câbles ou autre chose qui fournit de l’électricité au chalet principal.

J’acquiesçai, étonné.

– Tu n’es pas censé faire une ronde ou un truc du genre ?

– Pour quoi faire, Calder ?

Je me passai la main dans les cheveux en soupirant.

– Hector dit que c’est comme ça qu’on assure notre sécurité.

– C’est surtout comme ça qu’il s’assure des esclaves, répondit-il avec un rire sans joie.

Je le fixai.

– Des esclaves ?

– Ce n’est pas ce que nous sommes ? On ne travaille pas sans toucher aucun salaire ?

Je considérai la route en silence, incapable de trouver une réponse satisfaisante.

Xander se tourna vers moi comme s’il avait lu dans mes pensées.

– Hector répondrait qu'on bosse pour la famille, mais Calder, si Hector se trompe et que le déluge n'arrive jamais, on va vieillir ici.

Je secouai la tête.

– Justement, je voulais t'en parler. (Je poussai un long soupir et le regardai droit dans les yeux.) Il faut que je parte d'ici. Je ne suis plus en sécurité. Il faut que je m'en aille, et que j'emmène Eden avec moi.

Xander n'eut pas l'air surpris outre mesure mais il m'observa un instant avant de répondre.

– Oui.

J'exhalai de nouveau.

– J'ai besoin d'aide.

Xander rit doucement.

– Tu m'étonnes.

– Est-ce que tu partiras avec nous ?

Il hocha la tête.

– Oui.

Le soulagement m'envahit.

– Vraiment ? On va vraiment le faire, alors ?

Il fixa le soleil.

– On va essayer en tout cas. (Il reporta son attention sur moi.) Mais écoute, je vais être honnête avec toi, ça ne va pas être facile. Hector nous a permis d'aller à l'école uniquement pour que l'État ne l'oblige pas à vider les lieux. Mais on va se retrouver comme des éléphants dans un magasin de porcelaine, là-bas, expliqua-t-il en faisant un geste en direction de la ville qui se dressait à des kilomètres de nous, voire du monde entier. On a dix-huit ans et on ne sait rien faire d'autre que s'occuper des travaux des champs et marcher en cercle pendant des heures, conclut-il avec un rire sans joie.

– Je pensais à cette femme qui venait vérifier ce qu'on apprenait en classe tous les mois, dis-je en me massant la nuque.

– Oui, je me souviens d'elle. C'est ce que je viens de t'expliquer. Hector nous instruisait à cause des lois de l'Arizona.

J'opinai.

– C'est ça. Mais pourquoi personne n'a vérifié qu'Eden allait bien à l'école, elle aussi ? Comment Hector s'est arrangé pour ne pas la scolariser ?

Xander contempla la route un instant puis haussa les épaules.

– Je l'ignore. Peut-être que parce qu'il est son tuteur, il peut faire ce qui lui chante ?

Je fronçai les sourcils et soupirai, perplexe.

– Est-ce que tu crois que Kristi serait prête à nous aider ? Je ne sais même pas par où commencer.

– Je pense que oui. Je vais lui en parler. Je te tiendrai au courant.

– D'accord. Merci.

Il me tendit la main et je la serrai.

– La moitié de ce que je possède est à toi.

Je sentis l'émotion me submerger.

– Pareil pour toi, mon frère, déclarai-je solennellement.

Je posai le regard sur la route en me préparant mentalement aux épreuves qui allaient suivre.

***

Quelques jours plus tard, alors que je rentrais chez moi après ma journée de travail, j'aperçus Eden pénétrer dans le Temple. J'étais assez loin, mais sa chevelure dorée était reconnaissable entre mille. Mère Miriam resta dehors et s'assit sur le petit banc en pierre, tandis qu'Eden disparaissait à l'intérieur.

Je fis demi-tour en toute hâte et gagnai l'autre côté du champ, qui me permettait d'atteindre l'arrière du Temple sans être vu. Je jetai un coup d'œil autour de moi et quand je fus certain que personne ne m'espionnait, je me dirigeai vers la porte arrière : elle était ouverte. Je me faufilai prestement à l'intérieur et refermai la porte derrière moi. En Acadie, on ne verrouillait jamais aucune porte : on se sentait en sécurité à l'intérieur du périmètre surveillé.

J'attendis une minute en silence, immobile, puis je passai la tête par l'encadrement de la porte qui donnait directement sur l'estrade. Eden priait, seule, agenouillée devant les douze bougies représentant les douze dieux. Elle avait les yeux fermés et ses lèvres bougeaient en silence.

Je me dirigeai vers elle sans faire aucun bruit et m'adossai au pupitre d'Hector.

– Je croyais que tu ne priais qu'un seul dieu, constatai-je à voix basse.

Eden sursauta et ouvrit les yeux, une main sur le cœur. Son regard se posa sur moi et un sourire étincelant éclaira ses traits.

– Dans mon esprit, oui. Il se trouve juste que les autres sont là aussi.

J'inclinai la tête, attentif.

– Est-ce qu'il te répond ? demandai-je en levant les yeux vers le ciel.

Eden haussa les épaules.

– Si tu te demandes s'il me parle de la même manière que les dieux parlent à Hector, alors, non. Mais de temps en temps… (Elle se leva et la lueur des bougies, dans la pièce obscure et sans fenêtres, dessina les contours de sa silhouette sous sa jupe et sa blouse blanches. Je sentis mon corps réagir.) De temps en temps, j'entends quelque chose… *quelque chose* à mi-chemin entre un sentiment et un murmure.

Elle se dirigea vers moi, un petit sourire aux lèvres. *Seigneurs, elle était belle à mourir.* Elle me paraissait parfois irréelle. Une vision. L'avais-je vraiment caressée ? Ou n'était-ce qu'un rêve ?

– Ça t'arrive de les entendre chuchoter ? demanda-t-elle sans cesser de sourire.

– Non, répondis-je, raide comme la justice.

– Tu n'es peut-être pas suffisamment attentif.

Elle haussa un sourcil délicat. Elle me taquinait.

J'esquissai un sourire. Elle était si belle que je ressentais quelque chose qui ressemblait à de *la crainte* quand je la regardais ; j'avais le sentiment que je ne serais jamais suffisamment bien pour elle, que je n'en ferais jamais assez. Je ne pourrais jamais résister à son attrait. *Mais je ne voulais plus résister.*

– Peut-être.

Eden m'adressa un sourire malicieux et passa les mains dans ma nuque.

– Ils m'ont peut-être dit de venir au Temple aujourd'hui, fit-elle à mi-voix. Peut-être que le sentiment de claustrophobie qui m'a submergée alors que j'étais dans ma chambre et m'a poussée à dire à Mère Miriam que je me sentais d'humeur pieuse était un ordre des dieux qui savaient que mon arrivée coïnciderait avec la fin de ta journée de travail.

Je gloussai.

– Est-ce qu'elle risque de rentrer ? demandai-je, en faisant un geste du menton en direction de la porte derrière laquelle Mère Miriam attendait.

Eden secoua la tête.

– Comment puis-je réciter correctement les Douze Requêtes si je suis interrompue ? Il faudrait que je recommence depuis le début…

Je baissai les yeux vers son visage et elle entrouvrit les lèvres. Je poussai un gémissement et l'embrassai, ma langue se frayant un chemin entre ses lèvres. Je me mis à bander et me pressai instinctivement contre elle. Elle laissa échapper un petit cri et m'attira à elle. *Oh, Belle de Jour.*

Elle enroula sa langue autour de la mienne tout en me caressant à travers mon pantalon. Par l'enfer ! Le plaisir vibra dans mon corps et je fermai davantage les paupières tout en encadrant son visage entre mes mains pour approfondir le baiser. J'étais étourdi par le désir, par le goût de sa bouche et par son parfum, de pommes et de printemps.

Je pressai mon érection contre sa main et sentis son corps heurter quelque chose derrière elle. *Le pupitre d'Hector.* Les dieux soient loués, il était solidement fixé au sol et ne pouvait pas tomber.

Eden continua à me caresser par-dessus le tissu, adossée au pupitre. Je m'agenouillai devant elle et levai les yeux vers son visage magnifique, en adoration. Je me prosternais devant l'autel d'Eden. Elle m'adressa un sourire tendre et passa la main dans mes cheveux courts.

Un besoin impérieux de la goûter m'envahit soudainement ; il était plus vital que celui de respirer. Je relevai sa jupe et posai le visage contre son sexe. Eden retint son souffle et gémit doucement, ce qui m'embrasa.

Je fis glisser sa culotte le long de ses cuisses et l'entendis haleter.

– Calder, gémit-elle.

J'enfouis le visage dans sa toison blonde et bouclée et inspirai. La chaleur courait dans mon corps, accompagnée de visions et de pensées indistinctes : mon instinct me poussait à la pénétrer, à planter ma graine en elle, à la protéger et à lui fournir de la nourriture. Mes dieux. Son odeur faisait de moi un homme des cavernes.

Mais quand j'ouvris les yeux et plongeai mon regard dans le sien, qui me contemplait avec tendresse, c'est mon cœur qui gonfla et se serra. Elle me possédait tout entier. *Je lui appartenais.*

Je reportai mon attention sur son sexe et léchai sa fente.

– Oh ! s'écria-t-elle en se cambrant.

Je ne pus m'empêcher de gémir. Je débusquai la petite perle de chair qui la faisait gémir et haleter et je la caressai du bout de la langue. Son goût était délicieux, sucré et musqué, comme une version plus concentrée de sa peau. *J'adorais ça. Je l'adorais.* Ses mains se cramponnèrent à mes cheveux et je souris. Je continuai à la lécher sans m'arrêter, jusqu'à ce qu'elle se mette à crier et à se frotter contre ma bouche. Je me sentais envahi par une pulsion animale terrible, comme si je voulais la dévorer, la marquer et la faire comme mienne.

Eden se figea. Elle se raidit, frissonna et jouit contre ma bouche. Je n'avais jamais rien vécu d'aussi intense de ma vie. Même si je l'avais voulu, je n'aurais pas pu me relever. Je bandais comme un fou. J'avais une furieuse envie de jouir.

Après quelques secondes, je remontai sa culotte et laissai retomber sa jupe. Ce que je vis m'emplit de stupeur.

– Oh, non. Eden, je… je suis vraiment désolé. Je n'ai même pas songé à…

Elle baissa la tête, toujours un peu étourdie, perplexe.

Je levai les mains : elles étaient pleines de terre. J'avais oublié que j'avais les mains sales et elle ne s'en était apparemment pas rendu compte dans la pièce mal éclairée.

Elle écarquilla les yeux et jeta un coup d'œil sur sa jupe blanche, à présent couverte de taches. On aurait dit qu'un chien couvert de boue s'était frotté contre elle. Je me sentis soudain honteux de ma saleté face à sa pureté. *Pensait-elle la même chose ?*

Elle contempla sa jupe un instant puis éclata de rire, les mains sur le ventre, adossée au pupitre d'Hector. Je me mis à rire à mon tour et il nous fallut quelques minutes pour retrouver notre sérieux.

– Non, mais en vrai, finis-je par dire, ce n'est pas drôle du tout. Comment tu vas sortir d'ici ?

Eden s'essuya les yeux. Elle regarda autour d'elle et finit par se concentrer sur les cendres à côté des douze bougies.

Elle se tourna vers moi.

– Tu dois y aller. On ne me permettra plus de venir ici après ce que je m'apprête à faire, mais ça valait le coup, constata-t-elle avec un petit rire. Je te chercherai pendant le festival.

J'acquiesçai.

– D’accord, fis-je, mais j’étais inquiet et je n’avais pas envie de la laisser toute seule. Tu es sûre que ça va aller ?

– Oui. Promis.

Elle se pencha vers moi pour m’embrasser avant de reculer, un sourire aux lèvres.

Je contemplai son beau visage puis je laissai mes yeux errer sur sa jupe, maculée de terre juste entre ses jambes. Je sentis le rouge me monter aux joues et je ris doucement.

– Au revoir, Belle de Jour.

– Au revoir, Caramel.

Je quittai le Temple par la porte arrière. Je m’adossai au mur pour vérifier que personne n’était dans les parages.

Quand je gagnai le côté du bâtiment, j’entendis Eden glapir, puis le bruit des portes du Temple qui s’ouvraient à la volée. La voix de Mère Miriam se fit entendre aussitôt :

– Qu’est-ce que tu as fait ? cria-t-elle.

– Je suis désolée ! entendis-je Eden pleurer. Les cendres ! Ce n’est pas ma faute. Elles se sont renversées…

– Sur toi ? Comme ça ? répliqua sèchement Mère Miriam. Tu as toujours été maladroite. Allez, dépêche-toi d’aller prendre un bain. Tu as de la chance que je ne rapporte pas à Hector.

Je souris malgré moi et m’adossai contre le mur. J’aurais dû ressentir de la honte, je suppose, mais ce n’était pas le cas. « Belle de Jour », murmurai-je pour moi-même. Je me rendis vers la rivière où je pris le temps de me débarrasser de la moindre parcelle de terre. J'étais triste de ne plus avoir son essence en bouche, mais la vision d'Eden recouverte de mes empreintes sales me fit sourire.

***

En Acadie, les travailleurs célébraient un festival au mois d'avril. On fêtait la fin de l'hiver et le début de la floraison. Personne ne travaillait ce jour-là et tout le monde participait à la confection des plats et à l'installation de jeux. En général, nous remerciions les dieux pour leurs bienfaits, la paix et le succès de notre communauté.

J'avais toujours aimé cette fête. C'était un jour férié et j'aimais me mesurer à mes amis sur les différents stands.

Mais le matin du festival, je tombai du lit à l'aube, nerveux et frustré, même si j'avais encore sommeil. Je sortis de la maison et tournai machinalement la tête vers le chalet principal. La fenêtre d'Eden était sombre. Elle dormait encore. Je l'imaginai, allongée dans son lit, les yeux fermés, sa chevelure dorée étalée autour de sa tête, ses seins se soulevant et s'abaissant. Je me frottai le visage, refermai la porte derrière moi sans prendre de précaution et pris le chemin de la rivière.

– Attends, Calder, fit la voix de Maya derrière moi.

Je m'immobilisai et fis demi-tour. Une fois parvenu à sa hauteur, je me penchai pour la prendre dans mes bras.

– Non, ne me porte pas. Je veux marcher, articula-t-elle de manière un peu pâteuse, comme à son habitude, en toussant un peu.

– Maya…

– C'est le matin. Tu n'as pas encore besoin de te dépêcher, me taquina-t-elle.

– C'est vrai, répondis-je en souriant à mon tour. Viens, dis-je en la prenant par la main.

Nous passâmes aux toilettes, dans l'appentis, puis nous nous dirigeâmes vers la rivière. J'ôtai ma chemise et pénétrai lentement dans l'eau pour m'habituer au froid. Maya resta près du rivage et se passa de l'eau sur le visage et les cheveux. Elle se mit à tousser davantage dans l'air frais.

Je jurai entre mes dents. Sa toux s'était améliorée pendant un bon moment, mais elle était de retour. Et elle ne me plaisait pas.

Je me sentis soudain envahi de colère à l'idée que ma sœur soit obligée de se laver à l'eau glacée alors que les habitants du chalet principal possédaient une douche et l'eau courante.

On m'avait seriné toute ma vie que notre sacrifice plaisait aux dieux et que nous contenter de ce qu'ils nous donnaient nous rendait plus saints. Mais, pour la première fois de ma vie, j'étais envahi par la fureur à l'idée que Maya soit obligée de se sacrifier et pas les enfants des membres du conseil.

Je maîtrisai ma colère et plongeai. Je ressortis un peu plus loin et m'ébrouai. J'entendis Maya rire.

– Tu ressembles à un poisson, dit-elle.

J'éclatai de rire et recommençai. Cela provoqua de nouveau l'hilarité de Maya, qui battit des mains. Elle fit semblant de lancer un hameçon et je fis comme si elle m'avait attrapé en me débattant dans l'eau pour tenter de m'échapper. Maya rit encore plus fort et commença à enrouler le moulinet pour me ramener à elle. Je fis semblant de résister tandis qu'elle me ramenait vers le rivage, où je me tournai et me retournai, imitant la mort dramatique du poisson. Maya gloussait comme une folle. Je finis par ouvrir un œil et lui sourire.

Je me levai pour ôter le sable avec de l'eau puis je m'essuyai avec le morceau de tissu que me tendit Maya.

– Tu te plais ici, Maya ?

Elle leva les yeux vers moi.

– Oui. C'est chez moi. Partout où il y a toi, papa et maman, ça me plaît.

J'acquiesçai en considérant la flaque qui s'était formée à mes pieds.

– Tu sais que si un jour je partais, je reviendrais te chercher, pas vrai ?

Elle me lança un regard surpris.

– Pourquoi tu partirais ? Si tu t'en vas, tu ne pourras pas venir à Élysée avec nous. Tu serais perdu dans le déluge avec les autres pécheurs. S'il te plaît, Calder, ne pars jamais.

Je tressaillis.

– D'accord, Maya. De toute façon, ce n'est pas le moment de discuter de ça. Aujourd'hui, dis-je en la prenant dans mes bras, ce qui lui fit pousser un cri aigu avant qu'elle ne se mette à rire, c'est le festival du printemps et je vais gagner tout ce que tu veux.

– Je veux une couronne de fleurs pour mettre dans mes cheveux.

– Tu l'auras.

Je la portai jusqu'à la maison en riant. Mes parents étaient levés et la journée pouvait donc commencer. Ma mère prépara le petit déjeuner pendant que mon père chargeait toute la nourriture que maman avait cuisinée pendant la semaine dans le petit chariot.

Pour le festival, tous ceux qui cuisinaient avaient droit à un sac de sucre. Xander et moi allions en général de stand en stand pour nous gaver de sucreries et nous finissions par nous rendre malades. Mais pour une raison inexplicable, l'idée de pouvoir manger des bonbons ne m'enthousiasmait pas plus que ça cette année.

Je m'immobilisai de nouveau sur le seuil : j'avais besoin d'air et notre petit chalet me paraissait étouffant quand nous nous affairions tous les quatre dedans. Je m'étais toujours senti à l'étroit chez nous, mais à présent l'espace me rendait claustrophobe et je pouvais à peine respirer. Quand je ne dormais ni ne travaillais, je passais tout mon temps sur la minuscule véranda.

– Rends-toi utile et va aider ton père, ordonna ma mère.

Je pris une profonde inspiration et attrapai plusieurs assiettes couvertes de nourriture.

Vers midi, tout était en place, et je me promenai entre les rangées de stands pour admirer ce qu'ils proposaient : des gâteaux, des cookies, des cupcakes, des couronnes de fleurs, des bouquets de fleurs sauvages, des savons au parfum d'herbes aromatiques, des bougies en cire d'abeille, des bocaux de miel de trèfle. Même si c'était les travailleurs qui avaient tout fabriqué ou ramassé, c'était considéré comme étant un cadeau d'Hector, puisqu'il nous encourageait à prendre ce dont nous avions besoin. Tout le monde avait l'air heureux et excité, mais j'eus soudain l'impression que ce festival était une miette qu'Hector nous jetait pour nous faire plaisir alors que lui, il vivait comme ça trois cent soixante-cinq jours par an, et il avait son content de friandises et de luxe.

J'emmènerais Eden loin d'ici parce que je n'avais pas d'autre choix. Tout cela me manquerait-il ? Je n'avais jamais rien connu d'autre. Et mes parents auraient le cœur brisé. Quant à Maya… je reviendrais la chercher. Obligé. Une fois qu'Eden et moi serions installés quelque part, je reviendrais.

Je me massai la nuque. Tout cela me paraissait tellement incertain. Xander avait raison : j'étais complètement inadapté au monde extérieur. Je ne le craignais pas autant que ce qu'Hector aurait voulu.

J'ignorais pourquoi... peut-être à cause des gens que Xander avaient rencontrés au poste du garde forestier... ou à cause de ces stars de cinéma à l'air heureux dans les magazines que Xander volaient et qu'on cachait sous le plancher de sa chambre. Aucun d'entre eux n'avait l'air méchant ni cruel. J'espérais que j'avais raison de me montrer optimiste sur la façon dont ces gens vivaient et se comportaient en dehors d'Acadie, parce qu'il y avait une chose dont j'étais absolument certain : une fois partis, nous ne pourrions plus jamais revenir.

Je fus interrompu dans mes pensées par des cris de joie. Je jetai un regard par-dessus mon épaule et aperçus le petit chariot tiré par un cheval et recouvert d'étoffes chamarrées qu'Hector utilisait pour venir au festival et se faire acclamer. Eden était assise à ses côtés, grave dans la robe en dentelle blanche qu'elle portait toujours au Temple et pendant les événements officiels. Hector se pencha pour lui murmurer quelque chose à l'oreille. Elle eut l'air gêné mais se ressaisit rapidement et lui adressa un sourire modeste en hochant la tête. La colère et la jalousie me transpercèrent tandis que j'assistai à la scène, adossé à un arbre, à la lisière de la clairière où avaient été montés les stands. Il n'avait aucun droit sur elle. Si j'en avais eu la possibilité, je l'aurais enlevée de ce chariot débile et prétentieux et je me serais enfui avec elle. Mais pour aller où ? Et avec quoi ? Pour que je n'aie rien à lui proposer à l'heure du dîner ? Je ne pouvais pas lui laisser deviner mes doutes. Elle comptait sur moi et je ne devais pas la décevoir. Mais au fond de moi, j'étais nerveux, troublé, et tout un tas de questions sans réponses se bousculaient dans ma tête. J'étais en colère et frustré.

Je regagnai les bosquets et slalomai entre les stands jusqu'à ce que je parvienne à la hauteur du chariot, à une trentaine de mètres sur le côté. J'avançai au même rythme que lui en me dissimulant de temps en temps derrière les échoppes. Eden finit par tourner la tête et m'apercevoir. Je lui adressai un sourire éclatant et elle écarquilla les yeux, surprise. Elle toussa, la main devant la bouche, pour dissimuler son sourire.

Je me cachai derrière un stand, et quand j'en sortis, Eden me cherchait des yeux. Quand elle me vit, elle « toussa » de nouveau. Je poursuivis mon petit manège pendant quelques minutes, ravi de la faire sourire ainsi.

Lorsque le chariot parvint au premier des stands de jeux, Hector descendit et offrit sa main à Eden. Elle s'en empara et descendit à son tour. Je me rapprochai pour me mélanger à la foule qui les entourait.

Le stand de jeu présentait une série de plate-formes, une proche, une plus lointaine et une encore plus loin, contre le mur. Sur chacune étaient posées trois lourdes balles. Le but du jeu était de les faire tomber toutes les trois d'un coup grâce à une balle plus grosse qu'il fallait envoyer au bon endroit avec assez de force.

Hector se pencha de nouveau vers Eden en tendant le bras vers les nombreuses couronnes de fleurs à gagner. Je m'approchai davantage : Eden m'aperçut et baissa immédiatement les yeux, oubliant la question qu'Hector venait de lui poser.

Ce dernier regarda Eden puis me jeta un regard glacé.

– Laquelle préfères-tu, mon amour ? répéta-t-il plus fort.

Eden sursauta et examina le stand. Elle hésita un peu puis désigna une couronne de fleurs sauvages roses et jaunes avec des rubans roses.

– Alors, c'est celle qui sera à toi, promit-il.

Il attrapa la balle que lui tendait la petite fille qui tenait le stand et la lança sur la première plateforme, faisant aisément tomber les trois balles qui s'y trouvaient. La foule l'acclama comme s'il venait de renverser un rocher de dix tonnes à mains nues. Il pivota vers Eden, s'empara de sa main et l'embrassa en effleurant ses phalanges de ses lèvres. Mon ventre se noua et un besoin impérieux de l'arracher de ses griffes me submergea.

Il se détourna. Eden en profita pour me jeter un regard à la dérobée, un minuscule sourire aux lèvres.

Il lança la balle sur la deuxième plateforme et en fit tomber les balles. La foule était en délire.

Xander surgit soudain à côté de moi.

– Détends-toi, murmura-t-il. Ce n'est qu'un spectacle. Elle voudrait être avec toi autant que toi.

Je poussai un soupir et desserrai les poings.

Hector prit de nouveau la balle en main et hésita avant de viser la dernière plateforme. Il la lança. Deux des trois balles tombèrent mais la dernière ne bougea pas. Hector sourit, poussa un soupir exagéré et leva les mains pour dire « tant pis ».

– Je vais en gagner une pour la princesse, lâchai-je d'une voix forte.

Je sentis tous les regards se poser sur moi mais je restai concentré sur Hector.

– Espèce d'idiot, marmonna Xander.

Mais mon orgueil avait pris le dessus et je fis un pas en avant.

– Tiens, Calder, dit la petite fille avec un grand sourire qui dévoila ses deux dents de devant manquantes.

Je lui pris la balle des mains et la regardai tout réinstaller.

– C'est bon, fit-elle.

Je lançai la première et fis tomber les balles sans problème. La foule applaudit, mais pas avec autant d'enthousiasme que pour Hector. Je lançai la deuxième et les balles tombèrent sans coup férir. La foule se montra un peu plus exubérante.

Je me plaçai devant la troisième plateforme et lançai un regard à Eden en catimini. Hector s'était placé derrière elle et avait mis les mains sur ses épaules, qu'il pressait légèrement. Mon sang ne fit qu'un tour et un muscle sur ma joue se crispa. Eden écarquilla les yeux et entrouvrit les lèvres comme pour dire quelque chose mais demeura silencieuse.

Je fis volte-face et visai la troisième plateforme. Toute ma colère sembla se rassembler dans ma main et je lançai la balle aussi fort que possible. Dans un silence assourdissant, elle heurta les trois autres, qu'elle envoya valser sur le sol avant de s'écraser sur la paroi en bois du stand. Il y eut un instant de silence puis un grondement sonore jaillit du mur, qui vacilla un peu puis s'effondra en arrière et heurta le sol avec un bruit sourd.

Je restai figé quelques secondes. La fillette, bouche bée, attrapa lentement la couronne qu'Eden avait choisie, s'en empara et me la tendit sans un mot.

Je la lui pris des mains et pivotai. Eden était immobile, la main sur la bouche, les yeux emplis de joie et rieurs. Hector se tenait toujours derrière elle, furieux.

Je tendis la couronne à Eden. Lorsqu'elle s'en saisit, sa main effleura la mienne, et elle cilla. Je me forçai à détourner les yeux d'elle et plantai mon regard dans celui d'Hector.

– Père, dis-je en inclinant la tête avant de m'éloigner.

Je contournai le stand, où deux hommes étaient déjà en train de réparer le mur, et me frayai un chemin dans la foule.

Xander marcha à mes côtés en silence jusqu'à ce qu'on soit parvenus devant chez moi, où je me mis à faire les cent pas, les mains sur les hanches.

– Espèce de *crétin* impulsif, commenta Xander en me lançant un regard noir. Tu attires l'attention sur Eden et sur toi alors qu'on a décidé de se barrer ? Tu es *idiot* ou quoi ? Tu as certainement rendu les choses encore plus difficiles. Tu as vu comment il t'a regardé ? Tu l'as menacé.

– Il avait posé les mains sur elle, grommelai-je entre mes dents.

Xander s'approcha de moi, le visage tout près du mien.

– Oui. Il a prévu de l'*épouser*. Il a prévu de mettre les mains sur elle… *pour l'éternité*. Tu dois absolument cesser de te comporter comme un idiot orgueilleux si tu ne veux pas gâcher nos chances de partir d'ici.

Je poussai un soupir et me frottai le visage.

– Tu as raison. Je suis un vrai con.

Je m'assis sur les marches de mon perron, tête baissée, les doigts derrière la nuque. Quelques secondes plus tard, Xander s'assit à côté de moi. Après quelques minutes de silence, il reprit la parole :

– J'ai parlé à Kristi. Elle dit qu'il nous faudrait de l'argent, au moins pour pouvoir vivre pendant trois mois, le temps de trouver un job. D'après elle, il nous faut trois mille.

Je levai la tête et lui lançai un regard incrédule.

– Trois mille dollars ? répétai-je en riant. Et où on est censés trouver cette somme ?

Xander haussa les épaules.

– Je suppose que c'est là qu'Eden entre en scène. Les membres du conseil ont certainement de l'argent avec eux. Elle pourrait commencer par de petites sommes pour qu'ils ne se rendent compte de rien.

– C'est du vol. Encore.

– Tu as une meilleure idée ? répliqua Xander, irrité.

Je secouai la tête en contemplant le ciel.

– Non.

– Est-ce qu'Eden sait compter l'argent ? demanda-t-il après un silence.

– Je ne sais même pas très bien moi-même. Enfin, en théorie, si, je suppose, mais pas en pratique.

– Je ne pense pas qu'on puisse mettre quelqu'un d'autre dans la confidence.

– Hors de question. (Je réfléchis un instant.) Et les Castle ? Tu crois qu'on pourrait trouver un moyen de les contacter ?

– Ah, punaise, je n'en sais rien, répondit Xander en se passant la main dans les cheveux.

Bob, Tina et Melissa Castle étaient venus vivre avec nous quelques années plus tôt et un jour, au beau milieu de la nuit, ils avaient fait leurs valises et étaient partis, juste après que Bob Castle avait été puni pour insolence par Hector. Je n'avais jamais su de quelle « insolence » il s'agissait exactement, mais Hector prétendait que ceux qui n'étaient pas droits ne se sentiraient jamais vraiment chez eux à Acadie et seraient tentés de regagner la société impie, exactement comme l'avaient fait les Castle. Je me demandais à présent si les Castle n'auraient pas une autre version de l'histoire à raconter. Mais qui sait si on pouvait se fier à eux ? Je ne savais plus quoi penser ces derniers temps. Les seuls à qui je savais pouvoir faire une confiance absolue étaient Eden et Xander.

– Ils refuseraient probablement de nous aider, fis-je. Je ne les connaissais pas très bien.

Xander soupira.

– Attendons de voir ce qu'Eden dit de l'argent. Une chose après l'autre, d'accord ?

– Oui. Tu as raison.

– Et plus de provocations de macho avec Hector. Tu ferais bien de présenter tes excuses, d'ailleurs.

Je fis la grimace.

– Je ne suis pas désolé du tout.

– Je m'en fiche. Mais tu peux au moins faire semblant.

Je serrai les dents et repassai le baiser qu'il avait posé sur la main d'Eden dans ma tête. Xander avait raison. Si je voulais la lui voler, il fallait que je m'y prenne de manière plus subtile.

Finalement, je n'eus pas besoin d'aller lui demander de m'excuser. Le lendemain matin, il me convoqua.

CHAPITRE 13

EDEN

Le matin qui suivit le festival, Hailey me réveilla tôt et m'annonça qu'Hector voulait me voir après le petit déjeuner. Je m'assis dans mon lit et me frottai les yeux. L'anxiété me noua le ventre.

– Il a dit pourquoi ?

Hailey secoua la tête et ouvrit mon placard pour en sortir mes vêtements. Elle étala la jupe au bout du lit avant de s'asseoir. J'arrangeai les oreillers derrière moi pour être assise moi aussi.

Hailey m'observa pendant quelques instants avant de baisser les yeux sur ses mains.

– Ton mariage approche, Eden. (Elle s'interrompit et je fronçai les sourcils.) Hector veut que je te parle de tes devoirs d'épouse. Il m'a ordonné de le faire dès que possible.

Je me figeai. Je comprenais très bien ce qu'elle entendait par là et l'effroi me saisit. Je pris une profonde inspiration. Je ne serais jamais la femme d'Hector. Calder m'enlèverait avant que ça arrive.

En revanche, la leçon pouvait se révéler utile. Je voulais connaître toutes les façons de procurer du plaisir à un homme. Je voulais en procurer à *Calder* sans qu'il ait besoin de me montrer comment faire.

– Je vous écoute, répondis-je doucement.

Hailey me jeta un coup d'œil et rougit. Avant qu'elle détourne le regard, je lus du désarroi dans ses yeux.

– Une femme *n'aime pas* ces choses-là, Eden, mais en tant qu'épouse ou maîtresse, il faut s'y résoudre. Est-ce que tu comprends ?

Je secouai la tête.

– Non, murmurai-je. Hector ne vous procure pas de plaisir ?

Je sentis mon visage brûler, je savais que mes joues étaient écarlates, elles aussi.

Hailey me regarda, les lèvres pincées. Elle me prit la main.

– Ce n'est pas toujours désagréable et tu ne dois pas avoir peur. Mais seule une femme dépravée et impure ressent du plaisir. Tu dois te concentrer uniquement sur le plaisir de ton mari.

Je fronçai les sourcils. Étais-je dépravée et impure ? Certainement, parce que j'avais beaucoup aimé me livrer aux plaisirs de la chair avec Calder. C'était même un euphémisme.

Hailey prit une profonde inspiration.

– Quand un homme est excité, son corps change. Tu sais qu'il a envie de toi quand… il durcit.

Je baissai les yeux. Je le savais déjà. Et à la seule pensée de Calder… *durci*, je sentis une décharge électrique entre les jambes. Je déglutis.

– À ce moment-là, il veut que tu le touches avec la main et avec la bouche.

Elle prononça ce dernier mot d'une voix aiguë et j'écarquillai les yeux.

– Ma *bouche* ? chuchotai-je, incrédule. (Calder avait utilisé la sienne et j'étais censée faire pareil ?) Comment on fait ?

Hailey éclata d'un petit rire hystérique et rougit de plus belle.

– Eh bien, euh, tu la mets dans ta bouche et tu… euh…, tu la suces.

– Oh, murmurai-je.

J'avais aimé que Calder utilise sa bouche : est-ce que ça lui plairait que je lui rende la pareille ? Rien qu'en l'imaginant, je sentis mon sexe picoter. J'avais envie de gigoter mais je me retins et demeurai parfaitement immobile.

– Je sais que ça a l'air horrible, mais tu finiras par t'habituer.

– Oh, euh, oui, horrible, répétai-je dans un souffle.

Hailey s'éclaircit la voix.

– Donc, euh, ensuite, il place sa virilité raide entre tes jambes et il s'introduit dans ton corps.

La première fois, ça fait mal et on saigne, mais après c'est supportable. Tu as compris ?

Hailey donnait l'impression de vouloir fuir en courant.

Je n'arrêtais pas d'imaginer Calder nu avec moi : ses muscles secs et sa beauté virile. Je déglutis de nouveau, cramoisie. De l'humidité se mit à couler entre mes cuisses. Oui, j'avais compris. Et j'en avais envie. Tout de suite. Je désirais Calder, dans mon lit, avec *sa virilité* entre mes cuisses. J'étais certainement dépravée et impure. *Et je m'en fichais complètement.* Je hochai la tête pour toute réponse.

Hailey se leva et prit une inspiration saccadée.

– On en discutera davantage avant ta nuit de noces, bien sûr. Et si tu as des questions… eh bien…

– Merci, Hailey. Tu m'as beaucoup aidée.

J'avais demandé à Calder de me faire l'amour sans savoir de quoi il s'agissait. Maintenant, j'en avais une envie folle. Le désir m'étourdissait.

Une fois sous la douche, je laissai l'eau chaude ruisseler sur moi en songeant à ce qu'Hailey m'avait expliqué. Lorsque Calder me ferait l'amour, il me pénétrerait. Cette idée me donnait la chair de poule. Je me savonnai lentement et lorsque ma main parvint entre mes jambes, je glissai le bout de mon doigt dans ma fente, exactement comme l'avait fait Calder. Une vague de chaleur me submergea et mes tétons durcirent. Mon doigt était à l'étroit. Comment est-ce que la virilité de Calder allait… *entrer* ? J'entendis des voix et des bruits de pas derrière la porte de la salle de bains et je me dépêchai de finir de me doucher, puis je m'habillai. Je pris mon petit déjeuner et me dirigeai vers le bureau d'Hector. Je lui adressai un hochement de tête modeste quand il m'ouvrit la porte et me fit entrer. Mon esprit était trop obsédé par la *virilité* de Calder pour que j'éprouve de l'anxiété ; aussi, lorsque j'entrai dans le bureau d'Hector et aperçut Calder debout devant la cheminée, je ne me ressaisis pas à temps. Calder me lança un regard d'avertissement et je sursautai en me rendant compte que je souriais comme une idiote. Je repris mon sérieux, mais pas assez vite : Hector se retourna et me surprit en train de dévisager Calder avec ravissement. Je baissai la tête et me mordis la lèvre. Lorsque je levai de nouveau les yeux, je vis une tempête passer sur le visage d'Hector. Il se ressaisit, lui aussi, et gagna son bureau derrière lequel il se plaça, debout.

– Je t'en prie, fit-il à l'intention de Calder. Assieds-toi. Eden, reste debout.

Son ton était glacial et un frisson me parcourut. Je joignis les mains devant moi et ne bougeai pas, attendant la suite.

Calder se dirigea prudemment vers la chaise placée devant le bureau d'Hector et s'assit.

Hector secoua la tête.

– Non. Assieds-toi sur le sol, pas sur la chaise.

– Je suis désolé, Père, je ne… répondit Calder, perplexe.

– Agenouille-toi sur le sol, Porteur d'eau. Tu comprendras tout quand je t'expliquerai, déclara-t-il sèchement, l'air furieux.

Calder plissa les yeux. Il fléchit les doigts à plusieurs reprises. Puis il me jeta un regard à la dérobée, repoussa la chaise et s'agenouilla face au bureau. Je sentis la peur m'envahir mais je levai le menton et regardai Calder droit dans les yeux. Hector voulait l'humilier devant moi mais je ne serais pas embarrassée. Je compris que ça avait un rapport avec ce qui s'était passé au festival. Parce que Calder l'avait humilié devant son peuple.

Hector se concentra sur les objets alignés sur son bureau comme s'il avait soudain remarqué quelque chose de gênant. Il les réorganisa, fronça les sourcils et les remit à leur place initiale. Puis il grimaça de nouveau, les redressa et utilisa son bras pour les aligner au cordeau.

Calder et moi échangeâmes un regard avant de reporter notre attention sur Hector. Ce dernier s'empara soudain d'une statue de verre représentant une femme et la lança violemment contre la cheminée où elle explosa en mille morceaux. Je poussai un petit cri et Calder me lança un regard inquiet.

Hector s'assit, laissant un minuscule sourire étirer ses lèvres. Il prit une profonde inspiration et posa les yeux sur Calder avant de poursuivre comme si rien ne s'était passé.

– Je vois que tu as remarqué la beauté de mon élue, dit-il lentement.

Calder le dévisagea en silence.

– Oui, Père, vous avez beaucoup de chance.

Hector lui jeta un regard entendu.

– Oui, c'est vrai. Je remercie les dieux pour ça. Et pour Eden.

Calder attendit, parfaitement immobile.

– Il est normal que tu remarques la beauté d'Eden, finit par dire Hector. Mais les choses tourneront mal pour toi si tu oses quoi que ce soit. Me suis-je bien fait comprendre ?

– Oui, Père, absolument.

Hector l'examina comme s'il évaluait sa sincérité.

– Bien. C'est bien. Maintenant, Porteur d'eau, je vois bien que tu es un garçon ambitieux. Ton… (Il agita la main avec dédain) système d'irrigation n'a pas plu aux dieux, mais (Il se rencogna dans son large fauteuil en cuir) tu m'as bien servi en tant qu'échanson, mon serveur. (Il le considéra d'un air pensif.) Je vois qu'une promotion dans le même domaine nous servirait tous les deux. Et donc, à partir d'aujourd'hui, tu seras mon échanson *personnel* et tu ne serviras plus uniquement au Temple. Tu me serviras moi aussi.

Calder demeura impassible.

– Merci, Père. Qu'attendez-vous de moi, exactement ?

Hector joignit l'extrémité de ses doigts.

– Tu me serviras quand je l'exigerai. Si j'ai besoin de quelque chose, tu iras le chercher. Et tu t'agenouilleras devant moi pour le faire.

Les yeux de Calder lancèrent des éclairs et je tressaillis. Les deux hommes se dévisagèrent pendant de longues secondes. Calder finit par dire lentement, sans détourner le regard :

– Merci pour la foi que vous placez en moi, Père. Ce sera mon plaisir de vous servir.

Hector tapota ses doigts les uns contre les autres sans le quitter des yeux.

– Oui, les dieux seront satisfaits de ton sacrifice, tout comme moi. Il permettra de te sanctifier davantage et de laver encore plus le péché de ton âme. Lève-toi.

Calder obéit et déplia son corps musclé et puissant. Je baissai les yeux, résistant à l'envie de l'admirer.

– Pour mieux me servir, tu devras vivre ici, annonça Hector en se levant à son tour.

Calder eut l'air sidéré mais se reprit immédiatement.

– Bien sûr, Père. Dois-je emporter mes affaires ?

– De quelles affaires s'agit-il ?

Calder secoua légèrement la tête.

– Pas grand-chose. Des vêtements de rechange.

Hector agita la main.

– Si tu le souhaites. Il n'y a pas de placard dans la pièce du fond mais apporte ce que tu veux.

Je demeurai bouche bée. La pièce du fond était la buanderie dans laquelle on faisait dormir les chiens. Je fermai la bouche et gardai les yeux baissés afin qu'aucune émotion ne transparaisse sur mon visage.

– Il n’y a pas de lit non plus. Tu devras te débrouiller, poursuivit Hector.

La perplexité se lut sur le visage de Calder mais il se ressaisit tout de suite.

– Je suis habitué à me débrouiller.

Hector le considéra un instant.

– Oui, le sacrifice de mes travailleurs me réjouit profondément.

Calder ne répondit pas.

Hector agita la main en direction de la porte.

– Tu peux disposer. Rassemble tes affaires et reviens ici. Tu me suivras partout et feras ce que je te demanderai dès aujourd’hui.

– Oui, Père.

Calder tourna les talons et se dirigea vers la porte. Nos regards se croisèrent furtivement. Je le suivis des yeux jusqu’à ce qu’il m’ait dépassée et je reportai alors mon attention sur Hector qui était de nouveau en train de ranger son bureau.

– Eden, sais-tu pourquoi je t’ai fait venir pendant que je parlais à mon nouveau serviteur ?

– Non, Père, répondis-je en secouant la tête.

– Parce que, Eden, il est de mon devoir d’aider ce garçon. Je veux que tu comprennes quels ordres les dieux ont donnés. Il y a les travailleurs et il y a les guides. Je suis un guide, de même que toi. Nous devons faire confiance aux dieux pour leur sagesse et ne pas tenter de modifier ce qui a été prédit. Satan essaie de nous faire dévier de nos chemins en nous écartant de ce que les dieux ont dit. Mais nous ne devons pas l'écouter. Si nous cédons, les conséquences seront terribles. Comprends-tu ?

– Oui, Père.

– Bien. (Hector se dirigea vers moi, prit mon visage entre les mains et plongea son regard dans le mien de toute sa hauteur.) Ma princesse, je t'ai attendue si longtemps. Rien ne doit se mettre en travers de notre chemin. Satan essaiera de toutes ses forces maintenant que notre union est imminente. Tu dois ignorer toutes les tentations.

– Oui, Père.

Hector exhala, se pencha et posa les lèvres sur les miennes. Je me figeai. Il recula au bout d'un long moment.

– Est-ce qu'Hailey t'a parlé ?

– De quoi, Père ? esquivai-je.

– Du lit du mariage.

Je m'éclaircis la voix.

– Un peu, répondis-je en détournant les yeux.

Il opina.

– Bien. Bientôt, très bientôt. J'ai l'impression de t'avoir attendue toute ma vie, mon amour. Si seulement la prophétie… (Il fronça les sourcils et détourna la tête.) Mais nous devons suivre les instructions des dieux et non pas nos désirs égoïstes. (Il me dévisagea un instant puis me relâcha enfin.) Tu peux disposer, Eden. Je veux que tu lises davantage le Livre Saint, notamment la partie consacrée à la tentation et au sacrifice.

– Oui, Père, répétai-je en reculant vers la porte.

Une fois près d'elle, je pivotai et quittai rapidement la pièce. Je refermai le battant derrière moi et respirai enfin.

Calder allait venir vivre ici. Et tout ce que je ressentais était une profonde terreur. Les paroles de Xander me revinrent en mémoire. *Une tempête approche.*

***

Le lendemain, je pénétrai dans le Temple avec les autres membres du conseil et je pris place sur mon siège habituel. En tant qu'esclave attitré, Calder marchait derrière Hector. Ce dernier avait beau ne pas avoir utilisé ce terme, c'était exactement ce que Calder était pour lui et c'était une façon de l'humilier. En moi, la colère et la bravade le disputaient à la peur : je craignais qu'Hector ne nous rende la vie impossible avant que nous parvenions à quitter Acadie. Nous devions faire profil bas, je le savais, et c'était un rôle que je jouais à merveille. Mais voir Calder rabaissé ainsi par Hector me donnait envie de me lever pour déclarer ma flamme à Calder devant tout le monde. Mon amour pour Calder me servirait d'épée contre Hector. Il ne pourrait jamais en venir à bout ni le réduire en esclavage. Il était pur et intouchable.

Hector fit un geste à Calder qui s'agenouilla sans protester, impassible, à la gauche du dernier membre du conseil. Je baissai la tête lorsque Hector prit place derrière son pupitre et se pencha en avant en attendant que l'assemblée se taise. Les membres du conseil inclinèrent la tête et fermèrent les paupières.

Alors que je baissais les yeux, un éclair bleu attira mon attention et je me déplaçai juste assez pour apercevoir une belle-de-jour solitaire sous mon siège. Je me mordis la lèvre pour réprimer un sourire. Je lançai un regard à la dérobée à Calder, qui tourna légèrement la tête et vit la fleur à son tour. Il avait l'air perplexe et se tourna vers Xander, assis dans la foule de fidèles. Ce dernier lui fit un clin d'œil avant de baisser la tête et de fermer les yeux à son tour.

Je reportai mon attention sur Calder, qui m'adressa un minuscule sourire avant de baisser la tête.

– Mon peuple, commença Hector de cette voix profonde de baryton qui captait l'attention.

Il s'éloigna du pupitre et se tint debout en silence face à la congrégation pendant une bonne minute avant de reprendre la parole.

– Aujourd'hui je vais vous parler de la désobéissance, puis je pratiquerai le rituel de purification sur l'un de mes travailleurs bien-aimés, le garçon qui me sert de porteur d'eau depuis qu'il est en âge de suivre des instructions. Calder Raynes.

Je jetai un coup d'œil à Calder, dont le visage exprima la surprise. Il fronça légèrement les sourcils. Je reportai mon attention sur les fidèles, qui avaient tous les yeux rivés sur Calder à présent.

Hector se mit à faire les cent pas, un doigt sur la bouche, comme s'il était plongé dans une profonde réflexion. Il finit par s'arrêter et par lever les yeux.

– Les dieux nous aiment, exactement comme je vous aime. Mais nous ne devons pas oublier que même si les dieux nous offrent la rivière au cours paisible, ils sont aussi les créateurs de la violente tempête qui déchaîne l'océan. (Hector fit une pause et regarda autour de lui.) La tempête peut être violente et destructrice mais à la fin (Il s'interrompit de nouveau et pivota pour s'adresser à l'autre côté de la salle), elle est là pour nous montrer quelles sont nos erreurs et nous guider de nouveau en eaux calmes.

Les portes du Temple s'ouvrirent et deux jeunes garçons travailleurs entrèrent. Ils transportaient une grande baignoire blanche qu'ils posèrent devant l'estrade. Calder avait toujours pris part au rituel du remplissage des fonts baptismaux par le passé. Je ne reconnus pas les deux garçons mais ils devaient certainement connaître Calder, à qui ils jetèrent un regard admiratif. Il leur fallut quelques allers et retours pour remplir la baignoire à l'aide de brocs.

Hector fit signe à Calder de s'approcher. Ce dernier obéit, déploya sa haute taille et rejoignit Hector. Il était grand mais Calder le dominait d'environ cinq centimètres, ce qui me remplit de satisfaction. Calder dépassait Hector non seulement par ses qualités intrinsèques mais aussi physiquement.

– À genoux, ordonna Hector.

Malgré la température agréable, un frisson me parcourut.

Calder obtempéra et pencha la tête au-dessus de la baignoire.

– Dieux bien-aimés ! tonna Hector en levant les mains. Ceux qui croient en votre bonté et en votre puissance infinie seront sauvés et lavés de leurs péchés ! (Il empoigna Calder par les cheveux.) Calder Raynes, tu as été élevé dans la vérité des dieux et on t'a appris à leur obéir. Toute ta vie tu résisteras au mal, tu reconnaîtras ta foi et tu rempliras la promesse de servir les dieux et seulement les dieux. L'eau te purifie et lave ton cœur et ton âme de tout ce qui déplaît aux dieux.

Hector appuya brutalement sur la tête de Calder, plongea son visage dans l'eau et le maintint fermement.

– Calder Raynes, désires-tu obtenir la vie éternelle à Élysée et servir parmi les dieux ?

Je m'attendais à ce qu'Hector sorte la tête de Calder de l'eau mais il ne le fit pas. Mon cœur s'emballa et je regardai autour de moi. Personne ne semblait se demander ce qui se passait. Je reportai mon attention sur Calder, anxieuse.

– Calder Raynes, fais-tu le vœu d'aimer les dieux de tout ton cœur, de tout ton esprit et de toute ton âme ?

Il s'interrompit de nouveau, tout en maintenant toujours la tête de Calder dans l'eau.

Je ne quittais pas des yeux la silhouette agenouillée de Calder, les yeux écarquillés et les poings serrés sur mes genoux.

– Calder Raynes, vivras-tu pour faire quotidiennement plaisir aux dieux et pour toujours les servir avant toi-même ? AVANT TOI-MÊME ? répéta-t-il plus fort.

L'angoisse étendit ses ailes dans ma poitrine tandis qu'Hector ne faisait pas mine de libérer Calder.

– Calder Raynes… (Il fit une pause et regarda autour de lui.) Promets-tu de repousser les pouvoirs des ténèbres qui tentent par tous les moyens de nous détourner de la vérité et de la sagesse des dieux ?

Je me juchai sur le bord de mon fauteuil, une boule dans la gorge. Comment pouvait-on rester aussi longtemps sous l'eau ? La panique me submergea. Si Calder se débattait, est-ce qu'Hector le lâcherait ? *Pourquoi ne se débattait-il pas ?* S'était-il noyé ?

– Prions ! tonna Hector.

Il baissa la tête et la congrégation l'imita. Si quelqu'un avait remarqué que Calder était sous l'eau depuis trop longtemps, personne n'en dit rien.

– Dieux, bannissez tout péché, tout égoïsme et tout mal de ce garçon. Arrachez les ténèbres de son cœur et déversez la grâce et la vertu dans son âme. Que l'eau le purifie aujourd'hui et à jamais, afin que ce garçon devienne un homme.

Il garda la tête baissée et les yeux clos. Mon corps brûlait de se lever et de hurler, tout me poussait à attaquer Hector avant que Calder se noie devant nous.

Mais juste au moment où je m'apprêtais à bondir, Hector leva la main et ramena Calder à la surface en répandant des milliers de gouttelettes autour de lui. Calder prit une profonde inspiration, se redressa sur les genoux, un sourire magnifique aux lèvres. Je me figeai.

Hector se mit sur le côté, le regarda et sembla perdre légèrement contenance, mais il se ressaisit aussitôt. Il baissa les yeux sur Calder, à la fois intrigué et furieux, et dit, d'une voix plus faible que tout à l'heure :

– Renonces-tu à Satan ?

– Oui, Père, répondit Calder d'une voix forte et claire.

– Et à toutes ses œuvres ? À toutes ses tentations ?

– Oui, Père.

– Renonces-tu aux désirs pervers de la chair et des yeux ?

– Je renonce aux désirs pervers de la chair et des yeux, Père.

– Promets-tu d'adorer les voies saintes des dieux ?

– Oui, Père.

Les gouttes d'eau ruisselaient sur les cheveux et le visage de Calder, mouillaient sa chemise ajustée. Son visage était à la fois féroce et heureux et je ne pouvais pas deviner à quoi il pensait. On aurait dit que l'eau était son élément et qu'elle l'avait non seulement purifié mais qu'elle lui avait en plus donné du pouvoir. J'étais perplexe, toujours craintive mais fière.

– Alors je te déclare purifié et né de nouveau. Tu es fort et pur. Va en paix. Avance dans la sainteté.

Calder se releva lentement et sourit à l'assemblée qui lui rendit son sourire. Il regagna sa place à côté du dernier membre du conseil et s'agenouilla de nouveau.

Les deux jeunes garçons vinrent chercher le bassin pour l'emporter et je ne pus m'empêcher de remarquer que le petit brun aux yeux bleus dévisageait Calder comme si c'était un dieu.

***

Cette nuit-là, étendue dans mon lit, j'imaginai Calder allongé dans cette pièce minuscule dans laquelle il partageait sa couche avec les chiens. J'essayai de me concentrer sur la colère provoquée par l'injustice de la situation mais mon esprit se faisait un malin plaisir à l'imaginer torse nu, sa peau dorée illuminée par le clair de lune. *Il était tellement près de moi.*

J'aurais voulu lui poser des questions sur ce qui s'était passé plus tôt dans la journée pendant la cérémonie de purification par l'eau, à quoi il avait pensé, s'il avait eu aussi peur que moi. C'était mon meilleur ami et je mourais d'envie de lui parler.

Je me tournai et me retournai pendant un bon moment. Hector avait décidé de garder Calder près de lui afin de pouvoir surveiller ses faits et gestes. Mais s'attendrait-il à ce que je sois suffisamment audacieuse pour le rejoindre la nuit, surtout juste après la cérémonie ? Je savais qu'Hailey était dans la chambre d'Hector, ce soir. Elle l'occupait peut-être.

Je mis le pied par terre avant que mon cerveau puisse prendre la moindre décision. Apparemment, mon corps savait ce qu'il voulait, même si mon cerveau n'était pas certain que ce soit la bonne décision.

Je roulai la couverture en boule sous le couvre-lit pour faire croire que j'étais couchée, puis je gagnai ma porte sur la pointe des pieds et l'ouvris sans faire de bruit. Je jetai un coup d'œil dans le couloir : personne. Je sortis et refermai le battant en silence. Je devais passer devant la chambre d'Hector pour gagner le grand escalier : une fois parvenue devant sa porte, je m'immobilisai et tendis l'oreille. J'entendis une voix masculine grogner et le bruit ténu de ce qui me sembla être le claquement de deux peaux qui se rencontraient. Je me hâtai de rejoindre l'escalier.

Un bruit de conversation me parvint de quelque part dans l'autre aile. Je descendis l'escalier le plus vite possible et traversai l'immense salon avec sa mezzanine.

Je passai à travers la cuisine vide et le couloir qui se dressait derrière et m'immobilisai devant la buanderie. Tout était parfaitement silencieux.

Je posai la main sur la poignée, la fis tourner le plus lentement possible, et la porte s'ouvrit avec un petit grincement. Je me figeai et attendis. Aucun bruit ne me parvint de la maison. Je poussai la porte et me faufilai à l'intérieur. Une main se posa sur ma bouche et un bras encercla ma taille. Le regard de Calder se posa sur moi. Il poussa un soupir et ôta la main de ma bouche.

– Tu es folle ? murmura-t-il.

Je me jetai à son cou, enfouis le visage contre sa gorge et inspirai son parfum délicieux, enfin apaisée. Pour toute réponse, je hochai la tête.

Il exhala et m'enlaça. Je reculai un peu.

– Tu es tellement près, chuchotai-je. Je ne pouvais pas dormir. Je…

Sa bouche se posa sur la mienne et il m'embrassa avec passion, comme pour me dire qu'il ressentait la même chose.

Au bout de quelques minutes, il rompit le baiser et posa le front sur le mien, pantelant.

– Eden, on ne peut pas prendre ce risque. Hector est… je ne sais pas, c'est ce qu'on disait l'autre jour, il est différent. J'ignore si c'est à cause de nous, ou s'il s'est passé quelque chose pendant le pèlerinage ou si c'est autre chose. Mais si on veut s'enfuir, on doit absolument se montrer prudents.

– Je sais. Calder, qu'est-ce qu'il s'est passé aujourd'hui ? Je me suis fait un sang d'encre. J'ai vraiment cru que tu allais te noyer. Je ne savais pas quoi faire.

Il posa un doigt sur mes lèvres et me regarda tendrement.

– Je ne risquais rien. Je me révolterai si besoin est, je te le promets. Mais tu dois me faire confiance : je sais quand choisir mes combats. D'accord ?

– D'accord.

Il sourit de nouveau.

– Bien. (Il regarda un instant par-dessus mon épaule.) Tout à l'heure, Eden, quand j'avais la tête sous l'eau et que je distinguais juste les paroles d'Hector, je… (Il s'interrompit pour rassembler ses idées.) Je ne sais pas, un sentiment de paix m'a envahi, comme si on me disait que tout allait bien se passer. C'était comme si les dieux n'étaient ni cruels ni critiques, comme Hector nous l'a toujours fait croire. J'ai ressenti de *l'approbation*. Comme s'ils me donnaient la force de sortir d'ici et de changer de vie avec toi. C'est difficile à expliquer. Est-ce que j'ai l'air de manquer d'oxygène ? Est-ce que j'ai l'air fou ?

Je souris en secouant la tête.

– Non. C'est même la première chose rationnelle que j'entends. Je pense que le Dieu de Miséricorde t'a parlé.

Calder éclata de rire.

– En tout cas, je suis encore plus persuadé qu'on doit quitter cet endroit le plus vite possible. Et c'est pour ça, conclut-il en posant ses lèvres sur les miennes, que tu ne peux pas être ici.

Je poussai un soupir.

– Je sais. Je m'en vais dans un instant. Mais… j'ai tellement besoin de toi, Calder. Je te veux. Tout entier. Et je veux me donner tout entière. Je te veux… en moi. (J'écarquillai les yeux et lui aussi.) Peut-être que si tu me prenais et qu'on l'avouait à Hector… il nous *chasserait.*

– Chut, Eden, fit Calder en me caressant les cheveux. Il est hors de question que je prenne ta virginité pour obtenir quelque chose d'Hector. Sans compter que s'il nous jetait dehors maintenant, on reviendrait en pleurant. (Il serra les dents.) Quand on partira, ce sera pour de bon.

J'opinai. Il me prit par la main et me conduisit vers une couverture et un oreiller plat étalés sous la fenêtre. Deux bâtards amicaux, qui se contentèrent de lever le museau et de pousser un faible gémissement, dormaient devant la machine à laver, dans des paniers beaucoup plus confortables que le lit de Calder.

Nous nous assîmes sur la couverture et Calder s'allongea, m'entraînant avec lui de telle sorte que je me retrouvai étendue contre son torse nu et musclé. J'enfouis le nez contre sa peau et inspirai.

– J'ai toujours dormi sur le sol. Ce n'est pas difficile pour moi. Et même, tu vois, poursuivit-il en tendant le doigt vers la fenêtre, maintenant j'ai une vue dégagée sur la lune et les lumières de la ville. C'est la première fois que je dors près d'une fenêtre. Je n'ai jamais non plus eu l'air conditionné, ajouta-t-il en faisant un geste en direction de l'extrémité de la pièce. Nous serons bientôt dans cette ville, sous cette même lune. (Il m'enlaça des deux bras et m'attira plus étroitement à lui.) Et quand tu regagneras ta chambre, ce soir, je saurai que je suis plus près de toi qu'hier, et mon lit gardera ton odeur.

Il me sourit et posa un baiser sur mon front.

– Sur le sol avec des chiens ou dans un lit de roi, c'est toi que je choisis, Calder. Je dormirais sur un lit de clous si ça veut dire que je peux te toucher.

– Ne donne pas d'idée à Hector.

Je ris doucement.

– Je le pense vraiment. (Je me redressai sur un coude pour mieux le contempler.) Tu crois qu'il y a une vie pour nous en dehors d'ici ?

Calder ne répondit pas tout de suite.

– Je vais nous *fabriquer* une vie là-bas. Un endroit pour tous les deux. Et d'ici là, oui, je vais y croire.

J'enroulai une jambe autour de la sienne et me blottis de nouveau contre lui.

– Un jour, on dormira ensemble toutes les nuits, fis-je en levant la tête vers lui.

– Oui, répondit-il en repoussant une mèche de cheveux de ma joue avec un air sérieux. Je t'aime, Eden.

Je battis des cils, le cœur au septième ciel.

– Je t'aime, moi aussi, chuchotai-je.

Nous restâmes étendus en silence tandis que nos « Je t'aime » flottaient au-dessus de nous comme de la musique silencieuse. Au bout de quelques minutes, je me redressai et lui adressai un regard triste.

– Il faut que j'y aille.

Il acquiesça.

– Si quelqu'un te voit, dis que tu étais dans la cuisine. On ne te croira probablement pas, mais…

Je m'agenouillai.

– Personne ne me verra. (J'hésitai un instant.) Je déteste le voir te traiter ainsi.

Calder exhala.

– Ce n'est pas grave. Il se sert de moi pour prouver quelque chose aux autres. Tant que je sais que tu es forte, je peux entrer dans son jeu. Mais je dois être certain que tu ne te fais pas de souci pour moi, d'accord ?

– D'accord.

– Bien. (Il me dévisagea, l'air inquiet.) Ça ne me plaît pas de te renvoyer sans pouvoir savoir si tu es bien revenue saine et sauve dans ta chambre. (Il s'assit et nous nous levâmes tous les deux. Il m'embrassa tendrement.) Une fois dans ta chambre, mets-toi à la fenêtre et regarde la lune. Je la contemplerai d'ici. (Il écarta une mèche de cheveux de mon visage.) Tant qu'on est tous les deux sous la même lune, on trouvera toujours le moyen de se rejoindre. Le Dieu de Miséricorde ne permettrait pas le contraire.

Je ris doucement et l'embrassai une dernière fois.

– Bonne nuit.

– Bonne nuit, Belle de Jour.

J'ouvris la porte en silence et me glissai dehors. Je me faufilai sans faire de bruit jusqu'en haut de l'escalier. Quand je parvins sur le palier, la porte de la chambre d'Hector s'ouvrit à la volée et je me cachai tout de suite dans la pièce d'en face, une chambre d'amis inutilisée. Je me collai au mur, le cœur battant à tout rompre. Si Hector remontait le couloir en direction de ma chambre, s'arrêterait-il pour jeter un coup d'œil à l'intérieur ?

Je fermai les yeux de toutes mes forces. J'entendis Hailey dire quelque chose depuis la chambre d'Hector et il rentra à l'intérieur. Je jetai un coup d'œil par l'embrasure et vis que sa porte était toujours ouverte. Je passai devant à toute allure, sur la pointe des pieds, et gagnai ma propre chambre. J'ouvris la porte et la refermai derrière moi sans faire de bruit et ce n'est qu'à ce moment-là que je relâchai ma respiration.

J'ôtai les couvertures et le couvre-lit et me couchai. Deux secondes plus tard, ma porte s'ouvrit et la lumière du couloir inonda la pièce. J'entrouvris un œil : la silhouette d'Hector se dessinait dans l'encadrement et il avait les yeux rivés sur moi. Je continuai à faire semblant de dormir. Après une longue minute, ma porte se referma et j'entendis ses pas s'éloigner. Je roulai sur le dos et tentai de maîtriser les battements de mon cœur.

Hector avait-il déjà vérifié que je dormais bien ? Un frisson me parcourut. Mais je ne pouvais m'empêcher d'éprouver de la gratitude pour le petit moment que j'avais pu passer avec Calder. Et j'étais reconnaissante de ne pas avoir été surprise.

Je me tournai pour regarder par la fenêtre et mon cœur retrouva son rythme normal tandis que je contemplais la pleine lune, comme Calder.

CHAPITRE 14

CALDER

Le lendemain matin, je me réveillai lorsque la lueur du soleil transperça la fenêtre pour me frapper le visage de plein fouet. Mal réveillé, je sortis par la porte arrière. Dehors, la rosée luisait encore sur le sol. Elle s'évaporerait d'ici une heure et tous ceux qui se lèveraient après cinq heures trente ne sauraient même pas qu'elle avait existé.

Je me dirigeai vers la rivière où Hector avait exigé que je continue à me laver. Je m'agenouillai sur la rive, m'aspergeai le visage d'eau et poussai un profond soupir qui fit voler des gouttelettes dans toutes les directions avant qu'elles ne s'écrasent dans l'eau dans une centaine de petites éclaboussures. Je me penchai et me servis de ma main en coupe pour faire ruisseler de l'eau sur ma tête et mon cou avant de m'ébrouer comme un chien, ce qui fit de nouveau voler des centaines de gouttelettes. Je m'essuyai le visage avec l'ourlet de ma chemise puis me dirigeai vers les toilettes extérieures en bordure des chalets des travailleurs, à environ quatre cents mètres. Je m'immobilisai soudain et jetai un coup d'œil au chalet principal derrière moi. À cause du règlement d'Hector, je faisais des allers et retours entre le chalet et les toilettes depuis que j'avais emménagé là, mais qui saurait que j'avais utilisé les toilettes situées à l'arrière de la maison ?

Je regagnai le bâtiment principal et me dirigeai en silence vers les petits sanitaires que j'avais aperçus à côté de la buanderie. Je refermai la porte le plus silencieusement possible et examinai ce qui se trouvait autour de moi. Il n'y avait pas de douche, juste des toilettes et un lavabo. Je n'avais jamais utilisé ce genre de choses de ma vie, mais le fonctionnement n'était pas bien sorcier. Et puis j'avais suffisamment entendu ceux qui venaient de la grande société se plaindre de ce qui leur manquait le plus ici. Je comprenais pourquoi. Je tournai la poignée fixée sur le lavabo et de l'eau se mit à couler. Je sursautai légèrement et fis pivoter la poignée vers le haut : l'eau se mit à couler plus vite. Je contemplai le phénomène pendant une bonne minute, émerveillé par cette invention qui facilitait considérablement la vie. Je songeai au ridicule système d'irrigation que j'avais conçu pour arroser les champs. Hector avait beau nous seriner en boucle ses notions de sacrifice et de vivre de ce que la terre nous donnait, le côté rudimentaire de mon invention avait bien dû le faire rire. Soudain, mon système me parut complètement crétin tandis que je me revoyais en train de creuser des branches pendant des mois et des mois, les muscles tétanisés sous le soleil ardent. Je me mis à rire aussi silencieusement que possible, appuyé contre le lavabo. Il fallait absolument que je rie. C'était ça ou pleurer d'humiliation.

Une fois calmé, je contemplai encore l'eau couler puis je fermai le robinet.

Cette eau me rappelait que j'avais un besoin impérieux de vider ma vessie : j'utilisai les toilettes et appuyai ensuite sur la petite poignée argentée. L'eau tourbillonna et disparut, aspirée, avant d'être remplacée. J'observai le phénomène comme un homme des cavernes qui découvrait le monde moderne pour la première fois. Ce qui était probablement le cas. Je tirai de nouveau la chasse, émerveillé.

Je fus soudain frappé par ce qui m'arriverait une fois dans la grande société. Si le fonctionnement des toilettes et d'un lavabo me stupéfiait, comment allais-je réagir devant les choses nouvelles et hallucinantes que j'allais découvrir ? Ce serait différent pour Eden : elle connaissait l'eau courante et l'électricité depuis toujours. Et ce serait mon devoir de la protéger et de prendre soin d'elle. J'allais certainement passer pour un idiot empoté. La colère me saisit quand je compris qu'Hector ne nous avait préparés à rien, histoire d'être certain que nous ne pourrions jamais quitter Acadie.

Je m'appuyai au lavabo, le regard confiant d'Eden en tête. Je fus envahi par la détermination. Ce serait compliqué, certes, mais il était hors de question de laisser Hector décider du cours de ma vie. Si le déluge s'abattait vraiment sur nous, il m'emporterait, mais au moins, je serais libre et Eden serait emportée avec moi. Et où que nous nous retrouvions, à Élysée ou en enfer, nous y serions *ensemble.*

J'utilisai le savon pour me laver les mains et frottai le liquide doux entre mes mains tout en regardant des bulles se former. Je n'avais jamais utilisé que du savon maison, un mélange d'herbes et d'huiles qui ne moussait pas comme ça. Je me séchai les mains en étudiant mon reflet dans le miroir. Nous n'en possédions pas, la vanité était un péché, et je voyais donc rarement mon image. Je m'examinai à présent, tournai mon visage sous tous les angles, touchai l'ombre noire qui couvrait mes joues et regardai mes dents de près. J'en prenais grand soin, je les lavais soigneusement avec un tissu rêche et du sel et je mâchais des feuilles de menthe. J'avais de la chance qu'elles soient blanches et droites comme celles d'Eden. Tout le monde ne pouvait pas en dire autant au rayon bucco-dentaire.

J'ouvris la porte en silence et la refermai derrière moi. Au moment où je me retournais, j'entendis une voix masculine dire :

– Tu transgresses déjà les règles ? Comme c'est décevant.

Clive Richter, un des membres du conseil, se tenait derrière moi, un sourire arrogant sur son visage minable. Je n'appréciais aucun des membres du conseil, même si je ne les fréquentais pas du tout, mais Clive était le plus détestable de tous. Il s'asseyait devant sur l'estrade du Temple semaine après semaine, tentait de dissimuler ses bâillements et passait son temps à observer quelque chose dans sa poche tout en jetant des regards dédaigneux aux travailleurs. Je ne sais pas si les autres s'en rendaient compte, mais moi, oui. Clive Richter avait manifestement une très haute opinion de lui-même et une très mauvaise du reste du monde.

Je pris une profonde respiration pour me calmer.

– C'était une urgence.

Il éclata d'un rire moqueur.

– Tu peux regagner tes… quartiers et gérer tes urgences là-bas.

– Dorénavant, je le ferai, rétorquai-je sèchement.

Je fis un pas pour le contourner mais Clive m'attrapa le bras. Je me figeai et baissai lentement la tête vers sa petite main cramponnée à mon avant-bras. Je lui jetai un regard méprisant en le toisant de toute ma hauteur, je mesurais trente bons centimètres de plus que lui. J'étais envahi par une colère sourde. Cet homme, qui n'importe où ailleurs sur la surface de cette Terre n'aurait jamais osé lever la main sur moi, croyait pouvoir me dominer ici.

Je m'emparai de son bras et l'obligeai à se retourner ; il se retrouva avec le bras plié en deux, coincé dans le dos, exactement comme Xander et moi jouions à le faire quand nous étions enfants, sauf que cette fois-ci je ne rigolais pas. Il étouffa un grognement de douleur et je me penchai pour lui murmurer à l'oreille :

– Ne. Me. Touche. Plus. Jamais. (Je me penchai encore davantage.) Plus. Jamais.

Clive éclata d'un petit rire contraint. Je lui pliai un peu plus le bras et il cria :

– D'accord, d'accord, lâche-moi.

Je le repoussai brutalement. Il pivota vers moi, le visage rouge de colère.

– Tu regretteras de m'avoir fait passer pour un idiot, grinça-t-il entre ses dents.

– Probablement, répliquai-je. Mais même si je suis puni, ça en valait la peine. Et tu es un idiot depuis toujours.

Je le bousculai en passant et regagnai « ma » chambre où j'attendis qu'Hector me convoque, comme le chien pour lequel il me prenait.

***

La pluie se mit à tomber quelques minutes après que j'eus regagné la buanderie et de larges gouttes s'écrasèrent sur la fenêtre près de mon lit. J'enfonçai les mains dans mes poches et regardai dehors : comment protéger Eden de la pluie une fois que nous aurions quitté cet endroit ?

Mes pensées furent soudain interrompues par le hurlement strident d'une sirène provenant du haut-parleur du chalet principal.

C'était l'exercice d'évacuation déluge.

Je me raidis, ouvris la porte et sortis dans le couloir. Les gens quittaient déjà le chalet : tous les membres du conseil et leurs familles se précipitaient vers la porte.

Hector se tenait dans la grande pièce principale où il rassurait en souriant tous ceux qui passaient devant lui.

– Ne vous inquiétez pas. Les dieux nous protègent. Ce n'est qu'un exercice afin que nous soyons préparés lorsque le déluge s'abattra pour de bon. Soyez confiants et gardez votre calme.

Je cherchai Eden des yeux mais ne l'aperçus nulle part. Elle avait peut-être déjà quitté les lieux. Je me dirigeai vers la porte d'entrée.

– Calder Raynes, dit alors Hector d'une voix de stentor.

Je serrai les dents et me retournai lentement.

– J'ai besoin de tes services ici, Porteur d'eau.

Je fis marche arrière pour le rejoindre. Les gens passèrent à côté de moi et le dernier franchit la porte, une petite fille en larmes dans les bras.

– Oui, Père ? Que puis-je pour vous ?

– Tu peux attendre ici jusqu'à ce que tu sois certain que tout le monde ait quitté les lieux. Je dois aller rassurer ma fiancée. Elle doit être terrorisée. Elle n'aime pas les endroits confinés.

Je demeurai impassible et ne répondis rien. Comme s'il savait quoi que ce soit concernant Eden. Il ne la connaissait pas. Il la considérait seulement comme ce qu'il voulait qu'elle soit : sa chose.

Je parcourus rapidement l'aile de la maison dans laquelle vivaient les membres du conseil en criant :

– Il reste quelqu'un ? Exercice d'évacuation.

Seul le silence me répondit. J'ouvris une première porte et jetai un coup d'œil à l'intérieur en criant de nouveau :

– Exercice d'évacuation !

Nul ne me répondit. Je pénétrai dans la chambre non sans avoir jeté un coup d'œil derrière moi au préalable.

Je vis immédiatement un portefeuille posé sur une commode et je me dirigeai vers lui. Il contenait trois billets de vingt dollars, deux de cinq dollars et sept de un dollar. Je n'hésitai qu'un instant avant d'empocher deux billets de vingt, un de cinq et trois de un.

Mon cœur battait la chamade et j'avais le souffle court.

J'entendis des pas dans le couloir et fis volte-face. Duke, le plus gros des chiens, entra en trottinant dans la pièce et se colla contre ma main en gémissant, réclamant des caresses. Je soupirai.

– Salut, mon grand, dis-je en lui gratouillant le crâne et en reprenant la maîtrise de mon rythme cardiaque.

Je fourrai l'argent dans mes poches, reposai le portefeuille sur la commode et quittai la pièce en refermant la porte derrière moi. Je me livrai aux mêmes recherches dans les pièces voisines et récupérai trois autres billets de vingt dollars, trois de dix et douze de un.

Je m'étais montré audacieux en volant autant d'argent mais nous devions quitter Acadie le plus rapidement possible. J'étais prêt à risquer de subir un interrogatoire si ça signifiait qu'Eden, Xander et moi pourrions partir plus tôt. Personne ne pourrait prouver ma culpabilité.

En traversant la cuisine, j'aperçus un sac en plastique contenant des crackers sur le plan de travail. Je mis ces derniers à la poubelle et fourrai l'argent dans le sac.

Alors que je me dirigeais vers la porte d'entrée, je me rendis compte que la porte du bureau d'Hector était entrouverte. J'hésitai une seconde et me faufilai à l'intérieur. Je me dirigeai sans hésiter vers le bureau dont j'ouvris les tiroirs les uns après les autres, à la recherche d'argent liquide. Je n'en trouvai pas et ne touchai à rien. Tout était parfaitement aligné, exactement comme les objets sur son bureau, et je ne voulais rien déranger. Hector se montrait étrange pour ce genre de choses.

Je passai ensuite au classeur près de la fenêtre, dont je tentai d'ouvrir les tiroirs. Ils étaient tous fermés à l'exception de celui du bas. J'hésitai un instant et me redressai, l'oreille aux aguets : il me semblait avoir entendu un bruit. Comme rien ne me parvint, j'ouvris le tiroir. Il ne contenait que des dossiers. Je penchai la tête pour lire ce qui était écrit dessus : chacun portait le nom d'un des six membres du conseil. Je fronçai les sourcils en les feuilletant. Chaque chemise s'ouvrait sur un article de journal. Je parcourus le premier, consacré à Rodney Sarber. Ce dernier était à la tête d'une paroisse importante à Kansas City, et il avait apparemment détourné de l'argent appartenant à sa propre Église. L'article parlait du scandale qui avait suivi et montrait une photo de Sarber en larmes et menotté. Je rangeai l'article et m'emparai du dossier suivant, bien décidé à découvrir ce qu'il contenait, lorsque j'entendis de nouveau un bruit en provenance du couloir. Je refermai le tiroir en silence, gagnai la porte sur la pointe des pieds puis quittai la pièce rapidement et avec un air détaché, comme si j'avais toutes les raisons du monde de me trouver là. L'homme en question, Rodney Sarber lui-même, se tenait juste derrière la porte. Il me jeta un regard soupçonneux.

– Qu'est-ce que tu fais ici ?

– Hector m'a demandé de vérifier que tout le monde avait bien quitté le chalet.

– Y compris dans son bureau ?

Je tendis la main, paume ouverte, pour lui montrer la clef du sous-sol.

– Hector a oublié ça, expliquai-je. Je veux juste m'assurer qu'on ne se retrouve pas coincés là-dessous.

Rodney considéra un instant la clef puis leva les yeux vers moi en hochant la tête :

– Vas-y. Je te suis.

Je suis bien certain que non, espèce de lâche.

Je sortis par la porte principale et cachai le sac en plastique contenant l'argent sous un caillou sur le côté de la maison, à l'endroit où Xander et moi avions attendu de voir Eden pour la première fois, il y avait des années de cela.

La lourde porte en ciment qui donnait sur le sous-sol grinça lorsque je l'ouvris. Je descendis les cinq marches et rejoignis les autres, qui attendaient, pressés les uns contre les autres dans cet endroit qui n'était pas fait pour accueillir deux cents personnes. Les travailleurs étaient parqués dans une partie et les membres du conseil et leurs familles se tenaient avec Hector sur une petite estrade au fond. À côté de lui, il y avait la porte menant à la réserve dans laquelle on stockait la nourriture pour l'hiver.

L'espace était construit de manière que nous soyons tous ensemble lorsque viendrait le déluge afin que personne ne soit emporté par les flots. Nous nous tiendrions la main lorsque l'eau s'infiltrerait par le plafond et emplirait la cave. Nous n'aurions pas peur, le paradis nous attendait. Nous serions guidés à Élysée par Hector et Eden, d'où nous dirigerions la Terre, où tout recommencerait.

Je ne pouvais rien faire de plus à présent que d'espérer que ce soit un gigantesque mensonge. Mais cette idée m'emplissait aussi de colère et de chagrin. J'avais cru à tout ça il n'y avait pas si longtemps. Le mensonge me paraissait cruel et prémédité, bâti pour me faire du mal et me voler ma vie.

Debout au milieu des autres, je sentis la tête me tourner. On n'entendait rien d'autre que le bruit de la pluie, des enfants qui s'agitaient et quelques bébés qui pleuraient. Je cherchai Eden des yeux et la trouvai à la droite d'Hector.

J'étais plus grand que la plupart des gens autour de moi, aussi lorsque je tendis le cou, elle m'aperçut et me sourit avant de jeter un coup d'œil discret à Hector. Je suivis la direction de son regard et constatai qu'il la dévisageait : il me regarda lorsque Eden fit de même. Nous nous détournâmes tous les deux aussitôt et quand je reportai mon attention sur Hector quelques instants plus tard, il avait les yeux rivés sur moi, l'air glacial.

Je me redressai, réagissant de manière instinctive à ce que je percevais comme une menace masculine, même de l'autre côté d'une pièce bondée. Mes cheveux se hérissèrent sur ma nuque et je tentai de maîtriser ma respiration. Il y avait tant de gens entre Eden et moi. Je n'avais aucun moyen de la rejoindre si le besoin se présentait.

Je cherchai ma propre famille des yeux mais je ne parvins pas à les distinguer dans la foule. C'était mauvais pour la santé de Maya. J'espérais qu'au moins elle n'avait pas peur. J'avais toujours été à ses côtés pendant les exercices passés et je serrais sa main trois fois après qu'elle avait fait de même.

À l'extérieur, la pluie sembla redoubler d'intensité, comme si des trombes d'eau se déversaient du ciel. Autour de moi, le silence se fit et tout le monde leva les yeux comme si le plafond pouvait nous montrer ce qui se passait.

– Les dieux testent notre patience et notre foi, assena Hector. N'ayez crainte. Ce sera ainsi lorsque la grande crue aura lieu ! Nous serons tous ensemble et nous nous réjouirons car nous serons sur le point d'atteindre un endroit infiniment glorieux. Nous savons très bien que ce n'est qu'un exercice parce que mon élue n'est pas encore mienne. Tant que nous ne sommes pas unis, nous ne pouvons pas nous diriger vers Élysée. Sans ça, nous ne sommes pas complets. Sans ça, nous n'avons pas obtenu l'équilibre.

Hector baissa la tête et vacilla un peu. Le membre du conseil le plus près de lui tendit le bras pour l'empêcher de perdre l'équilibre. Hector tendit le doigt vers un coin du plafond.

– Là. C'est par là que l'eau commencera à entrer. (Il ferma de nouveau les yeux.) Le jet deviendra rapidement plus violent et l'eau commencera à envahir cette cave. (Il leva les bras.) Mais nous ne craindrons rien parce que nous sentirons la présence des dieux parmi nous !

Puis il baissa les bras et garda le silence, comme s'il revenait à lui, et il attendit, un sourire satisfait aux lèvres.

Après ce qui me sembla une éternité mais n'était en réalité certainement qu'une demi-heure, le bruit de la pluie s'affaiblit et nous poussâmes un soupir collectif.

– Ouvrez les portes, ordonna Hector, et un homme qui se tenait près de l'escalier monta les marches et obéit.

Les gens derrière moi me poussèrent en avant. Je sortis rapidement et m'écartai pour les laisser passer. Tout le monde était impatient de respirer l'air pur.

Ils se dirigèrent tous vers le Temple, où Hector prononçait un sermon après chaque exercice, et je leur emboîtai le pas, sachant que je serais bientôt près d'Eden, même si j'étais obligé de m'asseoir par terre.

Je pénétrai dans le Temple et pris ma nouvelle place, agenouillé sur le côté de l'estrade.

Quelques minutes plus tard, Hector entra, Eden à son bras. Je me raidis en le voyant la toucher et je me répétai en boucle dans ma tête *il n'y en a plus pour longtemps, il n'y en a plus pour longtemps* jusqu'à ce que je finisse par me détendre en imaginant l'argent caché sous la pierre.

Hector conduisit Eden à son siège, où elle prit place, puis il gagna le pupitre, où il attendit que tout le monde soit entré.

– Mon peuple, commença-t-il, je sais qu'un exercice de simulation de déluge n'est pas agréable mais ça me rappelle toujours qu'un jour, dans très peu de temps, nous serons tous ensemble dans ce sous-sol et nous saurons que le *vrai* déluge est en train de purifier le monde. Savoir que nous tous, qui sommes présents ici (Il fit un geste en direction de l'assemblée), avons été choisis par les dieux me remplit d'humilité. Nous sommes *bénis*. Ces exercices me remplissent donc de joie, de fierté et d'amour pour chacun d'entre vous.

Il baissa la tête. De mon point de vue, je ne pouvais distinguer l'expression de son visage, mais j'imaginai qu'elle devait être intensément concentrée.

– Les dieux ont choisi de faire de moi votre Père, votre protecteur et votre guide. Rien ne m'honore plus que ça. (Une pause.) Cependant, comme tout bon père, je dois parfois corriger les actions de mes enfants, de ma famille. Tout groupe doit connaître la discipline, au risque de ne pas voir se développer la confiance et la foi dans nos règles de vie. Hier, je vous ai parlé de la rivière tranquille et de l'océan déchaîné. Aujourd'hui, je dois agir au nom des dieux pour aider l'un d'entre nous à retrouver son chemin vers les eaux paisibles. Malheureusement, un de mes enfants s'est perdu, il a dévié de la trajectoire que les dieux lui avaient tracée. Calder Raynes.

Hector me fit face et je le regardai droit dans les yeux sans ciller. Je jetai un coup d'œil dans la foule et vis que ma mère avait posé la main sur sa bouche et que Maya avait enfoui le visage contre la poitrine de mon père. Je fermai les yeux une fraction de seconde, pris une profonde inspiration et les rouvris.

Hector reprit son discours sans me quitter des yeux.

– Alors qu'il a été baptisé hier, Calder Raynes a commis le péché d'égoïsme et il a manqué de respect à un membre du conseil en usant de violence physique.

Il se tourna vers l'assemblée.

– La violence physique est-elle acceptable de la part d'un membre du peuple élu des dieux ?

– Non, Père, répondit la congrégation à l'unisson.

Hector baissa les yeux.

– Non, ce n'est pas acceptable. Nous sentons-nous en sécurité en sachant qu'une personne indisciplinée vit parmi nous ?

– Non, Père.

– Le péché et la désobéissance nuisent-ils à tous ?

– Oui, Père.

– Oui. Cela nous nuit. Et donc cela me peine, cela me brise le cœur, mais Calder doit s'agenouiller sur la planche du châtiment pour toute la durée de mon sermon puis il passera une journée dans la prison souterraine en punition de son péché. Cela me fait souffrir autant que toi, toi mon Porteur d'eau en qui j'avais jadis confiance.

Je ressentais une incrédulité mêlée de rage. J'avais envie de me jeter sur lui.

– À moins, poursuivit-il, que tu ne sois si égoïste que tu préfères que quelqu'un d'autre subisse le châtiment à ta place ? Peut-être… (Il fit un geste en direction de la foule.) Peut-être ta mère ?

Je me forçai à demeurer impassible.

– J'accepte la punition avec joie, Père, répondis-je d'une voix particulièrement rauque, même à mes propres oreilles.

Je regardai, incrédule, Clive Richter se lever pour aller chercher la planche. Il me jeta un regard triomphant au passage. Il déposa la planche sur le sol, à droite d'Hector, où j'étais censé m'agenouiller dos à la congrégation, humilié et honteux. J'étais triste que mes parents et ma sœur soient obligés d'assister à ça et croient que toutes ces accusations étaient vraies. Mais je ne ressentais aucune honte à propos de ce que j'avais fait à Clive. J'avais dit que j'acceptais la punition avec joie et c'était le cas.

CHAPITRE 15

EDEN

La peur et l'horreur s'emparèrent de moi lorsque Calder se leva lentement, impassible, les dents serrées. Il se dirigea vers la planche, sur laquelle il s'agenouilla. Il s'immobilisa une fraction de seconde, fixa l'engin de torture et il eut l'air un instant perplexe. J'étais trop loin pour comprendre ce qui suscitait son étonnement. Il lança un regard à Clive Richter et ne le quitta pas des yeux en s'agenouillant. Un éclair de souffrance parcourut son visage, qui redevint immédiatement impassible.

Que se passait-il ? Je ne comprenais pas.

Je me penchai machinalement en avant, comme si mon corps avait envie de se précipiter vers lui de son propre chef, mais il me lança un regard d'avertissement pour m'en empêcher. Je joignis les mains sur mes genoux et détournai les yeux, malheureuse. Son message était clair : si j'intervenais d'une manière ou d'une autre, ça ne ferait qu'empirer les choses pour lui et pour moi. J'étais impuissante. J'avais envie de hurler.

Lorsque je m'autorisai à reporter mon attention sur lui, j'écarquillai les yeux, abasourdie, en voyant du sang couler sur le métal sous les genoux de Calder. Cette punition avait déjà été utilisée par le passé, mais jamais personne n'avait saigné. Quelque chose n'allait pas. La planche avait été modifiée pour blesser Calder. Ce dernier le supportait, le dos droit, parfaitement immobile, mais je distinguai la sueur qui coulait sur sa joue. Rester agenouillé sans montrer sa souffrance lui demandait un effort surhumain. J'ignorais s'il affectait ce stoïcisme pour moi, ou si c'était pour lui ou pour les gens qui l'entouraient, mais il lui coûtait infiniment. *Oh, Calder.*

Pendant l'heure qui suivit, je restai assise en silence, torturée *à l'intérieur*, tandis que Calder était à genoux devant moi. Le sang forma lentement une mare puis se répandit au ralenti sur le sol en marbre de l'estrade où il coula goutte à goutte, chacune résonnant lorsque le silence se faisait dans la salle. Hector prêchait, citant à l'envi les passages de son propre Livre Saint sur l'égoïsme, Satan et ceux qui commettaient ce péché. Je ne saisissais que des bribes de mots, et je récitais en même temps et en silence mes prières pour supplier les dieux d'être miséricordieux, de donner de la force à Calder et de faire passer le temps plus vite pour lui.

Une fois que nous serons partis d'ici... une fois que nous serons en sécurité, dis-je silencieusement à Calder, *chaque fois que je verrai les cicatrices sur tes genoux et sur tes jambes, je me souviendrai de ton courage et je n'éprouverai AUCUNE tristesse. Je ne ressentirai que de la fierté.*

Lorsque je revins à moi, Hector récitait la prière finale avec la foule. Je jetai un coup d'œil autour de moi et vis que de nombreux fidèles contemplaient, mal à l'aise, le sang couler sur le sol en marbre. Je regardai les hommes : certains étaient plus grands et plus forts qu'Hector. *C'est mal et aucun de vous ne réagit. Aucun.*

Je trouvai la famille de Calder : ses parents avaient détourné le regard et Maya avait enfoui la tête contre le torse de son père.

J'aperçus Xander, qui dévisageait Hector avec une expression de haine pure. Nos regards se croisèrent, son visage s'adoucit très légèrement et il hocha la tête une fois, comme pour dire : « Tiens bon. On a un plan. »

Hector finit par se tourner vers Calder.

– Lève-toi, Porteur d'eau. (Il baissa les yeux vers le sang.) Les dieux ont pensé que tu avais besoin d'une punition plus dure pour tes crimes. Qui sommes-nous pour protester ?

Il jeta un regard alentour : apparemment, tout le monde était d'accord avec lui.

– Mais le sang finit par cesser de couler et les blessures cicatrisent. Si tu as appris la leçon, alors la douleur physique en vaut la peine. Cela en valait-il la peine, Porteur d'eau ?

– Oui, Père, répondit Calder d'une voix forte et assurée.

Hector s'interrompit un instant.

– Très bien. Lève-toi et tourne-toi vers ta famille. Excuse-toi auprès d'eux.

Calder ne bougea pas tout de suite. Il finit par se pencher en avant et posa les mains sur le sol avant de lever un genou, puis l'autre. Chacun résista un peu avant qu'il puisse le libérer de la planche. Une vague de souffrance atroce traversa son visage mais il se ressaisit et se leva lentement sans plier les jambes. Je baissai les yeux sur ses genoux et portai la main à ma bouche pour ne pas crier. La chair était à vif et mutilée comme si les bosses métalliques de la planche avaient été remplacées par des pointes acérées. De fins ruisseaux de sang coulaient de chaque blessure. Calder se redressa de toute sa taille et fit face à la foule.

– Je vous présente mes excuses pour mon comportement égoïste et je suis désolé que vous ayez dû endurer ce qui vient de se passer. Je réfléchirai à mes actions en prison.

– Tourne-toi et présente tes excuses au conseil, ordonna Hector.

Calder obéit lentement. Je n'observai pas ses jambes, juste son visage. Il ne me regarda pas mais se concentra sur Clive Richter.

– Je vous présente mes excuses et je regrette d'avoir eu besoin de prouver que certaines personnes en ce monde sont plus fortes que d'autres. Mes actions étaient purement égoïstes.

Clive plissa les yeux mais garda le silence. Hector agita le bras pour indiquer au conseil qu'il pouvait quitter le Temple. Nous nous levâmes et sortîmes en file indienne. Je gardai la tête haute et ne regardai personne.

Une fois installée dans le chariot qui nous amenait là, Hector et moi, une fois par semaine, je jetai un coup d'œil derrière moi : Calder remontait l'allée, ses jambes maculées de sang, et regardait droit devant lui, exactement comme moi.

***

Je passai le reste de la journée dans ma chambre, assise sur mon lit, étourdie de chagrin. Que ressentait Calder ? L'avait-on soigné ou était-il assis tout seul et ensanglanté ? Je n'étais pas certaine de parvenir à supporter de ne rien savoir mais la culpabilité m'envahit à cette idée. C'était Calder qui souffrait, pas moi.

Une heure environ avant le dîner, quelqu'un frappa légèrement à ma porte et je me levai pour aller ouvrir. C'était Hailey.

– Comment vas-tu ? demanda-t-elle en me prenant la main tandis que nous nous asseyions sur le lit.

Je ne pus m'en empêcher. Les larmes me montèrent aux yeux et je secouai la tête en signe de dénégation.

– Je vois bien ta façon de le regarder, Eden. Tout le monde le voit.

Je me décomposai.

– Je l'aime, Hailey, lâchai-je. Je suis amoureuse de lui.

Je n'avais pas eu l'intention de le révéler mais le visage réconfortant d'Hailey m'avait transpercée. J'avais désespérément besoin de parler à quelqu'un.

Elle pâlit.

– Oh, Eden. Comment as-tu pu ? Comment as-tu laissé une pareille chose se produire ?

– Ce n'est pas ma faute. Je n'ai pas pu l'arrêter.

– Tu aurais pu te tenir loin de lui.

Je secouai la tête.

– Non. Je ne veux rien d'autre qu'être avec lui.

Hailey se redressa et pinça les lèvres.

– Alors tu t'es montrée égoïste. Tu nous mets tous dans une position terrible. Tu as risqué notre avenir, *notre destin*, en suivant ton cœur égoïste.

Ma détermination en prit un coup et je sentis un poids peser sur ma poitrine.

– Si j'obtiens une place au paradis en ignorant les désirs de mon cœur, alors je refuse d'y aller, parvins-je à articuler entre deux sanglots.

– Et nous ?

Je me levai.

– Et vous ? Votre salut dépend de *mon* malheur ? Vous voulez que je sacrifie mon désir le plus profond pour que vous puissiez gouverner avec les dieux pour l'éternité ? N'est-ce pas égoïste ?

Hailey se leva à son tour.

– Toi aussi tu gouverneras avec les dieux.

– Si pour cela je dois perdre Calder, non merci. Je préfère brûler en enfer, sifflai-je.

Hailey sembla soudain abandonner la partie. Ses épaules se voûtèrent et elle regarda par la fenêtre.

– C'est en partie ma faute. Je t'ai donné trop de liberté et regarde le résultat.

Les larmes me montèrent de nouveau aux yeux.

– Vous êtes la seule qui s'est montrée bonne avec moi ici… la seule qui m'a jamais… qui m'a jamais montré de l'affection. (Je tentai de lui prendre la main mais elle se dégagea.) S'il vous plaît, Hailey, vous vous êtes comportée comme une mère pour moi quand j'en ai eu tant besoin. Ne me détestez pas, je vous en prie. Essayez de comprendre. Aidez-moi, je vous en supplie, chuchotai-je.

– Et qui nous aidera ?

Je cillai.

– Et si Hector se trompait ? Et si… et si le déluge n'avait pas lieu ?

Elle secoua la tête.

– Impossible. Hector… il sait des choses. Son mariage avec toi et la prédiction du déluge sont les deux choses dont il n'a jamais démordu. Il en est sûr, et moi aussi.

Je baissai les yeux vers le sol, les joues baignées de larmes.

– Je suis désolée. (Je ne voyais pas quoi dire d'autre. Je levai les yeux vers elle.) S'il vous plaît, ne racontez rien à Hector.

– Je ne le lui dirai jamais. Il nous punirait toutes les deux. Et il aurait raison.

Je baissai les yeux, honteuse.

– Je vais dire que tu ne te sens pas bien et que tu ne descendras pas dîner. Je pense que c'est la meilleure solution.

– D'accord, croassai-je.

Je savais que c'était sa façon de m'annoncer qu'elle ne voulait plus me voir de la journée. Hailey quitta la pièce. Je me laissai tomber sur le lit, enfouis mon visage entre mes mains et me mis à sangloter. J'avais été si contente lorsque Hailey et ses fils étaient restés de notre côté de la maison, même après le retour de Mère Miriam. Mais je dégoûtais Hailey, maintenant. Je me sentis submergée par la solitude et le désespoir.

Un peu plus tard, alors que je regardais par la fenêtre, j'aperçus Xander s'éloigner du chalet en jetant un coup d'œil furtif par-dessus son épaule.

Je me faufilai au rez-de-chaussée et tendis l'oreille vers la salle à manger, d'où me parvinrent les bruits habituels du dîner. J'ouvris la porte sans faire de bruit et descendis les quelques marches. Je jetai un coup d'œil autour de moi puis glissai la main sous le buisson pour récupérer une feuille de papier pliée. Je la fourrai dans la poche de ma jupe et regagnai rapidement ma chambre pour la lire.

Eden,

Je pense que tu seras d'accord avec moi pour dire qu'au regard des événements de la journée, nous devons partir le plus vite possible. Deux mois à compter d'aujourd'hui au plus tard. Lorsque tu entendras le cri d'un engoulevent, trois fois d'affilée, une pause, puis deux fois, tu sauras qu'il est temps de nous retrouver, Calder et moi, à la source. Assure-toi que personne ne te suivra.

En attendant, si tu vois traîner de l'argent que tu peux voler sans prendre trop de risques, fais-le. Nous aurons besoin de tout ce qu'on pourra trouver, le moindre centime.

Xander

Deux mois ? J'inspirai profondément. Deux mois me paraissaient une éternité ; je n'avais pas d'autre choix que de me montrer patiente. Je ferais de mon mieux pour que l'amour que j'éprouvais pour Calder ne se lise pas dans mon regard. Et je prierais pour que les deux mois à venir se déroulent sans incident.

Je ne rangeai pas cette lettre avec celles de Calder, celles dont je ne pouvais pas me séparer. Au lieu de ça, j'allumai une bougie sur ma commode et tins la feuille au-dessus jusqu'à ce qu'elle soit entièrement consumée. Lorsqu'il ne resta plus qu'un minuscule bout de papier noirci, je le laissai tomber dans le petit support en verre sur lequel était posée la bougie. Je l'éteignis, retournai vers la fenêtre et contemplai l'extérieur en pensant à Calder et en essayant de nous imaginer tous les deux le plus loin possible d'ici.

CHAPITRE 16

CALDER

J'étais assis dans la pièce prison à l'extrémité du sous-sol. C'était la première fois que j'y mettais les pieds mais j'avais entendu dire que c'était un endroit exigu et glacial qui poussait au repentir rapide. C'était exact. La pièce était petite, il y faisait froid, une simple gouttière rouillée servait à recueillir l'urine et l'air sentait le moisi. Le seul siège était un banc de pierre étroit sur lequel je m'étais installé, les jambes étendues devant moi. Je grimaçai en ajustant ma position, ravi de ne plus avoir besoin de masquer ma souffrance. Quelqu'un avait aiguisé ou modifié les bosses métalliques de la planche, et j'étais prêt à parier que c'était Clive Richter. Mais s'il croyait que je lui ferais le plaisir de lui montrer ma douleur, il se fourrait le doigt dans l'œil jusqu'au coude. Les trous dans mes jambes finiraient par guérir, même si les blessures étaient très moches.

J'entendis la clef tourner dans la serrure de l'épaisse porte blindée et je levai les yeux : une vieille femme aux cheveux blancs frisés pénétra dans la pièce et quelqu'un referma la porte derrière elle.

– Mère Willa, dis-je, en faisant mine de me lever.

Elle fit un bruit impatient et un geste de la main pour m'indiquer de rester assis. Je m'affalai de nouveau sur le banc.

Elle ouvrit le grand sac en crochet qu'elle portait à l'épaule et en sortit de petits sachets en tissu et un bol taillé dans un caillou. Elle mélangea diverses mixtures, ajouta de l'eau et une forte odeur de plantes me parvint. Elle broya la préparation jusqu'à obtention d'une pâte vert foncé. Elle s'approcha de moi et s'agenouilla pour examiner mes jambes, qu'elle manipula avec précaution tout en faisant de petits « tss, tss » avec la langue.

– Les dieux n'ont rien à voir avec ça, fit-elle comme pour elle-même. Tiens, prends ça. Ça va atténuer la douleur. (Elle me tendit un petit sachet de poudre et un pot en bois dont elle avait ôté le couvercle.) Bois tout.

Je versai la poudre dans ma bouche et bus entièrement le contenu du pot. Une vague de chaleur m'envahit aussitôt et la douleur lancinante de mes jambes commença à s'estomper. Je soupirai et appuyai la tête contre le mur. Je sentis quelque chose de frais sur mes blessures mais je ne baissai pas les yeux.

Au bout de quelques instants, Mère Willa demanda :

– Qu'est-ce que tu as fait pour déplaire à Hector ?

– Je… je pense que je l'ai menacé et défié, répondis-je sans ouvrir les yeux.

J'étais un peu étourdi mais dans le bon sens du terme.

Elle ne répondit pas tout de suite.

– Alors, tu dois partir, finit-elle par dire. Les choses ne feront qu'empirer pour toi.

J'ouvris mes paupières lourdes et baissai les yeux vers elle. Je croisai son regard d'un bleu intense et la dévisageai un instant. Sa peau était tannée et fripée, ses cheveux blancs et cassants et il ne lui restait que quelques dents, mais son regard était celui d'une jeune fille.

– Je vais arranger les choses, promis-je.

Elle secoua la tête tout en continuant à appliquer l'emplâtre frais sur mes blessures.

– Tu as détruit l'équilibre pour toujours. On ne peut pas arranger les choses. Non. Tu dois partir tout de suite.

Je secouai la tête.

– Il y a des gens que j'aime, ici.

– Raison de plus, répondit-elle en déroulant des bandages blancs. Dès qu'il te libérera, marche et ne t'arrête plus.

Je secouai la tête de plus belle. J'avais l'impression que l'air autour de moi vacillait.

– Impossible. Je dois prendre soin de certaines personnes.

Mère Willa poussa un profond soupir.

– Tu as déjà accompli ton sacrifice dans cette vie, Calder Raynes, répondit-elle en enroulant une bande autour de mon genou. Même si tu ne le sais pas.

– Je ne comprends pas, répondis-je perplexe.

Ma langue était épaisse et j'avais du mal à articuler.

Le regard bleu clair croisa de nouveau le mien.

– Tu étais très jeune. Tu ne te souviens pas de ton arrivée ici.

Je secouai la tête en essayant de comprendre ce qu'elle disait.

– Mon arrivée ici ? Non, Maya et moi nous sommes nés ici.

Mère Willa rit doucement en secouant la tête.

– Maya, oui. Mais pas toi, Calder. Tu n'es pas né ici. Mais tu appartiens quand même à Hector. Et maintenant tu représentes une menace pour lui et tu ne peux pas défaire ce que tu as fait. Si tu veux protéger les gens que tu aimes, tu dois fuir, tu m'entends ?

– Pourquoi ? Quoi ? Je ne…

Mère Willa hocha la tête et me tapota gentiment le pied.

– Un cadeau, voilà ce que tu as été pour tes parents. Un garçon parfait et magnifique censé rétablir l'équilibre détruit par la naissance de ta sœur.

Du brouillard avait envahi mon cerveau et je ne parvenais pas à le dissiper suffisamment pour saisir le sens de tout cela, ou séparer ce qui était important de ce qui l'était moins. Cette vieille femme était certainement folle et atteinte de démence sénile.

– Vous êtes très âgée, parvins-je à articuler d'une voix enrouée.

Mère Willa gloussa sans cesser de bander mes blessures.

– Un jour tu seras vieux, toi aussi.

– Ah bon ? Et les autres aussi ?

– Je pense, répondit-elle. (Une expression perplexe se peignit sur ses traits mais disparut presque aussitôt.) Si certaines choses… oui.

Je ne comprenais absolument pas ce qu'elle disait mais je m'en fichais. Rien n'avait d'importance hormis la chaleur qui coulait dans mes veines et l'absence de douleur. Je fermai de nouveau les yeux.

– Vous vous plaisez ici, Mère Willa ?

Elle prit le temps de réfléchir avant de répondre.

– Je suppose, oui. Il y a de la place pour moi. Et, poursuivit-elle en désignant mes jambes, je suis utile ici. Je gagne mon pain.

J'acquiesçai. Elle ne m'avait jamais soigné mais j'avais entendu des femmes qui venaient d'accoucher chanter ses louanges ; de nombreuses blessures se seraient infectées sans ses décoctions et ses emplâtres, et bien sûr, comme l'ajoutait Hector, la volonté des dieux. Sauf que je doutais de cela à présent.

– Mais, Calder, un garçon comme toi n'a pas besoin de se cacher dans un endroit de ce genre.

– Se cacher ? C'est ce que font les gens ici ?

Les mots se bousculaient dans ma bouche.

– Oui. Nous avons tous parfois besoin d'un refuge. Le monde est dur. Certaines personnes ont besoin de trouver leur place. Mais pas quand le prix à payer est trop lourd, conclut-elle en secouant la tête.

Je fronçai les sourcils, envahi par une nouvelle bouffée de chaleur.

– Quel est le prix à payer pour trouver refuge ici, Mère ?

Elle s'immobilisa et leva ses yeux brillants vers moi.

– La mort, répondit-elle si simplement que j'eus du mal à donner du sens au mot. Tant de mort.

La pièce pulsait autour de moi. Je n'avais qu'une envie : dormir.

– Et si on part d'ici ? demandai-je.

– La vie.

Les mots flottèrent dans mon esprit, s'assemblèrent puis se séparèrent de nouveau. Je ne parvenais pas à les connecter ni à leur donner un sens. Alors, je fermai les yeux et me reposai.

Quelques minutes plus tard, elle me tapota le pied.

– J'ai fini. Ça ne devrait pas s'infecter. Garde les bandages, même si ça te démange, du moins, tant que tu es ici, puis enlève-les, nettoie-les et remets-les. S'ils sont humides, remplace-les par des secs.

Mes paupières étaient très lourdes mais je parvins à les ouvrir pour la regarder.

– Merci, Mère Willa, parvins-je à articuler avec difficulté. Merci infiniment.

Elle opina en me lançant un regard triste.

– J'ai essayé de toutes mes forces de l'aider à comprendre son don, marmonna-t-elle comme pour elle-même, pas de le pervertir.

La souffrance qui se peignit sur son visage accentuait ses rides. Elle se mit à ranger ses affaires dans son sac et je fronçai les sourcils. J'aurais voulu lui poser d'autres questions mais j'étais trop fatigué. Je fermai les yeux ; cette fois-ci les ténèbres s'emparèrent de moi et des images surgirent de l'obscurité de mon esprit : d'énormes serpents crachant leur venin ; Eden, le dos cambré de plaisir qui gémissait mon nom ; et de l'eau ruisselante qui passait du filet à la crue et m'entraînait vers le fond, dans une noirceur si profonde que je savais que je ne referais jamais surface.

***

Je dormis presque toute la journée. Mère Miriam, la maîtresse d'Hector à l'air antipathique, m'apporta à manger. Elle posa le plateau sur le sol et débarrassa celui qui était vide avant de repartir tout de suite. Je ne tentai pas d'engager la conversation. C'était inutile et elle me fit comprendre qu'elle n'était pas réceptive aux gentillesses, de toute façon.

Le lendemain, quand les herbes de Mère Willa eurent cessé d'embrumer mon cerveau, Mère Miriam m'apporta une copie du Livre Saint, qu'elle posa sur le sol avec mon repas. Je le mis sur le banc mais ne l'ouvris pas.

Le matin suivant, le fils d'un des membres du conseil ouvrit la porte. Je sortis et la lumière aveuglante du soleil me fit reculer, les yeux plissés.

– Hector dit que tu dois te laver puis aller travailler aux champs.

Je pris le temps d'ajuster ma vision, puis je m'éloignai sans prendre la peine de répondre.

Assis sur la rive, j'ôtai les bandages appliqués par Mère Willa et m'occupai de mes blessures encore à vif. Je me lavai entièrement puis remis les bandages que j'avais laissé sécher sur le rivage.

Quand je me mis en route vers les champs, le soleil était déjà haut dans le ciel et il dardait ses rayons ardents. Je me sentais bien. Être propre et au soleil me donnait l'impression d'avoir repris figure humaine.

Alors que je passais devant un des chalets, une main m'agrippa pour m'attirer derrière. Je trébuchai en jurant entre mes dents. C'était Xander.

– Tu m'as fait peur, bon sang.

– Désolé. On n’a que quelques minutes devant nous. Je ne veux pas qu’on nous voie ensemble.

– Pourquoi ? On est amis. Ce n’est pas bizarre.

Xander réfléchit un instant.

– Tu as certainement raison. Je pense juste qu’il vaut mieux ne pas attirer l’attention sur ce fait. Je n’ai pas envie que les gens se mettent à me surveiller. Ils vont tous garder l’œil sur toi et ça ne risque pas de changer.

– On devrait continuer à agir normalement. Sinon, ça va attirer l’attention sur toi.

– D’accord, comme tu veux, répliqua impatiemment Xander.

J’acquiesçai.

– Marchons. Je refuse de me cacher derrière les chalets.

Xander jeta un coup d’œil à mes jambes et nous prîmes la direction des champs.

– Comment tu vas ?

– Bien. J’ai un peu mal, c’est tout.

– Ça va pas être facile de t’agenouiller dans les champs.

– Je m’en remettrai. Quelle est la suite du plan ?

Xander se passa la main dans les cheveux en jetant un regard autour de lui.

– Kristi peut nous prêter cinq cents dollars. Elle n’a pas beaucoup d’argent, elle travaille à temps partiel comme garde forestière, elle ne peut pas faire mieux.

– C'est génial. Bon. Donc, on a plus de six cents dollars. Ça va nous tenir pendant combien de temps ?

– Pas longtemps. Kristi peut nous héberger mais elle ne va pas tarder à déménager, elle part pour la fac. Si on ne quitte pas Acadie d'ici deux mois, elle sera partie. Elle peut nous suggérer des endroits où loger si ça nous prend plus de temps que ça.

Je hochai la tête.

– Tu crois qu'en deux mois on sera prêts à partir ?

– Oui, mais pas plus. Les choses ne vont faire qu'empirer pour Eden et toi. Et les préparatifs du mariage ont déjà commencé chez les travailleurs. Eden aura dix-huit ans dans quoi ? Trois mois ?

Je poussai un profond soupir.

– Un peu moins.

Xander garda le silence un instant.

– Bon, tu vas voler ce que tu peux sans te faire prendre. Des bijoux, de l'argent, tout ce qu'on peut vendre. Plus on aura de liquide, plus on pourra tenir en attendant de trouver un job. (Il me jeta un coup d'œil.) Et je t'interdis de t'approcher d'Eden. On ne peut pas prendre ce risque.

Je hochai la tête en soupirant.

– Il faut la prévenir.

– Je l'ai déjà fait. J'espère qu'elle a un moyen de rentrer dans la chambre d'Hector pour voir si elle peut trouver des trucs de valeur.

Je serrai les dents et regardai droit devant moi.

– Il est hors de question qu'elle s'approche de la chambre d'Hector.

Xander me secoua et me lança un regard agacé.

– C'est pour notre survie, Calder.

– Non, protestai-je. Je préfère y aller moi qu'envoyer Eden.

– Comme tu veux. Il faut réfléchir aux détails. Comme je te l'ai dit, j'ai déjà écrit à Eden. Je lui ai ordonné d'être prudente. Elle nous rejoindra à la source dès qu'elle sera prête.

– Quel est le signal ? demandai-je.

Il porta les mains à sa bouche et imita en sourdine le cri de l'engoulevent.

Malgré la gravité de la situation, je ne pus m'empêcher de rire.

– Pas mal. Mais comment on va savoir que ce n'est pas un vrai cri d'oiseau ?

Xander me fit un clin d'œil.

– Je sais. On ne peut pas les distinguer. Un homme doit bien trouver quelque chose pour l'occuper quand il passe ses journées à marcher.

– Tu as tous les talents. Non, mais sérieusement, comment on saura que c'est toi ?

Xander retrouva son sérieux.

– Je le ferai trois fois d'affilée, une pause, puis deux fois.

– D'accord. (Je jetai un regard soupçonneux autour de moi.) Je ferais mieux d'y aller.

– Oui.

– Xander, est-ce que tu crois que tu peux me rendre un dernier service ? demandai-je après avoir un peu hésité. J'ai besoin de voir Eden une dernière fois.

– Non, Calder, protesta-t-il. Tu ne dois pas t'approcher d'elle. Tu ne dois même pas regarder dans sa direction.

– Je sais. Et je le ferai. Juste une fois. S'il te plaît. Ça nous permettra à tous les deux de tenir deux mois. Je te le jure.

Xander baissa les yeux, manifestement mécontent.

– D'accord, céda-t-il. On n'a qu'à faire un exercice pour voir comment elle peut se glisser hors de sa chambre et nous retrouver à la source.

– Merci. Mais je veux la voir seul.

– Oui, j'avais compris que je n'étais pas invité.

– Merci, répétai-je en souriant.

– Tu me remercieras quand on sera sortis d'ici.

– Oui. Il faut qu'on trouve le moyen de se revoir. J'ai encore des choses à te dire. Mais je dois aller bosser avant qu'on se rende compte de mon absence et qu'Hector m'oblige à dormir sur une planche de métal coupant cette nuit.

Xander grimaça à cette idée.

– On prendra notre petit déjeuner à la même table, comme d'habitude, et on trouvera un lieu de rendez-vous.

Je hochai la tête en souriant et me remis en route vers les champs. Xander imita doucement le cri de l'engoulevent dans mon dos et je ris en silence.

Xander était mon ami depuis tellement longtemps. Je ne pouvais pas imaginer ma vie sans lui. Notre plan devait absolument fonctionner : il fallait qu'on parte d'ici coûte que coûte. La douleur qui pulsait dans mes jambes n'était rien comparée à celle que je ressentais à l'idée d'être séparé d'Eden pendant deux mois. Notre plan *devait* marcher, *point*.

CHAPITRE 17

EDEN

J'étais assise sur mon lit, le Livre Saint d'Hector entre les mains, mais je ne le lisais pas. Je jouais à un jeu : je posais une question sur mon avenir, j'ouvrais le livre au hasard et pointais le doigt, les yeux fermés, sur un mot. Puis je lisais le mot, qui était la réponse.

Je jouais à ce jeu depuis des années. C'était immature, je sais, mais je m'ennuyais à périr.

– Est-ce que Calder et moi vivrons heureux à jamais ? murmurai-je.

J'ouvris le livre, fermai les yeux et posai le doigt sur la page. Lorsque je rouvris les yeux, je me rendis compte que j'avais désigné le mot « peut-être ».

– Peut-être ? marmonnai-je à haute voix. Sérieusement ? (Je soupirai, frustrée.) Allez, je prendrai la meilleure réponse sur trois, chuchotai-je en rouvrant le livre au hasard.

On frappa à ma porte. Je sursautai, m'adossai à mes oreillers, le livre dans les mains comme si j'étais plongée dans son étude.

– Entrez, dis-je.

Mère Miriam ouvrit la porte, un tissu blanc et transparent dans les mains. Elle le posa au pied de mon lit.

– Ton voile de mariée, fit-elle avec ce ton méprisant qu'elle avait utilisé à mon égard toute ma vie.

– Oh, dis-je, le cœur serré. Merci.

– La fille qui l'a apporté, la simplette, m'a demandé de te dire que la dentelle du bord a l'air lourde parce qu'on a utilisé plus de pierres que prévu dans les broderies. Elle a répété ça six ou sept fois. Je suppose qu'elle a peur que tu te plaignes, conclut-elle en levant les yeux au ciel et en secouant la tête comme si elle avait enduré une véritable torture en ayant cette conversation avec Maya.

Je fronçai les sourcils. J'aurais donné n'importe quoi pour pouvoir discuter avec Maya ne serait-ce que quelques instants et pour apprendre à connaître la sœur que Calder aimait avec autant de férocité.

– Merci, me contentai-je de répéter en glissant vers le pied du lit pour caresser le tissu délicat.

Mère Miriam me jeta un regard hautain et tourna les talons.

– Pourquoi me détestez-vous autant ? demandai-je de façon détachée sans lever les yeux du voile.

Elle se retourna, impassible.

– Pardon ?

Je levai les yeux vers elle et la regardai bien en face.

– Je… je ne vous ai jamais rien fait. J'ai essayé de toutes mes forces de vous rendre fière en étant la meilleure pianiste possible. J'ai tenté d'être polie et obéissante. J'ai… tout fait pour que vous m'aimiez. Mais vous ne m'avez jamais manifesté aucune tendresse, jamais. Pourquoi ? Qu'est-ce que je vous ai fait pour susciter autant de haine ?

Elle sembla se demander un instant si elle allait me répondre, puis l'éclat de ses yeux se fit moins tranchant.

– Tu me l'as volé, se contenta-t-elle de répondre.

Je me sentis blessée, même si j'aurais aimé que Mère Miriam n'ait plus le pouvoir de me faire du mal depuis longtemps.

– Je n'étais qu'une petite fille, répliquai-je.

Elle m'observa des pieds à la tête.

– Tu ne l'es plus, n'est-ce pas ?

Puis elle tourna les talons et sortit de ma chambre en refermant la porte en silence derrière elle.

Je restai immobile, le regard fixé sur la porte, en réfléchissant à l'injustice de la vie et de l'amour. Si les dieux existaient vraiment, pourquoi n'intervenaient-ils pas dans ce genre de situation, alors que j'aimais Calder et que Miriam aimait Hector ? S'ils s'en mêlaient juste un peu, nous pourrions tous obtenir ce que nous voulions.

Mais nos problèmes dérisoires n'intéressaient pas les dieux, je suppose, pas quand ils avaient d'autres chats plus importants à fouetter, comme les inondations, les famines et la fin du monde.

Je reportai mon attention sur le voile et le caressai de nouveau en imaginant les doigts de Maya en train de coudre la dentelle au tissu, de fixer les pierreries une par une et de constituer ce voile qui m'emporterait loin de son frère.

Je passai le doigt sur l'une des perles. Maya avait parlé de pierres et non de pierreries. Six ou sept fois, avait dit Miriam. *Plus de pierres que prévu.*

Je considérai le voile encore quelques secondes, puis je m'en emparai et fis courir les doigts le long de l'ourlet, sur la dentelle et les pierreries, jusqu'à ce que je finisse par tomber sur un morceau sans perles. Je sentais cependant une protubérance indiquant que quelque chose avait été cousu dans la dentelle. Mon cœur s'emballa. Quelque chose de plat, de dur et de la taille d'une pièce de monnaie. Je défis l'ourlet avec les dents. Après tout, que m'importait ? Ce voile était magnifique mais je ne le porterais jamais.

Je glissai le doigt dans le petit trou, que j'agrandis : quelque chose de lisse était caché à l'intérieur. Je retournai le voile et un petit caillou de rivière roula sur mes genoux, presque aussi rond et lisse que les perles que Maya avait cousues sur le voile. Je retins mon souffle et portai la main à ma bouche.

Ils passent en revue tout un tas de cailloux et jettent leur dévolu sur le plus lisse qu'ils offrent à celle dont ils veulent faire leur partenaire, en gage de leur amour.

Je ramassai le caillou et le portai à ma poitrine, où je le tins quelques instants, le cœur débordant de joie.

Puis je le plaçai sous mon oreiller, mon « nid ».

– Oui, chuchotai-je, je t'accepte. Mille fois oui.

Puis je remis l'oreiller en place, un grand sourire aux lèvres.

Je me saisis de nouveau du voile et remis mes doigts dans le trou. Je sentis tout de suite deux petits morceaux de papier que je sortis de leur cachette. Le premier était minuscule. Je le dépliai rapidement, le souffle court.

C'était un dessin de notre rocher surmonté d'une pleine lune dans laquelle était écrit le chiffre 12. J'examinai le calendrier fixé au mur, perplexe. *Ce soir, c'est la pleine lune.* Calder voulait que j'aille le retrouver ce soir à minuit à la source. Mon cœur battit de nouveau à tout rompre.

Le deuxième morceau de papier était encore plus petit. Il était écrit dessus en lettres minuscules : « Ouvre-le avec précaution ». Je m'exécutai : il contenait de la poudre blanche et les lettres ZZZ. Un somnifère ? Pour Hector ?

Je contemplai les deux messages, le cerveau tournant à cent à l'heure. Je savais que nous n'étions pas encore prêts à partir, donc il voulait juste me voir. Et je voulais le voir aussi. Désespérément. Mais pour pouvoir le faire en toute sécurité, je devais verser le somnifère dans le thé d'Hector.

J'étais prête à faire ce qu'il fallait. J'étais prête à faire n'importe quoi pour voir Calder.

– Merci, Maya, murmurai-je. Merci d'être aussi courageuse.

J'aurais juste aimé le lui dire en personne.

***

Plus tard, ce soir-là, après avoir versé la poudre blanche dans le thé d'Hector, que je lui avais apporté pendant qu'il lisait près de la cheminée, et l'avoir vu monter se coucher déjà somnolent, je sortis avec précaution par ma fenêtre. J'avais d'abord pensé passer par la porte principale mais plusieurs membres du conseil étaient là ce soir et ils m'épiaient sans cesse. Je me retirai dans ma chambre tout de suite après Hector. Je laissai ma fenêtre à peine entrouverte et rampai sur le toit, en glissant sur mes fesses et en prenant bien garde de ne faire aucun bruit. Une fois parvenue de l'autre côté de la maison, je comptai jusqu'à trois et sautai sur l'arbre le plus proche. Je réprimai un cri lorsqu'une branche me heurta le flanc et que celle à laquelle je m'accrochais s'agita dangereusement sous mon poids. Je pris le temps de retrouver mon équilibre avant d'atteindre une autre branche et de gagner le sol.

Juste au moment où je l'atteignais enfin, des phares illuminèrent l'entrée d'Acadie. Je retins mon souffle et me fis aussi petite que possible derrière le large tronc de l'arbre, les yeux fermés. Si quelqu'un descendait de la voiture et examinait attentivement les environs, il me verrait aisément.

J'entendis des pas sur ma gauche et je restai parfaitement immobile jusqu'à ce que j'entende la porte d'entrée s'ouvrir et se fermer. Je soupirai de soulagement et traversai à toutes jambes le terrain découvert jusqu'au bosquet qui menait au sentier de la source.

Mon corps vibrait d'énergie et d'excitation quand je finis par repousser le buisson et me faufiler dans notre oasis, le souffle court, presque étourdie.

Je m'immobilisai.

Il était là, debout, à la lueur du clair de lune et d'une dizaine de bougies disséminées çà et là, un petit sourire aux lèvres. Je l'admirai ouvertement. Sa beauté était trop extraordinaire pour être vraie. Je baissai timidement les yeux, soudain accablée par le poids de l'instant. Ce serait la dernière fois que nous nous verrions avant de quitter cet endroit.

Je levai les yeux vers lui et nous avançâmes sans nous concerter, nous précipitant l'un vers l'autre. Il me prit dans ses bras et me fit tourbillonner. Je renversai la tête en arrière et éclatai de rire à la face de la nuit étoilée, tandis que Calder enfouissait le visage dans mon cou, son sourire s'élargissant contre ma peau.

Il finit par me reposer. Il posa la main sur ma joue et je m'y appuyai, les yeux fermés.

– Tu vas bien ? chuchotai-je. Je me suis fait tellement de souci. Tes jambes…

Je ne pus m'en empêcher : les larmes me montèrent aux yeux au souvenir de la torture qu'il avait endurée. Calder secoua la tête et essuya du pouce la larme qui s'était échappée et roulait sur ma joue.

– Mes jambes vont bien, Eden. Je te le promets. (Il recula un peu et baissa les yeux vers moi avec un petit sourire.) C'est mon cœur qui souffre d'être loin de toi.

J'éclatai d'un rire mêlé de sanglots.

– Tu me manques tellement. J'ai cru mourir en te voyant souffrir.

Calder encadra mon visage de ses mains.

– Chut, c'est fini.

Je hochai la tête, mais maintenant que les vannes s'étaient ouvertes, je me mis à pleurer à chaudes larmes.

– Je ne me suis pas inquiété pour toi parce que je sais combien tu es forte.

– Regarde-moi, protestai-je. Je ne suis pas si courageuse.

– Bien sûr que si, affirma-t-il en souriant. Tu es plus brave qu'aucun homme de ma connaissance. En fait, poursuivit-il en haussant un sourcil, amusé, peut-être bien que tu es un homme, après tout.

Je ris, produisant un petit bruit étranglé au milieu de mes sanglots.

– Arrête d'essayer de me faire rire. J'ai envie de pleurer.

Il m'adressa un sourire étincelant mais ses yeux fouillèrent mes traits.

– Attends. Tu es beaucoup trop jolie pour être un homme. Mais il faut peut-être que je pousse l'enquête plus loin. (Il se pencha et m'embrassa tendrement en faisant courir sa langue sur mes lèvres.) Mmmm… tu as trop bon goût pour être un homme, murmura-t-il en reculant un peu, le regard sombre.

Je fermai les yeux et arrêtai de pleurer. J'esquissai un faible sourire.

– Tu essaies de me distraire.

– Et, continua-t-il en s'emparant d'une mèche de mes cheveux qu'il porta à son nez, les yeux fermés, tu sens bien meilleur que la plupart des hommes.

J'éclatai de rire. C'était agréable.

Il sourit et m'embrassa de nouveau. Nous explorâmes nos bouches pendant de longues minutes en soupirant de plaisir.

Calder posa les mains sur mes seins et les soupesa avec douceur. Il délaissa ma bouche pour déposer un sillage de baisers dans mon cou.

– Non, c'est concluant. Tu n'es définitivement pas un homme.

Mon rire s'acheva dans un soupir.

– De toute façon, rétorquai-je, décidée à entrer dans son jeu, les femmes sont aussi fortes que les hommes. Mais on ne le clame pas sur les toits pour ne pas froisser vos ego délicats.

Calder sourit contre ma gorge.

– Tu as certainement raison, chuchota-t-il.

– Mmm mmm, soupirai-je en frissonnant tandis qu'il continuait à me caresser le cou du bout de la langue. Je suis contente que tu t'en rendes compte.

Calder écarta une mèche de cheveux de ma joue.

– Le somnifère…

– Je l'ai versé dans le thé d'Hector. C'était facile. Vingt minutes plus tard, il a commencé à sombrer dans son fauteuil. Mère Miriam l'a accompagné dans sa chambre.

Calder acquiesça.

– J'ai demandé à Mère Willa de me fournir un peu plus de la poudre qu'elle m'avait fait boire pour soulager la douleur.

Je ne pus empêcher la tristesse de s'abattre sur moi.

– La douleur…

Calder posa un doigt sur mes lèvres avec un sourire tendre.

– Ne parlons pas de ça. Le temps presse. On ne pourra pas prendre ce risque une deuxième fois. Je voulais juste te voir une dernière fois avant qu'on se sépare pendant un moment. N'en gâchons pas une seconde.

J'opinai lentement.

– Je vais essayer, chuchotai-je.

Je jetai un coup d'œil aux bougies dont la flamme vacillait.

– C'est magnifique, commentai-je. Merci. J'adore la lueur des chandelles.

Calder sourit.

– Je ne peux pas t'offrir grand-chose pour l'instant, Belle de Jour. Mais la lueur des bougies, je ne serai jamais à court, dit-il en riant.

Je souris avant de redevenir soudain sérieuse.

– Est-ce que quelqu'un va te chercher ?

– Non. Pas pour le moment, je pense. Je dors dans la tente de guérison et Xander a pris ma place pour la nuit. Dans l'obscurité, nul ne peut savoir qui il est.

Nous prenions tellement de risques pour nous voir ce soir.

– D'accord.

– Comment tu es sortie ?

– Par ma fenêtre. Je me suis faufilée sur le toit jusqu'au gros arbre sur le côté du chalet.

Calder recula un peu, l'air abasourdi.

– Eden, c'était dangereux. Je pensais que, grâce au somnifère, tu pourrais sortir par la porte principale.

Je secouai la tête.

– Les membres du conseil me surveillent tous. Je le sens. Hector leur en a donné l'ordre… je ne sais pas, mais je ne pouvais pas prendre ce risque. C'était plus sûr de passer par la fenêtre.

Calder eut l'air inquiet pendant un instant puis il hocha la tête comme s'il comprenait et se pencha pour m'embrasser de nouveau. Je devins soudain indifférente à tout sauf à lui. Son goût m'enivrait. Son odeur, un mélange d'eau pure et de quelque chose qui n'appartenait qu'à lui, éveillait une partie secrète profondément enfouie en moi. Je m'éveillais d'une façon essentielle que je ne comprenais pas.

Sous ses caresses, je m'épanouissais comme une fleur gavée par la chaleur du soleil ; mes tétons se dressaient, mes cuisses se contractaient et mon sexe commençait à vibrer.

Je le sentis durcir contre mon ventre et je gémis dans sa bouche. Je glissai les mains sur les cheveux soyeux qui poussaient sur sa nuque. Il gémit à son tour, produisant ce son merveilleux qui vibrait sur ma langue. De l'humidité prit naissance entre mes cuisses et je sentis battre ce vide en moi qui attendait d'être rempli. J'interrompis notre baiser et Calder me contempla, le regard à demi voilé par ses paupières lourdes.

– Fais-moi l'amour, Calder. (Je levai les yeux vers le ciel.) Ici, dans cet endroit qui n'appartient qu'à nous. Sous cette lune.

Calder m'embrassa de nouveau tendrement avant de demander :

– As-tu accepté mon caillou ?

– Oui, répondis-je en souriant. Je l'ai rangé dans mon nid. Est-ce que ça signifie qu'on est mariés ?

– Oui, fit-il en souriant de toutes ses dents.

– Je ne suis pas certaine que l'État de l'Arizona reconnaisse la loi pingouine.

Calder rit doucement.

– Je me fiche de l'État de l'Arizona. C'est la loi que je décide d'honorer pour le reste de ma vie.

– Et tes vœux ? Ils sont où ? répliquai-je en souriant.

Il me prit par la main. Au-dessus de nos têtes, la lune projetait son éclat doré sur tout ce qui nous entourait et l'air tiède caressait mon visage. Face à moi se tenait l'homme le plus magnifique que j'avais jamais vu, celui que j'aimais depuis toujours et qui me rendait tout cet amour. Tout autour de moi, la nuit bruissait de miracles, petits et grands.

Calder me considéra un instant en silence, un tendre sourire aux lèvres.

– Eden, voici mon serment. Mon cœur t'appartient. Ma vie t'appartient. Mon corps t'appartient. Mon art, mes rêves. Tu me possèdes tout entier.

Je poussai un profond soupir et mon cœur s'emballa.

– Et voici mon serment. Calder, mon cœur t'appartient, de même que ma vie, mon corps et mes rêves. Tu me possèdes tout entière, dans cette vie et dans toutes les autres.

Calder sourit, m'embrassa tendrement puis m'attira à lui ; il passa les bras autour de ma taille et me souleva. Je ris et l'embrassai encore et encore, posant de petits baisers sur toute la surface de son visage tandis qu'il riait aussi.

– Je t'aime, Belle de Jour.

– Je t'aime, Caramel.

Calder me reposa sur le sol.

– J'ai apporté quelque chose, dis-je.

– Montre-moi.

Je me dirigeai vers le sac en toile que j'avais laissé près de l'entrée et le rapportai vers lui. J'en sortis la grande couverture blanche qui était rangée dans mon coffre de mariage. Elle avait été cousue spécialement pour ma nuit de noces : c'était un splendide mélange de laine, de coton et de lin entremêlés de fils d'argent. Elle étincelait au clair de lune. Je l'étalai sur l'herbe et levai les yeux vers Calder.

Je déboutonnai lentement mon chemisier et le laissai glisser sur mes épaules. Calder me regarda faire en silence, et j'entrouvris légèrement les lèvres lorsque nos regards se croisèrent. Il ôta sa chemise à son tour, la balança sur le côté et s'approcha de moi jusqu'à ce que nous ne soyons plus qu'à quelques centimètres l'un de l'autre, à côté de la couverture.

L'eau clapotait doucement, le feuillage murmurait dans la brise légère, et pour moi, cet instant était saint, chaud, vrai et juste.

Nous ôtâmes le reste de nos vêtements très lentement et nous finîmes par nous retrouver nus l'un devant l'autre. Ses yeux caressaient ma peau et mes tétons durcirent sous son regard.

– Tu ressembles à une déesse, chuchota Calder.

Je lui répondis par un petit sourire tout en l'admirant sans retenue. J'étais amoureuse de lui et je n'éprouvais aucune honte. Je contemplai ses épaules et ses bras musclés, son ventre plat et bien dessiné et le V sur ses hanches. En voyant ce V, quelque chose réagit dans mon corps. Il était parfaitement viril et sa puissance était évidente. Mon regard poursuivit son lent voyage vers le bas, sur ce fin chemin de poils qui menait tout droit à sa virilité, raide et gonflée, qui pointait vers moi. Je levai aussitôt les yeux vers son visage : il m'observait, le regard plein de désir.

Les instructions d'Hailey me revinrent en mémoire et je m'agenouillai avec lenteur devant lui. Il retint son souffle et prononça mon nom d'une voix rauque et incertaine.

Je remarquai les bandages autour de ses mollets mais je ne dis rien. Je savais qu'il ne le voulait pas.

Je posai la joue contre son bas-ventre, puis j'enfouis le visage contre sa peau que je parsemai de petits baisers avant de m'asseoir sur mes talons. Le souffle de Calder se fit plus court et il passa les doigts dans mes cheveux.

Je pris son membre dans ma main et j'en embrassai le bout que je goûtai du bout de la langue. Calder gémit et son sexe gonfla encore davantage. Je me repaissais du sentiment de le posséder complètement en cet instant ; je me sentais puissante, belle et aimée.

Je pris son gland dans ma bouche et je suçai doucement. Calder soupira mon nom et ses doigts agrippèrent mes cheveux. Il se retira, me laissant une sensation de vide. Il s'agenouilla, comme si ses genoux ne le gênaient pas, et s'empara de ma bouche qu'il embrassa avidement. Quand il finit par reculer, il avait l'air ivre, ses pupilles étaient tellement dilatées que ses yeux marron étaient presque noirs.

Calder baissa les yeux vers la couverture. Je m'avançai vers elle, toujours à genoux, et m'y étendis sur le dos. Il se coucha sur moi sans hésiter et continua à m'embrasser. Sa peau brûlait contre la mienne. J'étais mouillée et j'avais terriblement envie de lui.

– Calder, gémis-je. J'ai besoin de toi.

– Moi aussi, j'ai besoin de toi, Belle de Jour, souffla-t-il. Mais je ne veux pas non plus que ça se termine. (Il m'embrassa entre les seins.) Je voudrais que cet instant dure pour l'éternité.

Il me lécha le téton, je renversai la tête en arrière et cambrai le dos. Le plaisir se mit à pulser entre mes jambes tandis qu'il me caressait de la langue. Il fit ensuite subir le même traitement délicieux à l'autre. Je murmurai son prénom, haletante, et enroulai mes jambes autour des siennes, me cambrant contre son membre durci. Il se pressa à son tour contre moi en gémissant.

Il roula sur le côté pour faire reposer son poids sur la couverture, puis glissa une main entre mes cuisses. Je gémis de nouveau, écartai les jambes, et une vague de plaisir me traversa lorsqu'il enfonça un doigt en moi.

– Oh ! m'écriai-je, le dos arqué.

Calder reposa sa bouche sur mon sein et ses doigts m'explorèrent avant de caresser à un endroit qui me fit hurler son nom. J'agitai la tête en tous sens sur la couverture, traversée par un plaisir sans nom.

Il continua jusqu'à ce que la sensation soit si intense qu'elle finit par me submerger et me plonger dans un abîme de plaisir. Alors que mon corps se raidissait et frissonnait, j'ouvris les yeux pour regarder les étoiles : leur éclat me brûla les yeux et la béatitude consuma ma peau. Elle illumina l'instant de l'intérieur et de l'extérieur et j'eus l'impression d'être transformée à jamais, comme si cette aveuglante seconde de lumière intense avait électrisé mes propres cellules.

L'idée en elle-même semblait à la fois dramatique et fantastique, mais aussi *vraie et réelle.*

Je clignai des yeux. Calder m'embrassa légèrement avant de reprendre sa place sur moi. Il se redressa sur les coudes : son expression était si tendue que je levai les hanches pour m'offrir à lui.

Mon cœur se serra sous l'effet de l'amour que je lui portais. Ce soir, je ne lui donnais pas seulement mon corps, mais aussi mon cœur et mon âme. Je voulais appartenir à cet homme magnifique de toutes les manières possibles. Et je voulais qu'il soit à moi.

– Je t'aime, Eden, dit Calder avant de guider son sexe dans ma fente humide.

Il me pénétra lentement sans me quitter des yeux. Il entrouvrit les lèvres et baissa brièvement les paupières. Je fermai les yeux à mon tour et il glissa son sexe plus profondément en moi. J'étais trop remplie, trop étroite pour accueillir son érection et je grimaçai très légèrement en ordonnant à mon corps de se détendre. Calder s'immobilisa et ouvrit les yeux.

– N'arrête pas, suppliai-je.

– Je te fais mal, constata-t-il dans un souffle.

Je secouai la tête.

– Uniquement cette fois. La prochaine fois, je n'aurai pas mal, ni celle d'après, ni… ou…

Calder baissa les yeux vers moi et m'adressa un sourire éblouissant de beauté.

– Belle de Jour, murmura-t-il, puis son expression redevint sérieuse et il se pencha pour m'embrasser tendrement.

Ensuite, dans un mouvement souple, il me pénétra tout entière et je me cambrai en criant sous l'effet de la douleur intense. Calder s'arrêta juste un instant avant de se mettre à aller et venir tout en gémissant contre mon cou.

– Je suis vraiment désolé. C'est si bon, haleta-t-il. Si bon.

Je gardai les yeux rivés sur la nuit étoilée tandis que Calder allait et venait en moi. La sensation de brûlure était toujours là. Pendant quelques minutes je me sentis comme écartelée mais les choses s'améliorèrent quand je fus capable de me concentrer sur Calder. Je lui caressai le dos jusqu'aux fesses, qui se contractaient sous l'effet de ses coups de reins.

Je savais que le plaisir que j'éprouvais quand il me caressait ne se reproduirait pas mais je savourai la sensation de ses muscles qui bougeaient sous sa peau et l'extase que je lisais sur son visage. Ses mouvements devinrent plus rapides et moins doux. Je compris qu'une bataille faisait rage en lui : il voulait se montrer tendre mais son corps avait d'autres instincts. J'étais enivrée par l'idée que c'était moi qui provoquais ça ; il avait perdu le contrôle à cause de moi. Je l'encourageai en agrippant ses fesses et en le poussant à choisir le rythme qui lui convenait. Son regard étincela puis il ferma les yeux ; j'enroulai les jambes autour de sa taille et posai les mains sur ses biceps tendus.

Calder se pencha en avant pour m'embrasser et sa langue se mit à danser dans ma bouche au même rythme que ses coups de reins. Un bref éclair d'excitation me traversa lorsque son torse nu effleura mes seins et je me blottis contre lui en gémissant dans sa bouche. Il gémit en retour, ses coups de reins devinrent erratiques et il se mit à ahaner. Puis il se retira sans crier gare et je poussai un petit cri, comme si je venais de le perdre.

Je sentis quelque chose de chaud et visqueux sur mon ventre et Calder gronda contre mon cou en répétant mon nom encore et encore.

Je caressai son dos longuement et nous restâmes étendus en silence, ravis de rester à jamais coincés dans cet instant, lui et moi, les membres enchevêtrés et nos cœurs en parfaite harmonie. Tout se déroulait exactement comme je l'avais rêvé, et plus encore. Une vague de compassion pour Hailey et pour toutes les femmes qui n'avaient jamais vécu la beauté de ce que je venais de vivre avec Calder me traversa.

Il bougea un peu sur la couverture et posa les yeux sur mon visage.

– Tu es tellement belle, murmura-t-il en se penchant pour poser un baiser sur mes paupières, mon nez puis mes lèvres, tandis que je souriais et soupirais de bonheur.

– Tu vas bien ? demanda-t-il.

– Mieux que ça. Je vais parfaitement bien. Je laisse Élysée aux autres. Je préfère cette nuit.

Calder sourit puis poussa un soupir.

– Je te promets, poursuivis-je en passant la main dans ses cheveux, que tu ne m'as pas fait mal.

– Toi, de ton côté, tu m'as détruit, répondit Calder. Je ne serai plus jamais le même.

Son expression était généralement insouciante mais il lui arrivait parfois, comme à présent, de pencher la tête, de fermer à demi les yeux et de froncer les sourcils. J'appelais ça son visage sérieux. Il me considérait à présent avec cet air intense et pensif, mais mâtiné de tant de tendresse que mon cœur était sur le point d'imploser. *Mon cœur… qui lui appartient.*

Calder roula sur le côté et nous contemplâmes le ciel. Une brise légère effleurait nos peaux et la substance humide sur mon ventre était en train de refroidir.

Je la touchai et ramenai ma main à moi pour la frotter entre deux doigts et l'examiner.

– Je ne veux pas que tu tombes enceinte, expliqua Calder. Du moins, pas ici et maintenant.

Je hochai lentement la tête en rougissant.

– Oh, répondis-je en comprenant soudain comment on faisait les bébés.

Le visage de Calder s'épanouit en un large sourire puis il s'allongea sur le dos pour contempler les étoiles. Je me redressai sur un coude et lui souris.

– J'aimerais bien tout savoir sur ça… un jour. Une autre fois.

Calder me regarda en riant doucement.

– Est-ce que j'ai mentionné récemment que j'étais amoureux de toi ? demanda-t-il.

– Pas assez récemment. Redis-le.

– Je t'aime… Je t'aime… Je t'aime.

Je souris et me penchai pour l'embrasser.

– Moi aussi, je t'aime.

Je m'étendis sur lui, enfouis le visage dans son cou et l'enlaçai. Nous restâmes ainsi pendant de longues minutes jusqu'à ce qu'il finisse par poser les mains sur mes fesses qu'il pressa gentiment. Je gloussai et m'agitai sur lui. Il gémit.

Je me penchai et lui lançai un regard amusé.

– Allons nous laver, fis-je en m'agenouillant à côté de lui.

Je baissai les yeux sur la couverture et sentis le rouge me monter aux joues : il y avait des taches de sang à l'endroit où je m'étais étendue. Calder regardait la même chose que moi et je lus de la fierté sur son visage. Nos regards se croisèrent, il cilla en devinant que je l'avais surpris. Ses pommettes rosirent et il me tendit la main. Je la pris en silence et nous nous dirigeâmes ensemble vers la source, dans laquelle nous entrâmes.

Lorsque j'eus de l'eau jusqu'à la poitrine, je m'arrêtai et me tournai vers Calder. Le clair de lune nous éclairait et l'eau clapotait autour de nous. J'en arrosai mes seins et mes tétons durcirent sous l'effet du froid. Le regard de Calder s'attarda sur moi puis je plongeai tête la première avant de ressortir. Il me regarda en riant tandis que je crachais, ravie. Calder s'agenouilla sur le fond sableux et m'attira à lui. Dans cette position, nous faisions la même taille. Nous nous embrassâmes et nous laissâmes flotter pendant quelque temps en savourant nos bouches. Calder me mordilla la lèvre inférieure jusqu'à ce que j'éclate de rire et renverse la tête en arrière. Il rit à son tour et nous fit tournoyer dans l'eau, qui enveloppait ma peau nue comme un froid ruban de soie.

Quand nous nous immobilisâmes, Calder me dévisagea un instant, pensif.

– Quoi ? murmurai-je.

– Je mémorise tous les détails de ton visage, répondit-il à voix basse. La prochaine fois que je pourrai te voir d'aussi près, nous serons loin d'ici.

Mon cœur s'emballa et je pris une profonde inspiration.

– Dans combien de temps ?

– Deux mois, peut-être moins.

– Ils vont passer très lentement, remarquai-je.

Je sentais déjà le poids de la séparation peser sur moi.

– Ça en vaudra la peine. Un dernier petit sacrifice et nous serons enfin libres d'être ensemble, libres de mener la vie que nous voulons.

J'acquiesçai et passai les bras autour de son cou.

– Encore un sacrifice. Je ne veux plus en faire. J'en ai assez fait pour trois existences. Je suis prête à *vivre*.

– Je sais, Belle de Jour. Moi aussi. Encore un peu de patience.

Calder me déposa sur le fond et nous nous lavâmes l'un l'autre lentement : je savourai sa peau douce et sa façon de regarder mes mains se mouvoir sur son corps. Son souffle devint court lorsque je posai la main sur son membre. Il bandait déjà et son sexe glissa facilement entre mes doigts dans l'eau claire et froide.

– Eden, souffla-t-il.

Je m'approchai de lui et me mis sur la pointe des pieds pour l'embrasser sans ôter ma main de sa virilité.

– J'adore te toucher, murmurai-je. Tu es tellement différent de moi.

– J'adore te toucher, répéta-t-il en souriant, tout en posant les mains sur mes seins.

Il en caressa le bout du pouce et nous les regardâmes durcir sous ses doigts.

– Mmm, soupirai-je.

Son sexe tressaillit et grossit davantage dans ma main.

– J'ai encore envie de toi, dit-il d'une voix rauque, en me regardant droit dans les yeux.

– Oui, répondis-je en fermant les paupières.

Le plaisir vibrait entre mes jambes sous ses caresses.

– Tu as… mal ? Je ne veux…

Je secouai la tête pour l'interrompre.

– Non, je n'ai pas mal.

C'était un mensonge, mais je voulais souffrir davantage encore. Je voulais sentir Calder entre mes jambes chaque fois que je marcherais pendant les deux mois à venir. Je voulais que ça me rappelle pourquoi je devais me sacrifier, pourquoi ça en vaudrait la peine à la fin. Parce qu'à ce moment-là Calder et moi pourrions faire l'amour chaque fois que nous en aurions envie, sans peur ni honte, sans avoir besoin de programmer et de conspirer, de passer par la fenêtre ou de descendre des sentiers escarpés en pleine nuit. Mais pour cette nuit, je ne me plaignais pas. Pour cette nuit, j'étais prête à le prendre comme je le pouvais, où je le pouvais et le nombre de fois que je le pouvais. *Il était à moi pour la nuit.*

Calder me prit dans ses bras et me transporta hors de l'eau ; je me mis à rire. Il m'allongea sur la couverture et se glissa entre mes jambes. Nous étions mouillés, l'air de la nuit était froid, mais il s'allongea sur moi et je soupirai d'aise en sentant sa peau tiède contre la mienne. Au bout de quelques minutes, nous gémissions tous les deux en nous frottant l'un contre l'autre pour tenter de nous rapprocher encore. Comment s'y prenait-il pour me donner l'impression que mon corps était à la fois lourd, plein, mais vide aussi ? Au bout de quelques minutes, je n'avais qu'une envie, le sentir en moi. Était-ce normal ? Était-ce normal d'éprouver un désir aussi désespéré ? Je ne pouvais pas le savoir, je n'avais pas de point de comparaison, et je ne pouvais demander à personne d'autre qu'Hailey, qui s'était montrée plus qu'embarrassée de parler de ça. Mais c'était trop bon pour ne pas en profiter. Je ressentais la *nécessité* de me perdre dans les sensations suscitées par Calder. Les dieux nous auraient-ils donné des corps capables d'éprouver autant de plaisir si nous n'étions pas censés nous en servir ? Ça m'étonnerait. Ils ne pouvaient pas être aussi cruels, pas quand nous exprimions ainsi notre amour l'un envers l'autre. Parce que c'était le cas, je l'aimais. Je l'aimais de toute mon âme.

Je sentis le gland de Calder contre ma fente et j'écartai les jambes pour lui faciliter l'accès. Il entra en moi et nous gémîmes tous les deux. Il entrelaça ses doigts aux miens et remonta mes bras au-dessus de ma tête avant de m'embrasser et de caresser ma langue de la sienne tout en allant et venant en moi sans se presser.

Il rompit le baiser pour murmurer :

– Je vais aller lentement, cette fois. On va graver au fer rouge la moindre caresse, le moindre geste, le moindre baiser dans notre chair, comme ça, quand on se retrouvera, les souvenirs auront juste commencé à refroidir. On se tiendra chaud même séparés.

Il sourit contre ma bouche et je ris.

– Mmm, chuchotai-je.

J'adorais sa façon de tenir mes bras prisonniers tout en me faisant l'amour. Il me maintenait tout en me donnant l'impression de me protéger, parce que je me rendais compte que j'avais une confiance absolue en lui. Je lui faisais confiance de tout mon corps et de tout mon cœur. Sur ma vie. Je me sentais précieuse et aimée.

Le plaisir montait. Calder tourna la tête et je sentis son souffle contre mon oreille tandis que ses pectoraux musclés agaçaient mes seins. J'enroulai les jambes autour de sa taille, et même si mon sexe était encore un peu douloureux, il coulissait sans problème. Je ressentais des décharges de plaisir chaque fois que son pelvis heurtait le mien.

– J'adore ça. Je t'aime, j'aime te sentir, te respirer, toi, rien que toi, haleta Calder.

Je souris. J'adorais sa façon de se mettre soudain à parler quand nous étions ainsi en train de faire l'amour. C'était une autre façon de perdre le contrôle et j'adorais le voir comme ça. Je me pressai davantage contre lui en soupirant de bonheur.

Calder m'immobilisa sur la couverture et m'embrassa avidement. Nos langues dansaient l'une avec l'autre. J'étais entièrement soumise et même si ses mouvements étaient lents et langoureux, le plaisir montait inexorablement, jusqu'à ce qu'il finisse par me transpercer. Je me cambrai en criant, le ventre pressé contre celui de Calder et mes seins contre son torse.

Lorsque je rouvris les yeux, Calder me dévisageait, les yeux lourds de passion et les lèvres entrouvertes. Ses paupières se fermèrent et je compris qu'il luttait pour se contrôler. Puis il accéléra la cadence de ses coups de reins avant de se retirer et de déverser de nouveau la substance chaude et visqueuse sur mon ventre. Son visage exprimait une sorte d'extase douloureuse et belle. Il enfouit la tête au creux de mon cou, gémit et me lâcha la main pour se caresser, le souffle court.

Je lâchai son autre main pour enlacer son dos. Je fis courir mes ongles sur ses bras. Il se redressa et me sourit, le regard embrumé, avant de déposer un baiser léger sur mes lèvres.

– Tu es absolument magnifique, dis-je.

Un sourire étincelant éclaira ses traits et il frotta le bout de son nez contre mon cou.

– Attends de me voir dans la grande communauté. Tu verras que je suis un vrai troll. Il n'y a pas vraiment de compétition, ici.

J'éclatai de rire. Calder roula sur le côté et m'attira à lui. Nous étions encore un peu humides à cause de notre bain dans la source, et de nouveau en nage et collants, mais je m'en fichais. J'étais prête à passer la nuit comme ça à ses côtés.

Je posai le menton sur son torse et secouai la tête.

– Non, non. Je ne me souviens pas de grand-chose de la grande société, mais je suis certaine que tu ne ressemblerais à un troll nulle part.

Calder sourit en me caressant les cheveux. Je me mordis la lèvre et regardai vers la source.

– Quoi ? demanda-t-il.

– Je pensais aux vêtements. Les gens ne sont pas habillés comme nous.

– Je sais. Je vois ce que portent ceux qui arrivent à Acadie. On trouvera une solution. C'est pour ça qu'on a besoin d'un peu de temps.

J'acquiesçai en me mordant la lèvre.

– Tu as peur ?

Calder contempla un instant le ciel avant de répondre.

– Parfois. Mais surtout, pour la première fois de ma vie, je suis excité à l'idée de mon avenir. (Il baissa les yeux vers moi.) On a vécu toute notre vie avec la menace du déluge suspendue au-dessus de nos têtes et, je ne sais pas, c'est difficile d'imaginer qu'on pourrait vivre une existence dans laquelle on ne serait pas chaque jour dans l'attente de cet événement. Mais c'est ça que je *veux*. Je veux savoir ce que ça fait de vivre sans penser constamment à sa mort.

– Même si la mort est censée être glorieuse.

– Oui. Et peut-être qu'elle l'est, d'ailleurs. Mais, poursuivit-il en se passant la main dans les cheveux en contemplant le ciel, il y a des choses glorieuses sur cette Terre, aussi, et je pense qu'elles sont là pour qu'on en profite. On n'a pas été créés pour ne pas les remarquer… nos cœurs ne sont pas faits pour ne pas éprouver de joie pour les choses qui nous sont données ici-bas.

Je me blottis contre lui. Sa peau me réchauffait, mais je rabattis la couverture sur mes épaules. J'avais sommeil.

– Alors, tu penses que le déluge… est un mensonge ?

Je bâillai. Je ne savais pas que croire.

– Je n'en sais rien, chuchota Calder. J'ai longtemps cru aveuglément en Hector. Mais il n'est ni l'homme ni le guide que je croyais. Ce n'est pas un homme que j'ai envie de suivre. Et si le déluge vient, je préfère tenter ma chance avec ceux qu'il considère comme des pécheurs. De toute façon, pour lui, j'en fais partie.

J'acquiesçai. J'avais de plus en plus sommeil et je me sentais si bien dans les bras de Calder.

– Tout ce dont je suis sûr, l'entendis-je ajouter, c'est que tu m'appartiens et que je te protégerai. Je nous ferai une vie. *D'une manière ou d'une autre.*

Je le croyais.

Je perdis la notion de tout et ne revins à moi que lorsque Calder me secoua tendrement.

– Réveille-toi, Eden, il faut qu'on rentre.

Je cillai et regardai autour de moi, désorientée. Calder s'éloigna de moi et je m'assis. Je compris soudain que j'allais devoir lui faire mes adieux pour un certain temps. Je me levai, le souffle coupé. Je sentis les larmes me monter aux yeux et mon cœur se serra, douloureux. Je n'avais jamais ressenti ce genre de souffrance auparavant.

– Tu vas tellement me manquer, murmurai-je.

Calder, qui était en train de plier la couverture, s'interrompit net. Il la posa sur le sol et m'enlaça. Il s'était déjà rhabillé alors que j'étais encore nue. Il me serra fort contre lui, le menton sur le sommet de mon crâne.

– Je t'aime tellement, Belle de Jour. Tous les jours que nous passerons loin l'un de l'autre, je préparerai notre vie à venir. Ça me permettra de tenir et je veux que tu y penses toi aussi, quand ça deviendra trop dur. Quand les préparatifs de ton mariage avanceront, quand tu verras Hector me traiter comme un chien, tu te souviendras que je suis en train de tout programmer et de faire tout ce que je peux pour que ça se réalise. Et je te jure que nous partirons d'ici.

– D'accord, acquiesçai-je.

Calder me souleva le menton pour plonger son regard dans le mien.

– Ma courageuse, dit-il en souriant. Je ne m'inquiéterai pas pour toi parce que tu es très forte. Je sais que tout ira bien pour toi.

Je sentis la détermination m'envahir.

– Oui. Je serai forte et j'attendrai le signal idiot de Xander m'annonçant que je peux te retrouver ici.

Calder gloussa et me serra étroitement contre lui.

– C'est vraiment idiot, en effet. Mais ne le lui dis pas. Il en est très fier.

Je souris contre son torse et nous restâmes ainsi un instant avant qu'il ne finisse par me lâcher pour que je puisse me rhabiller.

Une fois vêtue et la couverture rangée dans le sac, je faillis mettre ce dernier sur mon épaule, mais je me ravisai et le dissimulai avec le calepin. Je n'avais aucune raison d'escalader l'arbre puis de ramper sur le toit avec lui.

– À bientôt, à très bientôt, murmurai-je en souriant.

– Oui. Très bientôt.

Il encadra mon visage de ses mains et m'embrassa tendrement avant de frotter doucement son nez contre le mien. Je l'embrassai une dernière fois et tournai les talons. Je me faufilai entre les rochers et commençai à gravir le sentier, sachant que Calder ne tarderait pas me suivre. Je me demandai s'il emporterait les bougies avec lui ou s'il les laisserait là. J'imaginai que quelqu'un tombe dessus dans des années, quand nous serions partis depuis longtemps, et qu'il se demanderait ce qui s'était passé ici. Je ne pus m'empêcher de sourire pour moi-même. Seuls lui et moi le saurions. C'était notre histoire.

J'escaladai l'arbre sans difficulté puis rampai sur le toit jusqu'à ma fenêtre, que j'avais laissée légèrement entrouverte. Je la poussai lentement et m'arrêtai quand elle grinça un peu. Lorsque je n'entendis rien d'autre, je l'ouvris en grand et pénétrai dans ma chambre. Deux minutes plus tard, je m'étais changée et j'étais couchée.

Le lendemain matin, les seules preuves que la nuit extraordinaire que j'avais passée avec Calder n'avait pas été un rêve se traduisaient par son odeur délicieuse gravée sur ma peau et par l'élancement merveilleux entre mes jambes.

CHAPITRE 18

CALDER

Le lendemain matin, je m'assis auprès de Xander dans la salle commune.

– T'as été viré de la piaule des chiens ? C'est un coup bas, constata Xander en enfournant une cuillerée d'œufs brouillés.

J'éclatai d'un rire sans joie.

– Je n'en sais encore rien. Ce n'est pas comme s'il me laissait manger avec eux, de toute façon.

Xander opina et me jeta un coup d'œil avant de reporter son attention sur son assiette vide. Je le connaissais par cœur : il était en train de se demander s'il allait se servir une troisième fois.

– Tu as l'air crevé, remarquai-je en mordant dans une tartine beurrée.

– Ouais, je me demande bien pourquoi. Peut-être parce que je me suis tourné et retourné toute la nuit dans le pavillon des malades, craignant de me faire choper pour m'être fait passer pour toi.

Je baissai les yeux. J'avais cherché à plaisanter ; je n'avais pas imaginé que Xander serait si nerveux qu'il n'en dormirait pas de la nuit. Je m'étais montré égoïste. Je déglutis et levai les yeux vers lui.

– Je suis désolé. Merci. Je te revaudrai ça.

Xander ricana.

– Ouais, t'as intérêt. Et au centuple. Je tiens les comptes. Ta dette ne sera pas réglée quand on arrivera à Élysée.

– Pas de problème, répondis-je avec un grand sourire.

Xander éclata de rire puis avala ce qui restait de son jus d'orange.

– Est-ce que ça valait le coup de prendre ce risque ?

Je me souvins de la peau pâle d'Eden à la lueur de la lune, de ses yeux pleins d'amour, de passion et de confiance.

– Je serais prêt à risquer ma vie pour revivre cette nuit, répondis-je, sincère.

Xander m'observa et esquissa un petit sourire.

– Très bien, alors. (Il regarda lentement la salle presque vide.) J'espère que tu ne l'as pas mise enceinte.

Je rougis.

– Tu me prends pour un idiot ?

Le silence s'installa.

– Bon, finis-je par dire, commençons à réfléchir, que je puisse vraiment revivre la nuit dernière.

Xander regarda par-dessus mon épaule avant de répondre. Quand il posa les yeux vers moi, son expression était tendue et je me ressaisis.

– Bon sang, Calder, rétorqua-t-il sèchement, tout ne tourne pas autour d'Eden et de toi. J'ai mes propres rêves, tu sais. Il n'y a pas que toi dans la vie.

Je reposai ma tasse, embarrassé.

– Je sais. Je suis désolé, j'ai été égoïste. Cela te concerne aussi. Je voudrais m'enfuir d'ici, même si Eden n'existait pas. Et je sais bien que tu as tes propres rêves. Je voudrais partir avec toi quelles que soient les circonstances. Je suis navré de t'avoir fait penser le contraire.

Xander soupira et me regarda droit dans les yeux. Il se passa la main dans les cheveux et une mèche retomba sur son front.

– Je sais. C'est la faute de cet endroit. (Il secoua la tête.) Je suis juste crevé.

– Écoute, Xander, on est tous les deux dans le même bateau. Malheureusement, on a une date à ne pas dépasser parce que l'anniversaire d'Eden approche et il faut donc qu'on agisse plus vite que ce que j'aimerais. Je suis désolé.

– Non. Excuse-moi. C'est juste stressant.

– Je sais. Merci.

– Ne me remercie pas. On fait ça ensemble. Tu possèdes la moitié…

– … de ce que je possède, achevai-je.

Il hocha la tête et examina les familles qui venaient de pénétrer dans la salle et de se diriger vers le buffet.

– Donc, pour continuer sur cette idée, on a six cent soixante-dix-sept dollars en comptant ce que Kristi nous prête.

Je fis l'addition.

– D'où viennent les vingt-six dollars supplémentaires ?

Il baissa les yeux.

– Ils étaient cachés sous mon plancher depuis des années. J'avais trouvé un portefeuille chez les gardes forestiers. Je ne savais pas à qui il appartenait et…

– D'accord, l'interrompis-je. (Je savais qu'il avait honte des vols qu'il avait commis durant toutes ces années auprès de gens qui étaient ensuite devenus ses amis.) Quel est le minimum vital pour qu'on puisse se barrer ? Je ne veux pas rester ici une seconde de plus que nécessaire.

– Oui, je sais. Essayons de parvenir à deux mille et de choper le moindre cent. Mais c'est un minimum. On tiendra au moins un mois avec ça. Il suffit que l'un d'entre nous trouve un job, même si c'est Eden.

Je secouai la tête.

– Non, pas Eden. Je veux savoir où on met les pieds avant de l'envoyer où que ce soit.

Xander sirota une gorgée de café.

– Tu ne peux pas la garder sous clef dans le monde extérieur de la même manière qu'elle est prisonnière ici.

Je poussai un profond soupir.

– Ce n'est pas ce que je veux dire. Je… je veux juste la protéger.

– On aura tous besoin de protection, mon frère, et certainement de manière qu'on ne peut même pas anticiper. Si on se protégeait chacun notre tour ?

J'opinai. Il avait raison.

– Marché conclu.

– Bon, donc, prends l'argent partout où tu le trouves.

J'acquiesçai.

– Des vêtements ?

– J'en ai pour toi et moi.

Je m'immobilisai, la tasse à mi-chemin de mes lèvres.

– Comment ça ?

– J'étais censé brûler les vêtements des gens qui nous rejoignaient, mais je les ai gardés et planqués sous mon plancher.

– Pour l'amour des dieux, constatai-je en riant. Tu as vraiment un problème.

Xander me lança un regard noir.

– On dirait un écureuil.

– Ouais, eh bien tant mieux pour toi.

Je gloussai. C'était si bon de rire un peu. Ça me donnait de l'espoir et, pendant quelques instants, j'étais de nouveau moi-même. Et puis j'étais encore sur un nuage après ma nuit avec Eden. La vie me semblait pleine de promesses malgré mes jambes douloureuses. J'avais enduré mon châtiment comme un homme et avec un peu de chance Hector me laisserait tranquille à l'avenir. Peut-être que je faisais preuve d'un trop-plein d'assurance à cause de ce que nous avions fait la nuit dernière sans nous faire surprendre, mais j'avais le pressentiment que ça allait marcher. J'étais prêt à m'asseoir sur une planche hérissée de pointes métalliques s'il le fallait, mais par les dieux, ça allait marcher.

– Et pour Eden ?

– Kristi lui prêtera une tenue à elle.

Je mâchai et avalai.

– On ne pourrait pas y arriver sans Kristi. En voilà une à qui on devra toujours quelque chose à Élysée.

– Kristi ne croit pas à Élysée.

Je ricanai.

– Tant mieux pour nous. (Je repris mon sérieux.) Pourras-tu lui dire à quel point j'apprécie ce qu'elle fait pour nous ?

– Je le lui dis tout le temps. Et tu pourras le faire toi-même dans pas longtemps.

Je hochai la tête.

– Donc, la seule chose dont on ait vraiment besoin, c'est du liquide.

– Oui. Je mettrai les détails au point avec Kristi une fois qu'on sera proches du but.

Nous poursuivîmes notre déjeuner en silence pendant quelques instants.

– Hé, Xander. Quand j'étais en prison et que Mère Willa est venue s'occuper de moi, elle m'a dit quelque chose de bizarre.

Xander leva les yeux au ciel.

– Elle est folle et sénile, Calder. Si j'étais toi, je ne perdrais pas de temps à interpréter ses délires. (La porte s'ouvrit et il leva les yeux.) Voilà ton père.

Je levai les yeux à mon tour : mon père se dirigeait vers nous.

– Calder, Maya a eu une espèce d'attaque. Elle est dans le pavillon des malades.

Mon sang ne fit qu'un tour et je me levai aussitôt. Je suivis mon père sans débarrasser mon assiette, Xander sur les talons.

Lorsque nous pénétrâmes dans la petite pièce, Maya était étendue sur un des lits de camp, recouverte par une épaisse couverture. Je m'agenouillai à son côté, pris sa main moite dans la mienne et repoussai les cheveux qui lui tombaient dans les yeux.

– Maya, je suis là. Comment vas-tu ? demandai-je gentiment.

Elle posa les yeux sur moi mais avec lenteur et je découvris, alarmé, qu'elle était très malade. Je jetai un coup d'œil à mes parents qui se tenaient au pied du lit. Ma mère triturait un mouchoir.

– Elle est comme ça depuis quand ?

– Elle avait l'air bien, ce matin, elle tousse toujours, expliqua mon père. Elle a fait une attaque… et ensuite…

– Maman, va chercher Mère Willa, l'interrompis-je.

– Mère Willa ? Mais Maya n'a pas l'air de souffrir.

– Contente-toi d'aller la chercher ! dis-je plus fort. (Je fermai les yeux en voyant l'expression peinée de ma mère.) S'il te plaît. Elle peut peut-être faire quelque chose.

Ma mère acquiesça mais c'est mon père qui sortit chercher Mère Willa.

Un quart d'heure plus tard, celle-ci pénétra dans la chambre où on l'attendait tous ; je tenais toujours la main de Maya. Elle se plaça à son chevet et se contenta de regarder ma sœur, attristée.

– Cette enfant n'a jamais été destinée à rester longtemps parmi nous, finit-elle par dire.

– Qu'est-ce que vous voulez dire par là ? On n'a pas besoin de vos prédictions mais de votre aide. Qu'est-ce que vous pouvez faire pour elle ?

Mère Willa plongea son regard dans le mien.

– Rien, mon garçon. Son cœur est faible. Il l'a toujours été. Vous avez de la chance d'avoir pu profiter d'elle aussi longtemps.

Je gémis, abasourdi. Comment les choses avaient-elles pu se dégrader si soudainement ? Est-ce que je n'avais pas été suffisamment attentif ? Étais-je trop pris dans mon propre monde, trop concentré sur mes besoins et mes désirs, toutes mes pensées entièrement occupées par Eden ?

– Pousse-toi, ordonna Mère Willa. Je peux au moins aider cette enfant à être plus à l'aise.

– Ce n'est pas une enfant. Tu souffres, Maya ? demandai-je d'une voix enrouée que j'éclaircis en toussant.

Maya me regarda et elle secoua la tête.

– J'ai juste sommeil, dit-elle en clignant des yeux pour les maintenir ouverts.

Mère Willa posa la main sur sa propre poitrine, leva les yeux et inspira. Puis elle la plaqua sur le torse de Maya.

– Pas assez d'air, finit-elle par dire. À cause de son cœur. Elle va simplement s'endormir.

Je me détendis un peu.

– Elle a juste besoin de dormir et elle ira mieux ?

Mère Willa secoua la tête avec tristesse. Cette tristesse me rendait fou furieux et encore plus désespéré. Je la tirai doucement par le bras pour l'éloigner du lit de Maya et elle me suivit. Mes parents prirent ma place au chevet de ma sœur.

– Expliquez-moi ce qui arrive à Maya si vous le savez.

– C'est ce que je viens de dire. Son cœur est faible. Il s'épuise. Il ne pourra bientôt plus lui fournir l'oxygène dont elle a besoin et elle s'endormira. Et ne se réveillera pas.

– Non, protestai-je en secouant la tête pour chasser cette idée horrible. Non. Vous vous trompez.

Comment vous savez ça, de toute façon ? Vous l'avez juste regardée !

– Je l'ai vu. Quand les choses sont imminentes, elles deviennent très claires. (Elle posa une main sur mon bras.) Je suis navrée. Je vois ton amour pour elle aussi, il ressemble à un papillon coloré.

J'examinai son visage ridé, son regard sans âge, sans savoir que penser, puis je me dégageai de son étreinte et regagnai ma place au chevet de Maya.

Je pris sa main dans la mienne et restai assis à ses côtés pendant que mes parents priaient. Tandis que j'écoutais les paroles du Livre Saint d'Hector, j'eus l'impression que la pièce se mettait à tourner autour de moi et que tout devenait flou. Je clignai des yeux et compris que c'était parce que je pleurais. Je me redressai et regardai par la fenêtre. Je ne voulais pas pleurer. Maya était encore là, sa main tiède dans la mienne, un sourire serein aux lèvres.

Elle ouvrit soudain les yeux, me regarda bien en face puis jeta un coup d'œil par-dessus mon épaule. Son sourire s'agrandit.

– Oh, Calder, murmura-t-elle, c'est si beau et si simple.

Je fronçai les sourcils, interloqué. Elle me pressa tout doucement la main trois fois. *Je. T'aime.* Je pressai la sienne en retour et son sourire s'élargit.

– Je sais, chuchota-t-elle.

Puis elle ferma les yeux, poussa un petit soupir et sa main m'échappa.

– Maya ? sanglotai-je, en posant les mains sur ses épaules pour la secouer légèrement.

Elle ne réagit pas, les yeux clos, un sourire aux lèvres. Ma mère se mit à pleurer et mon père inclina la tête. Je levai les yeux et aperçus Mère Willa dans un coin, les yeux baissés, qui articulait une prière silencieuse.

Mon père s'empara du poignet de Maya pour lui prendre le pouls et la douleur déforma ses traits. Au bout d'une minute, il reposa son bras doucement.

– Elle est partie, dit-il sur un ton très bas.

Je me levai d'un bond en faisant racler la chaise sur le sol. J'avais chaud et je suffoquais comme si toute la lumière de la pièce était soudain trop vive et aveuglante. Il fallait que je sorte d'ici, que je m'éloigne du corps sans vie de Maya et du sentiment de perte tangible qui s'était emparé de moi.

Je me dirigeai vers la porte en trébuchant. Mère Willa posa une main sur mon bras.

– Ce n'est pas ta faute, affirma-t-elle.

Je me sentais fou, j'avais l'impression que les yeux allaient me sortir de la tête d'un instant à l'autre.

– C'est la faute de qui, alors ? répondis-je sur un ton trop fort.

– De personne.

– Mon frère… commença Xander, en s'avançant vers moi depuis l'endroit où il se tenait depuis le début pour m'offrir le réconfort de sa présence.

Je détournai les yeux de lui, me dégageai de l'étreinte de Mère Willa et me précipitai dehors. Mes pieds me guidèrent, sans que je le décide, vers la source d'Eden. Je considérai l'endroit, hébété, qui ne m'avait jamais apporté que de la joie et du bonheur. J'avais *besoin* d'être ici. Le chagrin me submergea. Comment allais-je faire sans Maya ? Je l'aimais de tout mon cœur. Je n'avais jamais été éloigné d'elle ne serait-ce qu'un jour. Je tombai à genoux sur l'herbe, enfouis le visage dans mes mains et me mis à sangloter, pleurant ma grande sœur.

***

Le corps de Maya fut préparé pour reposer dans le cimetière d'Acadie, à environ quatre cents mètres à l'ouest de la rivière. Le sol était tellement dur et caillouteux qu'il nous fallut une demi-journée à mon père et moi pour creuser sa tombe tandis que ma mère et d'autres femmes consacraient son corps avec des huiles et l'habillaient pour l'enterrement.

Hector conduisit la procession funèbre à travers les fleurs sauvages du désert. Le reste de notre famille pria pour que Maya voyage sans problème vers l'au-delà. Eden se tenait à côté d'Hector, l'air affligé. Je lui jetai un coup d'œil à la dérobée, mais mon désir pour elle était si puissant que je m'interdis de recommencer. J'avais tellement besoin d'elle que la regarder était un rappel trop douloureux de tout ce qui était hors de ma portée : ses bras aimants autour de moi, sa chaleur, son réconfort. Je voyais qu'elle essayait d'accrocher mon regard et j'étais certain qu'elle ne comprenait pas mon absence de réaction mais je devais me montrer stoïque sous peine de m'effondrer. C'était aussi simple que ça.

Quitter Acadie était devenu une nécessité, à présent. Plus rien ne me retenait ici. Mes parents ne comprendraient pas, mais je devais vivre ma vie. Et ils étaient deux. Ils avaient choisi cette vie. Ils avaient Élysée.

Tandis que la procession funèbre regagnait la grande salle à manger commune où tous les travailleurs, la famille de Maya, se réuniraient pour partager un dîner, je vis Hector et Eden s'éloigner vers le chalet principal. Les autres membres du conseil, les deux seuls qui s'étaient déplacés, leur avaient emboîté le pas. Du coin de l'œil, je vis Eden essayer d'attirer mon attention, mais je ne la regardai pas. J'en étais incapable.

Assis dans un coin de la pièce, je m'adressai à ma sœur dans ma tête. *Maya, je ne sais pas comment tout ça fonctionne, mais si tu le peux, aide-nous… aide-nous à quitter cet endroit sans qu'il ne nous arrive rien.*

Si Maya m'entendit, elle ne me le fit pas savoir. J'avais beau être entouré par des gens censés être ma famille, je me sentais désespérément seul.

CHAPITRE 19

EDEN

J'avais le cœur en mille morceaux. Je ne pouvais pas aller trouver Calder ni le consoler, ni le prendre dans mes bras pour soulager son chagrin. Et je pleurais la fille que je n'avais pas connue, celle qui possédait un bout immense du cœur de Calder. Je vis la détresse pure sur son visage, la dévastation. Il ne m'avait pas regardée. Je ne voulais pas être égoïste ; ça n'avait rien à voir avec moi. Mais je ne comprenais pas pourquoi Calder évitait mon regard. J'étais blessée, perdue et totalement impuissante.

Je songeai à écrire une lettre et à la laisser dans le buisson habituel mais je savais que Xander ne viendrait pas la chercher. Ça ne servirait donc à rien, et, pire, elle pourrait être découverte par quelqu'un d'autre. Les jours s'écoulèrent donc ; je fis de mon mieux pour continuer à vivre et je priai pour que les heures passent plus vite et me rapprochent du jour où j'entendrais enfin le cri de l'engoulevent par la fenêtre.

Tous les matins, j'avais un moment de paix juste avant que le vide dans ma poitrine revienne me tarauder et que je me souvienne que, même si Calder était tout près, il était très loin.

Hailey ne m'avait plus adressé la parole depuis le jour où je lui avais avoué que j'étais amoureuse de Calder. Ça me fendait le cœur ; je l'avais perdue elle aussi. Malgré ses croyances, je l'aimais. Pas tout à fait comme une mère, mais comme une grande sœur ou une tante, et son rejet me peinait.

Trois semaines après l'enterrement de Maya, Hector me fit convoquer dans son bureau et je frappai doucement à la porte.

– Entrez, dit-il de sa voix grave.

Il me fit signe de m'asseoir devant son bureau. J'obéis et croisai les jambes au niveau des chevilles, les mains sur mes genoux. Je remarquai tout de suite qu'Hector était débraillé, ce qui n'arrivait jamais. Il accordait une grande importance à son apparence. Mais ce jour-là, il n'était pas coiffé, sa chemise sortait un peu de son pantalon et un petit morceau de nourriture était resté coincé au coin de sa bouche.

C'était tellement inhabituel que cela m'inquiéta.

Hector s'adossa à son fauteuil et me considéra avec un petit sourire.

– J'ai entendu dire que ta robe de mariée était presque finie.

Je baissai les yeux.

– Oui, le voile est achevé. Il est magnifique. Et il a d'autant plus de valeur qu'il a été fabriqué par Maya Raynes.

Hector ne répondit pas tout de suite.

– Oui, Maya Raynes. (Il jeta un coup d'œil pensif par la fenêtre.) Même les dieux font des erreurs, parfois. C'est à nous de rétablir l'équilibre. Ça leur plaît. Ça nous rend *méritants* à leurs yeux.

Je levai les yeux vers lui.

– Des erreurs ?

Il haussa les sourcils.

– Tu as bien vu que Maya était une erreur, non ?

Je clignai des yeux, envahie par la tristesse et la colère.

– Je n'ai jamais vue Maya comme une erreur, répliquai-je. C'était une jeune fille magnifique et talentueuse.

– Tu es très généreuse, Eden, et c'est un trait de caractère admirable. Je suis toujours émerveillé par ta pureté.

Tu ne sais rien de moi. En ce qui me concerne, tu es totalement aveugle.

J'examinai mes mains ; je n'avais qu'une envie, sortir de ce bureau.

– Pourquoi m'avez-vous fait appeler, Père ?

– Premièrement, arrête de m'appeler Père et de me vouvoyer. Appelle-moi Hector, comme je te l'ai déjà demandé.

Je m'éclaircis la voix.

– Oui, Hector.

– Bien. En parlant de Maya Raynes, j'ai une bonne nouvelle. Son frère, Calder Raynes, se mariera dans un peu plus d'un mois. J'aurais préféré que ce mariage soit célébré plus tôt mais les travailleurs ont besoin d'un peu de temps pour tout préparer correctement.

Mon cœur se serra et je levai les yeux vers Hector.

– Quoi ? croassai-je.

Hector tourna la tête vers la grande fenêtre à sa gauche.

– Tu vas devenir ma femme, Eden, dans cette vie et dans celle d'après. En tant que guide d'Acadie, je ne te demanderai jamais ton avis. Mais tu as le droit de connaître mes raisons, et surtout dans ce cas, je pense prudent de t'en aviser.

Je gardai le silence en essayant de digérer ce qu'il venait de dire. C'était forcément une erreur ou une ruse.

– Et qui va-t-il épouser, Pè… euh, Hector ? demandai-je, la gorge serrée.

– Hannah Jacobson. Comme lui, elle est née ici. Elle n'a que dix-sept ans mais son père a consenti au mariage.

Hannah… la brunette au joli sourire qui avait suscité ma jalousie l'année précédente. Je me redressai.

– Et pourquoi me dites-vous ça ?

Hector ne m'avait jamais convoquée pour me parler des mariages des travailleurs. Il joignit le bout de ses doigts et me dévisagea un instant.

– Quand j'ai bâti Acadie, je voulais que ce soit un endroit de paix et d'harmonie pour ceux qui décidaient d'en faire leur foyer. Certains n'ont pas besoin de faire un effort d'adaptation, ils ont beaucoup de chance. Ils n'ont connu que ça. Mais je n'avais pas pensé que certains, surtout les jeunes hommes, avaient besoin d'avoir un but. J'ai essayé d'en donner un à Calder Raynes en en faisant mon échanson personnel mais ça n'a pas fonctionné et je l'ai renvoyé chez lui. Il m'arrive peu souvent de me tromper mais je vois bien que sa vie ici ne le satisfait plus. Il s'éloigne du droit chemin. Et si Calder, un garçon… non, un homme à présent, que d'autres garçons admirent profondément, se met à errer, que va-t-il se produire ? Les autres seront tentés de faire de même. Et l'équilibre et *l'harmonie* seront rompus. Notre famille ne peut pas subir ça si nous voulons rester intacts, forts et délivrés de tout péché. Es-tu d'accord avec moi, Eden ?

Je le fixai en serrant mes mains pour les empêcher de trembler.

– Je ne comprends pas le rapport avec son mariage, déclarai-je en baissant les yeux.

– Le mariage et la famille permettent à un homme de se concentrer sur un but, sur quelque chose de plus grand que lui. Les dieux m'ont parlé et ils m'ont dit clairement que c'était ce dont Calder Raynes avait besoin. (Il s'interrompit et son visage s'assombrit.) Ce garçon est mauvais, Eden, tu n'as pas idée. (Son expression redevint neutre.)

C'est mon devoir de prendre soin de ma famille, et même si Calder m'a déçu, c'est à moi de l'aider à retrouver le droit chemin. Je pense qu'une femme est la solution. Je le lui ai suggéré et il a approuvé.

Je déglutis.

– Il a accepté ? murmurai-je.

– Oui, et avec enthousiasme.

– Mais… sa sœur vient juste de mourir.

La bile me montait dans la gorge. *Je ne veux pas vomir ici.* C'était impossible. C'était une erreur. Calder allait m'emmener loin d'ici. Il ne pouvait pas épouser quelqu'un d'autre. Calder m'aimait. Le doute s'insinua en moi. La mort de Maya avait-elle changé quelque chose à sa promesse de quitter Acadie avec moi ? La terreur se nicha dans mon ventre et une boule se forma dans ma gorge.

Hector hocha la tête en tapotant ses doigts les uns contre les autres.

– Il faut d'autant plus lui permettre de s'investir dans quelque chose… Pour l'aider à donner plus de valeur à sa famille qu'à ses motivations égoïstes. (Hector contempla de nouveau le ciel par la fenêtre avant de reporter son attention sur moi.) La mort de sa sœur lui a peut-être permis de comprendre qu'il s'était fourvoyé. (Hector se leva.) Quoi qu'il en soit, nous devrions discuter plus souvent des problèmes d'Acadie, mon amour. Ça nous rapprochera, surtout maintenant que le déluge n'est plus loin.

Il me sourit. Je gardai les yeux rivés sur le petit morceau de nourriture au coin de sa bouche.

– Bien, conclut-il pour me congédier.

Je me levai, les jambes tremblantes.

– Bonne journée, Hector, dis-je avant de quitter son bureau.

Je pouvais à peine marcher. Ni *respirer*. Il fallait absolument que je parle à Calder, que je sache ce qu'il pensait. *M'aime-t-il toujours ? Me veut-il toujours ?* Est-ce qu'il se pense responsable de la mort de Maya ? *Oh, Calder, j'ai besoin de toi.*

***

J'assistai aux fiançailles de Calder et d'Hannah Jacobson deux jours plus tard au Temple. J'avais l'impression d'avoir quitté mon corps et ma gorge était si serrée que je pouvais à peine déglutir. Une fois de plus, Calder ne me regarda pas, même si mon cœur bondit de joie en voyant la belle-de-jour qu'il avait épinglée à sa chemise. Était-ce pour moi ? Je n'avais aucun moyen de le savoir ni de lui parler. Faisait-il semblant parce qu'il y était contraint ? Pourquoi ne m'avait-il envoyé aucun message ? *Ne savait-il pas que j'étais en train de mourir à petit feu ?* Il devait s'en douter.

Le visage de Calder était impassible. Je ne parvenais pas à le déchiffrer. Mais Hannah avait l'air serein et heureux, une couronne de fleurs dans les cheveux. Elle lui jetait de nombreux coups d'œil timides et admiratifs. Bien sûr. Comment pouvait-il en être autrement ?

Mon cœur vibrait de jalousie. C'était un très joli couple : ils étaient bruns tous les deux, elle était petite et menue, il était grand et fort. J'avais envie de hurler.

Une fois qu'Hector eut célébré la cérémonie d'engagement, Calder se pencha pour déposer un baiser chaste sur la joue d'Hannah. Je détournai les yeux, malheureuse comme les pierres.

Nous sortîmes tous du Temple. La congrégation bavardait gaiement, prête à festoyer. Hector me prit par le bras pour me conduire vers le chalet principal. Je tournai la tête et tendis le cou pour tenter d'apercevoir Calder une dernière fois mais il y avait tellement de monde autour de nous que je ne le vis pas. *Il m'appartient tout entier,* me rappelai-je. Nous l'avions juré près de la source à la clarté de la pleine lune. Je ne pus soudain supporter la foule et les limites du Temple. La rage m'envahit. Je me dégageai de l'étreinte d'Hector et fis quelques pas avant qu'il ne me rattrape et ne s'empare de nouveau de mon bras.

Je me retournai et croisai alors enfin le regard de Calder, qui me dévisageait, immobile au milieu d'un groupe animé. Pendant une fraction de seconde, je lus de la colère dans ses yeux fixés sur la main qu'Hector avait posée sur mon bras. Mais il ne fit pas un geste. Puis Hannah surgit à ses côtés. Il baissa les yeux vers elle et lui sourit. Une vague de possessivité m'envahit. *Ses sourires sont pour moi.* Je ne possédais pas grand-chose mais j'avais au moins ça. Et pour moi, ça signifiait tout.

– Je ne me sens pas bien, dis-je à Hector en regardant toujours par-dessus son épaule. Il faut que j'aille m'allonger.

– Oui, bien sûr, répondit-il avec un regard entendu. Va te reposer. Retrouve ton équilibre. Je te verrai au petit déjeuner demain matin.

Je tournai les talons et m'éloignai vers le grand chalet. Je ne pus m'empêcher de remarquer que c'était la première fois depuis mon arrivée à Acadie que j'étais autorisée à me promener publiquement sans escorte. Je supposai qu'Hector avait deviné que j'avais besoin de rester seule dans ma chambre, mais de toute façon, où aurais-je bien pu aller ?

Je tuerai Hector dans son sommeil ce soir, songeai-je, parcourue par une onde de violence, tout en montant d'un pas vif la pente qui menait au chalet. Tous mes malheurs venaient de lui. Mais une fois rentrée et la porte refermée derrière moi, je m'adossai au mur, le souffle court, et je trouvai cette idée stupide. De toute façon, je n'avais pas le courage de tuer qui que ce soit, y compris Hector.

Je montai dans ma chambre et me roulai en boule sur mon lit, désespérée. Si Calder se mariait, comment les choses tourneraient-elles ? Même si nous parvenions à nous enfuir, Calder serait marié à une autre femme. N'aurait-il pas le devoir de s'occuper d'elle ? Pouvait-il se contenter de la laisser derrière lui ?

Si j'épousais Hector, ça ne m'empêcherait pas de fuir. Calder agissait comme il le devait : il fallait que je lui fasse confiance. *Sois forte, Belle de Jour.*

Je me passai de dîner et me couchai tôt. J'étais tellement épuisée émotionnellement que j'avais du mal à tenir debout. À ma grande surprise, je m'endormis facilement et je plongeai avec reconnaissance dans le néant obscur.

Je fus réveillée par le doux martèlement de la pluie. Je me tournai et tentai de me rendormir, mais le tintement particulièrement sonore d'une goutte sur une surface que je n'identifiais pas m'en empêchait. Je grommelai en rabattant mon oreiller sur mon visage mais les tintements persistèrent.

Pendant un instant, je laissai les souvenirs de l'engagement de Calder envers une autre m'assaillir et je sentis le trou dans ma poitrine se rouvrir. Je ne pourrais jamais me rendormir, à présent. J'allais passer la nuit à imaginer Calder et Hannah dans le même lit… ce qui ne manquerait pas d'arriver.

Ting !

Je tendis l'oreille. Les tintements cessèrent. Je repoussai ma couverture, me levai en me frottant les yeux et gagnai la fenêtre pour regarder dehors. Je sursautai, une main sur la bouche, en voyant une silhouette me regarder juste derrière la vitre. J'écarquillai les yeux et reconnus Calder. *Pour l'amour des dieux !*

J'ouvris immédiatement la fenêtre et agrippai sa chemise pour l'attirer à l'intérieur. Il escalada mon bureau et mit le pied par terre. Une flaque se forma immédiatement sur le sol.

– Qu'est-ce que tu fais ? sifflai-je en refermant la fenêtre.

– Il fallait absolument que je te voie.

Je reculai.

– On s'est promis de ne pas prendre de risques.

Calder poussa un grand soupir.

– Je sais, mais, Eden, après ce qui s'est passé aujourd'hui, il fallait absolument que je te parle. Tu sais que je n'ai pas eu le choix.

Mes épaules s'affaissèrent.

– Qu'est-ce qu'il t'a fait ?

Calder passa la main dans ses cheveux humides.

– Il m'a dit de quitter Acadie ou d'épouser Hannah.

– Pourquoi tu n'as pas accepté ? murmurai-je, malheureuse. C'était peut-être la meilleure chose à faire. Tu aurais pu partir en éclaireur et nous attendre, Xander et moi…

– Avec une centaine de dollars en poche ? Je n'ai même pas rencontré la fille qui est censée nous aider. (Il s'approcha de moi et encadra mon visage de ses mains.) Je ne peux pas t'abandonner ici, Eden. J'ai fait ce que j'avais à faire pour rester près de toi. Et peut-être que, de cette façon, Hector ne fera plus attention à nous. Je lui ai dit que je pensais que ce mariage était une bonne idée.

– Tu ne m'as même pas regardée, remarquai-je, les larmes aux yeux. Pas une seule fois.

– Je ne pouvais pas. Hector me surveillait comme le lait sur le feu. Si je t'avais regardée, tout le monde aurait compris que je t'aime. Et je savais, poursuivit-il en levant mon visage vers lui, que tu étais forte, Belle de Jour. Je savais que tu avais compris que je faisais ça pour nous.

– Je me suis quand même demandé… je me suis demandé si *tu* te demandais ce que ça ferait de…

Je secouai la tête, exaspérée de ne pas parvenir à formuler ce que je voulais dire.

Calder me tapota le menton.

– Alors demande-moi, Belle de Jour. Pose-moi la question.

Mon cœur s'emballa lorsque je plongeai le regard dans ses yeux magnifiques aux cils absurdement longs.

– Est-ce que tu te demandes ce que ça ferait de coucher avec une autre femme ?

– Non. Je n'ai jamais désiré une autre femme que toi. Pas une seule seconde. Jamais.

Je poussai un soupir.

– Merci.

Je baissai les yeux et me mordis la lèvre, envahie par le soulagement. Calder était plus fort que ce que je pensais. Je ressentis presque de la peine pour Hannah. Elle ne pourrait pas s'empêcher de l'aimer, ne serait-ce qu'un peu. Je ne lui souhaitais pas de mal, mais je ne supportais pas l'idée qu'elle s'approche de lui.

– Mais… il va falloir qu'on fasse quelque chose… si tu l'épouses…

Calder secoua la tête.

– La seule personne que j'épouserai sera toi.

– Comment comptes-tu l'éviter ? demandai-je, perplexe. On va partir plus tôt ?

Il se massa la nuque.

– S'il le faut, oui. Je n'aurai pas vraiment confiance en notre plan, mais si on y est obligés, alors, oui.

– Je serai prête n'importe quand.

– Je sais, répondit Calder en me prenant par la main pour me conduire jusqu'au lit.

La pluie redoubla.

– Est-ce qu'Hector vient vérifier que tu dors bien ?

Je me mordis la lèvre.

– Il l'a fait une fois, mais je ne pense pas qu'il recommence. Il a installé un verrou à l'extérieur de la porte de ma chambre il y a peu. Je ne sais pas trop pourquoi.

– Il mettra des barreaux à ta fenêtre une fois qu'il aura compris que tu es suffisamment courageuse pour passer par le toit.

J'éclatai d'un rire silencieux.

– Ou que *tu* es assez stupide pour escalader ce toit.

Il me sourit.

– Je pense qu'il croit juste que nous ressentons une vague attirance l'un pour l'autre.

J'acquiesçai sans avouer que je m'étais confiée à Hailey. C'était idiot de ma part. J'avais pensé qu'elle pourrait nous aider, mais ça n'avait pas été le cas.

Calder redevint sérieux.

– Rien que le fait que je t'aie regardée l'a rendu fou, Eden. J'ai été complètement idiot de venir ici. Mais je ne pouvais pas supporter l'idée que tu ne saches pas ce que je pensais. C'était en train de me tuer.

– Tu aurais pu m'écrire.

– Oui. Ça aurait été plus malin.

Il me dévisageait comme si, en un mois, il avait oublié à quoi je ressemblais.

– Sans doute.

Je devrais le forcer à partir. Mais il était juste là, les cheveux humides plaqués en arrière, dégageant son visage splendide, des gouttes de pluie scintillaient sur sa peau et son odeur virile me donnait envie de fermer les yeux et d'inhaler profondément.

Et je comprenais très bien le besoin impérieux de consoler ceux que l'on aime, contre toute raison et toute pensée rationnelle.

Je posai une main sur sa joue. Il ferma les yeux et s'appuya dessus.

– Je suis désolée pour Maya, chuchotai-je, les larmes aux yeux. J'aurais voulu pouvoir venir te réconforter.

La souffrance envahit les traits de Calder et il ne chercha pas à la dissimuler. Sa réaction réveilla en moi un féroce instinct protecteur. Il m'aimait et me faisait suffisamment confiance pour me montrer sa douleur. Je l'enlaçai. Il enfouit le visage dans mon cou et je lui caressai le dos en lui embrassant la joue à plusieurs reprises.

Quand je reculai un peu, Calder dit :

– C'est arrivé trop vite. Je n'ai pas eu le temps de m'y préparer. C'est toujours irréel, aujourd'hui. Je me suis demandé si les dieux ne m'avaient pas puni pour ce qu'on a fait tous les deux.

– En causant la mort de Maya ? répondis-je en secouant la tête. Les dieux sont-ils cruels à ce point ?

Calder soupira.

– Je ne le pense pas mais je n'ai aucune preuve.

– Quand on partira d'ici, je trouverai des preuves. J'étudierai toutes les informations disponibles.

Un sourire triste étira ses lèvres.

Ma Belle de Jour.

Nous nous dévisageâmes en silence puis Calder posa les yeux sur ma chemise de nuit.

– C'est ça que tu portes pour dormir ?

Je baissai les yeux vers ma longue chemise blanche et hochai la tête lentement, soudain gênée.

– Je porterai quelque chose de plus joli quand on dormira ensemble.

J'avais l'impression d'être une enfant dans cette chemise de nuit banale et peu séduisante. Je savais qu'à l'extérieur les femmes dévoilaient parfois leur peau. Je me souvenais vaguement de mes bras enroulés autour de la peau nue des jambes de ma mère, qui portait une jupe qui lui arrivait à peine aux genoux, tandis qu'elle me regardait en souriant. J'avais l'impression que c'était un rêve, à présent.

Calder secoua la tête et son regard devint plus intense.

– Non, j'adore. Tu es un cadeau que j'ai envie de déballer.

Un petit sourire étira un coin de ses lèvres. Voilà. *Ça, c'est mon sourire.*

– Et toi, tu portes quoi pour dormir ?

– Beaucoup plus de choses que quand je dormirai avec toi, répondit-il en souriant plus largement.

Il m'embrassa dans le cou. Je renversai la tête en arrière en gémissant doucement.

– Calder… commençai-je en jetant un coup d'œil en direction de ma porte. On s'est promis d'être prudents jusqu'à notre départ… le sacrifice sera…

– Je sais, chuchota-t-il contre ma peau. Je m'en vais dans un instant. Je veux juste te goûter encore un peu avant de partir.

– Mmmm, murmurai-je.

Ses lèvres effleuraient ma gorge et je sentais le désir monter en moi.

– La pluie cesse. Tu dois y aller, dis-je en passant la main dans ses cheveux et en le repoussant un peu.

Il leva la tête et je pus profiter de toute sa beauté. Je plongeai le regard dans le sien plein de désir. Il avait les lèvres légèrement entrouvertes. Je voulais l'embrasser de tout mon cœur jusqu'à en perdre le souffle. Mais Hector était au bout du couloir, et si nous étions surpris, ce serait une catastrophe.

Calder s'empara de mes mains, se leva et m'attira étroitement contre lui.

– Je déteste te dire au revoir.

J'enfouis le visage contre son torse puis levai la tête vers lui.

– Promets-moi qu'après cette nuit nous ne nous dirons plus jamais au revoir.

– Je te le jure.

Il se pencha pour m'embrasser tendrement puis je le raccompagnai jusqu'à la fenêtre. Il bruinait, maintenant.

– Fais attention de ne pas glisser, dis-je, un peu inquiète.

– Promis.

Il m'embrassa rapidement une dernière fois puis escalada la fenêtre. Je la refermai derrière lui et le regardai disparaître sous la pluie.

J'épongeai la flaque avec une couverture puis je me recouchai, soulagée mais toujours perturbée. Je fermai les yeux et adressai une prière au Dieu de Miséricorde. Il serait toujours mon préféré.

CHAPITRE 20

CALDER

Les haut-parleurs se mirent en action le lendemain matin. Il y en avait douze au total, disséminés de telle manière que, où que l'on soit à Acadie, on entendait les sermons d'Hector.

Quelques travailleurs échangèrent des regards perplexes en constatant que les sermons s'enchaînaient jusqu'au coucher du soleil. Nous soupirâmes de soulagement lorsqu'ils s'arrêtèrent, nous laissant enfin seuls avec nos pensées. Tout le monde avait l'air de vouloir rester silencieux après ça et les conversations et les rires qui accompagnaient habituellement les feux nocturnes cessèrent rapidement. Ceux qui parlaient le faisaient à voix basse. L'atmosphère avait changé et personne ne semblait comprendre pourquoi Hector avait fait ça. Mes parents l'acceptèrent sans broncher, cependant. Au Temple, où je m'étais assis à côté d'Hannah, Hector n'expliqua pas son geste. Il en répéta même certains, s'interrompant parfois comme pour écouter quelqu'un que lui seul voyait, le regard dans le vide, avant de reprendre où il s'était arrêté.

Il me surveillait. Son regard s'attardait parfois sur moi comme s'il avait oublié qui j'étais et qu'il essayait de me remettre. Il ne regardait personne d'autre comme ça. Je m'emparai de la main d'Hannah : lorsque Hector posa les yeux sur nos doigts entrelacés, il cessa enfin de me prêter attention. Je ne pus m'empêcher de soupirer. Je ne savais pas ce qui lui arrivait, mais quelque chose clochait. Il n'était pas coiffé, on aurait dit qu'il avait dormi tout habillé et il avait les yeux cernés. Il fallait qu'on s'enfuie le plus vite possible.

Hannah me pressa la main et une bouffée de culpabilité m'envahit. Pas uniquement parce que je touchais une autre femme qu'Eden, mais aussi parce qu'Hannah était sympa et qu'elle avait l'air contente que nous soyons fiancés. Ma disparition lui ferait de la peine. Mais je ne pouvais pas faire autrement. Hector m'avait forcé la main en utilisant Hannah comme un pion.

Eden avait le regard ailleurs. *Sois forte, Belle de Jour,* murmurai-je en silence.

Une semaine après que les haut-parleurs eurent commencé à déverser quotidiennement ses sermons, Hector déclara que nous participerions à trois séances de prière par jour au Temple. C'était une bénédiction. Les murs épais bloquaient les sermons et nous pouvions profiter du silence pendant une heure chaque fois.

Je ne m'adressais plus aux dieux. Dorénavant, c'est à Maya que je parlais dans ma tête et je lui racontais tout ce qui s'était passé depuis sa mort. Je lui parlais d'Eden et je lui racontais tout ce que je n'avais pas eu le temps de lui dire quand elle était encore en vie : qu'elle et Xander avaient toujours été mes meilleurs amis, que j'étais très fier d'elle et qu'elle me manquait tous les jours.

Xander et moi utilisions les séances de prière pour nous tenir au courant des progrès de nos finances. Xander avait réussi à se faufiler dans les voitures des membres du conseil et à voler trente-sept dollars en billets et en pièces. Il n'avait pas tout pris, histoire de ne pas susciter de soupçons. Il avait même trouvé une chaîne en or dans une voiture et un porte-clefs en or également dans une autre. Apparemment, ce métal se revendait cher en ville, du moins, c'était ce que Kristi lui avait dit. Elle lui avait aussi expliqué qu'il était facile à revendre.

Il avait tout caché sous son plancher avec les vêtements.

Le problème, c'était qu'en passant trois heures par jour au Temple, on ne s'occupait pas suffisamment des plantations, et sous le soleil aride de l'Arizona, cette négligence coûtait cher. Au bout de quelques semaines, nos légumes fanèrent et les fruits pourrirent, tombèrent des arbres et finirent dévorés par les oiseaux.

Si ça continuait, nous allions mourir de faim. Hector le savait forcément.

Un matin, au Temple, Hector se plaça au bord de l'estrade et nous contempla en silence pendant un long moment avant de prendre la parole.

– Il y a un voleur parmi nous.

Mon cœur se serra et je jetai un coup d'œil à la dérobée à Xander, qui fixait Hector sans ciller.

Hector parcourut l'assemblée des yeux.

– Une chaîne en or a disparu de la voiture d'un des membres du conseil. Qui sait quelque chose à ce sujet ?

Bon sang.

Personne ne répondit. On aurait entendu une mouche voler.

– Personne ? demanda Hector.

Il s'accouda au pupitre et attendit en nous observant les uns après les autres. Son regard s'attarda un peu sur moi mais il finit par détourner les yeux.

– Eden, veux-tu bien t'avancer, s'il te plaît ?

Elle leva les yeux vers lui, surprise, puis se leva et le rejoignit.

– Si personne n'a le courage de se lever pour confesser son crime, une innocente recevra le châtiment à sa place. Mon amour le subira, parce que, voyez-vous, poursuivit-il en reculant un peu, JE VOUS AIME TANT QUE JE SUIS PRÊT À SACRIFIER LES MIENS POUR VOS PÉCHÉS, hurla-t-il, ce qui fit sursauter Eden. JE MARQUERAI

LA PEAU PARFAITE DE MA BIEN-AIMÉE POUR VOUS.

Je me raidis tout entier, parcouru par la rage. Du coin de l'œil, je vis Hannah me regarder, mais je ne bougeai pas.

Je m'apprêtais à me lever lorsque la voix de Xander retentit.

– C'est moi, Père. C'est moi qui ai volé le collier.

Hector se tourna vers Xander et le considéra d'un air soupçonneux. L'assemblée s'agita, nerveuse, et tous les regards passèrent alternativement de Xander à Hector.

J'ouvris la bouche pour dire quelque chose mais la refermai aussitôt. Une intervention de ma part ne ferait qu'empirer les choses pour nous trois. J'étais prêt à me battre et mon cerveau calculait quel chemin je devais emprunter pour atteindre Eden le plus vite possible.

Hector s'accouda au pupitre d'un air décontracté.

– Xander Garen, dit-il en repoussant ses cheveux trop longs. Où est le collier ?

Xander hésita.

– Je vais aller le chercher pour vous, Père.

– Non. Je vais envoyer quelqu'un le chercher. Dis-moi où il est.

Oh, non.

Je fermai brièvement les yeux puis les rouvris et les gardai baissés. Du coin de l'œil je vis Xander ouvrir et refermer la bouche. Il était coincé.

– La vérité, Père, c'est que je suis incapable de l'expliquer clairement. J'ai besoin d'accompagner la personne.

Hector lui jeta un regard méfiant et je retins mon souffle.

– Très bien, finit-il par dire, et je soupirai.

Peut-être aurait-il le temps de cacher le reste. Quelque chose. N'importe quoi. Si ce n'était pas le cas, nous serions de retour à la case départ. J'avais envie de vomir.

– Clive, aboya Hector. Escorte le garçon pour récupérer ce qu'il t'a volé.

J'osai jeter un coup d'œil à Eden : elle était blême et avait l'air choqué. Je détournai les yeux.

Clive marcha lentement vers Xander, le prit par le coude et ils quittèrent le Temple. Mon cœur battait trois fois trop vite. Mon esprit carburait à cent à l'heure pour essayer de trouver une solution. Je levai les yeux sur l'estrade : Hector tenait toujours Eden par la main. Si je me précipitais à la suite de Xander et désobéissais publiquement, je la laissais à la merci d'Hector. Lui ferait-il quelque chose pour la punir ? Quelque chose s'était détraqué dans son cerveau. Je ne voulais même pas savoir de quoi il s'agissait.

Hector acheva son sermon sans la lâcher. Ce dernier me parut décousu, du moins le peu que j'en écoutai, et Hector bafouilla à plusieurs reprises. Eden gardait les yeux rivés sur le sol, toujours aussi pâle.

Au bout de ce qui me sembla une éternité, mais qui n'était en réalité qu'une vingtaine de minutes, Hector entama la prière finale. Lorsque nous sortîmes du Temple en file indienne, je remarquai les regards interrogateurs que se lançaient certains. Tout le monde avait compris que quelque chose ne tournait pas rond sans pouvoir l'expliquer. Et tout le monde était perturbé.

J'aperçus soudain Xander, agenouillé sur le sol, les mains ligotées autour d'un poteau. Clive Richter se tenait derrière lui, une longue corde à la main. Je me raidis et je ne réfléchis pas un instant avant de me précipiter vers eux en courant.

– Emparez-vous de lui ! hurla Hector, et il me sembla entendre Eden crier.

Des bras puissants s'emparèrent de moi et me tirèrent sur le côté. Je me tournai pour riposter mais quelqu'un d'autre me saisit de l'autre côté. Garrett Shipley et Ken Wahl, deux membres du conseil, me maintinrent solidement et le premier coup de fouet s'abattit. La fureur provoqua une montée d'adrénaline dans tout mon corps. J'assenai un coup de coude sur le visage de Ken et balançai un uppercut à Garrett, qui se mit à hurler, la main sur son nez ensanglanté et manifestement cassé. Ils me lâchèrent et je bondis en avant.

– Arrête, Calder, hurla Xander.

Je m'immobilisai à contrecœur. Il avait la tête basse et les dents serrées mais il secouait la tête dans ma direction, une lueur d'avertissement dans les yeux. Je ne savais pas quoi faire. Tout me poussait à me battre pour mon ami, mais il me l'interdisait. Je me passai la main dans les cheveux. J'avais envie de rugir de rage.

Garrett et Ken surgirent à mes côtés et s'emparèrent de nouveau de moi. Cette fois-ci, je ne résistai pas et ne leur jetai pas un regard.

Clive leva le fouet de nouveau et cette fois-ci, je le vis s'abattre sur le dos nu de Xander, sur lequel il laissa une longue traînée sanguinolente. Xander tressaillit mais ne dit rien. *Oh, Xander. Mon frère, mon ami.* Je grimaçai et fermai brièvement les yeux.

Clive ramena le fouet à lui, l'air satisfait, et l'abattit encore une fois, créant une troisième marque sur la peau de Xander.

Il le fouetta encore deux fois ; Xander tressaillit mais ne gémit même pas.

– Ça suffit, Clive, dit Hector. (Clive le regarda et sembla sortir de sa transe. Il respirait très fort.) Je pense que justice a été rendue pour ce vol. As-tu récupéré ta chaîne ? As-tu l'impression d'avoir obtenu réparation ?

Clive réfléchit et contempla Xander, toujours à genoux, dont le dos n'était plus qu'une plaie sanglante.

– Oui, répondit-il en laissant tomber le fouet sur le sol et en prenant la direction du grand chalet.

Hector fit un signe de tête en direction de Garrett et de Ken.

– Lâchez-le. Je pense que ça lui a servi de leçon à lui aussi. Tu peux accompagner ton ami au pavillon des malades.

J'entendis des femmes pleurer dans la foule mais je ne me retournai pas. Les deux me relâchèrent et je me précipitai vers Xander, m'agenouillant à côté de lui dans la poussière.

– Hé, mon frère, dis-je gentiment, je vais t'aider.

Xander grimaça tandis que je m'attaquais à la corde qui lui entravait les poignets.

– Putain, ça fait un mal de chien, Calder, grogna-t-il.

La douleur devait être insupportable pour qu'il parle ainsi : je ne l'avais jamais entendu proférer cette obscénité qui échappait parfois à ceux qui venaient de la grande société de toute ma vie.

J'essayai de défaire le nœud aussi lentement que possible pour ne pas bouger Xander.

– Pourquoi tu ne m'as pas laissé le frapper ? demandai-je amèrement.

– Il t'aurait fouetté aussi. Et probablement enfermé.

– Je l'aurais supporté.

– Je sais, répondit Xander, au moment où je parvenais enfin à le libérer de ses liens et où il basculait en avant. Il utilisa ses paumes pour se recevoir. La moitié de ce que je possède…

– Oui, je sais.

J'aidai Xander à se lever et passai son bras autour de mon épaule afin qu'il puisse s'appuyer sur moi en marchant.

– Il a pris notre argent jusqu'au dernier centime, fit Xander, malheureux. La seule chose que j'ai réussi à cacher, ce sont les vêtements. Je lui ai dit qu'il y avait un nid de serpents sous le plancher mais que je ne savais plus où. C'est pour ça qu'il n'a pas cherché lui-même. Ce lâche. Et c'est un hypocrite. Il a empoché l'argent et je suis certain qu'il n'en parlera pas à Hector.

Mon cœur se serra quand j'entendis que notre argent avait disparu. Mais en parler était bien la dernière chose dont Xander avait besoin.

– Il y a vraiment un nid de serpents sous ton plancher ? demandai-je pour le distraire, tout en me dirigeant vers la tente des malades.

Xander me jeta un coup d'œil.

– Non. Quelques souris, et dieux merci, on les entendait courir, sinon Clive aurait trouvé le linge aussi.

Je ne pus m'empêcher de rire.

– Qu'est-ce qu'on va faire de ces vêtements, maintenant qu'on n'a plus un sou ?

– On va partir d'ici, c'est tout.

J'y songeai sérieusement. On allait certainement devoir s'y résoudre, vu que la date de mon mariage approchait et que notre larcin avait été découvert, mais on était loin de notre plan d'origine. La peur me tordit le ventre. Nous allions être obligés de nous enfuir sans rien d'autre que les vêtements que nous aurions sur le dos. Heureusement, ils nous permettraient, c'est vrai, de nous fondre dans la grande société. On y était. J'avais envie de vomir.

Nous parvînmes au pavillon des malades et j'aidai Xander à s'étendre sur le ventre sur un lit. Je savais que l'un des placards contenait des bandages. J'espérais que Mère Willa ne tarderait pas à arriver avec son remède contre la douleur, mais en attendant, j'allais devoir m'occuper de lui le mieux possible.

Je lavai ses plaies à l'eau pure sans cesser de lui parler pour le distraire. Mais même ainsi, il grimaçait chaque fois que je le touchais.

– Tu te rappelles la fois où tu m'as filé la varicelle ? demandai-je.

Il ricana.

– C'est toi qui me l'as refilée, rétorqua-t-il avec un faible sourire.

J'essorai le tissu et l'eau devint rouge.

– Et le pire, poursuivit-il, c'est qu'alors que je n'ai eu que six boutons, contrairement à toi qui en étais entièrement couvert, c'est moi qui ai une cicatrice !

Il tapota la petite cicatrice circulaire et bombée près de son sourcil.

Je ris doucement et posai de nouveau le tissu sur son dos. Il tressaillit.

– Dès que tu seras remis, tu pourras faire ton bruit d'oiseau idiot et on retrouvera Eden à la source. Il faudra improviser.

Je n'étais pas certain à cent pour cent de pouvoir assurer la sécurité d'Eden et ça me faisait peur.

– Idiot ? demanda Xander en fermant les yeux. Ce cri d'engoulevent est parfait. Les autres oiseaux me prennent pour un des leurs.

Je gloussai en lui séchant le dos avec un tissu propre.

– Tu veux bien aller chercher le sac de vêtements, Calder ? Mes parents sont certainement en train de patrouiller. On devrait les garder ici avec nous pour ne pas avoir besoin d'aller les chercher.

Quand il mentionna ses parents, sa voix prit une inflexion triste. Je fronçai les sourcils. Nous étions des hommes mais nous n'avions jamais été séparés d'eux. Ils auraient le cœur brisé. Mais avec tout ce qui se passait à Acadie en ce moment, je préférais croire que ce serait mieux pour tout le monde que nous partions. Bien sûr, concernant Eden, c'était une toute autre histoire.

Mes pensées furent interrompues par l'arrivée de Mère Willa. Je me levai. Elle me jeta un regard et s'avança vers le lit où reposait Xander, somnolent. Je lui fis un signe du menton. Elle n'avait évidemment pas besoin de mes instructions.

– Xander, je vais aux toilettes. Je reviens tout de suite.

Il me répondit par un bruit à mi-chemin entre le grognement et le ronflement.

Lorsque je passai devant elle, Mère Willa m'attrapa par le bras. Son regard était humide et flou et quelque chose m'angoissa.

– Va dans le coin le plus à gauche, dit-elle.

Je secouai la tête.

– Quoi ?

– Le coin le plus à gauche, répéta-t-elle. C'est le seul endroit où tu vivras.

– Où je vivrai ? Je… Quoi ?

Elle me lâcha et reporta son attention vers Xander qui ronflait à présent.

Je sortis, mais au lieu de me diriger vers les toilettes, je fis un rapide détour par le chalet de Xander. Je frappai une fois, et quand personne ne me répondit, je me faufilai à l'intérieur et refermai la porte derrière moi. Inutile de deviner quelle lame de plancher il fallait soulever : celle dont Xander se servait comme placard était toujours déplacée. Je m'agenouillai et tendis la main. Quelque chose effleura mon poignet et je retirai brusquement la main avec un cri de surprise dégoûtée.

– Des souris, ce ne sont que des souris, murmurai-je en plongeant de nouveau la main sous le plancher.

Une fois mon bras enfoncé jusqu'au coude, je finis par heurter du tissu. Je m'en emparai et le sortis. C'était un sac fermé par une ficelle qui contenait les vêtements qui nous permettraient de nous enfuir. Je ne pris pas la peine de replacer la lame de bois. Je sortis de la maison, le sac sur l'épaule, et me dirigeai d'un pas résolu vers la tente des malades. J'y étais presque parvenu lorsque quelqu'un s'empara de mon bras. Je laissai tomber le sac et pivotai, prêt à en découdre.

Ce n'était qu'Hannah, qui se tordait les mains. Elle avait l'air au bord des larmes.

– Hannah, soufflai-je.

– Calder, c'était affreux, dit-elle avec un petit sanglot. Pourquoi Xander a-t-il fait ça ? Il va bien ?

Je ramassai le sac en réfléchissant à ma réponse.

– Oui. Il faut que j'aille le voir. Rentre chez toi, d'accord ?

Elle me lança un regard inquiet.

– J'ai peur, Calder, murmura-t-elle. Il se passe quelque chose et je ne comprends pas. Mes parents disent que c'est parce que le déluge approche et qu'on exige davantage de nous mais… ça m'effraie.

Je ne savais pas quoi lui dire. J'avais de l'affection pour Hannah. Nous avions grandi ensemble. Joué ensemble quand nous étions enfants. Mais je ne l'aimais pas, pas comme ça.

– Hannah, écoute, si quelque chose… m'arrivait, eh bien, tu auras le choix. Tu n'es pas obligée de vivre ici toute ta vie si tu ne le veux pas.

Elle écarquilla les yeux.

– Mais c'est ce que je veux. Je veux t'épouser, Calder, et aller à Élysée avec toi.

Je poussai un soupir. Je me sentais coupable.

– Il faut que j'aille voir Xander. Mais… souviens-toi de ce que je t'ai dit, d'accord ?

Elle acquiesça, perplexe, et je l'attirai à moi pour déposer un baiser sur son front.

– D'accord.

Quand j'entrai dans la tente, Mère Willa avait disparu mais le dos de Xander était entièrement bandé et il ronflait doucement.

Je fourrai le sac sous mon propre lit et m'allongeai pour me reposer. Je glissai les mains sous ma tête. Je mourais d'envie d'aller retrouver Eden. Il fallait que je me convainque qu'elle était enfermée en sécurité dans sa chambre loin d'Hector. Dans deux jours, nous l'appellerions et nous pourrions fuir. J'imaginai Eden en train d'escalader sa fenêtre, Hector tentant de la retenir, la déséquilibrant et la faisant tomber, le bruit de ses os se brisant, à peine couvert par ses hurlements. Je me réveillai en sursaut et regardai autour de moi, désorienté. Je m'étais endormi.

– Ce n'est qu'un cauchemar, murmurai-je en me rallongeant.

Mais j'entendis alors le bruit qui m'avait certainement réveillé, un cri d'engoulevent dans le lointain, mais étrange et imparfait. Féminin. *Eden.*

Xander leva la tête et regarda autour de lui, hébété, avant de se rendormir aussi sec. Je me souvenais très bien de l'effet provoqué par la poudre de Mère Willa. Je ne savais même plus comment je m'appelais, je me réveillais de temps en temps, incapable de bouger ou de penser clairement.

Je bondis du lit et soulevai Xander le plus doucement possible, sans toucher son dos. Il marmonna quelque chose que je ne compris pas et son corps devint tout mou. Je le hissai sur mes épaules et me penchai pour attraper le sac de vêtements que j'avais glissé sous le lit.

Eden donnait le signal signifiant que nous devions partir. La peur coulait dans mes veines. Eden ne prendrait jamais ce risque à moins qu'il ne soit arrivé quelque chose de particulièrement horrible.

CHAPITRE 21

EDEN

La source était baignée par la lueur argentée de la lune lorsque je me faufilai entre les deux rochers, et je cherchai à reprendre mon souffle. Je tremblais de tous mes membres. *Pourvu que Calder et Xander aient entendu mon signal.*

Je laissai tomber le sac en tissu que j'avais réussi à prendre avec moi dans ma fuite et j'enroulai les bras autour de moi en me frottant vigoureusement pour me réchauffer.

Je pris de profondes inspirations pour me calmer et essayer de maîtriser mes émotions. *Je suis en sécurité ici.* Lorsque j'entendis un bruit de pas de l'autre côté du buisson, je sanglotai de soulagement, sachant que ça ne pouvait être que Xander et Calder. Personne ne pourrait se diriger vers cet endroit secret sans aucune hésitation.

Calder surgit de l'anfractuosité, l'air fou d'inquiétude, à bout de souffle, Xander sur les épaules.

– Il va bien ? demandai-je, alarmée.

– Oui, il est juste assommé par le médicament.

Je poussai un profond soupir. Mon émotion refit surface et je me précipitai vers lui. Il déposa Xander avec soin sur l'herbe et me reçut dans ses bras alors que je m'abattais contre lui en sanglotant son nom.

– Chut, Eden, tout va bien. Je suis là. Raconte-moi ce qui s'est passé. Qu'est-ce qu'il t'a fait, Belle de Jour ?

Il me tenait étroitement serrée contre lui et me caressait les cheveux en murmurant des mots doux au creux de mon oreille.

Je suffoquai, éperdue. Maintenant que j'étais en sécurité dans les bras de Calder, l'hystérie que j'avais soigneusement tenue à distance m'envahit.

– Je… il… (Je pris une profonde inspiration et me ressaisis. Ça ne servait à rien de perdre la tête.) Il a trouvé tes lettres, Calder. (Je levai les yeux vers son beau visage inquiet, honteuse.) Je suis désolée. Je n'aurais pas dû les garder. Mais je voulais les emporter avec moi en partant. Elles étaient à moi. Elles faisaient partie de *nous* et je les voulais.

Je me mis à pleurer de plus belle. Calder me regarda tendrement et essuya mes larmes du bout des doigts.

– On va tous bien. Qu'est-ce qu'il t'a fait ? Raconte-moi.

Je secouai la tête pour essayer de chasser le souvenir.

– Il… est devenu fou. (Je revoyais son visage cramoisi, la veine qui battait sur sa tempe et ses yeux dingues.) Après ce qui s'est passé avec Xander, j'étais bouleversée. (Je baissai les yeux vers ce dernier, qui ronflait tranquillement sur le sol.) Je suis vraiment désolée, Xander. (Je savais qu'il ne pouvait pas m'entendre mais j'avais besoin de le dire à haute voix.) Tu as payé le prix pour nous trois.

– Il va bien, Eden. Je te le promets.

Je regardai Calder, soupçonneuse. Ça m'étonnerait qu'il aille bien. J'avais vu sa peau à vif et l'expression de son visage lorsque le fouet s'était abattu sur son dos. Mais il s'était montré très brave. Il n'avait pas émis une seule plainte. Je me mordis la lèvre et me redressai.

– J'ai aidé Hailey à coucher ses fils et je suis montée dans ma chambre. C'est là que je l'ai trouvé, assis sur mon lit, en train de lire tes lettres.

La terreur s'empara de nouveau de moi, exactement comme quand j'étais entrée dans ma chambre un peu plus tôt.

– Est-ce qu'il t'a touchée ? Il t'a fait du mal ? demanda Calder en serrant les dents, le regard soudain glacial.

– Non. Il n'arrêtait pas de répéter : « Il brûle pour toi ? Il brûle pour toi ? Je vais te montrer comment il brûle pour toi, tu vas voir. » (Je ravalai un sanglot en frissonnant.) Il voulait te tuer, chuchotai-je, et peut-être moi avec.

– Qu'est-ce que tu as fait ? Comment tu as réussi à t'enfuir ?

Le ton de Calder était aussi glacial que son regard et il fit courir les mains sur moi comme pour se prouver que j'étais bien entière.

– Il m'a enfermée dans son bureau. J'ai tiré le classeur devant la porte pour la bloquer et j'ai brisé une vitre avec le tisonnier. Ils étaient tous en train de frapper à la porte quand je me suis enfuie. Un membre du conseil, Ken Wahl, il me semble, mais je n'en suis pas sûre, a fait le tour par l'extérieur, mais je m'étais déjà cachée et il ne m'a pas vue.

Je tremblai de nouveau. Calder cilla et passa la main dans ses cheveux en secouant la tête lentement, un petit sourire incrédule aux lèvres.

– Belle de Jour, murmura-t-il.

– Je n'ai pas eu le choix. C'était ça ou… va savoir ce qu'il m'aurait fait. Du mal, c'est sûr. (Je levai les yeux vers lui.) Je suis juste désolée de nous pousser à fuir alors qu'on n'est pas prêts.

– Non, tu as pris la bonne décision et tu as fait ce qu'il fallait. De toute façon, il fallait qu'on parte vite. Mon mariage est censé avoir lieu la semaine prochaine. (Calder prit mon visage en coupe et l'inclina pour pouvoir me regarder bien en face.) Et à cause de ce qui s'est produit aujourd'hui, Xander et moi venions de décider de partir plus tôt. (Il m'observa.) Tu t'es montrée tellement courageuse.

Nous nous dévisageâmes pendant quelques secondes : je puisais de la force dans ce visage que j'aimais tant. Je me sentais déjà beaucoup plus calme. Nous étions ensemble. Nous étions en sécurité. Pour le moment.

– Notre seul problème, à présent, c'est que nous n'avons pas un sou vaillant, dit Calder.

– Oh, dis-je en reculant. Non, c'est faux.

Je me dirigeai vers le sac en tissu que j'avais caché sous un buisson derrière le grand chalet. J'avais heureusement réussi à me faufiler jusque-là pour le récupérer après m'être échappée du bureau d'Hector. De là, je m'étais dirigée vers le bosquet à cent cinquante mètres de la tente des malades, j'avais imité de mon mieux l'engoulevent à trois reprises puis j'avais emprunté le sentier qui menait à la source.

Je m'agenouillai dans l'herbe et répandis le contenu de mon sac, tout l'argent liquide que j'avais volé dans le chalet et tous les bijoux que j'avais dérobés aux membres du conseil et à leurs femmes. Plus le mariage de Calder approchait, plus j'étais devenue audacieuse. C'est moi qui méritais le fouet. Xander n'avait vraiment pas eu de chance qu'ils ne découvrent que ce que lui avait dérobé.

Je tendis tout l'argent à Calder, qui me regardait, bouche bée. Xander roula dans notre direction en entendant le bruit des pièces métalliques tomber sur le sol et me lança un regard, encore à moitié endormi.

– Bon sang de bois, murmura-t-il.

– Pour l'amour des dieux. Elle est pire que toi, constata Calder.

– Où tu as trouvé cette fille ? demanda Xander d'une voix enrouée. Je suis amoureux.

Calder éclata de rire et me lança un regard chaleureux.

– Oh, je l'ai trouvée près de cette jolie source, un jour…

Je lui souris. Xander tenta de sourire à son tour mais il retomba dans les pommes, la tête contre le sol. Calder le contempla un instant puis reporta son attention sur moi et explosa de rire en secouant la tête comme si la situation était ridicule, ce qui était certainement un peu le cas.

– Ce n'était pas ce que tu m'avais demandé de faire ? demandai-je en haussant un sourcil.

Calder cessa immédiatement de rire.

– Pas du tout. C'était beaucoup trop dangereux. (Il poussa un soupir et sourit en coin.) Mais maintenant, je suis ravi que tu l'aies fait.

Il s'agenouilla à mes côtés pour faire l'inventaire et je lui souris.

– Trois cent quatre-vingt-trois dollars, dit-il au bout de quelques minutes.

Il fit une liasse bien nette qu'il me rendit pour que je la range dans le sac.

– J'ignore combien ça vaut, dit-il en examinant une bague en or avec une pierre rouge, un rubis peut-être. Mais ça doit avoir une certaine valeur, surtout si c'est de l'or.

J'acquiesçai et nous rangeâmes tout dans le sac.

– Tu t'es super bien débrouillée, Eden.

Son regard me disait qu'il était non seulement impressionné mais aussi reconnaissant et soulagé. Je lui souris fièrement.

– Il ne nous reste plus qu'à nous changer et on pourra partir d'ici, dit Calder. Eden, il va falloir que tu m'aides à habiller Xander.

J'opinai, intriguée.

– S'il n'est pas capable de se changer, comment il va marcher ?

– Je le porterai, expliqua Calder. Et je l'amènerai dans un endroit où on pourra le soigner.

Il s'empara du sac qu'il avait laissé tomber à l'entrée de la source et il examina son contenu, sortant les vêtements un par un pour décider qui mettrait quoi.

Nous passâmes à Xander un jean et une chemise bleue en faisant de notre mieux pour ne pas lui faire mal au dos. Il était profondément endormi et n'avait pas l'air de souffrir. Je tournais la tête lorsque je risquais d'apercevoir quelque chose de trop personnel et je laissais Calder se débrouiller tout seul.

Pendant que Calder s'habillait, je rangeai tout dans le sac, puis je me tournai vers lui et retins mon souffle. Il portait un jean et un tee-shirt gris pâle un peu trop moulant qui me fit saliver. Il avait enfilé une casquette avec un logo orange, un S et F entrelacés.

– Ça ira comme ça, remarquai-je avec un grand sourire, qui s'effaça presque aussitôt. Et moi ? Je mets quoi ?

– C'est Kristi qui était supposée te fournir une tenue. Tu vas rester habillée comme ça. Avec un peu de chance, on ne fera pas attention à toi.

Je hochai la tête. Je n'avais pas d'autre choix.

– On fait quoi ?

– On s'enfuit le plus loin possible et on trouve un hôtel jusqu'à ce que Xander puisse appeler Kristi. Je pense que nous sommes à une trentaine de kilomètres de la ville. Peut-être moins. Tu crois que tu pourras les faire à pied ?

J'acquiesçai. J'étais prête à faire n'importe quoi pour m'éloigner le plus possible d'Hector et de son regard fou. Je ferais le chemin pieds nus s'il le fallait. Nous portions tous les mêmes sandales, celles qu'une femme fabriquait pour tout le monde à Acadie. Ses talents allaient être mis à l'épreuve.

– Mais, Calder, tu ne peux pas porter Xander pendant trente kilomètres, murmurai-je.

– Je n'ai pas le choix. Et il est hors de question de le laisser ici.

Mon cœur se gonfla d'amour pour mon homme si fort et courageux.

– Je pense que le mieux, c'est de passer par le désert. Hector a dû envoyer quelqu'un à ta poursuite.

Je frissonnai en imaginant ce qui nous attendait. Calder s'accroupit, attrapa Xander et le hissa sur ses épaules.

J'aurais aimé avoir le pouvoir de nous téléporter d'un claquement de doigts dans une chambre, quelque part au cœur de la ville, en sécurité derrière une porte fermée. Mais les choses ne se passaient jamais comme ça. Il fallait surmonter tous les malheurs et les instants difficiles pour atteindre le bonheur. Mais c'était peut-être ça qui faisait tout le sel de la vie. Si on pouvait éviter les difficultés, on trouverait peut-être tout ennuyeux et on n'éprouverait peut-être aucune joie. Mais en cet instant précis, entre la crainte et l'inquiétude, j'aurais préféré m'ennuyer.

– Tu es prête, Eden ?

Sa question me parut pleine de sous-entendus. Il ne parlait pas seulement du trajet qui nous attendait. Étais-je prête pour une nouvelle vie ? Une vie différente ? Et à affronter un long chemin terrifiant pour l'atteindre ?

– Oui, me contentai-je de répondre.

Calder m'observa un instant puis hocha la tête.

– Bois autant d'eau que possible, ordonna-t-il. Nous n'avons aucun récipient pour en transporter et il peut s'écouler plusieurs heures avant qu'on en trouve. J'ai fait boire Xander juste avant que tu fasses le signal, ça devrait aller, surtout que ce n'est pas lui qui va faire les efforts, dit-il en pinçant les lèvres.

Je me penchai au-dessus de la source pour boire à la cascade, puis Calder fit de même.

Il était temps de partir.

Nous franchîmes l'étroite ouverture entre les deux immenses rochers qui fermaient l'extrémité de notre source. Avant qu'on s'éloigne, je pris bien soin de replacer le buisson qui en masquait l'entrée afin qu'elle soit invisible. Je voulais que personne ne puisse trouver cet endroit… pas uniquement parce qu'ainsi on comprendrait d'où on s'était échappés, mais aussi parce que, pour moi, cet endroit était sacré. Je ne voulais pas que quelqu'un le saccage, du moins pas avant que nous ayons trouvé un autre endroit sacré, notre petit coin d'Élysée sur Terre.

Nous commençâmes à escalader le sentier entre les rochers, sans parler, en écoutant le bruit des autres. Je n'entendais que le souffle court de Calder qui transportait Xander sur son dos. Je ne voulais pas trop songer à Hector et à la personne qu'il avait envoyée à ma recherche, sinon la terreur m'envahissait à nouveau. Je préférais rêver à la vie tranquille que Calder et moi mènerions une fois que nous aurions trouvé où aller. Je manquais cruellement de références, aussi je tentais d'évoquer les sentiments que j'avais éprouvés avant que ma famille ne meure et même les choses que j'appréciais dans le grand chalet.

J'aimerais une chambre avec une immense baie vitrée comme celle à l'arrière du chalet qui donnerait sur une vue magnifique. Pas le désert, parce que nous en serions loin, mais une étendue d'eau, des arbres ou une forêt. J'aurais une grande cuisine et je préparerais le dîner pour Calder tous les soirs. On ne m'avait pas appris à cuisiner mais j'avais observé Hailey et j'avais pris des notes mentalement pour reproduire ce pain qui fondait dans la bouche. Je connaissais toutes les bases parce que j'avais beaucoup observé. Et ma cuisine serait le cœur de notre maison.

Et on aurait des enfants. J'en voulais dix et je voulais qu'ils ressemblent tous à Calder.

Il me jeta un coup d'œil et sursauta en voyant mon expression. Avais-je l'air rêveuse ? Je ne pus m'empêcher de rougir, un peu honteuse. J'étais en train de planifier sa vie à lui pendant qu'on escaladait la colline pour fuir le danger. Ce n'était vraiment pas malin de ma part. *Mais je ne pouvais pas m'empêcher de rêver.* Je me l'étais interdit pendant si longtemps, parce que j'avais peur que les détails soient trop précis et qu'on m'arrache tout. Mais à présent, chaque pas, chaque point d'appui me rapprochait un peu plus de la concrétisation de mes rêves. Le monde était *presque* grand ouvert devant moi. J'avais envie de lever les bras au ciel en riant. Calder me regarda de nouveau mais cette fois-ci, quand il vit mon expression, il m'adressa un sourire étincelant. Il y avait finalement une lueur d'espoir et il la voyait lui aussi.

Quand nous parvînmes en haut de la colline, nous nous arrêtâmes pour reprendre notre souffle.

– Est-ce que tu veux te reposer ? demandai-je.

– Non, répondit-il en se remettant en route.

Je regardai autour de nous : nous étions à un peu plus de huit cents mètres du chalet principal. J'apercevais les fenêtres illuminées. On aurait dit que toutes les lumières étaient allumées. Je frissonnai un peu et m'appuyai sur Calder. Il m'enlaça et m'attira à lui en regardant dans la même direction que moi, perdu dans ses pensées. Xander ronflait dans son dos.

– Par là, fit Calder en tendant le bras. Ce sentier a l'air de mener à la route principale et en plus, apparemment, il y a des rochers derrière lesquels on pourrait se cacher au cas où on entendrait une voiture.

Calder me serra brièvement contre lui puis nous reprîmes notre chemin.

– Si on garde cette vitesse, on devrait être en ville à l'aube, murmura-t-il. C'est notre but, d'accord ?

Il se tourna vers moi et j'acquiesçai en silence.

Nous marchâmes pendant des heures sur le chemin qui nous permettait d'être le plus à couvert, même si pour ça nous avancions parfois en zigzaguant. Il était plus important d'être invisibles que d'avancer vite, même si ça avait de l'importance aussi. Nous vîmes deux voitures mais eûmes largement le temps de nous cacher : dans la nuit noire du désert, les phares étaient visibles de très loin et on entendait aussi très bien les bruits de moteur. Chaque fois, nous nous étions dissimulés derrière des rochers tandis que les voitures nous dépassaient lentement.

– J'ai besoin de boire, finis-je par dire au bout de quelques heures.

J'avais la gorge sèche et je ne pouvais plus le cacher. Calder s'arrêta, l'air aussi assoiffé que moi.

– Je pense que j'aperçois des maisons éclairées à environ huit cents mètres.

Il tendit le bras et je plissai les yeux pour voir de quoi il parlait. J'aperçus des lumières au loin sans pouvoir dire de quoi il s'agissait.

Je hochai la tête. Nous reprîmes notre chemin sans parler. La couverture nuageuse était épaisse, ce qui atténuait la lueur des étoiles, qui n'éclairaient que nos pas et ce qui nous entourait.

Au bout de dix minutes, ce que pensait Calder se confirma : quelques petites maisons étaient éparpillées sur le bord de la route, loin les unes des autres. Je suivis Calder, qui contourna la première en silence. Un tuyau d'arrosage était enroulé contre le mur, relié à un robinet. Je soupirai de soulagement en anticipant l'humidité dans ma bouche asséchée et sur mes lèvres gercées. Calder jeta un coup d'œil nerveux autour de nous. J'avais trop soif pour être stressée.

Je m'accroupis, ouvris le robinet et portai le tuyau à mes lèvres. Le robinet grinça et l'eau se mit à courir dans le tuyau avant d'exploser dans ma bouche. Je bus avidement pendant quelques secondes ; l'eau était douce et délicieuse, puis je le tendis à Calder, qui posa doucement Xander, étira son dos et but longuement à son tour.

Quand nous eûmes terminé, Calder ferma l'eau et reprit Xander sur son dos. Il devait forcément souffrir. Alors que nous avions commencé à contourner la maison, une énorme chose noire plongea sur nous et je butai contre Calder en poussant un hurlement.

– Qu'est-ce que… s'écria-t-il en vacillant à son tour.

Un gros chien se mit à aboyer et se précipita de nouveau vers nous. Je criai encore avant de me rendre compte qu'il était enchaîné et ne pouvait pas nous atteindre.

La porte principale de la maisonnette s'ouvrit à la volée et le porche s'illumina, éclairant la silhouette d'un homme avec un fusil.

– Qui va là ? hurla-t-il. Montrez-vous !

– Cours, ordonna Calder d'une voix si basse que je faillis ne pas l'entendre.

Il m'attrapa par la main et je titubai derrière lui. Un coup de feu retentit dans notre dos et je poussai un cri sans cesser de courir, cramponnée à la main de Calder. J'entendis Xander marmonner d'une voix confuse : « C'est quoi ce bazar ? » Une fois parvenus dans un bosquet suffisamment éloigné de l'homme armé pour être certains que nous n'avions pas été suivis, nous nous arrêtâmes et je posai les mains sur mes cuisses, à bout de souffle. Calder déposa

Xander sur le sol et ce dernier s'assit lentement en se frottant le visage, l'air désorienté.

– C'est quoi ce bazar ? répéta-t-il à mi-voix.

– Ça va, Eden ? demanda Calder, qui cherchait à reprendre son souffle tout en me caressant les bras.

– Oui, acquiesçai-je. J'ai les pieds en compote… mais c'est tout.

J'aspirai de grandes goulées d'air en essayant de calmer les battements affolés de mon cœur et mes poumons brûlants.

Nous baissâmes tous les deux les yeux vers nos pieds. Nos sandales ne tenaient que par un fil : les brides qui se croisaient sur nos cous-de-pied étaient sur le point de lâcher et les semelles claquaient à chaque pas.

Calder regarda derrière moi et tendit le doigt. Je pivotai et aperçus la ville entre les arbres. Elle avait l'air proche. L'espoir se déploya dans ma poitrine et je me tournai vers Calder, un grand sourire aux lèvres.

– Combien de temps, d'après toi ?

Il se gratta le menton et jeta un coup d'œil à Xander, qui se levait lentement.

– Trois heures, peut-être.

Xander n'arrêtait pas de regarder alternativement la ville et Calder.

– Tu m'as porté tout ce chemin ? demanda-t-il à mi-voix.

– Oui, répondit Calder. Tu aurais fait la même chose pour moi.

Xander l'observa en silence, les yeux pleins d'émotion.

– Oui, répondit-il sur un ton étranglé. Oui.

Il reporta son attention sur les lumières de la ville et se reprit.

– Comment va ton dos ? demanda Calder.

Xander bougea un peu, comme pour le tester.

– Il se sent comme s'il valait un million de dollars. Dommage qu'on ne puisse pas le vendre.

Calder sourit. Nous reprîmes notre marche sans rien ajouter. Je m'étais sentie épuisée, prête à tomber de fatigue quand nous étions arrivés devant les maisons, mais à présent je me sentais revigorée. Nous étions si près.

Nous mîmes rapidement Xander au courant de ce qui s'était passé avec Hector.

– Tu as fait ce qu'il fallait, Eden, commenta-t-il, l'air dur.

Après cela, nous poursuivîmes notre chemin en silence, Calder ouvrant la voie et Xander fermant la marche, sans autre bruit que celui de nos sandales. Je jetai un coup d'œil à Xander par-dessus mon épaule : il avait l'air juste un peu déphasé, comme s'il essayait de chasser le brouillard qui avait envahi son esprit. Mais ses jambes fonctionnaient sans problème et j'étais soulagée que Calder n'ait plus à le porter.

Nous choisissions toujours les chemins qui nous offraient la meilleure couverture. Heureusement, il y avait moins de rochers à présent et plus de végétation, donc nous pouvions marcher le plus possible entre les arbres et derrière les buissons.

Au bout de deux heures, nous aperçûmes des lumières aveuglantes au loin. Nous nous immobilisâmes aussitôt derrière un large buisson de fleurs. Une voiture sur laquelle clignotaient des lampes bleu et rouge nous dépassa à vive allure avant de disparaître sans s'arrêter. Je poussai un soupir.

– C'est la police, expliqua Xander.

– Ils allaient vers Acadie, dis-je. Vous croyez qu'Hector les a appelés ?

– Peut-être, répondit Calder en se levant et en me prenant par la main.

À environ cinq kilomètres de la ville, la sandale de Calder rendit l'âme. Il poussa un grognement irrité et balança les brides dans un buisson. Il laissa tomber la semelle inutile sur le sol et leva les yeux vers le ciel, les mains derrière la nuque, frustré.

– Tiens, fis-je en arrachant l'ourlet de ma jupe.

– Qu'est-ce que tu fais ? demanda Calder en s'interposant entre mes jambes soudain nues et Xander.

– Je te fabrique une chaussure. Mes jambes ne tomberont pas en morceaux si elles sont nues, mais ton pied, si.

Xander ricana.

– Elle a raison, Calder. Assieds-toi. Je vais me servir du tissu pour attacher la semelle, comme ça tu pourras marcher. On est si près du but.

Calder obéit et laissa Xander nouer le bout de ma jupe autour de la semelle et de sa cheville. Il se leva et haussa les épaules.

– C'est mieux qu'avant, constata-t-il.

Je souris.

– Ça tombe bien, j'ai encore du tissu.

– Certainement pas, répliqua Calder avec un sourire en coin.

Il me prit la main et nous recommençâmes à marcher. C'était la première fois qu'on pouvait se tenir par la main. Ça rendait notre liberté encore plus douce.

Le chemin de terre devint une vraie route et nous la suivîmes pendant un moment tout en nous en tenant le plus éloignés possible afin de ne pas être vus par les voitures. Des camions énormes passaient : des noms différents étaient écrits sur leurs flancs en gras et leurs moteurs rugissaient puis diminuaient d'intensité une fois qu'ils nous avaient dépassés en un éclair.

Nous parvînmes à l'entrée de la ville juste au moment où le soleil faisait son apparition à l'horizon, comme pour nous souhaiter la bienvenue. Nous avions marché toute la nuit mais nous trouvâmes l'énergie de sourire et de nous prendre tous les trois par la main en posant le pied sur le trottoir. C'était le premier que je voyais depuis mon enfance et je supposais que c'était le premier tout court pour Calder et Xander, mais j'étais trop fatiguée pour leur poser la question.

Au bout d'une demi-heure environ, Calder tendit le doigt.

– Là, fit-il.

Je suivis des yeux la direction qu'il indiquait et vis une enseigne qui proclamait : « Holiday Inn – Hôtel ». J'avais envie de pleurer de soulagement et de joie.

Nous nous arrêtâmes. Calder me poussa sous un porche et Xander nous suivit en gémissant entre ses dents comme s'il souffrait. Il s'adossa au mur.

– Écoutez, fit Calder à mi-voix. Je pense que Xander devrait entrer seul pour prendre une chambre. C'est lui qui en sait le plus sur l'argent et sur comment on parle aux gens. Il porte des vêtements normaux et ses chaussures sont en meilleur état, vu qu'il a moins marché. (Il regarda Xander.) Eden et moi, on entrera vingt minutes plus tard et tu nous attendras dans un endroit où on pourra te repérer facilement. Après ça, on te suivra.

Xander haussa les épaules, blême.

– Ça me va.

Calder l'observa de plus près.

– Fais voir ton dos.

Xander eut l'air sur le point de protester mais il pivota quand même. De petites taches de sang constellaient sa chemise, assombrissant le tissu par endroits. Je retins mon souffle.

– Ça va, commenta Xander. Je pense qu'il faut juste changer les bandages.

Calder souleva la chemise de Xander et jeta un coup d'œil sous les pansements. Je ne pouvais pas voir ce qu'il voyait de là où je me trouvais mais Calder fronça les sourcils avant de les reposer.

– On te nettoiera quand on sera à l'intérieur. (Il poussa gentiment Xander vers l'entrée de l'hôtel et lui tendit le sac en toile, pour donner l'impression que c'était un voyageur, je suppose.) Fais en sorte que je sois fier de toi, dit-il en lui faisant un clin d'œil.

Xander se mit à rire.

– Comme d'habitude, non ? (Il recula.) Vingt minutes.

Nous hochâmes la tête et il pénétra rapidement dans l'hôtel.

Je soupirai et m'adossai contre le chambranle de la porte.

– Tu tiens le coup, Belle de Jour ? demanda Calder en m'enlaçant.

Je passai les bras autour de sa taille et enfouis le visage contre sa poitrine pour respirer son odeur réconfortante. Je hochai la tête puis posai la joue contre son cœur.

– Tu penses qu'il nous cherche ?

Calder ne répondit pas tout de suite.

– Je ne sais pas. Mais ça n'a pas d'importance. Il ne nous trouvera pas. C'est une très grande ville et dès demain nous serons juste des gens ordinaires dans des vêtements ordinaires qui font des choses ordinaires.

J'acquiesçai en me demandant si je me sentirais ordinaire un jour.

Je fermai les yeux et me reposai contre lui. Après ce qui me sembla être quelques secondes, Calder me secoua gentiment.

– Je pense que ça fait vingt minutes.

Je pris une profonde inspiration. Calder recula et me prit la main.

– Reste un peu en retrait et ne regarde pas les gens dans les yeux si tu te sens trop mal à l'aise, ordonna-t-il.

Un instant plus tard, nous poussions la porte de l'Holiday Inn, moi juste derrière lui, comme il me l'avait demandé. Le hall était quasi désert, à l'exception d'un homme entre deux âges qui passait l'aspirateur en fredonnant. Il ne nous prêta aucune attention. Une pancarte sur laquelle était écrit « Réception » avec une flèche pointait vers un endroit qu'on ne voyait pas. Je poussai un soupir de soulagement. Nous n'aurions même pas à croiser un employé.

Xander surgit soudain d'un corridor.

– Salut, fit-il. Vous montez ?

Il nous adressa un clin d'œil en faisant un geste vers un panneau proclamant « Ascenseurs ».

Nous poussâmes tous les deux un petit cri de surprise avant de le suivre. Mon cœur bondissait d'excitation. Calder me pressa la main. Xander considéra avec perplexité les portes qui se tenaient de part et d'autre du couloir puis regarda la carte qu'il avait en main. Je me penchai et appuyai sur le bouton avec la flèche qui pointait vers le haut. Il m'arrivait d'avoir des réminiscences inexplicables (Je supposais qu'il s'agissait de choses que j'avais apprises par le passé), sans pourtant m'en souvenir précisément.

Un instant plus tard, les portes qui étaient devant nous s'ouvrirent avec un tintement et nous jetâmes tous les trois un coup d'œil à l'intérieur. Xander fut le premier à entrer dans la cabine et Calder et moi lui emboîtâmes le pas. Une fois dedans, Xander regarda de nouveau la carte qu'il avait en main et murmura « Dix ». Puis il examina tous les boutons fixés sur la paroi et appuya sur celui qui portait le numéro dix.

Les portes se fermèrent, l'ascenseur fit une embardée. Calder retint son souffle et posa les mains sur chaque paroi pour se stabiliser. Je ris doucement, imitée par Xander, puis l'ascenseur monta tranquillement. Lorsqu'il s'immobilisa et que les portes s'ouvrirent, Calder m'attrapa par la main et bondit hors de la cabine, dont il s'éloigna le plus vite possible en trébuchant. Je ne pus m'empêcher de sourire. Calder me regarda en secouant la tête.

– Ce n'est pas naturel.

Xander ricana.

– Demain, tu pourras prendre l'escalier, fit-il en désignant le panneau sur lequel était écrit « Escalier ».

Calder acquiesça.

– Je le ferai. (Il regarda la pancarte.) Au moins, dans le monde extérieur, tout est étiqueté.

Je haussai un sourcil, amusée.

Nous suivîmes d'autres pancartes qui nous conduisirent devant une porte qui portait le numéro figurant sur la carte de Xander. Il nous fallut quelques minutes pour comprendre qu'il fallait utiliser la carte pour ouvrir la porte. C'était une sorte de clef électronique.

Nous entrâmes précipitamment dans la pièce mal éclairée et une fois la porte fermée, nous restâmes quelques instants immobiles et regardâmes autour de nous. Étions-nous au bout de nos peines ? On y était arrivés ? Une joie intense me submergea. J'éclatai d'un rire incrédule et je me jetai dans les bras de Calder en riant et pleurant à la fois. Il me souleva en riant et me serra étroitement contre lui.

– Merci pour rien. C'est quand même grâce à mon charme naturel et à mon sourire ravageur que nous sommes ici, grommela Xander en se dirigeant vers le lit le plus éloigné de la porte, sur lequel il posa le sac que nous avions porté chacun à notre tour depuis que Xander pouvait marcher.

Calder me reposa et nous le rejoignîmes. Je tirai sur sa chemise afin que nous puissions faire un câlin à trois tout en prenant bien garde de ne pas toucher son dos.

– On l'a fait, les amis, dit-il.

– Est-ce que ça a été compliqué ? demanda Calder. D'obtenir cette chambre ?

– Non, répondit Xander. Très facile, au contraire. Le gamin à la réception avait l'air près de s'endormir. Je suppose que c'était la fin de son service. J'ai payé en liquide, signé un formulaire et voilà.

– Combien ça t'a coûté ? demandai-je.

– Deux cent quarante dollars. Je l'ai louée pour deux nuits. Je sais que c'est beaucoup. Mais ça nous donnera le temps de contacter Kristi, de te trouver des vêtements et d'essayer de vendre les bijoux.

J'acquiesçai en réprimant un bâillement.

– Mais en premier lieu, on va se laver et dormir, poursuivit Calder. Xander, va te doucher et je referai tes bandages.

– D'accord. Le type à la réception a dit qu'il y avait une machine à glace à tous les étages. Peut-être que des glaçons apaiseraient la douleur, maintenant que les herbes magiques ne font plus d'effet.

Xander fit un clin d'œil puis grimaça, se ressaisit et se dirigea vers la salle de bains.

Quand il eut refermé la porte, je me tournai vers Calder.

– Est-ce que vous avez déjà utilisé des antalgiques ? Comme le paracétamol ?

Calder me lança un regard inexpressif et secoua la tête.

– Je sais ce que c'est. C'est une des choses que regrettaient les gens qui arrivaient à Acadie, mais non, je n'en ai jamais pris.

– Il faut en trouver pour Xander.

Calder soupira en se passant la main dans les cheveux.

– Ça attendra demain. Je pense qu'on a tous plus besoin de repos que Xander de paracétamol, surtout qu'il s'en est passé toute sa vie.

J'acquiesçai en bâillant.

– D'accord. Va chercher de la glace et ne traîne pas.

– Tu crois que ça coûte des sous ?

– Je n'en sais rien. Prends de l'argent au cas où.

Calder prit du liquide dans le sac et le fourra dans la poche de son jean.

Puis il m'attira à lui pour m'embrasser avant de quitter la pièce.

Je m'affalai sur l'autre lit et soupirai de soulagement en sentant le matelas sous mon dos. Je me mis à somnoler et me forçai à me rasseoir. Si je m'endormais, je ne me réveillerais pas de sitôt. Et je voulais me doucher et m'occuper de mes pieds presque noirs, incrustés de poussière et couverts d'ampoules avant de me glisser dans ces draps propres. J'allais dormir dans le même lit que Calder pour la première fois. Malgré mon épuisement, un frisson d'excitation me parcourut. Certes, nous étions dans une chambre d'hôtel, et, oui, Xander était avec nous, mais j'allais partager une couverture avec Calder. Je me sentais prise de vertige.

J'aurais dû l'accompagner chercher la glace. Ça m'aurait tenue éveillée. Je sortis de la chambre et regardai des deux côtés du couloir. L'étage était silencieux. Pas âme qui vive. Je tournai au coin et vis un panneau « Glace ». Je souris : tout était effectivement étiqueté dans ce monde, heureusement pour nous. Je suivis le panneau et je finis par apercevoir Calder debout devant un immense distributeur de Coca. Il pivota et sursauta quand il me vit, l'air bizarrement embarrassé.

– Je nous ai pris de la nourriture, fit-il en désignant d'un geste du menton une autre machine un peu plus loin dans le couloir.

Je souris et regardai de nouveau le distributeur de sodas.

– Tu veux essayer ?

Calder enfouit les mains dans ses poches.

– J'en ai déjà bu une fois. Au poste du garde forestier.

– Ah. (Je l'observai un instant.) Achetons-en un.

Il secoua la tête.

– Non, non, on ne devrait pas dépenser de l'argent pour ça.

Je ris doucement.

– Calder, ça ne coûte qu'un dollar. Faisons cette folie. Juste une fois, dis-je avec un clin d'œil.

Il avait l'air déchiré.

– Je n'en ai pas vraiment besoin.

Je plongeai la main dans la poche de son jean et en sortis une poignée de pièces.

– On partagera. Ah, au fait, je n'ai pas eu l'occasion de te dire à quel point je te trouve sexy en jean.

Calder m'adressa un sourire étincelant. J'introduisis quatre pièces de vingt-cinq centimes dans la machine et la canette tomba avec un bruit sourd. Je me penchai pour la récupérer puis je la tendis à Calder. Il s'en empara et l'examina avec attention, comme si c'était un bijou précieux.

– J'en déduis que tu aimes le Coca ? demandai-je, amusée.

– Coca ? On dit comme ça ? Pas Coca-Cola ?

Je haussai les épaules.

– C'est l'abréviation que tout le monde utilise.

Il acquiesça et étudia la canette en fronçant les sourcils.

– J'ai l'impression d'avoir tellement de choses à apprendre et à rattraper. C'est comme si je venais d'atterrir sur une autre planète.

J'éclatai de rire.

– C'est exactement ça. Je comprends parfaitement. Je sais que j'ai eu accès à plus de choses dans le grand chalet mais j'ai beaucoup à découvrir aussi. (Je lui tendis la main.) On décryptera tout ça ensemble, d'accord ?

– Oui, répondit-il avec un sourire tendre.

Il s'empara de ma main, la porta à ses lèvres et l'effleura. Des papillons prirent leur envol dans ma poitrine.

– On ferait mieux de rapporter de la glace, chuchota-t-il.

– D'accord.

Nous découvrîmes une alcôve dans laquelle se trouvait la machine à glace. Calder attrapa un récipient et commença à le remplir. Je jetai un coup d'œil derrière nous : un petit distributeur était fixé au mur. Il vendait du paracétamol, de l'ibuprofène, des protections hygiéniques, et, je m'approchai pour voir le dernier produit, des préservatifs. Je ne savais pas de quoi il s'agissait, aussi je plissai les yeux pour lire ce qui était écrit sur le petit emballage. « Protection ultra fine ».

Calder surgit dans mon dos.

– Oh, on a de la chance. Du paracétamol.

J'introduisis les pièces dans la machine et récupérai deux petits paquets carrés que je rangeai dans la poche de ma jupe.

Je remarquai soudain un placard de fournitures.

– Regardons s'il n'y aurait pas là-dedans quelque chose pour bander le dos de Xander.

Calder ouvrit la porte et nous nous trouvâmes nez à nez avec des étagères de papier toilette et de serviettes de toilette.

– Une trousse de secours, fis-je, tout excitée, en me penchant vers l'étagère du bas. Parfait. Il y a forcément des bandages dedans.

– Bien. Allons-y.

Nous croisâmes deux filles de notre âge en revenant vers la chambre. Elles dévisagèrent ouvertement Calder.

Je résistai à l'envie de leur faire un croche-pied. Au lieu de ça, je glissai la main dans la poche arrière du jean de Calder et je leur souris par-dessus mon épaule quand elles tournèrent la tête pour mater ses fesses.

Calder gloussa.

Je baissai les yeux sur ma jupe déchirée et mes pieds crasseux dans mes sandales minables et poussai un soupir. Je passai la main dans mes cheveux emmêlés.

– Ces filles croient certainement que tu m'as trouvée dans le caniveau, comme certaines des femmes à leur arrivée à Acadie.

Calder se pencha vers moi.

– J'aime les femmes du caniveau, me murmura-t-il à l'oreille.

Je levai les yeux au ciel et frappai doucement à la porte de la chambre. Quelques secondes plus tard, Xander l'ouvrit à la volée, une serviette de toilette nouée autour de la taille.

– De l'eau *chaude* coule directement du robinet, expliqua-t-il, surexcité.

Calder et moi éclatâmes de rire et Calder referma la porte derrière nous.

– Tiens, fis-je en tendant à Xander une tablette de paracétamol. Prends ça et Calder va refaire ton bandage. Je vais prendre une douche.

Je me dirigeai vers la salle de bains tandis que Xander avançait vers son lit. Je tressaillis en voyant l'état de son dos. *On est loin de là-bas,* songeai-je. On est en sécurité.

Une fois dans la salle de bains, je me déshabillai et fourrai mes vêtements dans la poubelle. Il y avait un peignoir accroché derrière la porte. Je m'en servirais en attendant que Calder et Xander puissent sortir m'acheter du linge. Mes vêtements étaient des guenilles sales. Je jetai aussi mes sandales et grimaçai en regardant mes pieds. Je lavai mes sous-vêtements dans le lavabo avec du savon et de l'eau chaude et les suspendis pour qu'ils sèchent.

Je réglai l'eau de la douche pour qu'elle soit aussi chaude que je pouvais le supporter puis je pris place sous le jet brûlant en soupirant d'aise. Je me lavai les cheveux deux fois et appliquai de l'après-shampoing, puis je m'assis sur le sol de la douche et utilisai un gant de toilette et du savon pour me laver les pieds. Une fois propres, les ampoules étaient plus visibles, mais ils avaient quand même meilleure mine.

Assise sur le carrelage de la douche, je fus soudain submergée par une vague d'émotion en pensant à Hailey et à ses fils que j'aimais beaucoup. Je ne les verrais plus jamais. J'avais beau être très heureuse d'avoir quitté Acadie, la mélancolie s'empara de moi quand je réalisai que tout ce qui m'était familier ne faisait désormais plus partie de ma vie.

Lorsque le rideau de douche s'ouvrit brusquement, je sursautai en criant et reculai instinctivement, mon coccyx heurtant le mur.

– Ouh la, je suis désolé, pardon, dit Calder en entrant dans la douche à son tour.

Je posai une main sur ma poitrine et me servis de l'autre pour essuyer mes larmes. Il se pencha et m'attira à lui.

– Hé, Belle de Jour, fit-il doucement en me serrant contre son torse. Qu'est-ce qui ne va pas ?

Je secouai la tête en pleurant.

– Je ne sais même pas. Je me suis rendu compte que je ne verrais plus jamais Hailey… ni notre source… C'est là-bas qu'on est tombés amoureux.

Je levai les yeux vers lui, attristée.

Calder m'adressa un sourire tendre et essuya mes larmes.

– On retombera amoureux des milliers de fois, chuchota-t-il, dans plein d'endroits différents.

Je parvins à esquisser un faible sourire et reniflai.

– D'accord ? demanda-t-il en effleurant mes lèvres des siennes.

– D'accord, murmurai-je en retour.

Calder m'observa un instant.

– Je m'occuperai de toi, Belle de Jour.

– Je sais.

C'était la chose que je préférais chez lui. Il ne se contentait pas de me protéger physiquement. Il défendait aussi mon cœur, mes sentiments et mes humeurs. Je l'aimais de toute mon âme.

– Moi aussi, je prendrai soin de toi, ajoutai-je.

– Je sais, fit-il en souriant.

Il m'embrassa tendrement et lorsque nos têtes se retrouvèrent sous le jet, il recula, éclata de rire et tendis la main pour sentir l'eau. C'était la première fois qu'il prenait une douche.

Je pivotai afin que le pommeau de la douche soit dirigé vers lui. Il souriait comme un enfant. Sa joie était contagieuse.

– Et Xander ? demandai-je.

Ça me faisait bizarre qu'il sache que nous prenions notre douche ensemble.

– Il s'est rendormi avant même que j'aie fini de refaire ses bandages. Je pense que le médicament a commencé à agir et que le soulagement l'a épuisé. C'est que ça fatigue de faire trente kilomètres sur le dos de quelqu'un.

Je ris doucement, attrapai le shampoing et en versai un peu dans ma main. Je tendis les mains vers ses cheveux et il pencha la tête pour me faciliter la tâche.

Je lui lavai les cheveux tout en lui massant le crâne. Il gémit doucement, ferma les yeux. Je souris et fis courir mes doigts sur ses oreilles et sa nuque.

– Penche-toi, fis-je à mi-voix.

Une fois le shampoing rincé, je m'emparai du savon et lui dis :

– Tourne-toi.

Il obéit et je savonnai son dos magnifique et puissant avant de lui masser les épaules. Il baissa la tête et posa une main sur la paroi carrelée en soupirant. Il était humide, musclé et grand. Je caressai ses fesses fermes et lavai l'arrière de ses cuisses. Quand je parvins à ses pieds, il se retourna. Je saisis le gant de toilette et je fis pour lui ce que j'avais fait pour moi, enlevant les heures et les heures de la poussière de la route en prenant bien garde de ne pas le blesser davantage.

Je remontai ensuite le long de ses jambes et embrassai la peau guérie mais recouverte de cicatrices. Je massai lentement ses cuisses musclées et levai lentement les yeux. Juste au-dessus de mes mains, il était en érection, et quand je renversai la tête pour regarder son visage, je vis que ses yeux étaient mi-clos et luisaient de désir. Je déglutis et me relevai lentement.

– Désolé, murmura-t-il. Je ne peux pas m'en empêcher. Tes mains sont magiques.

Je repris du savon pour nettoyer son torse et je sentis ses muscles se contracter sous mes paumes. Je passai ensuite à ses bras puis à ses mains et lavai chaque doigt. Sa poitrine se soulevait et s'abaissait au rythme de son souffle de plus en plus court. Mon cœur s'emballait lui aussi.

Je plongeai mon regard dans le sien. Je portai une de ses mains à mes lèvres, les effleurai avec ses doigts puis ouvris lentement la bouche et suçai l'un d'eux. Il retint son souffle et enfonça son doigt plus profondément dans ma bouche. Je le suçai de nouveau et enroulai ma langue autour, les yeux fermés. Calder poussa un profond gémissement.

Il ôta soudain son doigt de ma bouche, prit mon visage entre ses mains et m'embrassa. Il plongea sur ma bouche et nos deux langues entamèrent une danse passionnée ; je passai mes bras autour de son cou puis je pressai mon corps mouillé contre le sien et gémis doucement lorsque mes tétons frottèrent contre son torse. Nous étions environnés d'un nuage de vapeur et le bruit de l'eau qui heurtait le carrelage masquait tous les sons, à l'exception de nos souffles et de nos gémissements mêlés.

Calder m'embrassa dans le cou tout en pressant son érection contre mon ventre. Je renversai la tête en arrière en soupirant. Le picotement devenait plus impérieux entre mes cuisses et je sentis mon sexe se mettre à pulser au rythme de mon désir.

– Je te veux en moi, murmurai-je.

C'était notre récompense pour tout ce que nous avions enduré. Nous le méritions. Nous en avions besoin.

La bouche de Calder s'écrasa de nouveau sur la mienne et il me fit reculer jusqu'à la paroi de la douche. Je posai un pied sur le rebord, Calder plia les jambes et guida son sexe vers ma fente. Il dut s'y reprendre à plusieurs fois pour parvenir à me pénétrer, ce qui nous fit rire. Mais il finit par y arriver et nous poussâmes tous les deux un soupir de félicité. Il se mit à aller et venir lentement, résolument. Je plaquai les mains contre le carrelage derrière moi pour ne pas perdre l'équilibre et pour empêcher mon dos de heurter le mur.

– Tu es tellement étroite, tellement excitante, haleta Calder contre mon cou en donnant des coups de reins réguliers.

Pour moi, c'était bien meilleur que la première fois et je me détendis en gémissant doucement tout en l'accueillant au plus profond de moi.

Calder glissa une main entre nous pour caresser du pouce l'endroit si sensible de mon anatomie. Je me pressai davantage contre lui, le souffle court. Mes tétons étaient durs et tendus et, la tête renversée contre le mur, je tentai de me concentrer sur toutes ces sensations différentes.

Lorsque sa bouche se posa sur un de mes seins, je poussai un petit cri. Le plaisir se propagea de mon sein à mon sexe, juste à l'endroit où le pouce de Calder me caressait de plus en plus vite.

– C'est… oh, s'il te plaît, ne t'arrête pas, c'est trop bon, haletai-je.

Je sentis plus que je n'entendis le gémissement de Calder lorsqu'il changea de sein et que sa bouche se posa sur mon autre téton.

Je ne savais plus où il finissait et où je commençais, je savais juste que nous bougions à l'unisson, comme si nous avions fondu pour ne plus former qu'un seul être. La chaleur de la douche, et la sienne, m'était certainement montée à la tête. L'émotion, l'épuisement, *l'amour* et ce plaisir incroyable me faisaient complètement perdre pied.

Le picotement s'accrut, devint plus intense, et des petits points de lumière explosèrent sous mes paupières tandis qu'une lame de plaisir chauffée à blanc me transperçait. Je frissonnai en poussant un cri entre ses bras. Le plaisir me submergea, vague après vague. Les coups de reins de Calder se firent plus rapides et je contemplai ses yeux fermés et ses lèvres entrouvertes : son expression était presque douloureuse. Rien au monde ne pouvait être plus beau que ça. Mon propre corps se contracta de nouveau et son plaisir provoqua en moi comme un écho.

S'il me demandait de faire trente kilomètres pieds nus, j'accepterais sans hésiter.

Il poussa soudain un grognement à mi-chemin entre la souffrance et la félicité. Il se retira aussitôt, se pressa contre mon ventre et s'affaissa sur moi en gémissant dans mon cou. Je sentis son fluide chaud et poisseux couler sur ma peau.

Il se redressa, le souffle court, posa son front contre le mien et nous tentâmes de reprendre le contrôle de nos respirations. Je ne m'étais jamais sentie aussi proche de lui. Pouvoir faire l'amour sans crainte d'être surpris augmentait le plaisir.

– Je n'oublierai jamais ma première douche. Jamais, murmura Calder.

– Elle était pas mal pour moi aussi, répondis-je en riant.

Nous nous nettoyâmes rapidement, arrêtâmes l'eau et sortîmes pour nous sécher l'un l'autre tendrement.

Calder utilisa une serviette pour essorer le plus possible mes cheveux, jusqu'à ce qu'ils ne soient qu'humides. J'enfilai le peignoir et Calder fixa une serviette autour de ses reins.

Nous n'avions pas de brosse à dents mais nous utilisâmes le petit flacon de bain de bouche fourni par l'hôtel. Calder me regarda m'en servir pour faire un gargarisme avant de le recracher puis il m'imita. Il faudrait faire quelques achats indispensables demain.

Nous éteignîmes la lumière et gagnâmes la chambre : l'air climatisé tournait à plein régime, provoquant un bourdonnement qui bloquait tous les autres bruits. Allongé sur le ventre, sur le lit près de la fenêtre, Xander ronflait doucement.

C'était le matin mais les épais rideaux étaient tirés, ce qui empêchait la lueur du jour de rentrer.

Calder et moi nous étendîmes sous la couverture et nous tournâmes l'un vers l'autre. Il repoussa une mèche de mes cheveux.

– Je t'aime, Belle de Jour, chuchota-t-il.

– Je t'aime, Caramel, répondis-je.

Mes paupières se fermaient toutes seules. La chaleur de Calder me réconfortait. J'étais enfin dans un lit avec lui. La joie envahit mon cœur. Quelques instants plus tard, je dormais à poings fermés.

***

Lorsque je me réveillai, tard dans l'après-midi, désorientée et encore lourde de sommeil, l'odeur de Calder toujours près de moi, je tendis la main vers lui mais ne rencontrai que du vide.

Je m'assis en ramenant la couverture sur moi, le peignoir s'étant ouvert pendant que je dormais. J'aperçus aussitôt un petit mot posé sur la table de nuit et je m'en emparai.

Belle de Jour,

On est allés acheter des vêtements, des chaussures et des produits de première nécessité. On rapportera aussi à manger.

Je t'aime.

C.

P.-S. : Dormir sur un vrai matelas pour la première fois est moins bien que dormir à tes côtés.

Je reposai la feuille en souriant et découvris qu'il avait laissé un sachet de cacahouètes et la canette de Coca à laquelle il n'avait pas touché à côté, pour moi. Son attention me fit sourire. Je m'étirai et me levai. Après être allée aux toilettes et m'être rafraîchie, je mangeai les cacahouètes et bus la bouteille d'eau fournie par l'hôtel.

Je me rallongeai et contemplai le plafond, heureuse, en sécurité et *libre*.

CHAPITRE 22

CALDER

Je m'étais éveillé pour sentir une peau tiède contre mon visage et l'odeur des fleurs de pommier. *Un rêve,* songeai-je, *un rêve magnifique.* Mais ce n'était pas le cas. C'était réel. J'aurais voulu rester blotti dans sa chaleur toute la journée et me rendormir, bercé par son parfum délicat. Mais il fallait que je m'occupe d'elle. Elle avait besoin de certaines choses.

C'est pour ça que Xander et moi remontions les allées d'un magasin appelé « Target » dont l'employée de l'hôtel nous avait donné l'adresse quand on lui avait expliqué ce qu'on avait besoin d'acheter.

– On nous a volé nos affaires, avait expliqué Xander. On a besoin de tout.

Puis il avait secoué la tête et haussé les épaules comme pour dire *Que faire ? Le monde va tellement mal.*

– C’est une bonne chose que tu ne sois pas seulement un voleur accompli mais aussi un menteur hors pair, dis-je en franchissant la porte de l’hôtel.

– N’oublie pas que je suis aussi un expert en engoulevent, répondit-il avec un clin d’œil avant de retrouver son sérieux. Je suis déçu de ne pas avoir pu exploiter ce talent-là.

J’éclatai de rire. Je portais toujours un large bandage autour de mon pied sans chaussure. Avec un peu de chance, les gens qui le remarqueraient penseraient juste que j’étais blessé.

Nous traversâmes le large parking devant le magasin et nous sursautâmes lorsque les portes s’ouvrirent toutes seules devant nous.

– Qu’est-ce que… marmonna Xander.

Nous regardâmes autour de nous puis vers le haut de la porte, que nous franchîmes avec hésitation pour pénétrer dans la boutique immense et brillamment éclairée.

Nous errâmes dans les travées. Quand je jetai un coup d’œil à Xander, je vis qu’il était bouche bée, le regard plein d’émerveillement. Je faisais certainement la même tête. Il y avait *tant... de tout.* Et tout était si… coloré. Une partic du magasin contenait des vêtements et des chaussures, une autre des savons et des produits de beauté, une autre, gigantesque, de la nourriture bien cmballée avec des étiquettes.

– Tu as déjà vu des trucs comme ça ? demandai-je à Xander.

– Oui, chez les gardes forestiers, mais jamais autant.

– Trouvons ce dont nous avons besoin et rentrons. On doit ressembler à des extra-terrestres tout juste débarqués d'une autre galaxie avec notre façon de regarder autour de nous.

– Oui, ou alors à des drogués.

Je ris.

Nous choisîmes chacun une paire de chaussures et les essayâmes pour être certains qu'elles étaient à notre taille. J'enfilai une paire de baskets rembourrées et marchai un peu.

– Ouah, c'est top, remarquai-je en rebondissant légèrement.

– Tu as l'air d'un idiot, constata Xander en riant.

– C'est toi qui dis ça ? Tu es en train d'essayer des chaussons.

Xander baissa les yeux sur les bottines en cuir marron qu'il avait aux pieds.

– Ce ne sont pas des chaussons.

– Bien sûr que si. C'est écrit sur l'étiquette.

Xander se pencha pour la lire, ôta les chaussons et les reposa à leur place.

– Je le savais, dit-il.

J'éclatai de rire.

– Il ne nous reste que cent quinze dollars. Dépensons-en le moins possible.

J'acquiesçai en regardant le prix de nos nouvelles chaussures.

– J'espère qu'on pourra convertir les bijoux en argent liquide.

– Oui, mais ce n'est pas sûr.

– Il nous reste certainement assez de pièces pour manger jusqu'à ce qu'on arrive à contacter Kristi.

– Oui, je l'appellerai plus tard. Elle quitte le poste à vingt heures. J'espère qu'elle sera rentrée chez elle à vingt et une heures.

– Tu sais te servir d'un téléphone ?

– Je trouverai. Et puis Eden doit savoir, elle.

– Ah oui, c'est vrai. En parlant d'Eden, elle fait quelle pointure, d'après toi ?

– Petite.

– Je ne pense pas que cette pointure existe.

– Je ne sais pas, alors. Prends une paire qui fait la moitié de la tienne. Ça devrait aller.

Je choisis une paire de sandales ouvertes sur le talon en me disant qu'elle lui irait probablement.

Nous n'avions pas besoin de vêtements, mais Eden, si. Nous parcourûmes le rayon femme, complètement perdus.

– Je peux vous aider ?

Je fis volte-face et me retrouvai nez à nez avec une fille qui portait un chemisier rouge. Je baissai les yeux : son badge Target disait qu'elle s'appelait Ashleigh. Elle me considéra, surprise. Je suppose que je faisais peur : je ne m'étais pas rasé depuis deux jours.

– Bonjour Ashleigh, euh, oui, j'ai besoin d'acheter des vêtements pour ma petite amie et c'est la première fois que je fais ce genre d'achat.

Elle eut l'air déçue. Je jetai un coup d'œil à Xander. Avais-je commis un impair ?

– Bien sûr. C'est pour une occasion spéciale ou pour tous les jours ?

– Pour tous les jours.

– Une robe à bretelles, c'est toujours une bonne idée. Que pensez-vous de celle-là ?

Elle brandit une robe à fleurs bleues et vertes qui, à mon avis, n'avait pas assez de tissu pour couvrir les seins d'Eden.

– Euh, vous n'auriez pas quelque chose avec plus de… tissu ?

Ashleigh soupira.

– On peut rajouter un pull.

Elle me proposa un pull minuscule à manches courtes. Je regardai les deux. Je n'aimais pas l'idée qu'Eden puisse porter ça.

– C'est comme ça que s'habillent les filles ?

Ashleigh me dévisagea.

– Euh… oui.

– C'est bien. On prend, intervint Xander.

Ashleigh reporta son attention sur lui.

– Elle fait quelle taille ?

– Petite.

Elle acquiesça et fouilla dans le portant, d'où elle sortit la même robe et le même pull, qu'elle me tendit. Je lui souris.

– Merci pour votre aide.

– De rien. Merci d'avoir fait vos achats chez Target, répondit-elle avec un sourire artificiel avant de s'éloigner.

Nous nous dirigeâmes ensuite vers l'allée qui contenait le savon pour acheter des brosses à dents, du dentifrice et une brosse à cheveux pour Eden. L'hôtel nous fournissait tout le reste ; inutile de dépenser de l'argent inutilement.

Nous fîmes un dernier arrêt au rayon nourriture. Nous regardâmes autour de nous, perdus. Il y avait trop de choses que nous ne reconnaissions pas. J'aurais voulu lire toutes les étiquettes mais nous n'avions pas le temps, et même si nous étions censés être au rayon nourriture, la moitié des produits ne ressemblaient absolument pas à des aliments. Nous finîmes par jeter notre dévolu sur du pain, du fromage et des pommes.

Nous regagnâmes ensuite l'entrée du magasin où nous avions vu des gens payer leurs achats et nous nous installâmes derrière une femme avec deux enfants dans son chariot. Nous l'observâmes tandis qu'elle posait toutes ses courses sur le tapis qui fit tout avancer tout seul vers l'employé.

– Ouah ! s'exclama Xander, stupéfait.

Je me contentai de hocher la tête, sidéré moi aussi. Je me rendis compte en levant les yeux que l'employée nous regardait d'un air soupçonneux tout en faisant passer les articles devant une machine qui bipait.

Lorsque ce fut notre tour, nous imitâmes la cliente précédente et nous regardâmes l'employée emballer chacun de nos articles après l'avoir bipé.

– Cent quatorze dollars et trente-six cents, annonça-t-elle sans nous quitter des yeux.

Nous faisions manifestement encore quelque chose de travers.

– J'ai tout additionné au fur et à mesure et j'avais trouvé cent cinq et des brouettes, marmonna Xander.

– Les prix sont donnés hors taxe, expliqua l'employée, qui l'avait entendu.

– Oh, fit Xander. Hors taxe. J'avais oublié.

– C'est la première fois qu'on met les pieds dans un Target, dis-je.

Xander secoua la tête en soupirant.

L'employée nous dévisagea.

– Vous êtes Amish ou un truc du genre ?

– Oui, répondit Xander en lui tendant l'argent.

Nous avions presque tout dépensé.

Elle hocha la tête d'un air entendu.

– C'est bien ce que je pensais. Je regarde ces émissions à la télé.

Elle prit notre argent, le rangea dans son tiroir et compta notre monnaie.

– Oh, euh, c'est bien, répondit Xander, qui ne comprenait pas de quoi elle parlait.

Je ne pus m'empêcher de rire.

– Vous allez vous en sortir, affirma-t-elle en souriant tout en rendant la monnaie à Xander. Deux beaux gars comme vous, si vous avez besoin d'aide, il vous suffira de demander, conclut-elle avec un clin d'œil.

– Merci, répondit Xander en la regardant, pensif. Oh, on cherche un endroit où mettre des bijoux en gage. Vous savez où on peut trouver ça ?

Elle fronça les sourcils.

– Je ne sais pas exactement, mais si vous faites quatre cents mètres dans cette direction, dit-elle en tendant le doigt vers les portes, vous allez tomber sur un quartier où il y a des dizaines de prêteurs sur gages.

– D'accord. Merci.

Une fois dehors, nous nous assîmes sur un banc pour enfiler nos nouvelles chaussures. La sensation était fabuleuse. Je pouvais presque entendre mes pieds soupirer de bonheur.

Nous marchâmes dans la direction indiquée par la caissière. Au bout de dix minutes, les immeubles devinrent plus décrépis. La rue était envahie par des groupes de gens qui riaient et qui avaient l'air désœuvré. Xander et moi n'échangions pas un mot. Nous étions trop occupés à regarder autour de nous pour essayer de comprendre comment fonctionnait la grande société dont nous faisions partie à présent. Je pensais que j'avais compris beaucoup de choses en écoutant les témoignages de ceux qui avaient rejoint Acadie, mais y être immergé était une expérience complètement différente.

– Regarde, dit Xander en tendant le doigt de l'autre côté de la rue.

Je tournai la tête et vis une immense enseigne proclamant PRÊTEUR SUR GAGES. Je ne pus m'empêcher de rire doucement.

– Difficile de le rater. Viens.

Nous traversâmes la rue, pénétrâmes dans la boutique et nous dirigeâmes vers le comptoir. Un homme sortit de l'arrière-boutique.

– Je peux vous aider ?

Xander sortit le bijou de sa poche et le posa sur le comptoir.

– Je voudrais vendre ça.

L'homme s'empara du lourd collier et l'examina, les yeux plissés, avant de le mordiller. Mon cœur se mit à battre plus vite. Et si ça ne marchait pas ? Nous n'avions plus un sou en poche.

– Vous avez une pièce d'identité ?

– Non, on nous a volé nos affaires, répondit Xander.

L'homme le dévisagea.

– Il faut une pièce d'identité pour laisser quelque chose en gage dans ma boutique.

Xander cilla, ouvrit la bouche puis la referma.

– Mais je peux vous acheter ce collier sans vous demander de pièce d'identité.

J'étais assez malin pour comprendre qu'il allait nous rouler.

– Combien ? demandai-je.

– Cinq cents dollars.

Ce qui signifiait que le collier en valait certainement deux mille.

– On prend, répondit Xander.

J'acquiesçai. Nous n'avions de toute façon pas le choix. Et nous avions d'autres bijoux à vendre. Kristi pourrait peut-être nous aider à en tirer un meilleur prix la prochaine fois.

Le type hocha la tête et gagna l'arrière-boutique. Quand il revint, il posa cinq billets de cent dollars sur le comptoir.

– Ravi d'avoir fait affaire avec vous, les gars, fit-il en détournant les yeux et en rotant.

Je tiquai, un peu dégoûté, et m'emparai du bras de Xander, qui achevait de ramasser l'argent. Il le fourra dans sa poche et nous gagnâmes la porte. J'avais le sentiment que quelqu'un allait nous arrêter d'un instant à l'autre et quand la lourde porte se referma derrière nous, je poussai un soupir de soulagement.

– Rentrons, dis-je.

Je trouvais soudain qu'il y avait de mauvaises vibrations dans ce quartier. À sa façon de regarder nerveusement autour de lui, je compris que Xander ressentait la même chose.

Me retrouver dans la ville, entouré de voitures qui nous dépassaient à toute allure, de bruits inhabituels, d'inconnus et de regards étrangers fit monter en moi une vague de nostalgie pour Acadie et pour tout ce qui m'était familier. C'était d'autant plus perturbant que j'avais rêvé de toutes mes forces de pouvoir découvrir ce monde et que c'était exactement ce que j'étais en train de faire. Mais en moi, je regrettais ce que je connaissais, les choses et l'environnement qui me donnaient de l'assurance et une impression de contrôle parce que j'en comprenais le fonctionnement.

Eden, j'avais besoin d'Eden, mon réconfort, mon but, mon autre moitié. J'accélérai le pas et Xander se mit à trottiner pour rester à ma hauteur sans poser de questions, comme s'il comprenait pourquoi j'étais soudain si pressé.

***

Xander ouvrit la porte avec la clef magnétique et je le repoussai presque pour entrer plus vite.

– Eden ?

Les rideaux étaient ouverts sur le ciel nocturne. Les lits étaient faits et tout semblait avoir été rangé. Mais où était Eden ?

Je laissai tomber les sacs de courses sur le lit, le cœur battant à cent à l'heure.

– Je suis là ! s'écria-t-elle en sortant de la salle de bains.

Je poussai un soupir de soulagement, la main sur la poitrine, puis je me précipitai vers elle, la soulevai et la serrai contre moi, ce qui la fit rire.

– Opération réussie ? demanda-t-elle.

– Oui, répondis-je en enfouissant le nez dans son cou parfumé. Je respirai son odeur et je me sentis tout de suite mieux. On a de l'argent, des vêtements et de la nourriture.

Eden poussa un petit cri de joie.

– Grande réussite, donc. Montre-moi. Oh, je meurs de faim. Nourris-moi.

J'éclatai de rire et la reposai pour ouvrir le sac contenant la nourriture.

Tandis que je sortais tout, Eden alla se changer dans la salle de bains. Quand elle en sortit quelques minutes plus tard, vêtue de la robe à bretelles et du pull, je m'immobilisai, fasciné. Ses jambes fines mais musclées étaient très exposées et la robe ajustée dévoilait ses courbes et son décolleté crémeux. Elle se mordait la lèvre, attendant mon avis.

– Tu es magnifique, dis-je. Presque trop. Il va falloir que je m'habitue à la façon dont les gens s'habillent ici.

Elle poussa un soupir de soulagement et sourit, les yeux baissés sur le tissu voyant, et haussa un sourcil.

– Moi aussi, dit-elle.

Je reportai mon attention sur Xander, qui dévisageait Eden, un petit sourire aux lèvres.

– Ouah, fit-il. (Quand il vit que je le regardais, son sourire s'effaça.) C'est très euh… coloré, c'est tout.

Eden éclata de rire et je ne pus m'empêcher de l'imiter.

Nous nous assîmes sur le lit pour dîner en racontant à Eden nos « aventures » dans les rayons de Target et chez le prêteur sur gages.

Tandis qu'Eden et Xander bavardaient en riant, je mangeai ma pomme en les regardant, un petit sourire aux lèvres. Quoi qu'il arrive à présent, quelles que soient les épreuves que nous devrions affronter, je n'oublierais jamais cet instant. Pour une raison inexplicable, il fallait que je prenne des photos mentales de cette seconde-là. Je secouai légèrement la tête et me concentrai de nouveau sur la conversation.

– Je vais appeler Kristi, dit soudain Xander. Eden, tu peux m'expliquer comment on se sert d'un téléphone ?

Ils se dirigèrent vers le combiné posé sur la table de chevet pendant que je rangeais tout.

Je levai les yeux en entendant Xander dire : « Kristi ? »

Eden s'approcha de moi, m'enlaça par-derrière et enfouit le visage dans mon dos. Je pivotai pour la prendre dans mes bras et je posai un baiser sur son front tout en écoutant Xander raconter rapidement à Kristi ce qui s'était passé depuis la veille. C'était seulement la veille ? J'avais du mal à comprendre comment la vie pouvait changer comme ça en seulement vingt-quatre heures.

– Oui, dit Xander, d'accord… OK. Une demi-heure ? D'accord, oui.

Je lui lançai un regard interrogateur par-dessus la tête d'Eden.

Xander raccrocha et contempla un instant le mur en silence avant de se tourner vers nous.

– Kristi va venir nous chercher dans une demi-heure. La police a interrogé tous les employés du poste de garde forestier à propos d'Eden.

Je sentis la peur couler dans mes veines.

– Elle dit qu'on n'est pas en sécurité dans un hôtel, surtout l'un des tout premiers quand on arrive en ville.

J'acquiesçai et Eden recula.

– D'accord, répondis-je en commençant à rassembler nos affaires. Est-ce qu'on sera en sécurité chez Kristi ?

– Plus qu'ici, probablement. Elle suggère qu'on quitte la ville le plus vite possible.

– Qu'on quitte la ville ? répéta Eden en fourrant ses affaires dans le sac en toile.

– Oui. On lui en parlera quand on la verra.

– Est-ce qu'on peut se faire rembourser la nuit d'hôtel ? demanda Eden.

Xander secoua la tête.

– On a presque mille dollars avec l'argent que nous prêtera Kristi. Je pense que ça ne vaut pas la peine d'attirer inutilement l'attention.

Il nous fallut dix minutes pour tout emballer. Nous passâmes les vingt minutes suivantes à surveiller la pendule. Je fis les cent pas tandis que Xander et Eden me regardaient. Si la police cherchait Eden, ça voulait dire qu'Hector l'avait appelée. Je me demandais pourquoi j'avais pu douter qu'il le fasse. Eden n'était plus mineure pour très longtemps et Hector s'était toujours montré intraitable dans sa façon de séparer notre communauté de la grande société. Nous avions nos propres règles, qui lui avaient été dictées par les dieux eux-mêmes.

À l'heure dite, nous sortîmes de l'hôtel. Une petite voiture rouge se gara devant le trottoir et une jolie femme aux cheveux blonds relevés en queue-de-cheval en sortit. Elle se précipita vers Xander et le serra dans ses bras.

– Kristi, voici Calder et Eden, nous présenta Xander en ouvrant la porte arrière pour qu'on puisse monter.

Kristi écarquilla les yeux en me voyant et me tendit la main.

– Eh ben dis donc. Ouh la la, murmura-t-elle pour elle-même.

Je fronçai les sourcils, interdit. Puis elle se tourna vers Eden et lui serra la main avec un regard chaleureux.

Nous nous installâmes tous dans la voiture et Kristi nous expliqua comment attacher nos ceintures. Je pris la main d'Eden dans la mienne.

Kristi démarra, je regardai défiler les immeubles par la vitre, un peu nerveux. Mon cœur s'emballa, je serrai la main d'Eden. Elle pressa la mienne en retour et m'adressa un sourire rassurant.

– Vous avez réussi, dit Kristi. Vous vous êtes enfuis.

Xander gloussa depuis le siège du passager.

– Oui, on y a été un peu obligés.

Kristi lui lança un regard compatissant.

– Tu as fait ce qu'il fallait faire, Xander.

– Mes dieux, j'espère, grommela Xander.

– On dit mon Dieu, au singulier, le taquina Kristi.

– C'est ça. (Il nous regarda par-dessus son épaule.) J'ai oublié de vous expliquer que, dans la grande société, les gens ne prient qu'un seul dieu. Ils n'en ont pas plusieurs comme à Acadie.

– Oui… je m'en souviens, dit Eden, qui se redressa, curieuse. Il s'appelle comment ?

Je lui souris. Je savais quelle réponse elle attendait.

– Oh, bah, le créateur de l'univers, répondit Kristi en nous regardant dans le rétroviseur et en haussant les épaules. Mais il y a aussi Jésus, Bouddha et Mahomet… Allah. Différents peuples, différentes religions et différentes cultures qui prient des dieux ou des prophètes différents mais toujours uniques… en général.

Eden s'adossa à la banquette, mécontente. Je lui pressai de nouveau la main en souriant. Dieux que je l'aimais. *Dieu,* que je l'aimais.

– Xander a dit que tu pensais qu'on devait quitter la ville.

Kristi acquiesça.

– C'est ce que je ferais à votre place. La police dit que tu es mineure, Eden, et qu'Hector te cherche. Je n'ai évidemment pas dit que je vous connaissais. (Elle jeta un coup d'œil à Xander.) Mais si j'étais vous, je me barrerais le plus loin possible. Si vous refusez, je connais des gens qui pourront vous aider à démarrer votre vie ici. Mais je vous conseille de partir.

– Tu penses qu'on devrait aller où ? demanda Xander.

– C'est vous qui voyez. Vous ne connaissez personne nulle part ?

Nous secouâmes la tête tous les trois.

– Personne d'autre que toi, fit Xander.

– D'ailleurs, dis-je, on ne pourra jamais assez te remercier. Je ne sais pas ce qu'on aurait fait si Xander ne t'avait pas rencontrée et sans ton aide.

Kristi me lança un coup d'œil dans le rétroviseur et rougit un peu.

– Si j'étais à votre place, répondit-elle, j'aimerais bien que quelqu'un m'aide.

J'opinai sans comprendre tout à fait ce qu'elle entendait par là.

– En parlant d'aide, on voudrait vendre des bijoux et on espérait que tu pourrais nous aider.

– Aucun problème. J'ai déjà vendu de l'or. C'est facile. Il y a plein d'endroits corrects pour ça.

– Eh bien, je pense que l'endroit où on en a vendu cet après-midi ne l'était pas, répliqua Xander.

Kristi lui lança un regard perplexe et se mit à rire.

– Il faudra me raconter ça.

Elle s'engagea sur un parking, éteignit le moteur et descendit. Nous la suivîmes avec nos maigres possessions.

Elle emprunta un sentier puis une volée de marches et sortit une clef pour ouvrir une porte sur laquelle était écrit 8C à la peinture dorée écaillée.

Kristi referma la porte derrière nous et nous regardâmes autour de nous. En plus des meubles imposants, il y avait des cartons empilés le long d'un mur.

– Je sais que c'est petit, constata Kristi, l'air gêné. Et puis comme vous le savez, je déménage dans quinze jours, donc…

Je jetai un coup d'œil à Xander et nous éclatâmes de rire en même temps.

– Quoi ? demanda Kristi.

Je savais que c'était mal élevé mais je ne pouvais pas contrôler mon fou rire. Xander non plus apparemment et nous riions à gorge déployée en nous tenant les côtes. C'était comme si le stress de ces derniers jours était venu à bout de notre sang-froid.

– Ne fais pas attention à eux, entendis-je dire Eden. C'est juste qu'ils ont grandi dans un chalet qui faisait environ un huitième de ton appartement.

Malgré mon hilarité, je ne pus m'empêcher d'éprouver de la fierté en l'entendant utiliser une fraction dans une conversation ordinaire. *C'était moi qui lui avais appris ça.*

Xander et moi finîmes par nous calmer.

– Pardon, pardon, dis-je. Kristi, pour nous c'est un véritable palais, je te jure. Tu n'imagines pas à quel point.

Elle se mit à rire à son tour en levant les yeux au ciel.

– Bon, eh bien ce que je vais vous annoncer va vous rendre fous de joie, alors. Calder et Eden, il y a une chambre rien que pour vous, juste là. Xander, tu dormiras sur le canapé.

– C'est l'histoire de ma vie, soupira Xander en balançant notre sac sur l'immense sofa en cuir marron.

Je lui donnai une bourrade en gloussant, ce qu'il accepta avec bonne humeur.

– Il est encore tôt, constata Kristi, mais je vais me coucher parce que j'ai un cours demain matin tôt et que c'est ma dernière journée de travail avec les gardes forestiers. (Elle bâilla.) N'hésitez pas à prendre tout ce que vous voulez dans la cuisine. On discutera de votre plan demain. La chose la plus importante, c'est de vous procurer des papiers. Mais on verra ça. Ah, Xander, laisse les bijoux sur la table. Je ferai un saut à la bijouterie en rentrant demain soir.

– Merci encore pour tout, Kristi, dis-je en lui prenant la main.

Je ne savais pas exactement quoi en faire alors je la serrai. Elle fit de même en rougissant légèrement.

Elle adressa un sourire à Eden et à Xander qui la remercièrent à leur tour et nous nous souhaitâmes tous une bonne nuit.

Je pris Eden par la main et l'attirai vers la chambre que Kristi nous avait attribuée. Elle était vide, à l'exception d'un matelas posé sur un sommier métallique, avec des draps et une couverture pliée au pied du lit.

J'encadrai le visage d'Eden entre mes mains et l'embrassai longuement et passionnément. Je n'arrivais pas à croire que nous étions seuls dans une chambre tous les deux et que nous pouvions nous toucher en toute liberté. C'était incroyable.

– Ton lit est mon lit à présent, murmura-t-elle.

– Pour toujours. À partir d'aujourd'hui, nous ne dormirons plus jamais éloignés l'un de l'autre.

Il y avait de la paix dans son sourire. J'adorais la voir comme ça. Elle porta soudain la main à sa bouche pour étouffer un bâillement.

– Je suis désolée. Je ne sais pas pourquoi je suis encore aussi fatiguée.

– Parce que tu as vécu une expérience traumatisante puis que tu as marché trente kilomètres presque pieds nus, dis-je en haussant un sourcil. Reposons-nous pour de bon et on se lèvera tôt demain matin pour mettre notre plan de bataille au point.

Elle hocha la tête et se mordit la lèvre.

– Tu penses qu'on devrait partir tout de suite ?

Je réfléchis un instant.

– Oui.

– Tes parents… commença-t-elle en levant vers moi ses grands yeux bleus confiants.

Mon cœur se serra et je soupirai.

– Un jour… peut-être que je reviendrai… mais pour l'instant, je dois nous bâtir une vie. C'est mon but, mon *seul* but.

Eden acquiesça, l'air toujours un peu inquiète.

Je me penchai pour l'embrasser tendrement.

– Va à la salle de bains en premier.

– D'accord.

Elle se servit des produits qu'on avait achetés puis je pris sa place et utilisai du dentifrice pour la première fois de ma vie. C'était douceâtre et ça avait un goût bizarre mais j'aimais l'arrière-goût mentholé que ça me laissait dans la bouche.

Lorsque je regagnai la chambre, Eden dormait presque. Je me déshabillai et m'allongeai près d'elle avant de l'enlacer. Sa tiédeur et son parfum m'enveloppèrent. Nos mains s'agitèrent un peu mais nous devions être vraiment fatiguées parce que je sombrai dans l'inconscience pour me réveiller aux premiers rayons de l'aube qui transperçaient les stores et aux chants des oiseaux qui s'en donnaient à cœur joie derrière la fenêtre.

***

Un peu plus tard dans la matinée, après avoir écouté les instructions rapides de Kristi avant qu'elle parte, Xander et moi quittâmes l'appartement pour voir si on pouvait se procurer des copies de nos actes de naissance pour obtenir des papiers d'identité et pour nous rendre à la gare routière.

Je laissai Eden roulée en boule dans le lit, ses longs cheveux épars sur l'oreiller, le souffle paisible. Nous avions décidé la veille qu'elle resterait en sécurité chez Kristi tandis que Xander et moi sortirions. Ça me rassurait. Sans compter qu'elle seule était recherchée. Xander et moi étions majeurs.

Nous revînmes vers quinze heures trente.

– Eden ? appelai-je depuis le seuil.

Xander referma la porte derrière nous.

– Je suis là, dit-elle sans élever la voix.

Je ne l'avais pas vue : elle était pelotonnée dans un fauteuil en face du canapé, des livres posés tout autour d'elle.

Je souris, même si je n'avais pas vraiment de bonnes nouvelles à lui annoncer. Elle m'avait manqué et je m'étais *permis* de ressentir ça. Je ne l'avais jamais fait auparavant mais là, je le pouvais sans risque… Parce que tout était différent, à présent.

Eden se leva à demi, le visage empourpré et les yeux brillants. Elle avait l'air… fiévreuse. Je m'immobilisai.

– Tu vas bien ?

Elle acquiesça, reposa son livre, se dirigea vers moi, me prit par la main et se dirigea vers notre chambre.

– Salut, Xander, fit-elle en m'entraînant derrière elle.

Je lançai un regard perplexe à Xander et ce dernier haussa les épaules en attrapant un petit boîtier noir sur lequel il appuya.

– C'est une télévision, dit-il dans mon dos. J'ai regardé un peu hier soir. Il faut que tu voies ça.

– D'accord, on revient dans cinq minutes, répondis-je en fermant la porte derrière moi. (Eden se tourna vers moi et souleva le bas de mon tee-shirt.) Ouh la, salut.

J'éclatai de rire et la laissai passer mon tee-shirt par-dessus ma tête. Elle me sourit et recula un peu pour contempler mon torse.

– Tu as un corps splendide, Calder. Il est… tellement viril et sexy, dit-elle en caressant ma poitrine.

Elle se pencha pour m'embrasser avant de faire courir sa langue autour de mon téton.

Je gémis et me mis à bander. Le problème des jeans, c'est qu'ils ne laissaient pas beaucoup de place pour… un sexe en érection.

– Euh, Eden, ne va pas croire que je ne sois pas ravi, mais qu'est-ce que tu as fait exactement pendant ces quelques heures ?

Elle leva les yeux vers moi.

– J'ai lu, répondit-elle avant de soupirer, le regard dans le vague. Des histoires merveilleuses de gens destinés à être ensemble.

Je haussai un sourcil.

– Des gens ? Quels gens ?

Elle me caressa les bras puis se mit à déboutonner mon jean. Toute pensée cohérente fuit mon cerveau. Qu'importe ce qu'elle avait fait. Si le résultat c'était ça, je voulais bien qu'elle continue.

Elle fit glisser ma fermeture Éclair, puis fit coulisser mon pantalon le long de mes cuisses jusqu'au sol. Je m'en débarrassai et elle posa aussitôt les yeux sur mon érection. Son regard devint encore plus fiévreux et elle tendit la main pour me caresser. Je retins mon souffle.

– Lord Darkhaven et Lady Flowervale.

J'avais commencé à me pencher pour l'embrasser et je m'arrêtai en chemin.

– Dark quoi et Lady qui ?

Elle rit doucement.

– Lawrence et Elinor.

Elle soupira, l'air rêveur. J'étais complètement perdu. Elle me caressa de nouveau et je poussai un gémissement.

Je m'inclinai pour prendre son visage dans mes mains et l'embrasser. Elle ouvrit immédiatement la bouche et nos langues se mêlèrent. Son goût frais explosa sur ma langue et emplit ma bouche. Elle gémit et tout mon corps, tout mon cœur, tout mon esprit se concentrèrent sur une seule et unique chose : Eden. Elle m'embrassa comme si ça faisait des décennies qu'on ne s'était pas vus. Elle m'embrassa comme si je venais juste de rentrer de la guerre, vivant et indemne contre toute attente. *Quoi que je doive faire pour que cette fille m'embrasse comme ça toute ma vie, je le ferai.* Mon cerveau embrumé par le désir parvint à peine à formuler cette pensée.

Je la fis reculer jusqu'au lit et nous nous y étendîmes. Elle se mit à rire. Je souris à mon tour et embrassai la peau parfumée de son cou, me gorgeant de son odeur de fleurs de pommier et de printemps.

– J'aime *l'amour*, gémit-elle. Je t'aime, toi. J'aime être à toi.

– Je t'aime, moi aussi, dis-je entre deux baisers. J'aime être à toi.

Eden me repoussa et je roulai sur le dos. Elle s'assit à califourchon sur moi, mon érection contre son sexe. Mes pensées se firent de nouveau la malle.

Elle se pencha pour m'embrasser dans le cou puis elle posa la main sur mon sexe et se mit à le caresser de haut en bas.

– C'est tellement bon, dis-je. Ne t'arrête pas.

Elle continua pendant quelques minutes puis elle recula un peu et utilisa son autre main pour caresser mes testicules. Je retins mon souffle et ouvris les yeux. Nos regards se croisèrent et elle écarquilla les yeux, en rougissant.

– Tu aimes ça ? demanda-t-elle.

J'ouvris la bouche mais aucun son n'en sortit. Je me contentai d'acquiescer, juste pour qu'elle n'arrête pas.

Elle reporta son attention sur moi et son sourire rêveur me fit bander de plus belle.

– Parle-moi de ce livre.

Ma voix était rauque. J'étais en train de me dire que, dès que j'aurais un job, je rationnerais le budget alimentation pour lui acheter ce genre de bouquins.

Elle se leva et se déshabilla rapidement. Je ne la quittai pas des yeux. Je me redressai pour la toucher mais elle me repoussa gentiment.

– Lawrence est un gentilhomme courageux et noble, brun et fort, comme toi, dit-elle en me chevauchant de nouveau avant de reprendre mon érection en main.

Je me laissai tomber en arrière.

– Eden, gémis-je.

– Je sais. Moi aussi j'ai envie de toi. J'ai eu envie de toi toute la journée. Je suis en feu depuis que Lord Darkhaven a défloré Lady Elinor sur la table de la cuisine du cottage de la servante.

– Défloré ?

Eden acquiesça.

– Lady Elinor se faisait passer pour une servante pour échapper au terrible Duc de Wellington.

Elle souleva un peu les hanches et guida mon sexe vers sa fente. Ma vision devint floue lorsque je vis le bout de mon pénis la pénétrer lentement. Elle cessa de bouger et je poussai un gémissement de désir désespéré.

Eden ferma les yeux et s'empala sur moi. Son étroitesse humide m'enserra ; je crus m'évanouir de plaisir.

– Mmm, murmura-t-elle en bougeant lentement, les yeux toujours clos, la tête renversée.

– Mais il finit par la trouver quand même et par la capturer.

J'essayai de me souvenir de qui nous parlions et qui était ce « il » mais mes pensées étaient incohérentes et mes neurones ne fonctionnaient plus correctement.

Les tétons d'Eden durcirent et elle gémit. La regarder et la sentir s'agiter sur moi était si bon que c'en était presque une torture. Je l'agrippai par les hanches mais résistai à l'envie de la guider. Je voulais voir ce qu'elle allait faire. Je voulais la voir bouger de la manière qui lui donnait le plus de plaisir.

Elle accéléra un peu et, à chaque mouvement, elle poussait un petit cri de plaisir. Elle posa les mains sur ses seins et caressa ses tétons ; je dus fermer les yeux pour ne pas jouir en la voyant faire.

– Eden, gémis-je, je ne peux pas… tu es…

– Qu'est-ce que tu aimes ? demanda-t-elle dans un souffle en fermant les yeux, les lèvres entrouvertes.

Elle était exquise.

– J'aime tout, Eden. J'en suis au point où tout ce que tu fais est super bon. Bouge comme tu en as envie.

– Encore une seconde… oh, c'est bon. Lady Elinor avait raison, c'est si bon.

Ma vision se troubla encore davantage et je sentis l'orgasme monter. Je me retins en serrant les dents. Puis, dieux merci, Eden accéléra le rythme et cria mon nom. Elle s'effondra sur moi, poussa encore un cri, puis gémit tout contre moi.

Je la retournai dans un mouvement souple pour la mettre sur le dos et fis plusieurs allers et retours rapides en elle. Je sentis mes orteils se recroqueviller sous l'effet du plaisir. L'orgasme me submergea, violent et intense ; des étoiles se mirent à danser devant mes yeux et je me retirai juste à temps pour répandre ma semence sur son ventre. Je gémis contre son cou en agitant lentement les hanches pour extraire jusqu'à la dernière goutte de mon orgasme. Il me tardait de pouvoir éjaculer en elle. Mais je ne pouvais pas prendre ce risque pour l'instant.

Nous restâmes étendus ainsi, ma tête juste sous le menton d'Eden.

– Mais le vaillant Lord Darkhaven monta son fidèle destrier par-delà les montagnes, les vallées et les nuits les plus sombres pour aller secourir Lady Flowervale. Et même s'il y a un rebondissement et qu'on finit par découvrir que Lord Darkhaven n'est pas du tout un lord mais un pauvre roturier sans titre ni château, sans un sou vaillant, poursuivit Eden en passant la main dans mes cheveux tandis que mes pensées devenaient plus claires et mon souffle plus régulier, Lady Elinor le choisit parce qu'il est son véritable amour.

Je levai la tête pour la regarder et constatai, à mon grand étonnement, qu'elle avait les larmes aux yeux. Une larme roula sur sa joue.

– Lawrence, chuchota-t-elle en posant une main sur sa poitrine, que tu sois un lord ou un roturier, un prince ou un traîne-misère, je te vénère, toi et nul autre, jusqu'à mon dernier souffle, jusqu'à ce que mes os soient poussière, toi, mon amour, toi et nul autre.

Elle poussa un soupir et m'adressa un sourire rayonnant sans cesser de pleurer. Je ne savais que répondre à la fille magnifique que j'aimais avec passion et que pourtant je ne comprenais pas du tout. Hector avait peut-être eu une bonne raison de bannir la littérature d'Acadie.

– Je sais que ce n'est qu'une histoire, fit Eden en s'essuyant les joues, mais grâce à elle je pense vraiment que tout peut s'arranger à la fin. Même quand tout a l'air sombre et qu'on ne sait pas quoi faire ni vers qui se tourner ; avec de l'amour, tout finit bien, et ce sera comme ça pour *nous aussi*. Ce roman m'a donné de *l'espoir*.

Je lui souris.

– Belle de Jour, murmurai-je. Où puises-tu ta force ?

– En toi, chuchota-t-elle en faisant courir un doigt sur mes lèvres.

Nous roulâmes sur le côté pour nous faire face et je caressai ses longs cheveux emmêlés.

– Alors ? Aujourd'hui ? demanda-t-elle à voix basse.

Je poussai un soupir.

– On n'a pas eu de chance. Apparemment on n'a pas de certificats de naissance. Kristi pensait qu'on en avait forcément pour pouvoir être inscrits à l'école mais comme on est nés en Acadie, nos naissances n'ont pas été déclarées. On n'a pas encore bien compris comment tout fonctionne ; il faut qu'on étudie ça de plus près. Mais tant qu'on n'a pas de papiers, on ne peut pas trouver d'emploi dans les restaurants ni dans les magasins. En tout cas, Xander et moi, on a d'autres idées, alors ne t'inquiète pas, d'accord ?

Eden m'adressa un sourire tendre.

– Je ne m'inquiète pas. Je sais que tout va s'arranger.

Je lui fis un clin d'œil.

– C'est ça, Lord Dark…

– Haven. Oui, Lord Darkhaven. Je l'imagine comme toi, avec juste les cheveux longs jusqu'au col, un peu canaille.

J'éclatai de rire.

– J'ignore ce que « canaille » veut dire mais je suis tout prêt à me laisser pousser les cheveux si c'est pour obtenir encore ce genre de faveurs.

– C'est une bonne idée, répondit Eden en riant.

Elle posa la tête sur ma poitrine et je la sentis sourire contre ma peau. Je ressentis un instinct protecteur si puissant que j'en fus presque électrisé. Parfois, l'amour que je lui portais était presque trop violent ; il me donnait l'impression de saigner de l'intérieur. *Ma magnifique femme,* pensai-je, *je protégerai ton cœur tendre et optimiste. Je fais le serment de te défendre contre la laideur du monde et de toujours être ton abri dans la tempête.*

– Qu'est-ce qu'on mange pour dîner ? demanda Eden.

– Tu as faim ?

– Oui. Tout ça m'a donné faim.

Je souris de nouveau. J'aimais sa façon de s'ouvrir l'appétit.

– Alors, mangeons. Kristi ne va pas tarder à rentrer. J'espère qu'elle aura réussi à vendre notre or. J'ai l'impression d'être un pirate chaque fois que je dis ça.

Eden éclata de rire.

– Il me semble que Kristi a un roman avec un pirate. Ce sera ma prochaine lecture.

– Excellente idée.

Nous restâmes étendus, ravis d'être dans les bras l'un de l'autre, savourant le silence, le fait que personne n'essaierait de nous séparer et que nous dormirions ce soir et tous les suivants ensemble.

***

Une heure plus tard, une fois douchés tous les trois, Xander nous montra comment fonctionnait la télévision. C'était bruyant, lumineux et trop agité pour que je puisse me concentrer.

– Éteins ça, ordonnai-je avec une grimace en détournant les yeux.

– Tu n'aimes pas ? demanda-t-il, incrédule.

– Non.

La porte s'ouvrit et Kristi entra, souriante.

– Salut, fit-elle en refermant la porte derrière elle. Bonne nouvelle. J'ai du liquide pour vous. Plus de mille dollars.

– Bon sang. Tu plaisantes ? s'exclama Xander en éteignant enfin le téléviseur et en se levant.

– Non. Tiens, dit-elle en lui tendant une liasse de billets.

– Il faut fêter ça ! s'exclama Xander. On t'invite à dîner. Attends, poursuivit-il, soudain sérieux. C'est combien un dîner ?

Kristi éclata de rire.

– On va aller dans un restaurant bon marché.

– D'accord, et du coup, on n'a pas besoin de ton argent.

– Vous l'aurez quand même, fit Kristi avec un clin d'œil. J'aimerais pouvoir vous donner davantage. Laissez-moi deux minutes pour me rafraîchir et on y va.

Xander, Eden et moi nous regardâmes en souriant. Les choses s'arrangeaient.

– Qu'est-ce que tu en penses, Lady Flowervale ?

– J'en pense que tout va bien se passer, Lord Darkhaven, répondit-elle en souriant de toutes ses dents.

– Vous êtes prêts ? demanda Kristi en sortant de sa chambre.

– Oui, dis-je, et je pris Eden par la main.

Nous descendîmes l'escalier extérieur en bavardant avec animation. Quand nous atteignîmes le parking, une voiture de police s'arrêta lentement.

Un officier en descendit, du côté passager, la main sur le revolver glissé dans sa ceinture. Je pressai plus fermement la main d'Eden, envahi par une bouffée d'adrénaline.

– Ça va aller, soufflai-je. Rentre dans mon jeu. Ils nous aideront peut-être.

Je regardai derrière moi. Il n'y avait rien d'autre qu'un épais mur de ciment.

Eden hocha la tête, les yeux remplis de terreur.

C'est alors que l'officier qui conduisait descendit à son tour du véhicule et se tourna vers nous.

C'était Clive Richter.

CHAPITRE 23

EDEN

– On t'a cherchée partout, Eden, dit Clive avec un sourire qui ne montait pas jusqu'à ses yeux.

– Clive, fit Calder, incrédule, d'une voix rauque et dure. Elle va très bien. Elle ne veut pas vivre avec Hector.

– Eh bien malheureusement, *fils,* Hector est son tuteur et elle n'a donc pas le choix, répliqua-t-il sans me quitter des yeux, la main sur le revolver passé à sa ceinture, comme l'autre officier. Toi, en revanche, tu es libre de faire ce qu'il te plaît. Tu as dix-huit ans. Hector ne veut pas de toi, de toute façon.

Clive Richter était un policier ! J'essayais de comprendre ce qui se passait.

– Hors de question de l'abandonner, affirma Calder en m'attirant contre lui.

Mon cerveau tournait à vide. Je me sentis vaciller. De la bile me monta dans la gorge. Comment était-ce possible ? Il y a quelques minutes, nous étions en train de plaisanter et maintenant mon monde s'effondrait. La réponse de Calder eut l'air de ravir Clive. *Pourquoi ?* Il espérait qu'il réagirait comme ça.

– Est-ce que vous savez que l'homme à qui vous voulez la ramener est le gourou d'une secte ? demanda Kristi en haussant la voix.

Le deuxième officier de police abaissa ses lunettes de soleil pour la regarder.

– Vous appelez ça une secte, lui, il appelle ça sa religion. Et puis de toute façon, c'est quand même son tuteur légal.

Kristi secoua la tête, perplexe.

– Quoi ? C'est…

Mais elle s'interrompit, ne sachant manifestement pas comment continuer. Le policier devait donc avoir raison.

– Vous avez de la chance que je ne vous arrête pas pour avoir hébergé une fugueuse, dit-il avant de cracher sur le trottoir. Et on ne veut *vraiment* pas ouvrir le feu sur vous, mais on n'hésitera pas à le faire si nécessaire.

Il éclata de rire en touchant de nouveau son arme. Je ne compris pas en quoi c'était censé être drôle.

– Monte dans la voiture, fit Clive, le visage dur. Ne me force pas à te menotter.

– Calder…

Calder jeta un coup d'œil entendu à Xander et ce dernier hocha la tête une fois. Puis Calder se jeta devant moi, face au policier, tout en me poussant en arrière. Xander s'empara de ma main et se mit à courir. Je hurlai et jetai un regard par-dessus mon épaule : le policier avait plongé sur Calder.

Je fus soudain plaquée au sol et je sentis tout l'air quitter mes poumons lorsque je heurtai le bitume. Je gémis en essayant de me relever mais quelqu'un me releva brutalement. Clive se tenait devant moi, le souffle court. Il me passa les menottes, l'air excité.

– T'es une combattante, ça me plaît, ça, constata-t-il en riant.

Puis il me tira vers la voiture de patrouille. J'entendis Xander jurer derrière moi et Kristi se précipiter vers lui.

L'autre officier était en train de pousser Calder à l'arrière de la voiture. Clive me fit monter à mon tour. Calder essaya frénétiquement de me toucher mais il était menotté lui aussi.

– Tu vas bien ? Eden, tu vas bien ?

Il poussa un rugissement rageur en me regardant.

– Oui, Calder, ça va, le rassurai-je, même si mon cœur battait la chamade et que j'avais très peur.

Xander se précipita vers la portière, mais Clive le retint.

– Il ne veut pas de toi, dit-il.

Calder se pencha devant et s'adressa à Xander :

– Je te retrouverai…

Xander recula, furieux et abasourdi.

– Je sais où et quand, répondit-il.

Je ne savais pas ce qui était convenu entre eux, mais Calder acquiesça et se redressa.

– Ça ira. Je te promets que nous fuirons aussitôt que possible. On a un endroit où aller et de l'argent.

Je me contentai de hocher la tête, incapable d'articuler un mot.

Clive et l'autre officier montèrent dans la voiture et Clive déboîta. Je jetai un coup d'œil par la lunette arrière et vis Kristi et Xander, paralysés par la sidération, nous regarder nous éloigner. Tout s'était déroulé en moins de cinq minutes. *Comment ? Comment nous avaient-ils retrouvés aussi vite ?*

J'étais hébétée, anesthésiée, en état de choc. Clive me regarda et m'adressa un rire moqueur.

– Youhou. Hector sera content de te récupérer, Princesse. Je dois bien avouer qu'il a un peu perdu la boule, dernièrement, mais ton retour va tout arranger, acheva-t-il en ricanant.

Il se tourna de nouveau vers la route et regarda Calder dans le rétroviseur.

– Tu as fait le mauvais choix en montant dans cette voiture avec elle, fit-il, le regard brillant d'un éclat cruel. Dans ce cas, la chevalerie ne te mènera nulle part.

Et il éclata de nouveau d'un rire railleur.

Calder et moi gardâmes le silence tout en nous rapprochant le plus possible. J'avais les mains froides et moites et je tremblais.

Je regardai par la vitre la route se transformer en chemin de terre qui nous ramenait vers Acadie.

On avait vraiment fait tout ce chemin à pied ? Calder avait porté Xander sur toute cette distance ? Les larmes me montèrent aux yeux et je luttai pour les refouler. Nous ne tarderions pas à refaire ce trajet, me répétait mon cerveau. Nous nous échapperions dès que possible. Et cette fois-ci, personne ne nous retrouverait. Nous serions plus malins, plus en sécurité. Je serais majeure dans deux semaines et Hector ne pourrait plus rien contre moi. Je me redressai et relevai le menton. Calder me vit faire et un petit sourire joua sur ses lèvres.

– Voilà ma courageuse et forte Belle de Jour, chuchota-t-il.

Nous arrivâmes à Acadie et le gravier crissa sous les pneus de la voiture de patrouille. Mon cœur se serra. Tout avait l'air désert. Personne dans les champs, personne en train de s'occuper des animaux et personne en train de se promener. Que se passait-il ?

Clive fit le tour de la voiture pour nous ouvrir la portière et je descendis. La voix d'Hector tonitrua dans mes oreilles. Je me retournai lentement et découvris que c'était les haut-parleurs, branchés à plein volume, qui déversaient ses sermons dans tout Acadie.

Clive repoussa brutalement Calder qui me lâcha la main pour éviter de tomber. La rage fit briller les yeux de Calder. Il posa le regard sur le revolver que Clive portait à la ceinture. Clive se redressa, une froide lueur amusée tapie au fond des yeux.

– Essaye pour voir, *Porteur d'eau*.

Il éclata d'un rire aigu et glacial.

– Hé, Clive, allez, fit l'autre officier. On les a ramenés. Il faut qu'on retourne bosser.

Sans quitter Calder des yeux, Clive cracha sur le sol près de lui.

C'est alors que je vis Hector surgir de la maison, Hailey courant derrière lui.

Il avait les cheveux longs, comme quand j'étais enfant. Mais il ne les avait pas attachés. Ils étaient décoiffés et très fins ; on voyait encore mieux à quel point le sommet de son crâne était dégarni. Il avait perdu beaucoup de poids et ses joues étaient émaciées. Quant à son regard… quand il s'approcha… c'était le même que lorsque je m'étais enfuie, mais… pire. Cela ne faisait-il vraiment que deux jours ? Hector semblait avoir vieilli de plusieurs années depuis.

Hailey avait l'air d'avoir pleuré et lorsqu'ils s'arrêtèrent devant nous, elle baissa les yeux et joignit les mains devant elle.

Du coin de l'œil, je vis Clive Richter et son partenaire remonter dans la voiture de patrouille mais je ne tournai pas la tête. La voiture démarra et s'éloigna.

Hector prit une profonde inspiration et sourit. Il s'approcha de nous et nous retira les menottes avec la clef que lui avait confiée Richter.

– Je suis tellement content que tu sois rentrée, mon amour, dit-il.

Hailey leva les yeux vers lui, puis les posa sur moi avant de regarder de nouveau le sol. Trois travailleurs que je ne connaissais pas sortirent du grand chalet et se placèrent derrière Hector. Ils nous lançaient des regards suspicieux.

– Hector, s'il te plaît, laisse-moi partir. Laisse-nous partir. Si tu m'as jamais aimée, je t'en supplie, laisse-nous partir.

L'expression aimable d'Hector ne changea pas.

– Te laisser partir ? Vous laisser partir ? (Il posa un doigt sur ses lèvres et contempla le ciel pendant une bonne minute. Puis ses yeux se remplirent d'une colère glacée.) POUR QUE CE SUPPÔT DE SATAN ICI PRÉSENT PUISSE TE POSSÉDER ? hurla-t-il en désignant Calder d'un geste saccadé du menton. POUR QUE NOUS RÔTISSIONS TOUS EN ENFER POUR L'ÉTERNITÉ ?

Je sursautai quand il se mit à crier et Calder fit un geste dans ma direction mais les trois travailleurs bondirent soudain en avant et lui immobilisèrent les bras. Il les considéra, interloqué.

– Qu'est-ce que vous faites ? Vous me *connaissez* !

– C'est ce qu'on croyait, rétorqua le plus grand des trois.

Oh, par les dieux d'Élysée, j'étais plongée en plein cauchemar. *S'il vous plaît, faites que tout ça s'arrête,* avais-je envie de sangloter.

– Conduisez-le dans la cave, ordonna Hector en se lissant les cheveux et en se redressant.

Calder prit son élan et balança un uppercut dans le visage de l'un des hommes, qui recula tandis que les deux autres luttaient pour maîtriser Calder. Je me mis à pleurer, les mains sur la bouche.

Hector se plaça soudain derrière moi et m'attira brutalement contre lui. Je ne compris pas tout de suite ce qui était en train de se passer.

– Je vais l'égorger, affirma Hector.

Tout s'arrêta. Je me figeai. Calder aussi. Les hommes qui le ceinturaient assurèrent leur prise et s'immobilisèrent eux aussi. Hailey poussa un cri strident.

Hector avait posé un couteau contre ma gorge et la lame avait déjà percé ma peau.

– Son sang a du pouvoir, dit Hector. (Je tressaillis et poussai un petit cri lorsqu'il pencha la tête pour lécher le sang qui coulait sur mon cou.) Si elle refuse la prophétie, il y a d'autres façons de l'amener à Élysée avec nous… même si on n'emporte qu'une petite partie d'elle vivante.

Il me lécha de nouveau la gorge et je fermai les yeux de toutes mes forces.

– Vous êtes complètement taré, constata Calder d'une voix altérée.

Hector leva la tête vers Calder. Je sentis son souffle chaud contre mon oreille et son haleine fétide. Il appuya de nouveau la lame contre ma peau et je criai.

– D'accord, d'accord, capitula Calder en cessant de se débattre. Je ferai tout ce que vous voulez, mais je vous en supplie, ne lui faites aucun mal.

Une peur panique se lisait dans le regard de Calder qui ne quittait pas Hector des yeux. Je ravalai un sanglot.

Le couteau s'éloigna de mon cou et j'entendis Hector pousser un soupir de satisfaction.

– Enfermez-le dans la cave.

Calder me regarda et il hocha la tête une fois. Je répondis par un hochement de tête à mon tour. *Tout ira bien.*

Il suivit les trois hommes de son plein gré. L'un des trois saignait abondamment du visage.

Hector soupira, un sourire affable aux lèvres.

– Rentrons, voulez-vous ? Eden, tu veux bien jouer pour moi, s'il te plaît ?

J'essayai de faire passer un message silencieux à Hailey quand je croisai son regard mais elle détourna les yeux et marcha derrière nous.

Plus tard, après que j'eus joué du piano pendant des heures jusqu'à ce que je m'effondre sur le clavier, épuisée, Hector me permit de me retirer et je me dirigeai rapidement dans ma chambre. Comme je commençais à gravir l'escalier, Hector m'attrapa par le bras. Je poussai un petit cri et me tournai vers lui.

– La prophétie s'accomplira, mon amour. Ne t'imagine pas le contraire. Et si tu essaies de l'en empêcher, je le tuerai. C'est bien compris ?

La peur se mit à tourbillonner dans mon ventre et dut se lire dans mon regard : il me lâcha et je montai les marches quatre à quatre.

Je refermai la porte derrière moi et entendis le verrou coulisser de l'autre côté. Je posai le regard sur la fenêtre : d'épais barreaux métalliques avaient été installés. J'étais prisonnière dans tous les sens du terme. Je m'allongeai sur mon lit et me mis à pleurer. L'espoir et la lumière s'étaient éteints, remplacés par le désespoir et les ténèbres.

***

Pendant les deux semaines qui suivirent, on me permit très rarement de quitter ma chambre. Mère Miriam m'apportait à manger, même s'il y avait peu à partager. Plus personne ne s'occupait des champs et la nourriture pourrissait sur pied et tombait sur le sol. Les animaux étaient malades et affamés. J'entendais les chèvres bêler misérablement quand il y avait une pause dans les sermons d'Hector. J'avais peur de devenir folle. J'avais enfermé mes émotions du mieux possible et je vivais avec celle qui tournait en boucle dans ma tête. Nous parviendrions à fuir. *D'une manière ou d'une autre*. Nous le ferions dès que possible.

Je ne savais pas comment allait Calder et ça me terrorisait. Était-il nourri ? Allait-il bien ? Je fis le vœu d'être sa Belle de Jour forte et de ne pas m'effondrer.

L'après-midi de mon dix-huitième anniversaire, Hailey pénétra silencieusement dans ma chambre et étendit une robe blanche au pied de mon lit.

Elle posa un regard plein de chagrin sur moi, qui regardais par la fenêtre, assise à mon bureau.

Je me précipitai vers elle et me jetai à ses pieds. J'enroulai les bras autour de ses jambes en sanglotant. Elle me caressa les cheveux et quand je levai le visage vers elle, je vis qu'elle avait les yeux pleins de larmes.

– Aidez-nous, je vous en prie, suppliai-je.

Elle secoua la tête.

– Je ne peux rien faire. Mes garçons. J'ai quatre enfants… il… il les…

Elle pleura doucement pendant une minute.

Je pris une profonde inspiration.

– Calder. Est-ce que vous savez comment il va ?

– Il est vivant. On le nourrit et on lui donne de l'eau. Je n'en sais pas plus.

Les larmes coulèrent sur mes joues.

– Si j'épouse Hector aujourd'hui, nous fuirons demain, murmurai-je.

Hailey secoua la tête.

– Il ne te le permettra pas. Il ne te laissera jamais partir avant que la prophétie s'accomplisse.

– Mais elle ne s'accomplira jamais ! criai-je. (Hailey sursauta et je pris une profonde inspiration.) Je suis désolée, Hailey, mais… vous le savez bien, n'est-ce pas ?

Elle ne répondit pas, se contentant de contempler ses mains.

– Hailey, si j'épouse Hector aujourd'hui… et que je parviens à libérer Calder, est-ce qu'au moins vous détournerez l'attention d'Hector ?

Elle m'observa pendant un long moment et finit par acquiescer. Je poussai un soupir de soulagement. J'allais trouver un plan. Je libérerais Calder, nous fuirions, et cette fois-ci, personne ne nous rattraperait.

Hailey se redressa.

– Habille-toi. Je reviendrai te coiffer. Hector veut que le mariage soit célébré dans une heure.

Un frisson de terreur me parcourut.

– Dans une heure ?

Je me mis à trembler comme une feuille. J'avais envie de vomir. *Une heure* ? Comment allais-je survivre à ça ?

– Oui, tout le monde attend au Temple. Le conseiller Daniels a l'autorité nécessaire pour célébrer la cérémonie.

Je détournai les yeux. Je détestai Daniels au moins autant que Clive Richter. Je me demandais si c'était un policier, lui aussi. Ils l'étaient peut-être tous. Je ne comprenais rien à ce qui se passait.

Je poussai un profond soupir et carrai les épaules.

– Je serai prête.

Hailey hocha la tête et s'apprêta à quitter ma chambre.

– Hailey ? (Elle s'arrêta et se retourna pour me regarder.) Vous voulez bien cueillir quelques-unes des fleurs bleues qui poussent sur un petit buisson, à l'ouest des champs ? Je me suis toujours dit que j'aimerais les porter le jour de mon mariage.

Hailey eut l'air intriguée, mais elle acquiesça et referma la porte derrière elle.

Je me laissai tomber à genoux près de mon lit. *Oh, cher Dieu de Miséricorde, aide-moi, je t'en supplie,* priai-je.

Une heure plus tard, je me dirigeai vers le Temple dans le chariot aux côtés d'Hector. Il portait un costume blanc et moi la longue robe blanche ample que quelqu'un avait cousue pour moi. Une couronne de belles-de-jour ornait mes cheveux. La douleur broyait mon cœur.

Nous prononçâmes nos vœux au Temple devant tous les Acadiens. Le regard d'Hector brûlait d'un éclat fiévreux. Il avait l'air fou. Je pris soin de ne pas le regarder en prononçant les mots qui n'avaient aucun sens pour moi. *Les dieux connaissent la vérité de mon cœur,* songeai-je. Que signifiait une pseudo-promesse si elle était fausse ?

Je regardai l'assemblée et j'aperçus les parents de Calder. Tête baissée, ils priaient avec révérence. Ils croyaient encore.

Quand ce fut terminé, Hector se tourna vers ses fidèles et leva les bras. Sa voix résonna avec assurance :

– Mes bien-aimés. Ceci est un jour de gloire. Eden est maintenant ma femme aux yeux de la loi et des dieux. Et nous nous rapprochons de notre destin.

Il les regarda, rayonnant, le regard fiévreux, un sourire éclatant aux lèvres. Tout le monde le fixait. Certains avaient l'air heureux, d'autres hébétés, perturbés et affamés. Plusieurs enfants pleuraient.

– Un festin a été préparé pour vous dans la salle à manger principale. Mangez. Réjouissez-vous. C'est un jour de joie et de fête ! (Il scruta la foule.) Mes bien-aimés, le déluge approche. Nous allons bientôt récupérer les fruits de notre sacrifice. Accrochez-vous à moi, accrochez-vous à votre mère, Eden, accrochez-vous à Acadie. Sachez que vous êtes bénis à présent. Satan nous soumet à la tentation de toutes les manières possibles au fur et à mesure que l'adversité grandit et que la fin est proche. Mais ne succombez pas. Ne renoncez pas. Nous sommes si près du paradis, mes bien-aimés. À présent, allez faire la fête.

Il me prit par la main, me fit remonter l'allée puis monter dans le chariot. Il s'empara des rênes et se dirigea vers le grand chalet.

– On ne fait pas la fête ? demandai-je d'une voix éteinte.

– Si. Dans ma chambre.

Je regardai droit devant moi en essayant de maîtriser les battements désordonnés de mon cœur douloureux. J'étais malheureuse. Je jetai un coup d'œil sur ma droite, là où se trouvait la porte du sous-sol derrière le chalet. *Oh, Calder, mon amour.* Je faisais ça pour nous. Je n'avais pas le choix. J'espérais juste que ça fonctionnerait.

Hector s'empara de ma main et me conduisit jusqu'à sa chambre. J'y étais déjà entrée pour voler de l'argent et quelques bijoux. Mon cœur se serra quand je repensai à cet instant près de la source où j'avais dévoilé mon butin à Calder et Xander. J'étais tellement optimiste, à ce moment-là. Il fallait que j'arrête de penser à ça si je ne voulais pas me mettre à pleurer.

Hector se plaça derrière moi. Je sentis son souffle chaud contre ma nuque tandis qu'il défaisait lentement la fermeture Éclair de ma robe. Je m'écartai. Il m'adressa un regard réprobateur quand je me tournai vers lui.

– Laisse-moi me déshabiller pour toi, dis-je en le regardant par-dessous mes cils baissés.

Son expression révélait sa surprise et son excitation et il recula. Son regard erra sur moi et il commença à caresser le renflement qui tendait le tissu de son pantalon. De la bile me monta à la gorge mais je la ravalai et lui adressai un joli sourire.

Sois forte, Belle de Jour.

J'ôtai mes chaussures et fis glisser ma robe le long de mes épaules. Elle tomba sur le sol en corolle autour de mes pieds. Je ne portais rien dessous. Je me tenais nue devant Hector et il était parfaitement évident que j'étais enceinte.

Je passai mes mains tremblantes sur mon ventre un peu renflé. C'était devenu visible ces dernières semaines, d'autant que je ne mangeais pas à ma faim à Acadie et que j'avais donc perdu du poids. Toute seule dans ma chambre, tandis que Calder était prisonnier dans la cave à quelques centaines de mètres de moi, j'avais découvert un minuscule et merveilleux secret. Je portais un enfant. J'étais tombée enceinte près de la source, la première fois que nous avions fait l'amour, presque trois mois plus tôt. Je savais que je ne pourrais pas le dissimuler à Hector lorsque je me tiendrais nue devant lui. Je n'avais pas d'autre choix que de supplier qu'il nous épargne.

– Laisse-nous partir, murmurai-je. Ce n'est pas seulement mon sang qui coule en moi à présent, c'est aussi le sien. Nos deux sangs sont mêlés. Et le bébé est fort, comme son père.

Hector était paralysé. Quand il leva les yeux vers mon visage, je lus la plus grande confusion sur son visage.

– Il t'a souillée, constata-t-il sur un ton presque détaché.

L'espoir m'envahit. Allait-il enfin me rendre ma liberté ?

Je hochai la tête, le regard suppliant.

– Oui, Hector. Je voulais qu'il me souille. Laisse-nous partir. Tu ne me veux pas. S'il te plaît. Rends-nous notre liberté. Laisse-nous vivre ensemble. Je porte son enfant. Nous nous aimons. C'est tout. C'est aussi simple que ça. Je t'en prie, dis-je en m'agenouillant devant lui. S'il te plaît, laisse-nous partir. Aie pitié de nous.

– Sors d'ici.

Il dit ça sur un ton si calme que je sursautai.

– Hors de ma vue, toi qui portes la progéniture de Satan. J'aurais dû prévoir que Satan serait fort, j'aurais dû savoir qu'il mettrait tout en œuvre pour arrêter la prophétie. (Il leva les yeux au ciel et sembla écouter des voix autour de lui.) Oui. J'ai encore sous-estimé sa puissance et sa perversité, croassa-t-il, l'air égaré.

Je me levai aussitôt, ramassai ma robe et l'enfilai sans me soucier de mes chaussures. Hector m'attrapa le bras sans ménagement et me conduisit hors de sa chambre jusqu'à la mienne dans laquelle il me jeta presque avant de claquer la porte derrière moi et de la verrouiller. Je m'assis sur le rebord du lit et me caressai le ventre.

– Ça va aller, dis-je, plus pour me rassurer qu'autre chose. Ça va aller. Tout va s'arranger.

J'ôtai l'alliance en or de mon doigt, la posai sur la table de chevet puis m'enroulai sur moi-même pour contrôler mon tremblement. J'étais soulagée de ne pas avoir été obligée de coucher avec Hector mais j'avais d'autant plus peur pour Calder, désormais.

***

Le lendemain matin, je fus réveillée par la lueur aveuglante du soleil qui se déversait par la fenêtre. J'avais oublié de fermer le store avant de m'endormir. Je restai étendue pendant quelques minutes et posai la main sur mon ventre. Pendant un instant, j'eus l'impression que tout allait s'arranger. Je ne savais pas pourquoi. Tout était allé mal, la situation était épouvantable. Un véritable cauchemar. Et pourtant, pendant cet instant entre la veille et le sommeil, un calme parfait avait pris possession de mon cœur. Tout s'arrangerait… *d'une manière ou d'une autre.* Mais la réalité me revint soudain, emplissant le vide, et je sentis mes cheveux se hérisser sur ma nuque. Rien ne s'arrangerait.

J'entendis la clef dans la serrure et m'assis aussitôt en remontant la couverture sur mes seins gonflés.

Hailey entra avec le plateau du petit déjeuner. Elle avait les yeux baissés et je remarquai tout de suite la grosse marque rouge qui barrait sa joue.

– Hailey… commençai-je en repoussant les couvertures et en me levant.

– Non, Eden, s'il te plaît, dit-elle d'une voix éraillée. Il n'y a pas grand-chose à manger, je suis désolée. Nous sommes mis à rude épreuve.

Elle posa le plateau sur ma table de chevet et sortit en fermant la porte sans bruit derrière elle. Mon cœur se serra.

Je m'emparai de ma tasse de thé et la bus en envisageant toutes les possibilités. Hector m'avait rejetée en tant qu'épouse. C'était positif. Je ne pouvais plus jouer le rôle qu'il m'avait assigné dans sa prophétie. C'était fini. Mais un frisson glacé me parcourut malgré la chaleur du breuvage qui se frayait un chemin dans mon corps. Hector ne me libérerait pas pour autant. Je le savais. J'avais juste gagné du temps. Et si mon instinct ne me trompait pas, j'en avais gagné peu. Je finis mon thé et me levai. Je frappai à ma propre porte et quelques minutes plus tard, Mère Miriam ouvrit pour que je puisse aller dans la salle de bains pendant qu'elle attendait dehors.

J'ouvris tous les tiroirs : tout ce qui aurait pu servir d'arme potentielle avait été enlevé. Je m'appuyai au comptoir, abattue. Le problème n'était pas vraiment de parvenir à m'échapper. Je pourrais probablement y parvenir. Mais comment libérer Calder ? Et si je partais sans lui, que lui ferait Hector ? Je me sentais désespérée.

Lorsque j'ouvris la porte de la salle de bains, une douleur fulgurante me transperça le ventre et je me pliai en deux en criant.

– Qu'est-ce qui t'arrive ? demanda Mère Miriam.

– Je n'en sais rien, soufflai-je, les bras toujours sur le ventre. (Une autre douleur atroce m'assaillit et je m'appuyai au mur en me pliant de nouveau en deux.) Je suis enceinte, m'exclamai-je. Quelque chose ne va pas !

Mère Miriam recula, abasourdie.

– Aaaah ! hurlai-je, terrassée par une autre vague de douleur.

Je me penchai et vomis sur le plancher du couloir.

– Emmène-la au pavillon des malades, ordonna la voix profonde et froide d'Hector.

Mère Miriam passa le bras autour de moi et me soutint pendant que nous marchions… ou plutôt que nous traînions vers l'escalier. Je transpirais abondamment et tout se mit à tourner autour de moi.

– Qu'est-ce que tu as fait ? demandai-je faiblement à Hector quand nous passâmes devant lui. Qu'est-ce que tu as mis dans mon thé ? Qu'est-ce que tu m'as fait ? criai-je plus fort.

– Il fallait l'éliminer, répondit-il. Ce qui est prédit ne peut être défait, pas même par Satan.

– Aaaah ! hurlai-je, en proie à l'horreur et à l'agonie, la douleur me déchirant à la fois le corps et l'âme.

Mère Miriam me soutint plus fermement et me porta presque hors du chalet.

Je vomis de nouveau devant la porte.

– Il est en train de tuer mon bébé, sanglotai-je. Oh, Dieu de Miséricorde, aide-moi, aide-moi, aide-moi.

Je tombai à genoux, tremblante comme une feuille, en nage, à moitié folle de terreur.

– Chut, mon enfant, dit Mère Miriam dans mon dos. (Elle me releva et m'aida à descendre les marches du perron.) Je suis là.

– Vous me détestez. C'est vous qui avez fait ça. Vous êtes responsable, vous aussi !

Je frappai mollement le bras qu'elle avait passé autour de ma taille mais je n'avais pas assez d'énergie pour faire autre chose que supporter la douleur.

– Je ne ferais jamais une chose pareille, affirma-t-elle. Moi aussi, j'ai perdu des enfants.

– Aaaah ! hurlai-je de nouveau, pliée en deux, avant de vomir.

Le monde vacillait. J'essayai de me redresser mais tout tournait autour de moi. Quelque chose de chaud et d'humide se mit à couler entre mes jambes.

J'entendis quelqu'un crier mon nom au loin et même dans mon état délirant, je sus qu'il s'agissait de Calder.

– Calder ! hurlai-je. Calder !

Ma voix se brisa la deuxième fois et je me pliai en deux en poussant un cri de souffrance à faire se glacer le sang. Quelque chose coulait toujours entre mes jambes. Je tentai de me diriger vers sa voix mais Mère Miriam m'en empêcha.

– Je dois t'amener au pavillon des malades, dit-elle. Si tu veux vivre, je dois t'y accompagner.

Une autre vague de douleur me terrassa et je m'affalai dans ses bras, trop faible pour crier, maintenant.

Le monde s'effaça avant de resurgir autour de moi et je vis des hommes courir dans la direction que je voulais prendre.

Lorsque je revins à moi, j'étais allongée sur un lit de camp, et la douleur était toujours aussi violente. Je transpirais abondamment et criais, à l'agonie.

Je perdis la notion du temps. Les choses étaient floues : un instant le soleil matinal se déversait par la fenêtre, l'instant d'après, c'était le crépuscule. Je criai et me tordis de douleur toute la journée. Mère Miriam allait et venait et s'occupait de moi sans que je comprenne comment.

– Le pire est passé, finit-elle par dire.

Elle était en train de nettoyer mes cuisses et mon entrejambe.

– Est-ce qu'il est… est-ce qu'il est… est-ce que j'ai… sanglotai-je.

Elle ne répondit pas tout de suite.

– Oui, Eden, je suis désolée. Tu as perdu ton bébé.

Perdu ? Où ? Où était mon bébé désormais ? Le petit être que j'avais commencé à aimer avec tant de passion. Qu'allais-je bien pouvoir faire de tout cet amour ?

Je retombai sur le lit et pleurai à chaudes larmes, envahie par une sensation de vide et d'horreur.

– C'est moi qui ai fait ça, suffoquai-je. Je lui ai dit que j'attendais un enfant. C'est ma faute.

– Non, ce n'est pas ta faute. Et tu retrouveras ton bébé à Élysée.

Mes larmes redoublèrent.

– Je tuerai Hector en arrivant là-bas, crachai-je. Je le poursuivrai et je le tuerai ! Tant pis s'il est déjà mort !

Je m'étouffais dans mes propres sanglots.

– Il n'y a pas de haine à Élysée, Eden.

Je me roulai en boule et continuai à pleurer, dévastée.

– Calder a essayé de te rejoindre quand il t'a entendue crier.

Je me retournai et posai mes yeux mouillés et gonflés sur elle.

– Il s'est battu comme un guerrier pour essayer de te voir, mon enfant, dit-elle doucement en passant un linge humide sur mon front. Mais… ils étaient trop nombreux pour lui.

– Trop nombreux ? articulai-je faiblement. Il est…

– Il est vivant.

Mais je devinais que ce n'était pas pour longtemps.

– Est-ce que Mère Willa s'occupe de lui ?

Mère Miriam secoua la tête.

– Mère Willa est morte cette nuit.

Je la repoussai et tentai de me lever.

Mère Miriam me fit gentiment rallonger.

– Tu ne peux rien faire, Eden. Ils ne te laisseront jamais t'approcher de lui

– Pourquoi est-ce que vous les laissez faire ? m'écriai-je.

Mère Miriam pinça les lèvres.

– À Élysée, tous nos rêves se réaliseront. À Élysée, nous serons tous des dieux et des déesses. À Élysée, je verrai mes enfants, moi aussi, répondit-elle à voix basse.

– Alors allez à Élysée toute seule. Ne nous embarquez pas avec vous, hurlai-je.

Une autre contraction me plia soudain en deux et je grimaçai.

– Tu vas encore avoir mal. C'est normal. Tu dois te reposer.

Elle se leva et quitta la pièce. Je l'entendis dire quelque chose à quelqu'un dehors. Une voix grave et masculine lui répondit. Ils avaient posté un garde à l'extérieur.

Je me retournai en sanglotant. Tant de souffrance. Physique. Émotionnelle. C'était une torture. Je ne savais pas si je pourrais le supporter. *Calder, j'essaie d'être ta courageuse Belle de Jour, mais je ne sais pas si je vais pouvoir y arriver sans toi.*

Au bout de quelques minutes, la pièce devint considérablement plus sombre. Je levai la tête et regardai par la fenêtre. Je clignai des yeux. Je voyais parfaitement la lune. Une ombre était en train de passer devant. Mon cœur s'emballa et je m'agrippai aux draps. La confusion et l'incrédulité me firent frissonner.

C'était une éclipse.

CHAPITRE 24

CALDER

Je hurlai, fou de rage et d'impuissance, et je me laissai glisser sur le sol, le souffle court. Je remontai ma chemise pour nettoyer le sang que je sentais couler de ma lèvre sur mon menton.

Après un moment, je me mis à faire les cent pas dans la cage dans laquelle ils m'avaient enfermé, celle dans laquelle je tournais en rond depuis deux semaines, en tentant de trouver un moyen de m'échapper de cette prison souterraine. La porte était blindée et la nourriture m'était apportée de manière aléatoire. Je rationnais l'eau qu'ils avaient placée dans un coin, dans un des larges récipients dont je me servais pour aller la puiser à la source. *La source.* Non, ne pense pas à ça. Pas maintenant.

Ils étaient venus quand j'avais commencé à crier comme un possédé après avoir entendu Eden hurler. J'étais venu à bout des trois premiers, mais dix autres travailleurs que je n'avais même pas tous reconnus, tant j'étais dans un état second, s'étaient précipités dans l'escalier et s'étaient abattus sur moi. Ils m'avaient combattu comme si j'étais le diable en personne. *J'avais failli à la protéger.* Je lui avais promis de la défendre et elle m'avait fait confiance. Je me laissai tomber sur le petit banc et enfouis le visage entre mes mains. Qu'avait-elle dû endurer ? C'était son anniversaire la veille et personne n'était venu. J'avais cru devenir fou.

J'en avais été réduit à frapper à la porte en suppliant que quelqu'un vienne m'aider mais personne ne l'avait fait.

Un petit frottement me parvint depuis l'extérieur de ma cellule et je bondis sur mes pieds juste à temps pour voir un morceau de papier glisser sous la porte.

– Hé ! hurlai-je. S'il vous plaît ! Laissez-moi sortir ! Qui que vous soyez ! S'il vous plaît !

Les bruits de pas s'éloignèrent puis j'entendis une porte claquer.

Je ramassai la feuille et l'ouvris avec brusquerie.

Elle a épousé Hector mais il ne s'est rien passé entre eux. Aujourd'hui, ton bébé lui a été arraché. Elle a supporté la douleur avec force. Elle est vivante.

Une terreur glacée s'empara de moi et je sentis les mots m'atteindre comme des coups. *Ton bébé lui a été arraché...* Mon bébé ? Arraché ? Mon cerveau moulinait pour essayer de comprendre ce que je lisais. Je m'agrippai les cheveux et tentai de dominer les battements affolés de mon cœur. Eden portait mon enfant ? Elle m'avait juste semblé un peu plus… pleine, plus ronde, le mois dernier. Mais je ne pensais pas… je ne pensais pas… Mon cœur se serra et un étrange bruit étranglé monta de ma gorge. Oh, non, je m'étais montré si prudent. Non ! Je tombai à genoux et poussai un long hurlement de détresse, la tête levée vers le plafond. Je hurlai ma rage et mon sentiment de culpabilité. Quelle souffrance avait-elle endurée à cause de moi ? Ma merveilleuse Belle de Jour.

La clef tourna soudain dans la serrure. Je me levai d'un bond et quand elle s'ouvrit, je me précipitai vers l'ouverture. Je m'arrêtai net en voyant Clive Richter dans l'embrasure, un revolver pointé dans ma direction. Pouvais-je survivre à une blessure par balle ? Pouvais-je le bousculer avant qu'il ait le temps de tirer ? Je ne savais pas du tout comment fonctionnaient les armes à feu. J'ignorais ce qu'il fallait faire face à elles. L'adrénaline courait dans mes veines, mais si je mourais, je ne serais d'aucun secours à Eden.

Je reculai d'un pas et levai les mains pour lui montrer que je ne me battrais pas ; pas tout de suite, du moins. Il m'adressa un rictus méprisant.

– Tourne-toi et mets les mains derrière le dos.

J'obéis lentement. Mon esprit carburait à cent à l'heure. Il fallait que je sorte de là, que je puisse m'approcher d'Eden. Je pouvais me battre, tant que les forces en présence étaient équitables. Même si elles ne l'étaient pas, d'ailleurs, à condition que pour les hommes contre lesquels je me bagarrais l'enjeu ne soit pas trop grand. Mais les hommes d'ici se battaient pour être des dieux. Y avait-il plus grand enjeu possible ?

Je sortis de ma cellule derrière Clive. Lorsque nous débouchâmes dehors, je m'attendis à être ébloui par le soleil aveuglant mais le monde était plongé dans l'obscurité. Je levai les yeux et compris immédiatement pourquoi. Mon sang ne fit qu'un tour et j'agitai les mains pour tester la résistance des menottes. Le soleil se déplaçait devant la lune. C'était une éclipse. Dieux saints, c'était une éclipse.

Je ne savais pas quoi penser, quoi ressentir… *quoi faire.*

Garrett Shipley et Ken Wahl, les deux membres du conseil qui m'avaient maîtrisé quand Xander avait été fouetté, nous rejoignirent et se mirent à marcher à nos côtés. Garrett avait une éclisse sur le nez et les bleus autour de ses yeux avaient pris une teinte jaunâtre. Ils me lancèrent tous deux des regards nerveux. Ils avaient bien raison d'être tendus. Si j'en avais l'occasion, je les tuerais à mains nues. Et *j'y prendrais plaisir.*

Ils levèrent les yeux vers le ciel qui était de plus en plus sombre.

– Hector dit qu'il s'est trompé pour la prophétie. Les dieux n'ont pas dit deux mois et six jours, mais deux *jours* et six *heures*. C'est un de ces regrettables malentendus.

Sur cette plaisanterie que je n'étais pas certain d'avoir comprise, ils éclatèrent de rire comme des hyènes.

Lorsque nous passâmes devant mon système d'irrigation, je jetai un coup d'œil en direction de la rivière. Quelqu'un, probablement un des travailleurs, avait réparé les sections détruites par Hector.

La vue de ces troncs m'emplit soudain d'une rage folle. Elle parcourut tout mon corps et me donna envie de tout casser. Je donnai un coup de pied à la section proche de moi en hurlant comme un possédé. Ce système était le symbole de tous mes espoirs idiots et de tous mes rêves naïfs. Je l'avais construit quand j'avais encore le feu sacré, quand je croyais en ce que la vie allait m'apporter. J'avais envie de pleurer, à genoux, pour ce gamin crétin qui ne savait rien, ne comprenait rien et était aveugle. J'aurais voulu le mettre K.-O., le rouer de coups, le tuer et le défigurer. Je le détestais. Et il me manquait de tout mon cœur.

Quand je retrouvai mon calme, j'en avais détruit une grande partie, et Clive, Garrett et Ken me regardaient faire, hilares. Je tentai de reprendre mon souffle. J'avais mal partout, des pieds à la tête.

– Allez, fit Clive. Hector va te laisser partir.

Je m'immobilisai et lui lançai un regard soupçonneux.

– Il me laisse partir ? répétai-je, le cœur affolé. Pourquoi ?

– J'en ai rien à foutre des raisons.

– Pourquoi je suis menotté, alors ?

– Parce que tu te comportes comme le putain d'animal que tu es.

– J'arrête. Je ne ferai rien, promis, suppliai-je. Libérez-moi et j'irai chercher Eden et on partira.

Clive ricana.

– Tu n'auras pas Eden, espèce d'idiot. Eden appartient à Hector. Tu n'auras rien d'autre que ta liberté. Et t'as déjà bien de la chance.

S'il me laissait vraiment partir, je pourrais revenir chercher Eden. Je pourrais trouver un plan. Je pourrais trouver de l'aide… *quelque chose.* Si j'étais libre, j'avais de l'espoir.

– Libérez-moi, alors, et je m'en irai tout de suite.

Clive éclata de rire.

– Hector veut d'abord te dire au revoir.

Nous parvînmes devant un des larges poteaux en bois en haut desquels étaient fixés les haut-parleurs. Clive ordonna à Garrett de défaire mes menottes et de m'attacher au poteau, les bras dans le dos. La panique m'envahit. *Oh non.* Pas question d'être ligoté à un poteau. Quelque chose d'horrible se préparait. Je ne savais pas quoi mais ça ne pouvait pas être bon. Je donnai un violent coup de tête à Garrett. Son nez se brisa de nouveau. Du sang se répandit sur son visage et il hurla de douleur. Puis je visai ses testicules. Il couina comme un cochon et se plia en deux.

J'entendis un coup de feu sans comprendre sur qui on avait tiré.

Et soudain, une trentaine d'hommes se jetèrent sur moi. Ils étaient trop nombreux, exactement comme un peu plus tôt quand j'avais essayé de rejoindre Eden. J'en repoussai autant que possible mais l'un d'entre eux finit par me tordre le bras, défaire les menottes rapidement et passer mon poignet derrière le poteau. Quelqu'un s'acharna sur mon visage et je tombai dans la poussière tandis que mon autre bras était à son tour tiré en arrière. J'entendis le cliquetis des menottes et il me fit plus mal que tous les coups que j'avais encaissés jusque-là. Je rugis de rage et de douleur, le corps en miettes, l'âme brisée. Du sang coulait dans un de mes yeux et l'autre était tellement gonflé que je ne pouvais pas l'ouvrir. J'avais l'impression d'avoir le bras cassé : une douleur terrible irradiait de mon épaule. J'étais affalé sur le sol, les jambes étalées devant moi, la tête basse. Défait. Brisé. *Je suis désolé, Eden.*

– Tu croyais vraiment que tu étais plus fort que moi, Satan ? (La voix d'Hector me parvint de très près.) Tu croyais que tu pouvais t'insinuer dans ma communauté grâce à ta beauté ? Tu m'as eu par la ruse une fois il y a longtemps, mais ça ne se reproduira pas. PLUS JAMAIS !

Je sentis quelque chose heurter mon pied mais je ne levai pas les yeux. La voix d'Hector tourna autour de moi avant de s'arrêter devant moi. Je levai les yeux vers lui. Son ombre massive et sombre se découpait sur le ciel obscur.

– J'ai essayé de t'aider, j'ai tenté de toutes mes forces de te purifier mais j'ai sous-estimé ton pouvoir. J'ai sous-estimé tes voies diaboliques et ta capacité à charmer mon élue sous mon nez. Et je t'ai invité ici. Ce fut ma plus grande erreur. Je t'ai *amené* à Acadie. Je t'ai laissé entrer, toi, le suppôt de Satan. Mais le bien triomphera toujours. Le bien l'emportera toujours. Et le mal sera vaincu. (Il se pencha vers moi.) Tu brûles pour elle, pas vrai, Satan ? Mmm ? Tu brûles pour MA propriété, pour la propriété des dieux ? Tu brûles pour elle ? Oh, oui, tu vas brûler pour elle. Et comment ! Et le mal sera enfin détruit.

Il poussa un rire fou, un aboiement dérangé. Je baissai les yeux et je compris ce qu'il faisait. *Il construisait un bûcher. Il allait me brûler vif.*

Mes pieds tâtonnèrent le sol et je parvins à me redresser le long du poteau. Je suffoquais, terrorisé, tandis qu'Hector ajoutait des bouts de bois à ceux qu'il avait déjà mis en place, hors de portée de mes pieds.

– Père, non. S'il vous plaît, non, suppliai-je. Je partirai et je ne reviendrai pas, mentis-je. Vous ne me verrez plus jamais. Ne faites pas ça, je vous en supplie. C'est un meurtre, Père. C'est un péché. C'est vous qui m'avez appris ça. Vous m'avez appris que prendre une vie est un péché contre les dieux.

Il aboya de nouveau, fou à lier. Il ressemblait à un démon.

– Qu'est-ce que tu fous, Hector ? demanda Ken Wahl, qui se tenait un peu en retrait. Tu vas le brûler vif ? (Il leva les mains et recula.) Je refuse de prendre part à ça. Je n'ai pas signé pour ça.

Mais il ne s'éloigna pas.

– Aidez-moi, s'il vous plaît, dis-je en le regardant de mon seul œil valide.

Ma voix était si rauque qu'on m'entendait à peine.

Clive se tenait derrière Ken : il avait l'air perplexe mais excité. Son regard brillant allait et venait entre Hector et moi.

– Clive… s'il vous plaît, dis-je, mais les mots moururent sur mes lèvres.

S'il avait eu envie de m'aider, il l'aurait déjà fait.

– Que quelqu'un m'aide, criai-je à la foule qui s'était amassée devant le grand chalet à trente mètres de là. Il est devenu fou. Si on réagit tous ensemble, on…

Et c'est alors que je la vis, soutenue par Mère Miriam, qui la conduisait vers moi. Elle était blême et sa jupe était pleine de sang. Le sang de notre bébé. *Eden.* Je me jetai en avant mais les menottes me retinrent et la douleur me transperça l'épaule. Je hurlai et frappai le poteau de toutes mes forces en espérant l'arracher de terre. Mais je savais déjà que ce serait sans succès. J'avais vu creuser les trous qui avaient ensuite été remplis de ciment. Je rugis de désespoir et d'impuissance.

Quand je levai de nouveau la tête, Eden essayait de courir vers moi mais Mère Miriam la retenait, l'air sombre. Eden avait l'air trop faible pour opposer beaucoup de résistance. Elle s'affaissa contre Mère Miriam en sanglotant. *Eden, Eden, oh, Eden, mon amour, ma Belle de Jour.*

– Allume le feu, Abe, ordonna Hector.

Je tournai la tête. La panique me submergea lorsque je vis approcher lentement mon père, une boîte d'allumettes entre les mains. Il pleurait et ses mains tremblaient.

– Papa. Oh, non, papa, dis-je.

Le dernier mot se brisa sur mes lèvres en même temps que le dernier morceau de mon cœur. Mon père refusait de lever les yeux vers moi, les mains secouées de tremblements et le corps agité de sanglots silencieux. Il priait à mi-voix.

– Maman, hurlai-je. Maman !

Une longue plainte jaillit de la foule et je vis ma mère tomber à genoux, mais elle ne vint pas à mon secours.

– Les plus grands sacrifices sont ceux qui blessent le plus, Abe, dit Hector à mon père. Grandes seront tes récompenses. Tu seras un dieu parmi les dieux. Toute la souffrance que tu as endurée dans cette vie-ci sera récompensée à sa juste valeur.

Tous les fidèles avaient joint les mains et psalmodiaient l'avertissement d'Hector à Satan. Certains étaient calmes, les yeux fermés, d'autres pleuraient.

J'entendis Eden sangloter de nouveau et je concentrai ma vision floue sur elle.

– Eden ! criai-je de la voix la plus forte possible. Eden !

– Calder, sanglota-t-elle. Oh, Seigneur, Calder !

Elle essaya de se frayer un chemin vers moi mais deux des hommes qui m'avaient frappé la retinrent. Elle cessa de lutter. Elle avait l'air trop faible et ils étaient trop forts. Elle renversa la tête vers le ciel et poussa un hurlement.

Je jetai un coup d'œil à mon père. Il tremblait tellement qu'il laissa tomber la première allumette sur le sol sans l'avoir allumée. Il se pencha pour la ramasser.

– Eden. Arrête. Écoute-moi, s'il te plaît. (Les larmes coulèrent sur mes joues.) Quand ils allumeront le feu, ne regarde pas. Je t'en prie, ne regarde pas.

Elle secoua violemment la tête.

– Non ! Je ne t'abandonnerai pas ! Pas même des yeux. Je refuse de te laisser seul. Je suis avec toi. Je suis là !

La deuxième allumette s'enflamma et mon père pleura en la laissant tomber sur la pile de petit bois près de mes pieds. Le feu prit. Je reportai mon attention sur Eden.

– Je t'en prie, Belle de Jour. Je t'en supplie. Je ne supporte pas de savoir que c'est la dernière image que tu auras de moi. La fumée va m'asphyxier.

Je ne sentirai pas les flammes. Mais j'ai besoin de savoir que tu ne regarderas pas. S'il te plaît.

Le feu gagna de l'ampleur et se propagea à un autre tas de bois. Je sentis la chaleur sur mes jambes.

Eden leva de nouveau la tête vers le ciel en sanglotant. Puis elle posa les yeux sur moi et se mit à hurler en se débattant pour se libérer de l'emprise des deux hommes. Ils la maintinrent plus fermement par les bras tout en se tenant suffisamment éloignés d'elle pour ne pas risquer de prendre un coup de pied dans les parties. Ça n'avait aucune importance de toute façon. Elle n'avait pas la clef des menottes.

Eden plongea son regard dans le mien et hocha la tête. Elle était la vivante image du désespoir et de la terreur, dans son expression, sa posture, ses sanglots. Et je ne pouvais rien faire.

– Je ne sais pas ce qu'il va se passer après ça, Eden, mais quoi qu'il arrive, sois courageuse, Belle de Jour. Et sache qu'il y a une source quelque part à Élysée. Je t'y attendrai. Je serai étendu sur un rocher près de l'eau. Imagine-moi comme ça, au soleil. Et quand le moment sera venu, viens me trouver. Je t'attendrai. J'espère que je t'attendrai longtemps, mais sache que je serai là. Je t'attendrai, Belle de Jour.

Eden renversa la tête en arrière. On aurait dit qu'elle n'avait plus de voix pour hurler. Son visage, son magnifique visage. La voir ainsi endurer le martyre me déchirait le cœur. J'assistais, impuissant, à son tourment et à sa souffrance. Tout.

Était. Ma. Faute. Lorsque les flammes gagnèrent en intensité, elle sanglota en silence et détourna la tête. La fumée s'éleva et je me préparai à l'inhaler à pleins poumons. La peur, la terreur, la rage, *et, oui, l'amour aussi*, tout ce qui m'habitait en cet instant tourbillonnait en moi comme un ouragan, de plus en plus vite, de plus en plus puissant.

Et lorsque je levai la tête vers les cieux... la pluie se mit à tomber.

Pas une petite averse qui commençait doucement, non, mais un déluge immédiat qui s'abattit en rideaux violents. Le feu s'éteignit immédiatement.

Hector s'avança en poussant un cri de fureur. Il arracha la boîte d'allumettes des mains de mon père, qui s'était détourné en pleurant. Hector gratta une allumette, sans succès. Après plusieurs essais infructueux, il balança la boîte par terre et se mit à hurler :

– ALLEZ DANS LE SOUS-SOL ! TOUT LE MONDE ! LE DÉLUGE EST SUR NOUS ! ALLEZ DANS LE SOUS-SOL ET EMMENEZ MON ÉLUE.

Hector se tourna vers Clive, qui se tenait à ses côtés.

– Détache-le et enferme-le dans sa cellule.

– Oui, répondit Clive en hurlant, mais par Jésus-Christ, ça suffit. C'est la dernière chose que je ferai ici.

Eden fut tirée vers le sous-sol. Mon cœur battait à tout rompre. Clive défit mes menottes et me poussa brutalement loin du poteau. Je trébuchai, ma jambe droite était incapable de me porter. Je m'effondrai à genoux sur le petit bois et aperçus le trou dans ma cuisse d'où le sang coulait lentement. On m'avait tiré dessus ?

– Lève-toi, ordonna Clive froidement.

– Je ne peux pas, répondis-je, le bras inerte pendant à mon côté.

– Que quelqu'un le ramène au sous-sol, fit Clive. Moi, je me barre.

Puis il tourna les talons et s'éloigna sous la pluie battante. Il disparut en quelques secondes.

– Eden, articulai-je faiblement en rampant vers elle dans la boue du mieux que je le pouvais, avec un seul bras et une seule jambe valide.

Je sentis qu'on me tirait en avant et je hurlai quand une douleur atroce transperça mon bras cassé, mes jambes traînant sur le sol.

Je fus emmené en bas de l'escalier, poussé par les gens qui se précipitaient derrière moi, et renvoyé dans ma cellule, où je m'effondrai. Le monde devint ténébreux et je luttai pour ne pas sombrer dans l'inconscience.

– Eden, suffoquai-je. Eden.

Puis tout devint noir.

CHAPITRE 25

EDEN

La pluie martelait le toit tandis qu'on me conduisait vers le sous-sol mal éclairé et bondé. Je me débattis de toutes mes forces. J'étais épuisée mais je devais absolument retrouver Calder. Il avait l'air à moitié mort quand ils l'avaient emporté. Il fallait que je le rejoigne. Hector me tenait fermement par la taille et il était trop fort pour moi. Il avait beau avoir perdu du poids et avoir l'air malade, il était quand même fort comme cent hommes. Ou peut-être que j'étais faible au plus haut point, à moitié morte de terreur et de chagrin. *Ils avaient failli le brûler vif.* L'horreur me donna le vertige et je pris une profonde inspiration.

Lorsque Hector leva la main pour me pousser dans un coin du sous-sol, je tournai la tête et le mordis violemment. Il poussa un rugissement de douleur et le goût métallique de son sang m'emplit la bouche. Je lui crachai à la figure.

La fureur s'empara de lui et il me poussa brutalement vers deux hommes qui se trouvaient à côté, deux travailleurs que je ne reconnus pas.

– Enfermez-la dans le cellier, ordonna-t-il. Elle sera toujours là pendant notre voyage vers Élysée, poursuivit-il d'un air dégoûté. Les cellules de Satan coulent encore de toi. Il sera purgé quand les dieux viendront nous chercher.

Puis Hector brandit la petite clef en argent qui ouvrait la porte du sous-sol et l'avala, le regard fou.

Je hoquetai et repoussai l'un des hommes, mais il ne bougea pas d'un pouce. Ils me firent franchir facilement la courte distance qui nous séparait du petit cellier où on stockait habituellement la nourriture, me précipitèrent à l'intérieur et claquèrent la porte derrière moi. Je les entendis pousser quelque chose de lourd devant. Je frappai sur la porte à coups redoublés mais elle était épaisse et ce qu'ils avaient utilisé pour la fermer assourdissait les bruits, sans parler du vacarme de la pluie. J'étais faible. Et puis de toute façon, personne ne m'aurait secourue.

Le faible rai de lumière qui passait sous la porte suffisait à peine pour que je distingue la pièce. J'aperçus les étagères vides jusqu'au plafond. Il était légèrement plus haut dans cette pièce parce que le cellier était construit sous le grand chalet alors que le reste du sous-sol avait été creusé directement sous la terre. Il n'y avait pas de fenêtre. Aucune issue. Je me laissai tomber sur le sol et me roulai en boule en pleurant, impuissante. Calder était peut-être déjà mort ou, à tout le moins, mourant. Il ne me restait plus rien. Aucun espoir.

Peut-être m'endormis-je, ou peut-être sombrai-je dans l'inconscience. Je perdis la notion du temps. La pluie tombait à verse autour de moi, ou du moins le pensai-je. Je frissonnais, trempée. Des bribes de rêves confus envahirent mon esprit. Je vis Calder en train de nager dans notre source, un sourire tendre aux lèvres. Puis soudain l'eau s'embrasa pour le dévorer, et il hurla quand quelque chose l'attira dans les profondeurs du brasier, vers un endroit insondable. Je l'avais perdu. Je hurlai et tendis les bras vers lui et ma peau se couvrit de cloques et devint noire quand je plongeai les bras dans les flammes. Je me réveillai en sursaut, toujours hurlante. Une flaque d'eau s'était formée sous moi et j'entendis les cris des gens derrière la porte.

Je me levai d'un bond et perdis l'équilibre, étourdie par le sang qui me montait à la tête. Je m'appuyai contre le mur. Je pris de profondes inspirations et tendis l'oreille. J'avais l'impression que l'eau se déversait de quelque part. Je baissai les yeux et vis que la flaque s'était agrandie : de l'eau s'infiltrait sous la porte. Mon cœur cessa de battre un instant avant de se remettre en marche de manière erratique. Je sentis mon sang se glacer dans mes veines et je vacillai.

La prophétie était en train de se réaliser.

L'eau coulait de plus en plus vite et les hurlements des gens devenaient plus forts de l'autre côté du mur. J'entendis la voix d'Hector prêcher par-dessus le vacarme et une autre voix masculine lui hurla de leur donner la clef. Un bruit de lutte, d'autres cris, puis la voix d'Hector s'éleva de nouveau. Je ne distinguai que certains mots. « N'ayez pas peur… Les dieux… Le destin… » J'allais mourir avec eux. La pièce se remplissait rapidement d'eau et il n'y avait aucune issue. Une étrange résignation s'empara de moi ; un sentiment de paix qui, je suppose, était la conséquence de mon pragmatisme : je ne pouvais pas m'en tirer. Je m'adossai au mur et tentai d'ignorer les cris, les pleurs des enfants et les hurlements des hommes. *Les lamentations des innocents*. Et Calder était avec eux.

– Une fois un, un, récitai-je. Une fois deux, deux…

Quand j'arrivai à neuf fois neuf, j'avais de l'eau jusqu'aux épaules. Je fermai les yeux et songeai à toutes les choses que Calder m'avait apprises près de la source et dont les moins importantes étaient théoriques. Je fis des divisions pendant que l'eau me montait jusqu'au menton. Je grimpai sur l'étagère la plus haute : ma tête était à presque deux mètres du plafond. C'était là que tout allait finir. Je me demandais à quoi ressemblait Élysée. Me réveillerais-je tout de suite là-bas ? Ou y aurait-il un voyage ? Que faisait Calder à présent ? L'eau l'avait-elle déjà avalé ? M'attendait-il déjà près de la source ?

– J'arrive, mon amour, chuchotai-je. Je serai bientôt là.

Lorsque l'eau me parvint de nouveau au menton, la lumière qui passait sous la porte s'éteignit. Les cris et les hurlements devinrent des sanglots et des murmures… puis des râles d'agonie. Je sanglotai sans bruit jusqu'à ce que les battements de mon propre cœur finissent par me bercer et me procurer un calme dérisoire. Il faisait noir comme dans un four à présent et, à l'exception de la pluie, qui tombait toujours, il régnait un silence absolu. Le monde entier était-il sous l'eau ? Les pingouins flottaient-ils ? Contemplaient-ils les cieux s'assombrir et la planète devenir un océan infini ? L'eau me submergea le nez et je fermai les yeux.

Est-ce que je peux t'apprendre une façon encore plus efficace de ménager ton énergie dans l'eau ?

Je rouvris brusquement les yeux. J'aurais juré avoir entendu sa voix murmurer dans mon oreille.

Je laissai l'eau s'emparer de mon corps et le faire monter plus haut dans la pièce. *Prends une profonde inspiration et laisse-toi flotter, la nuque juste au-dessus de l'eau. Laisse l'eau te porter. Puis, quand je toucherai tes bras, laisse-les remonter vers la surface, les coudes pliés. Tu suis ?*

Oui, oui, je me souviens.

Je flottai jusqu'à la surface et fis ce qu'il m'avait appris il y a longtemps, au soleil, dans l'eau d'une source où j'étais tombée amoureuse du plus beau garçon du monde. Et il m'avait aimée en retour.

... on ne sait jamais quand un petit morceau de savoir se révélera utile, voire, peut-être... changera ta vie.

Je me contentai de flotter jusqu'à ce que je me rende compte que l'eau avait cessé de monter. Je tâtonnai au-dessus de moi et découvris qu'il y avait encore quinze centimètres d'air sous le plafond, quinze centimètres qui me maintenaient en vie. Le reste du sous-sol avait certainement été entièrement submergé une demi-heure plus tôt, lorsque les cris avaient cessé. Ils étaient tous morts. Tous sauf moi, la seule qu'ils voulaient à tout prix emmener avec eux.

Sois forte, Belle de Jour. Je t'attendrai, mais j'espère que je t'attendrai longtemps.

Je fus submergée par une violente envie de le rejoindre. Ce serait si facile de me laisser couler vers le sol et d'avaler une immense goulée d'eau. Mais je craignais que le péché du suicide ne m'éloigne de lui. Et si ça me séparait de Calder à jamais ? Il ne serait pas seul. Notre fille serait avec lui. Il apprendrait son existence là-bas. Il la reconnaîtrait tout de suite. Il lui apprendrait à nager dans la source et à être courageuse. Grâce à lui, elle apprendrait ce qu'est l'amour. *Exactement comme il l'avait fait avec moi.*

J'avais entendu dire que, quand on mourait, on voyait toute sa vie défiler devant ses yeux. Mais moi, je ne voyais que Calder. *Il n'y avait que lui.* Parce qu'il était ma vie. Son rire quand je me tournais vers lui près de notre source. Nous étendus sous les étoiles. Son expression passionnée lorsqu'il prenait mon visage entre ses mains pour m'embrasser. Le plaisir qui envahissait ses traits quand il me faisait l'amour. Son sourire spontané, comme un soleil, lorsque l'eau de la douche avait jailli sur sa tête. Tous les moments merveilleux que j'avais passés avec lui me revinrent en détail. Je fermai les yeux pour les revivre et ils me bercèrent et me réconfortèrent. Ils m'apportèrent la paix.

Et je flottai. Et dans ces ténèbres absolues et glaciales, le seul bruit était celui de la pluie qui cessait enfin. Je flottai et j'étais *en vie.* Au bout d'un moment, l'eau se mit à descendre et mon pied ne tarda pas à heurter l'étagère du haut. Je me juchai dessus, à moitié éveillée et à moitié réfugiée dans l'endroit de mon cerveau où j'avais trouvé consolation quand je flottais, en état de choc, accablée par le chagrin et l'incrédulité.

***

L'eau mit longtemps à descendre et quand je pus enfin poser le pied par terre, j'eus l'impression qu'il s'était écoulé des heures. Je tâtonnai le long du mur jusqu'à la porte. Je la poussai et elle s'entrouvrit. Ce qui avait été poussé devant avait certainement flotté avant de retrouver sa place et s'était légèrement déplacé. Je fis peser mon corps de tout son poids et parvins à la pousser suffisamment pour me faufiler par l'ouverture. De l'autre côté, j'avais de l'eau jusqu'aux cuisses. Je regardai autour de moi, haletante à cause de l'effort, et essayai d'ajuster ma vision au très faible rai de lumière qui se devinait sous la porte qui menait à l'extérieur.

C'était le matin.

Je distinguai alors ce qu'il y avait autour de moi et je posai la main sur ma bouche, horrifiée. Des corps flottaient partout. Des hommes, des femmes, des enfants. Le petit dernier d'Hailey, Myles, passa près de moi et je détournai les yeux en sanglotant.

C'est alors que j'entendis un craquement suivi par le fracas assourdissant du bois en train de céder. Une partie du plafond s'écrasa de l'autre côté de la pièce, juste à côté de la porte, et la lumière du soleil matinal se déversa dans le sous-sol comme l'arrivée d'un millier d'anges. Je n'eus pas le temps de crier. Je me contentai de réagir et pataugeai au milieu des cadavres que je repoussai sur mon chemin vers la lumière divine. J'entendis de nouveau le bois céder et une autre partie du plafond s'effondra, cette fois-ci tout près de moi, écrasant les corps qui se trouvaient dessous. Je regardai sur ma droite et le visage d'Hector surgit de l'eau, boursouflé et écarlate. Son expression était sereine. Une rage folle s'empara de moi.

– C'est toi qui as fait ça, murmurai-je avec haine sans savoir si j'avais parlé à haute voix. Tout ça, c'est ta faute.

Il demeura placide, le corps légèrement agité par le clapotis de l'eau. Je ne pouvais rien faire pour le punir ni pour me venger. Je sanglotai et m'éloignai de lui. Je parvins à l'endroit où le plafond s'était ouvert un instant plus tôt et j'escaladai les débris de charpente et de ciment jusqu'à ce que je puisse enfin attraper un bout intact du toit et me hisser dehors. Je me laissai tomber sur le sol en pleurant, le souffle court. J'entendis un autre grincement sonore, je me levai et me traînai le plus loin possible du toit du sous-sol.

Un instant plus tard, tout s'effondra dans un vacarme assourdissant, entraînant le sol avec lui et recouvrant les cadavres. Sous les décombres, il y avait encore de l'eau. Je m'effondrai à genoux en hurlant. Si j'avais encore un faible espoir que Calder soit en vie, il venait de disparaître. Au plus profond de moi, je sentis mon âme se rouler en boule et mourir en silence. Mon corps était épuisé et mon cœur brisé en un million de minuscules éclats d'intense désespoir. Je restai étendue, le regard rivé sur le sol, anesthésiée, malaxant d'une main la boue sans relâche. Je ne ressentis bientôt plus rien, hormis une terrible sensation de vide et un chagrin lourd et noir.

Je finis par me rasseoir lentement et jetai un coup d'œil détaché autour de moi. Une nuée d'oiseaux traversa le ciel, j'entendis les animaux dans nos champs. Un avion passa très loin au-dessus de ma tête et je levai les yeux vers lui, la main en visière sur le front. Le monde entier était toujours là. Seul le peuple d'Hector était mort. *Tout son peuple sauf moi.*

Je me levai, les jambes tremblantes, et me dirigeai vers le grand chalet, en mettant mécaniquement un pied devant l'autre. J'ôtai mes vêtements souillés de sang et de terre, comme si j'étais en transe, et les jetai à la poubelle. J'enfilai une jupe et un chemisier propres et me lavai le visage et les bras dans le lavabo. Je refusai de me regarder dans le miroir. J'étais morte et je ne pouvais pas supporter de voir encore un cadavre.

Je regagnai ma chambre et fourrai le sac en plastique contenant toutes les belles-de-jour dans ma poche. Je trouvai le petit caillou dans le tiroir de mon bureau et l'emportai aussi. Si Hector était tombé dessus, il n'avait pas compris sa signification.

Je passai ensuite dans la chambre d'Hector. Je fouillai dans ses tiroirs sans que ça me fasse ni chaud ni froid. La dernière fois, j'étais très stressée et j'avais peur de me faire prendre.

Je trouvai de l'argent, que j'empochai sans le compter. Dans un autre tiroir, je dénichai un médaillon sans chaîne. Je ne l'avais pas vu la première fois. Je m'en emparai pour l'examiner et il éveilla quelque chose dans mon cœur mort. *Je le reconnaissais. Je l'avais porté jadis.* Je le retournai. Le nom d'un bijoutier était gravé au dos, de même qu'une ville et un État : Cincinnati, Ohio. Je l'ouvris mais il ne contenait aucune photo.

Je le fourrai dans ma poche avec le reste avant de redescendre. Je parcourus rapidement les chambres des membres du conseil mais ne trouvai rien de valeur. Ils s'étaient peut-être rendu compte que j'étais une voleuse et avaient rangé leur argent et leurs bijoux ailleurs. Je quittai le chalet principal sans un regard en arrière.

Je me rappelai avoir marché mais je ne me souvenais pas de tout. J'avais déjà fait ce chemin, mais en compagnie de deux garçons courageux. Cette fois-ci, j'étais toute seule. Lorsque des voitures me dépassaient, je me cachais derrière les rochers. Je m'effondrai derrière un roc dans l'après-midi et m'endormis. Quand je me réveillai, c'était déjà le soir.

Je m'arrêtai pour boire devant la même maison et je volai des vêtements étendus sur la corde à linge extérieure : un jean de femme, un tee-shirt blanc à manches longues et un blouson léger. Le chien aboya en tirant sur sa corde, comme la première fois, mais je l'ignorai. Personne ne sortit avec un fusil. Je me demandai si j'étais déçue. Mon corps était en vie mais mon âme était trop dévastée pour se soucier de quoi que ce soit.

Une petite voix à l'intérieur de moi murmurait : *Tu as survécu, maintenant, il faut vivre.* Je ne savais pas à qui elle appartenait, mais certainement pas à moi.

Je parvins en ville au matin. J'errai longtemps dans les rues en essayant de reconnaître quelque chose. Xander était là, quelque part, mais je ne savais pas où et je ne savais pas comme le trouver. Kristi avait certainement déménagé et Calder avait dit à Xander de le retrouver quelque part mais j'ignorais où. Kristi avait expliqué qu'elle connaissait des gens qui pourraient nous aider. Il fallait que je croie que Xander était en sécurité quelque part. *Il le fallait.*

Une voiture de police passa dans la rue et je me mis à suffoquer. Je me dissimulai sous un porche et me pressai contre le mur en attendant qu'elle soit passée. Clive était toujours en vie, lui.

Je marchai encore un peu et finis par apercevoir un panneau indiquant la gare routière. Je la considérai d'un air sombre, puis entrai et demandai combien coûtait un billet pour Cincinnati. Je ne voyais pas quoi faire d'autre et je n'avais pas les idées très claires. J'avais juste assez d'argent. J'achetai un ticket et m'assis sur une chaise en plastique, les yeux rivés sur le mur. Je finis par sortir le médaillon de ma poche, la seule chose de valeur que je possédais, la seule chose qui pourrait peut-être me mettre en sécurité. Je l'examinai sous toutes ses coutures en me demandant s'il pouvait me mener vers quelqu'un qui pourrait s'occuper de moi. Je ravalai un sanglot.

Je montai à bord du bus pour l'Ohio une demi-heure plus tard. Je m'installai sur un siège près de la vitre et fermai les yeux. Je m'endormis. C'était la seule chose qui ne me faisait pas souffrir.

ÉPILOGUE

CALDER

J'étais à Élysée. La lumière était dorée, l'air tiède, et je devais trouver une source. Sauf que je n'étais pas censé souffrir comme ça à Élysée. Si j'étais au paradis, pourquoi mon corps tout entier souffrait-il le martyre ? Et pourquoi sentais-je l'odeur de la mort ? Je ravalai le vomi qui tentait de se frayer un chemin dans ma gorge.

– Il faut que je t'attrape le bras, entendis-je dire Xander. (Et je hurlai.) Je suis désolé, mon frère, tellement désolé.

Il pleurait ? On n'était pas censé verser de larmes à Élysée.

– Il faut que je trouve la source, dis-je.

Sauf que dans ma bouche, ça ressemblait à : « Icho ke che trou la chou ». Mon visage ne voulait pas bouger.

– Chut, répondit Xander. Ne parle pas. Je suis là. Tu savais que je viendrais te chercher, pas vrai ?

(Il ravala ce qui ressemblait à un sanglot.) Je suis tellement désolé d'être arrivé trop tard.

– Icho ke che trou la chou, répétai-je.

Il fallait qu'il comprenne.

Des choses s'effondraient autour de moi dans un vacarme assourdissant et je sentis soudain plus de chaleur sur ma peau et la lumière devint plus vive.

– Ça va te faire mal. Je suis vraiment désolé, mon frère, hoqueta Xander une fois de plus, mais je ne compris pas pourquoi.

Puis une douleur terrifiante me submergea et je hurlai tandis qu'on me soulevait. Le monde entier vacilla puis disparut.

À suivre...

REMERCIEMENTS

Il faut toute une équipe pour faire un livre et j'ai la chance folle d'être très bien entourée. Un merci du fond du cœur à mes éditrices : Angela Smith, avec qui j'ai discuté du déroulement de l'intrigue jusqu'à épuisement et qui m'a fourni du vin et un soutien émotionnel sans faille, et Larissa Kahle, qui a passé le peu de temps libre dont elle disposait à m'aider à développer l'aspect émotionnel de mon roman et à perfectionner les personnages. Merci à Marion Archer pour les corrections éditoriales. C'est la première fois que je travaille avec elle, mais je ne veux plus jamais me passer d'elle – plus jamais. Son expertise et son enthousiasme – sans compter les nombreux commentaires qu'elle a portés dans les marges de mon manuscrit et qui m'ont fait rire et me pâmer – m'ont beaucoup appris et ont considérablement enrichi mon histoire. Et enfin, merci à Karen Lawson, dont le regard bionique a encore amélioré mon manuscrit.

J'ai la chance d'avoir un groupe de bêta lectrices incroyables qui m'ont fourni des remarques inestimables sur l'histoire de Calder et d'Eden et m'ont encouragée quand j'en avais le plus besoin : Cat Cracht, Elena Eckmeyer, Michelle Finkle, Natasha Gentile, Karin Hoffpauir Klein, Nikki Larazo et Kim Parr. Merci à ma collègue autrice bêta, A. L. Jackson, qui a lu le premier jet de ce manuscrit quand ce n'était que des divagations sans queue ni tête pleines de fautes d'orthographe. Ses retours enthousiastes m'ont donné le courage de poursuivre.

Merci aussi à ma merveilleuse partenaire de course, Jessica Prince. De nombreux chapitres n'auraient pas été écrits sans ses textos de neuf heures du matin qui ne comportaient généralement que ces mots : « On va courir ? »

Un grand merci à la formidable Elle Chardou, qui a tout mis en page, qui m'a empêchée de devenir folle et qui a sauvé mon canal carpien.

Amour et reconnaissance à mon mari pour sa patience pendant l'écriture – et pour s'être montré compréhensif quand, pendant trois mois, chaque sortie incluait une conversation concernant mon intrigue. Tu rends tout ça drôle – et surtout possible.

Composition et mise en pages
Nord Compo à Villeneuve-d'Ascq